Het donker is overal. Hult haar in een mist en maakt haar blind, voor dit moment.

Ze knippert met haar ogen, maar het blijft donker. De ruimte laat nergens licht binnen.

Het ruikt naar zaagsel en vers geschaafd hout. Haar gedachten schieten alle kanten op, ze is panisch van angst, ze stikt bijna. Haar hoofd gloeit van een doodsangst waarvan ze niet wist dat hij bestond.

Ze zal hier nooit weg kunnen komen. Niemand komt haar redden, want wie weet dat ze hier is?

Het is afgelopen. In deze donkere ruimte, met die sterke houtgeur, zal ze doodgaan.

Lieve God.

Help me nu.

Vrijdag 21 augustus

Vidar Vendel is zevenenvijftig, CEO van een energiebedrijf en al een tijdje schatrijk. Bovendien is hij gelukkig getrouwd met Eva.

Gekleed in een lichtgrijs linnen pak, met zijn jasje losjes in zijn hand, is hij nu op weg naar huis door de ongewoon warme augustusavond. Hij ademt de geur van afgevallen bladeren in terwijl hij door de straat loopt waar hij en Eva wonen. In Sävast, aan de zuidoostkant van Boden, enkele tientallen kilometers van de Botnische kust van Norrland, ligt hun gele villa ingeklemd in de nieuwe woonwijk. De buren zijn aardig, de huizen duur, de berken jong en de gazons keurig gemaaid.

Vidar kijkt over zijn schouder vlak voordat hij naar zijn huis afslaat. De oprit is de langste van de buurt. Zwart, glimmend asfalt is omzoomd met klinkers en lage struikjes. Eva heeft een voorliefde voor buxussen die ze bolvormig heeft gesnoeid. Zelf heeft Vidar haar fascinatie voor onnatuurlijk gevormde tuinplanten nooit echt begrepen. Ze zien er idioot uit, zoals ze daar als bollen op een rijtje staan.

Hij staat op het punt de sleutel in het slot te steken als hij zich realiseert dat de voordeur niet op slot is. Eva moet eerder thuis zijn gekomen dan hij. Hij is verbaasd en blij, in die volgorde. Gisteren kondigde ze nog aan dat ze vandaag vermoedelijk moest overwerken. Blijkbaar is ze van gedachten veranderd.

Vidar stapt opgewekt de hal binnen. Het zonlicht heeft donkere schaduwen achtergelaten die nu in zijn blikveld dansen. Hij knippert een paar keer met zijn ogen terwijl hij zijn jasje aan een haakje hangt. Als hij met een iets te snelle beweging zijn lage schoenen uittrekt, struikelt hij over een schoenlepel die op de vloerbedekking in de hal is gesmeten. Hij valt voorover en kan nog net de deurpost vastgrijpen om te voorkomen dat hij echt valt. Door de plotselinge beweging bezeert hij zijn schouder en van pijn en woede ontglipt hem een stroom verwensingen.

Even blijft hij stilstaan, wrijft over zijn pijnlijke schouder waarna hij zijn rug recht en nog een paar keer met zijn ogen knippert. Langzaam verdwijnen de vlekken uit zijn gezichtsveld, het donker trekt weg. Vidar kijkt het huis in en merkt dat zijn gezichtsvermogen weer bijna normaal is, tot hij zich realiseert dat er iets in de ruimte anders is. Op ooghoogte, net onder waar normaal gesproken de lamp in de hal hangt, bevinden zich in plaats daarvan een paar damesschoenen. Rode, dure sandalen waarvan de gevlochten bandjes over de smalle enkels spannen.

Eerst realiseert Vidar zich niet wat hij ziet. De voeten hangen roerloos voor hem. Hij houdt zijn adem in en probeert grip op de situatie te krijgen. Zijn blik voelt bevroren, alsof zijn ogen al beseffen wat zijn hersenen weigeren te begrijpen.

Langzaam laat hij zijn blik omhooggaan. Zijn ogen glijden over de rode schoenen, omhoog over de enkels, over de smalle schenen en de dijen onder de rok. Vidar hoort een snerpend geluid in zijn oor. Terwijl hij verder omhoogkijkt, klinkt de toon steeds harder.

De blauwe stof van de rok zit vol bruine vlekken. Het lijkt alsof een langsrijdende auto door een plas is gereden. In het vuile regenwater zitten een paar rode vlekken.

Twee handen zijn vlak voor haar buik gevouwen. Alsof ze in gebed zijn verstrengeld. Boven de rok volgt een witte blouse van dunne stof. Om de hals een losjes geknoopte blauwe sjaal en daarboven een levenloos gezicht. Een donkere streng haar hangt los uit de haarvlecht, langs de bleke wang die vanochtend duidelijk nog door de nazomerzon is beschenen.

Naderhand zal dat gevoel hem bijblijven.

De grote verbazing over hoe een gebruinde wang zo snel kan verbleken.

De vrouw die aan het plafond hangt, is dood. In de kamer is het volkomen stil, maar de toon in zijn oor is schel. Steeds weer doet Vidar verbaasd zijn mond open en dicht, terwijl hij zich tegelijkertijd krampachtig aan de deurpost vasthoudt om niet flauw te vallen. Hij weet niet of hij nog ademt, maar hij denkt van niet. Hij weet alleen dat de vrouw aan het plafond nooit meer terug zal komen.

Paniek overspoelt hem als een tsunami. Zijn hoofd gonst van woordeloze gedachten, hij kan er niets van maken en de tijd vliegt terwijl hij tegelijkertijd stilstaat. Hij strekt zijn hand uit, hij trilt ongecontroleerd als hij haar vingers aanraakt en de kou van haar bleke huid voelt. Verschrikt trekt hij zijn hand terug, hij hyperventileert. Kort daarna beginnen zijn lippen en vingers te tintelen.

Vidar zakt in elkaar. Het doet geen pijn wanneer zijn hoofd tegen de deurpost stoot, hij voelt überhaupt helemaal niets.

Zijn lieve Eva hangt daar boven hem.

Het is net na middernacht als inspecteur Idun Lind haar hoofd schuin houdt en de dode vrouw aan het plafond opneemt.

Het is een vreemde aanblik.

De vrouw is netjes gekleed in een rok en een witte blouse. Om haar hals een losgeknoopt en zo te zien duur sjaaltje. Die mode heeft Idun nooit begrepen. Het jeukt zo verdomd als je die zijdeachtige dingen om je nek knoopt.

Vlak boven de sjaal zit het grove touw verwoestend strak om haar hals. Ondanks het feit dat de vrouw heel slank is, heeft het touw zo diep in haar huid gesneden dat er rond het touw zwellingen zijn ontstaan. De huid is paars gespikkeld met blauwzwarte vlekken. Het ziet er extreem pijnlijk uit.

De blouse van de vrouw is brandschoon, op een bloedvlek op haar rechterschouder na. Haar borsten zijn klein en door de stof van de blouse heen ziet Idun een glimp van een kanten beha. Net onder de buik zijn haar handen gevouwen.

Idun buigt zich voorover, knijpt haar ogen halfdicht. Midden op de handrug bevinden zich twee zwarte vlekken. Ze lijken van metaal te zijn, maar dat is door al het bloed op en rond de vlek niet goed te zien. Op de knielange rok van de vrouw zit nog meer bloed. Het is donkerder geworden, van rood naar bijna zwart en het lijkt in grotere hoeveelheden uit de handen te zijn gestroomd dan te verwachten zou zijn.

De kamer is goed verlicht door sterke lampen die op strategische plekken op de vloer zijn neergezet. Collega's van de forensische afdeling zijn geconcentreerd aan het werk. Gekleed in spierwitte pakken van papierachtig materiaal zoeken ze naar voet-, hand- en vingerafdrukken. Er wordt ook gezocht naar DNA in de vorm van bloed, huidschilfers en haren. In elke kamer worden veel foto's gemaakt. De flitsen van de camera's werpen lange schaduwen over de wanden.

Hoofd van de forensische dienst Mikael Malm, door iedereen Malmen genoemd, observeert Idun zwijgend. Hij weet dat ze bij haar eerste analyse niet wil worden gestoord, dat ze de eerste minuten van een nieuw onderzoek alleen wil kunnen nadenken.

Het duurt even voordat ze uiteindelijk iets zegt.

'Eva Vendel, toch?'

Malmen antwoordt, ook al weet hij dat ze het antwoord al weet.

'Dat klopt.'

'Zijn de technici klaar met de vloer? Mag ik dichterbij komen?'

'Ga je gang. We hebben eventuele sporen onder haar veiliggesteld. Maar om eerlijk te zijn, denk ik dat de vloer ons niets wijzer gaat maken.'

'Hoezo?'

'Kijk maar, dan zie je het zelf.'

Dat laatste zegt Malmen met een knikje richting de vloer. Idun hurkt neer. Geconcentreerd bekijkt ze het vloeroppervlak onder Eva Vendel. De grijs gezeepte houten vloer van brede planken, vlekkeloos.

'Het bloed,' zegt ze uiteindelijk, terwijl ze nog steeds op haar hurken zit.

'Het bloed is over haar rok gelopen, maar er ligt geen druppel op de vloer.'

Ze strijkt met haar vingers over de vloer, kijkt naar haar plastic handschoenen, ziet dat ze schoon zijn gebleven.

'Daarom is het onwaarschijnlijk dat ze hier is vermoord. Vermoedelijk is dat ergens anders gebeurd en is het lichaam daarna hierheen verplaatst.'

Het duurt even voor Malmen antwoordt.

'Zo kan het mogelijk zijn gegaan.'

Aan zijn toon is duidelijk te horen dat hij nog meer informatie toe te voegen heeft.

'Of zo,' onderbreekt Idun hem, '... of ze is hier vermoord en de dader heeft goed schoongemaakt?'

Ze zegt het op een vragende toon.

'Dat zou ook mijn eerste theorie zijn.'

Malmen stapt dichter naar Idun toe. Door zijn beweging komt ze overeind, ze blijven schouder aan schouder staan.

'Leg eens uit.'

Uiteindelijk leidt haar aanmoediging tot een lossere gedachtestroom.

'Er zijn geen tekenen van een worsteling, maar ook wijst niets erop dat de bloedende Eva Vendel het huis in is gesleept, want de villa heeft geen achteringang. Tenzij ze door een raam mee naar binnen is genomen, moet de dader de voordeur hebben gebruikt. En om eerlijk te zijn, denk ik dat dat een lastige klus is, op een vrijdagmiddag in augustus met dit weer. De bouwvakvakantie mag dan voorbij zijn, er zijn nog steeds veel mensen vrij. In dit soort buurten zijn er veel mensen die thuis kunnen werken of die überhaupt niet hoeven te werken. Ze behoren waarschijnlijk niet tot de bouwwereld.'

Hij trekt een gezicht dat een zekere minachting voor de hogere klasse uitstraalt.

'Het risico om betrapt te worden terwijl je een lichaam door de voordeur naar binnen werkt, is dus behoorlijk groot.'

Idun luistert aandachtig. Tijdens de speculaties van haar collega zoekt ze voortdurend naar zwakke plekken in zijn betoog over hoe de gebeurtenis heeft plaatsgevonden. Ze vindt er geen. De kans dat de dader op klaarlichte dag een bebloede Eva Vendel naar binnen heeft gedragen is hoogst onwaarschijnlijk. Vermoedelijk is ze binnenshuis vermoord.

Idun bekijkt de dode vrouw.

'Wat zijn die twee zwarte plekken op de rug van haar hand? Het lijkt alsof ze van metaal zijn?'

Malmen glimlacht vaag. Idun beseft dat hij die vraag had verwacht.

'Het zijn spijkers. Heel dikke spijkers, twee stuks dicht naast elkaar.'

Idun knippert met haar ogen.

'Spijkers? Zijn die de oorzaak van al dat bloed?'

'Ongetwijfeld. Maar Moritz moet het definitieve antwoord op die vraag nog geven.'

Idun kijkt lang naar de bebloede handen. Ze weet dat het bloed van een dode nog een tijdje kan blijven stromen, zelfs na het moment van overlijden, maar in kleine wondjes stolt het toch meestal vrij snel? Ze buigt zich verder naar voren zodat haar gezicht nog maar een paar centimeter van de hand van de dode vrouw is verwijderd. Het ruikt zoetig naar ijzer.

'Dat betekent dat haar handen aan elkaar zijn gespijkerd toen ze nog leefde, want ze hebben nog behoorlijk lang gebloed.'

Idun bedoelt dit als een vraag, maar krijgt geen antwoord.

Uiteindelijk verplaatst ze haar blik van de gehavende handen naar Malmen.

Hij knikt grimmig als antwoord.

Zaterdag 22 augustus

Het is al vier uur in de ochtend als Olle thuiskomt. Lovis ligt klaarwakker in de slaapkamer op de bovenverdieping. Ze is pisnijdig en doodongerust, maar merkt op dat hij in elk geval nuchter is. Olle heeft vele eigenschappen, maar met drank op rijden doet hij niet. Als hij had gedronken, was hij vast en zeker lopend naar huis gekomen of hij had een taxi gebeld. Omdat hij nu met zijn eigen auto komt, is Lovis ervan overtuigd dat hij geen druppel alcohol heeft gedronken. Er is dus vast geen sprake van een feest geweest, want net zo goed als hij niet met drank op rijdt, komt hij ook niet nuchter van een feest. De vraag is dus waarom hij nu pas thuiskomt?

Ze hoort het bekende geluid van schoenen die met snelle halen op de deurmat worden geveegd. Dan het geluid van de sleutel in het slot, de voordeur die opengaat, Olle die de hal binnenstapt en de deur die zachtjes dicht wordt getrokken. Het is even stil, daarna wordt de kraan in de badkamer opengedraaid. Kort daarna klinken zijn vertrouwde voetstappen op de trap.

Lovis trekt de deken op tot haar kin en knijpt haar ogen dicht. Ze voelt eerder dat hij de kamer binnenkomt dan dat ze het hoort. Hij lijkt even stil te blijven staan. Lovis denkt dat hij naar haar kijkt, probeert te bepalen of ze slaapt of niet. Ze ligt stil, ademt zo langzaam als ze kan.

Na een tijdje hoort ze hem zich uitkleden waarna hij uiteindelijk naast haar in bed kruipt. Ze is veel te boos en veel te moe om de confrontatie aan te gaan. Olle mag absoluut niet merken dat ze wakker is.

Het blijkt dat ze waarschijnlijk helemaal geen moeite had hoeven doen, want binnen twee minuten slaapt hij als een blok. Zelf ligt ze nog een tijdje wakker, waarna ze voorzichtig rechtop gaat zitten en haar benen over de rand van het bed zwaait. Zonder geluid te maken verlaat ze de slaapkamer. De lange nachtjapon wappert om haar benen. Stilletjes sluipt ze over de overloop en de trap af.

Beneden blijft ze in de grote hal staan zonder te weten waar ze eigenlijk naartoe wil. Ze gaat de badkamer in, doet het licht aan en kijkt om zich heen. Niets in die betegelde kamer is anders dan anders. Hun twee badlakens hangen opgevouwen over de elektrische radiator, de badmat ligt vlak op de tegelvloer en Olles tandenborstel staat in het bekertje naast dat van haar. Alles ziet er normaal uit.

Ze doet het licht uit en loopt naar de hal. Olles zwarte lage schoenen staan netjes naast haar bruine hakken. Aan een van de kapstokhaken hangt zijn dunne jas, de jas zonder voering en met een verborgen ritssluiting aan de binnenkant. Lovis buigt zich voorover en duwt haar neus tegen de stof, snuift de geur op van de man die ze ooit zo innig liefhad. Als ze zijn geur ruikt, krijgt ze onverwacht kriebels in haar buik. Misschien voelt ze toch nog steeds iets voor hem?

Ze gaat terug naar de badkamer. Doet het licht aan en pakt Olles tandenborstel, houdt hem tegen haar lippen. Hij is droog. Hij heeft zijn tanden niet gepoetst.

Ze zet de tandenborstel snel terug in de beker, doet het licht uit en trekt de badkamerdeur achter zich dicht. Snel maar geruisloos neemt ze twee traptreden tegelijk, komt buiten adem op de bovenverdieping aan.

Ze sluipt de slaapkamer in. Voor het bed blijft ze staan, kijkt naar Olle die op zijn zij ligt met zijn gezicht naar haar toe. Hij ademt zwaar. De eerste zonnestralen van die ochtend zijn door de gordijnen te zien, vormen lange lichtstrepen over zijn voorhoofd en wang.

Met een sneller kloppend hart hurkt Lovis naast hem neer.

Ze zit oog in oog met haar slapende echtgenoot. Als een kind lijkt hij diep in slaap verzonken, zijn mond licht open, zijn onderlip vochtig. Zijn wangen volledig ontspannen, zijn oogleden bewegen snel. Lovis begrijpt dat hij droomt.

Ze buigt zich voorover zodat haar mond zich voor zijn kin bevindt en snuift de uitgeademde lucht op. Die is warm en geurloos. Ze voelt een onverklaarbare teleurstelling, waarna ze besluit het nog eens te proberen.

Deze keer wacht ze tot hij uitademt, waarna ze zijn uitgeademde lucht krachtig opsnuift. Het resultaat is zo onverwacht dat ze haar evenwicht verliest en achterovervalt. In een reflex vangt ze zichzelf met haar handen op, wat een doffe plof op de vloer veroorzaakt. Verschrikt blijft ze op de koude vloer zitten, terwijl ze Olle ongerust observeert. Hij slaapt nog steeds vast. Langzaam strekt ze haar benen. Met haar voeten tegen de rand van het bed schuift ze voorzichtig naar achteren zodat ze tegen de slaapkamermuur zit. Ze buigt haar benen en steunt met haar ellebogen op haar knieën zodat ze uiteindelijk haar hoofd zwaar in haar handen kan laten rusten.

Ze wil eigenlijk huilen, maar er komen geen tranen. Of dit nu komt door de schok of misschien uit angst om Olle wakker te maken, weet ze niet. In haar woedt een voor haar totaal onverwachte chaos. Hun al lang geleden uitgedoofde relatie is ontegenzeglijk al een tijdje geleden op de klippen gelopen. Dus is het vreemd dat ze zo'n groot verdriet voelt. Als een hand klemt het zich vast in haar borst en overspoelt haar met een verstikkende huilbui. Het liefst zou ze schreeuwen, maar haar lichaam gehoorzaamt niet. Misschien is ze niet zozeer verdrietig, maar voelt ze zich vernederd?

Als Lovis op de grond zit met haar hoofd in haar handen, stelt ze geschrokken vast dat ze liever had gehad dat hij wel een dronken bestuurder was. Dan hadden ze tenminste samen hulp kunnen zoeken. Olle hebben ingeschreven voor een bijeenkomst van Anonieme Alcoholisten of wat dan ook.

Maar voor dit echtelijk verraad bestaat er geen hulp.

Olles adem ruikt niet naar alcohol. Hij ruikt überhaupt niet naar iets wat je in een fles kunt kopen.

Hij ruikt naar kut.

Het is zaterdagochtend kwart over zeven als Idun Lind de deur van de vergaderkamer opent.

Zoals gewoonlijk is zij als eerste aanwezig.

Ze loopt naar de grote vergadertafel en schuift de stoelen naar achteren. Haar bovenbeenspieren protesteren als ze gaat zitten, na de intervaltraining van gisteren begint ze spierpijn te krijgen.

De tafel is leeg, op drie zwarte mappen na. Idun realiseert zich dat Siv ze daar heeft neergelegd. Die vrouw verstaat echt de kunst haar een stap voor te zijn.

De mappen zijn dun. Het vooronderzoek is nog niet ver gevorderd, wat te verwachten is. Het lichaam van Eva Vendel is nog geen twaalf uur geleden gevonden. De zwarte mappen zullen in de loop van de tijd flink dikker worden.

Idun buigt zich voorover, trekt een map naar zich toe en leunt net achterover in haar stoel als Calle Brandt de kamer binnenkomt. Haar breedgeschouderde collega heet eigenlijk Carl, maar behalve zijn moeder noemt iedereen hem Calle.

Zwijgend gaat hij naast Idun zitten. Zijn rode baard heeft dezelfde kleur als zijn haar. Zijn gezicht zit vol sproeten.

'Ik heb je gemist gisteravond. Het was goed geweest om daar twee mensen ter plekke te hebben.'

Idun klinkt niet geïrriteerd, stelt het eerder vast.

Calle snuift.

'Ze missen me altijd als ik er niet ben. Daar kan ik niets aan doen.'

Hij grijnst breed.

'En over werk gesproken. Een dode vrouw aan het plafond hangen. Wie doet er in godsnaam zoiets beestachtigs?'

Idun weet dat het een retorische vraag is. Zelfs zij kan er zo vroeg in het onderzoek geen antwoord op geven.

'Was ze getrouwd? Heeft die vent een alibi?'

Idun zucht zachtjes en vertelt Calle dan wat hij zelf ook al weet.

'Eva was getrouwd. Maar er is op dit moment niets wat erop wijst dat haar echtgenoot haar heeft vermoord. Ook al wijzen de statistieken in die richting, we weten niet of dit hier het geval is. We hebben hem nog niet kunnen verhoren, hij is in shock.'

Uit Calles blik blijkt dat hij het volkomen gerechtvaardigd vindt om de echtgenoot meteen te verdenken. Als rechercheur is Idun van mening dat je op voorhand nooit conclusies moet trekken, zelfs niet als de statistieken daar aanleiding toe geven.

'Kan ze iemand hebben geprovoceerd? Misschien heeft ze een misdaad begaan waarvan iemand het nodig vond om die te verbergen?'

Zoals altijd schrikt Calle er niet voor terug om uit te gaan van vooroordelen.

'Wat Eva Vendel ook heeft gedaan, ze verdiende het niet om te worden vermoord.'

Calle snuift ten antwoord, maar Idun hoort een zweem van twijfel.

'Nee, verdomme, dat weet ik zelfs.'

'Nou, waar was je gisteren? Ik heb geprobeerd je te bereiken, maar je telefoon stond uit.'

Hij spant zijn nek, zoals altijd bij een vraag die hij niet wil beantwoorden. Toch ziet Idun zijn scheve glimlachje achter zijn rossige baard.

'Ik had iets verkeerds gegeten en heb de hele avond en nacht op het toilet doorgebracht. Jammer maar helaas. Ik had er graag bij willen zijn en naar die arme stakker aan het plafond willen kijken.'

Idun heeft geen puf om commentaar te geven op zijn slechte leugen.

'Jij en ik zijn verantwoordelijk voor deze zaak, dat besef je toch?'

Calle knikt overdreven als antwoord.

'Natuurlijk zijn we dat. We zijn de besten van heel Noord-Zweden als het om het oplossen van zulke zware misdaden gaat.'

Idun geeft daar geen antwoord op. Daar is ze te bescheiden voor, ook al weet ze diep vanbinnen dat hij gelijk heeft.

Zoals altijd maakt inspecteur Anders Eriksson een grootse entree. Ondanks het feit dat hij al drie jaar Iduns directe chef is, raakt ze nooit echt gewend aan zijn manier van doen. In veel opzichten mag ze hem graag, maar zijn aanpak is allesbehalve licht verteerbaar.

Vanuit de vergaderkamer horen ze hem voor de deur luid hoesten voordat die opengaat. Of maar blijft opengaan. Hun chef duwt de deur eerst open met zijn achterwerk. De achterkant van zijn twee meter lange lijf komt dus als eerste, waarna Anders' hele gestalte een draai maakt om in de kamer te eindigen. In zijn ene hand heeft hij een koffiekopje, in de andere een zwarte map. Hij kan net twee stappen nemen als de deur met zo'n klap achter hem dichtslaat dat hij van schrik plotseling stilstaat. De koffie spat over de vloer. Anders zelf lijkt het niet te merken, hij doet in elk geval geen moeite om op te ruimen wat hij net heeft gemorst.

Zijn gezicht licht op als hij Idun en Calle ziet.

'Kijk eens aan! Mijn twee favorieten. Wat goed dat jullie hier zijn, op zaterdag nog wel!'

Hij lijkt verbaasd. Zijn wenkbrauwen dansen op zijn voorhoofd.

Calle antwoordt: 'We hadden het net over deze narigheid. Zeker weten dat we de dader gaan vinden.'

Anders smakt tevreden met zijn lippen. Verder komt hij niet voordat de deur weer openschuift. Siv Liv komt binnen. Ze knikt kort naar het trio en neemt dan plaats op een lege stoel tegenover Idun.

Siv is de enige civiele ambtenaar in de groep. Ze fungeert als verbindende schakel tussen de overheid en het publiek en heeft vanaf haar werkplek bij de glazen receptie bij de ingang een goed overzicht. Siv ontvangt bezoekers, verwijst ze naar de juiste rechercheurs en begeleidt ze naar buiten als dat nodig is. Ze is een zorgzame kloek die op haar collega's past en deels toezicht op hen houdt. Ook is ze Iduns favoriete collega. Idun weet dat Siv passie heeft voor zowel haar werk als het rechtssysteem en het politiekorps, maar dat ze soms wat moeite heeft met de procedures binnen de wat logge organisatie. Hoewel Siv geen politieopleiding heeft gevolgd, beschikt ze zonder twijfel over de meeste kennis van hen allemaal.

Nu zit ze waakzaam in de stoel tegenover Idun, opent een van de zwarte mappen en neemt als vanzelfsprekend het woord. Niemand, zelfs de korpschef niet, lijkt het ook maar een beetje raar te vinden dat de enige burger bij de vergadering de briefing inleidt.

Siv schraapt luid haar keel, trekt haar bril uit haar blonde haar en plaatst hem voor op haar neus. Haar kortgeknipte haar staat rechtop.

'Ik heb de schaarse informatie die er nu over de zaak is, gekopieerd. Alles zit in de mappen, voor ieder van jullie één exemplaar. Er is een korte en nogal grove tijdlijn, persoonlijke gegevens van Eva Vendel en haar echtgenoot Vidar met dezelfde achternaam. Een eerste verslag van het forensisch onderzoek zit er ook in, Malmen heeft samengevat wat er tot nu toe is gebeurd. Er zijn geen vreemde dingen gevonden en de hoeveelheid vingerafdrukken in de villa was natuurlijk groot. Helaas heeft geen van de afdrukken iets opgeleverd in ons onderzoek. Er ontbreken bloedsporen, wat Malmen verklaart door het feit dat de dader nadien grondig heeft schoongemaakt. Dat gecombineerd met het feit dat het slachtoffer overdag in de villa is opgehangen, maakt dat we ervan uitgaan dat de moord in het huis is gepleegd, een verklaring die natuurlijk nog kan wijzigen. De lamp die aan de plafondhaak zou moeten hangen is weg, en er is nog geen DNA gevonden dat ons naar een mogelijke dader leidt. Maar daar wordt aan gewerkt. We wachten ook op het autopsierapport. Dat duurt waarschijnlijk een paar dagen, ook al houdt Moritz er meestal stevig de vaart in. Het is tenslotte zaterdag vandaag.'

Nadat ze dat heeft gezegd, leunt Siv achterover in haar stoel en kijkt over de rand van haar bril naar Anders. Haar zwijgen is een stil signaal dat het woord aan hem is.

De chef Zware misdaad schraapt luidruchtig zijn keel.

'Juist. Wat we op dit moment weten is dat de dode Eva Vendel is. Ze woonde in de villa waar ze werd gevonden. Getrouwd met Vidar Vendel en stiefmoeder van zijn dochter Nadja, die dit jaar... vijfentwintig is geworden.'

Dit laatste komt na een korte stilte terwijl hij door zijn exemplaar van Sivs zwarte mappen bladert. Hij haalt zijn hand door zijn verfomfaaide haar en knikt kort naar Siv, een uitnodiging die ze direct begrijpt.

'Zo is het precies. Eva Vendel, geboren Stenberg, was achtenveertig jaar oud, getrouwd met Vidar Vendel, zoals eerder vermeld, maar zonder eigen biologische kinderen. Sinds twaalf jaar bonusmoeder van de dochter van haar man Vidar, Nadja van vijfentwintig. Nadja studeert aan de universiteit in Luleå en volgt daar losse rechtenvakken. Haar biologische moeder stierf aan kanker toen Nadja tien was. Eva is tien jaar geleden gescheiden. Haar ex-man woont in Piteå, ene Jan-Olof Larsson, vierenvijftig jaar oud. Hij is hertrouwd maar heeft geen kinderen. Hij is natuurlijk interessant in dit onderzoek, ook al hebben we op dit moment geen enkele reden om hem van het misdrijf te verdenken. Hij heeft geen strafblad, afgezien van een paar snelheidsovertredingen.'

Er is een korte stilte als Siv even op adem komt. Idun maakt van de gelegenheid gebruik om een vraag te stellen.

'Eva is dus tien jaar geleden gescheiden, maar is al wel twaalf jaar Nadja's bonusmoeder? Dat betekent dat ze nog twee hele jaren met die Jan-Olof was getrouwd op het moment dat ze met Vidar samenwoonde. Klopt dat echt?'

Siv kijkt Idun strak aan en geeft haar een bijna militair aandoend knikje.

'Dat klopt. Ik reageerde er net zo op en heb het dubbel en driedubbel gecontroleerd. Eva Vendel trok twee jaar voordat de scheiding van Jan-Olof definitief was bij Vidar in, hoe vreemd dat ook mag lijken. Maar wat weet ik ervan. Tegenwoordig kun je getrouwd zijn met de een en tegelijkertijd samenwonen met de ander. Alles kan gewoon maar.'

Haar toon verraadt een zekere weerstand tegen de nieuwe relatievormen. Idun onderschrijft het ietwat conservatieve standpunt van haar collega niet, maar toch zet de zaak ook haar aan het denken. Samenwonen met je nieuwe partner, maar pas twee jaar later scheiden van je vorige partner, is dat niet een beetje apart?

Siv gaat verder.

'Eva's vader leeft nog. Åke Stenberg, die ook in Piteå woont, maar in een verzorgingshuis. Ik weet niet in welke toestand hij verkeert, maar hij heeft de eerbiedwaardige leeftijd van zesennegentig jaar. Laten we hopen dat hij een krasse knar is die kan worden verhoord.'

Calle spreidt zijn armen. Anders, die duidelijk niet is voorbereid op een dergelijke onverwachte beweging, duikt verschrikt opzij.

'Ik weet niet of we dat moeten hopen. Het zou het beste voor de oude man zijn dat hij zo dement is dat hij niet eens weet dat hij een dochter heeft. Hoe leuk is het dat ze is vermoord en als de Jezus-versie van een geslacht varken aan het plafond opgehangen, als je zelf elk moment kunt omvallen?'

Het is duidelijk dat Calle van streek is, een toestand die meer regel dan uitzondering is. Siv werpt hem een moedeloze blik toe, maar Idun verwondert zich erover dat de uitbarsting van haar collega toch ook een zekere bezorgdheid inhoudt.

Na alle jaren bij de politie weet ze dat het overleven van je kinderen een van de ergste dingen is die een mens kan treffen. Je kind door een moord kwijtraken maakt het zo mogelijk nog erger. Calle heeft zeker een punt, ook al heeft hij dat in zijn woede niet erg charmant gebracht.

Siv gaat verder waar ze was gebleven.

'Eva werkte als docent op een vrije school in Boden. Ik heb geen tijd gehad om uit te zoeken waar ze vroeger heeft gewerkt, maar ze is vijftien jaar geleden op deze school begonnen. Ze heeft geen broers of zussen, bezit de helft van de echtelijke villa maar heeft geen andere bezittingen. En dat is het voor nu.'

Ze slaat de map dicht en legt hem demonstratief op tafel. Wat Siv over Eva Vendel weet, is nu ook bekend bij de anderen aan tafel.

Anders rekt zich uit.

'Idun leidt het onderzoek, maar zoals altijd werken jullie als een team.'

Idun en Calle knikken gelijktijdig.

'Wat we als eerste moeten doen is in kaart brengen hoe Eva Vendel als persoon was en hoe de laatste uren van haar leven zijn geweest. We moeten alles uitzoeken. Waar is ze geweest? Waarom? Met wie? Dan is het natuurlijk ook interessant om te weten of ze misschien vijanden heeft. Vijanden zijn geen vrienden, zoals we allemaal weten.'

Hun chef glimlacht zo breeduit om zijn eigen heldere moment dat Idun denkt dat zijn wangen zullen barsten. Niemand glimlacht terug.

Calle laat zijn hoofd tegen zijn handen rusten die hij achter zijn nek heeft gevouwen. Zijn gespierde armen vormen een scherpe hoek. Zijn getatoeëerde elleboog raakt Iduns wang bijna.

'Als we afgaan op de statistieken zoeken we een man.'

Niemand zegt wat. Iedereen aan tafel weet dat Calle gelijk heeft.

'Idun en Calle. Jullie gaan terug naar het huis van Vendel

voor nog een grondig onderzoek. Onze forensische technici zijn klaar op de plaats delict, toch, Siv?'

'Yep. Maar die is natuurlijk afgesloten voor verder onderzoek.'

'Goed. En dan zullen we zien wat de autopsie uitwijst. Tot die tijd kunnen jullie Eva's familieleden in kaart brengen. De echtgenoot natuurlijk. En de stiefdochter. Jullie moeten met alle betrokkenen praten. Natuurlijk in de eerste plaats met Vidar en Nadja, maar ook met buren en vrienden. Je weet maar nooit of iemand iets heeft gezien of gehoord en welke motieven er denkbaar zijn.'

Hij neemt een slok koffie. Het gezicht dat hij daarna trekt, verraadt dat de koffie koud is geworden en vies smaakt.

'Zo dan,' zegt hij als zijn grimas grotendeels is weggetrokken. 'We gaan aan de slag.'

Idun parkeert de auto langs de stoeprand. Ze buigt zich voorover naar de voorruit om het huis van de familie Vendel beter te kunnen zien. Als een knalgele creatie met enorme ramen rijst het op in het midden van het gazon. De augustuszon doet de gevel lichtgevend lijken. Een goed getrimde haag omzoomde de tuin en de rij bolvormige struiken langs de oprit vormen de kers op de taart.

Voor de heg is een halve cirkel van brandende waxinelichtjes gemaakt. Er liggen bloemen en handgeschreven kaarten naast. Twee vrouwen staan met gebogen hoofd bij de tijdelijke gedenkplaats en lijken zacht met elkaar te praten.

Calle kijkt naar buiten door Iduns zijraam. Ze denkt dat hij voortdurend op zoek is naar iets verdachts. En hij blijkt meteen beet te hebben.

'Daar staat iemand.'

Idun draait haar hoofd in de richting die Calle wijst. En inderdaad. Een stukje verderop aan de andere kant, voorbij de twee vrouwen, staat een man in zijn eentje. Hij houdt één hand schuin tegen zijn voorhoofd om zijn ogen tegen de zon te beschermen. Het is duidelijk dat hij bij Vendels villa naar binnen probeert te kijken.

Calle is als eerste uit de auto. Het duurt nog geen twee seconden en uit de manier waarop hij zich beweegt, maakt Idun op dat zijn volledige aandacht nu uitgaat naar de man op de stoep. Ze vloekt inwendig terwijl ze haar veiligheidsgordel losmaakt. Even later staat ze ook buiten en na een kort sprintje haalt ze Calle in vlak voordat hij bij de man is. Toch lukt het Calle om als eerste iets te zeggen.

'Ik ben Calle Brandt. Hallo. Mag ik vragen wat u aan het doen bent?'

Vanuit haar ooghoek ziet Idun dat de beide vrouwen de lompe politieman belangstellend opnemen. Ze balt haar vuist in haar jaszak.

De man op de stoep ziet er verbaasd uit. Hij is lang en staat rechtop, gespierd voor zijn leeftijd, die Idun schat op rond de vijftig. Zijn gezicht zit vol fijne rimpels, vooral rond zijn ogen zijn het er veel. Ze vindt dat hij eruitziet als iemand die vaak glimlacht.

De man kijkt Calle vriendelijk aan.

'Goedemorgen. Mijn naam is Samuel. Kan ik iets voor u doen?'

Idun weet niet of het door de oprecht vriendelijke toon komt dat Calle direct driftig lijkt te worden. Ze maakt meteen gebruik van de opening die ontstaat.

'Mijn naam is Idun Lind en ik ben een collega van Calle Brandt hier. We zijn van de politie.'

Ze maakt een snelle handbeweging naar Calle en probeert tegelijkertijd ontspannen te klinken. De twee vrouwen bij de lichtcirkel hebben zich nu naar het trio gekeerd. Schaamteloos volgen ze het gesprek.

'Zoekt u iets?'

Calle klinkt bars. De man die zich voorstelde als Samuel glimlacht weer vriendelijk.

'Niet echt, ik doe meestal evangelisatiewerk in de omgeving, maar nu kwam ik hierlangs en ik was van plan een kaarsje aan te steken op Vendels oprit.'

Calle kijkt hem met half dichtgeknepen ogen aan.

'Dus een van deze lichtjes is van u?'

Samuel haalt langzaam zijn schouders op. Hij glimlacht nog steeds.

'Het warme weer heeft me aan het denken gezet. Er zou een bermbrand kunnen ontstaan en daar wil ik niet aan bijdragen.

Het is zo ongelooflijk wat er is gebeurd, ik leef echt mee met de slachtoffers. God zegene de familie.'

Hij ziet er oprecht aangeslagen uit.

'Evangelisatiewerk?'

Samuel gluurt naar de vrouwen bij de lichtcirkel.

'Ik ben een Jehova's getuige. Deze wijk hoort bij het missierayon van mij en mijn vriend. We zijn diep bezorgd over wat er is gebeurd en willen de mensen hier uitnodigen om onze folder over rouw en troost te lezen.'

De twee vrouwen komen naar hen toe en lopen achter Idun en Calle langs. De ene groet zwijgend met een knikje, Samuel glimlacht en groet terug. Idun volgt de vrouwen met haar ogen als ze achter de heg verdwijnen en merkt op dat ze ondanks de zomerse warmte dik zijn aangekleed.

Calle draait zijn hoofd opzij en kijkt Samuel argwanend aan.

'Jehova's zegt u. Waren uw vriend en u gisteren toevallig over God en Jezus aan het evangeliseren?'

Idun onderdrukt een zucht maar blijft Samuel aankijken. Als hij gisteren in de buurt was, bestaat natuurlijk de kans dat hij iets belangrijks heeft gezien. Samuel lijkt Calles botte toon niet op te merken, hij wekt in elk geval niet de indruk beledigd te zijn. In plaats daarvan werpt hij een droevige blik in de richting van de Vendels-villa.

'Ja, toevallig wel.'

Idun voelt een sprankje hoop opkomen als de vriendelijke man verdergaat.

'Maar niet in deze wijk. We hebben zeker veel getuigen in deze gemeente, maar we zijn verantwoordelijk voor grote gebieden. Normaal gesproken duurt het minstens een paar maanden voor we weer in dezelfde wijk op bezoek gaan, dus ik kan jullie helaas niet helpen. We zijn in het voorjaar voor het laatst in deze straat geweest. Half mei, als ik het me goed herinner.'

Idun luistert goed naar de klank van zijn stem. Hij klinkt oprecht.

'Bent u toen ook bij de familie Vendel langsgegaan?'

Weer ziet ze het trieste glimlachje.

'Vroeger wel. We hebben de vrouw des huizes een paar keer gesproken. Maar dat is nu al ruim een halfjaar geleden.'

Zijn stem klinkt warm en eerlijk. Idun krijgt het idee dat van de beruchte dwang misschien toch niet altijd sprake is.

'Tijdens ons laatste bezoek, zo'n beetje vlak na kerst, zei haar man dat we niet meer welkom waren.'

Hij zei het zonder met zijn ogen te knipperen. Idun begrijpt dat hij eraan is gewend te worden afgewezen.

'Hij was behoorlijk overstuur. En omdat zijn vrouw een beetje achter hem stond en naar ons glimlachte, namen we aan dat ze het waarschijnlijk met elkaar eens waren. Voor sommige mensen zijn een paar gesprekken over Jehova voldoende, dan zijn ze tevreden. Zo willen wij het tenminste zien.'

'Evangeliseren jullie altijd met z'n tweeën?'

Samuel knikt.

'Maar vandaag bent u hier alleen?'

Hij knikt weer.

'Vandaag heb ik geen dienst, maar ik kon het niet laten om even langs te lopen. Het is zo vreselijk wat er is gebeurd. Een gezin met kinderen was hier tegelijk met mij, we hebben een tijdje gepraat over het onbevattelijke.'

'Dus u kent het gezin niet?'

'Nee. Helaas niet.'

Idun bedankt hem voor het gesprek en reikt hem haar visitekaartje aan.

'Als u of uw gemeenteleden iets kunnen bedenken, zouden we u dankbaar zijn als u het ons laat weten. Dat kan van alles zijn, iets groots of kleins, wat dan ook.'

Samuel neemt haar kaartje aan en bekijkt het met een bedachtzame blik, waarna hij het in zijn jaszak stopt.

'Waar kunnen we u bereiken als we u nog iets zouden willen vragen?'

'In de Koninkrijkszaal in het centrum van Boden. Ik ben daar conciërge en ben daar bijna elke dag.'

‘Hebt u geen vast adres?’

Calle klinkt sceptisch.

‘Nee, dat heb ik niet.’

Hij zegt het alsof het de gewoonste zaak van de wereld is. Idun vraagt het adres van de zaal en noteert het in haar notitieboekje.

Calle en zij staan nog steeds op de stoep als de lange man de straat uit loopt. Idun denkt dat het vast niet gemakkelijk is om een Jehova’s getuige te zijn. Ze realiseert zich hoe onwelkom ze doorgaans zijn wanneer ze rondzwerven tijdens hun blijkbaar eeuwigdurende getuigenis over God. Haar jongere zus Mika die godsdienstwetenschapper aan de universiteit is, vertelde ooit iets over de organisatie en haar interne eisen en onderdrukkende structuren. Het daarnaast ongewenst zijn in de samenleving maakt het leven er ongetwijfeld niet eenvoudiger op.

Ze wendt haar ogen af van Samuel en draait zich om naar Calle.

‘Nou, gaan we in Vendels huis kijken of gaan we met de buren praten?’

Calle spuwt zijn snus in het gras.

‘We doen de buren. Ik praat liever dan dat ik gluur.’

Boden 1975

Het licht. Het is grauw, wazig en vuil. Als een vlies ligt het over de omgeving, zelfs het gras krijgt een grijzige tint. De hemel verwordt tot een mistige en vormeloze massa waarvan het blauw boven de wegen amper te zien is.

Viola heeft het koud waar ze staat op het kerkhof. Koude lucht trekt rond haar benen en dringt door tot onder haar dunne jas. Ze trekt haar gebreide sjaal strakker om haar hals terwijl ze haar ogen dichtknijpt naar de vuilgrijze lucht. Als ze erover nadenkt, beseft ze dat het schemerige licht goed past bij een dag als deze. Een mistige buitenkant sluit aan bij haar verdrietige innerlijk, een grauwsluier over een treurende geest. Het geheel voelt bijna theatraal aan, alsof de natuur en het verdriet dit samen hebben geregeld.

Het enige vreemde is dat zij als enige in de begrafenisstoet lijkt te rouwen. Geen van de anderen lijkt erg verdrietig te zijn. Ze merkte dat al in de kapel. Ze was de enige met tranen over haar wangen, haar keel de enige die dichtgeknepen was. Zittend tussen mama en haar grote zus Rita, voelde Viola zich alleen staan, de enige die huilde, de enige wier schouders schokten van verdriet om het verlies.

Mama zat als versteend. Haar ogen waren op de vloer gericht en ze leek zich niet bewust van wat er om haar heen gebeurde. De dominee sprak, las hardop uit de Bijbel, gaf papa Gods zegen en sprak de hoop uit dat hij in vrede mocht rusten. Mama leek hem niet te horen. En als ze hem al hoorde, dan leek ze tenminste niet naar de woorden te luisteren. Ze vertoonde geen enkele reactie, zelfs niet toen de predikant de dienst afsloot en de weinige aanwezigen vroeg in vrede te vertrekken. Mama stond bedroefd op en liep naar de uitgang van de kapel. Ze keurde de kist geen blik waardig meer.

Met Rita was het anders. Ze had zeker zo afstandelijk verdrietig geleken als mama, maar er was tenminste een soort aanwezigheid geweest, zij het een nonchalante. Terwijl de dominee sprak, leunde Rita achterover in de kerkbank. Met één arm rustend op de pijnlijk rechte rugleuning zat ze schuin naar de dominee gekeerd. Af en toe gaapte ze, wel zonder geluid, maar met haar mond zo wijd geopend dat Viola haar hele keelholte, haar kiezen en roze gehemelte kon zien. Rita's hele wezen ademde niets dan pure triestheid.

Het grijze waas dat het kerkhof nu omgeeft, is haast slaapverwekkend. Naast Viola staat mama. Ze heeft haar zwarte jurk aan, die met de lange mouwen en de hoge kraag. Haar leren laarzen zijn zwart en hebben kale neuzen, haar haar zit in een knot. Haar gezicht is zoals altijd onopgemaakt. Haar wangen zijn bleek en pafferig, haar ogen vochtig en ze heeft haar lippen samengeperst. Ze ziet er eigenlijk ontzettend verdrietig uit, ook al zijn haar wangen niet betraand. Ineens verbaast dat Viola. Waarom was dit verdriet in de kerk niet te zien?

Direct onder haar linkeroog verandert de kleur van mama's dunne huid in geel en grijs. Viola weet dat het kleurverschil wordt veroorzaakt door een wegtrekkende blauwe plek. Beschaamd kijkt ze de andere kant op, verplaatst haar blik naar Rita. In een zwarte broek, een wit T-shirt en een informeel colbertje met de knopen open lijkt ze meer op een feestje gekleed dan op een uitvaart. Anders dan haar moeder is ze zwaar opgemaakt. Haar ogen zijn zwart aangezet en haar lippen dieprood. Ze heeft geen overjas aan maar lijkt het toch niet koud te hebben.

Viola's zus heeft zich nooit veel van normen aangetrokken. Normaal gesproken is dat iets aan haar zus waar Viola veel van houdt, maar vandaag ergert ze zich er alleen aan. Omdat het voor Rita geen verdrietig moment is. Wat haar betreft is papa's overlijden het beste wat ooit is gebeurd. Dat weet Viola en ze snapt het voor een deel ook wel, maar accepteren dat Rita daar de hele buurt deelgenoot van maakt, gaat haar net te ver. Ook al is die buurt vandaag uiterst klein.

De dominee leest iets uit de versleten bijbel en pakt dan een schep van de verhoging naast de kist. Driemaal strooit hij luchtig wat aarde over papa's bruine kist.

'Uit stof zijt gij geboren, tot stof zult gij wederkeren, God onze Vader, neem onze geliefde Jan-Ivar tot u en laat hem uw hemel binnengaan.'

Viola huilt.

Rita snuift.

Mama vertrekt geen spier.

Idun en Calle hebben bijna twee uur van hun zaterdagochtend besteed aan huis-aan-huisonderzoek. Bijna iedereen die de deur opendeed, had medeleven betuigd met de tragische gebeurtenis maar verklaarden dat ze gisteren helaas niets van belang hadden gezien. De buren hadden het begin van hun weekend doorgebracht zoals men dat in dit soort buurten in de regel doet: thuis aan de eettafel of in een restaurant in de stad. Een paar buren hadden bezoek gehad en Idun en Calle hadden contactgegevens gekregen. Ze verwachtten niet dat hun rondbellen veel waardevols zou opleveren.

Ze zijn op weg terug naar hun auto als een zwarte tweezits BMW met dure velgen naast hen afremt. Bijna geruisloos draait hij de oprit op van het huis tegenover de gele villa van Vendel. Uit de auto stapt een vrouw van middelbare leeftijd. Ze is gekleed in een broek en een jasje en draagt goudkleurige schoenen met hoge hakken. In haar hand houdt ze een grote, bordeauxrode handtas met een enorme gouden gesp erop. Ondanks het feit dat de twee rechercheurs beneden bij de weg staan, ziet Idun direct dat de tas van een duur merk is. Uit het hele uiterlijk van de vrouw blijkt overduidelijk dat ze letterlijk zwemt in het geld.

Met een druk op de knop doet ze de auto op slot en dan draait ze zich naar de straat. Ze kijkt naar de twee politieagenten. Zonder iets te zeggen begeven Idun en Calle zich in haar richting. Bij haar aangekomen, ziet Idun dat ze smaakvol is opgemaakt. Ze glimlacht niet, maar haar ogen staan vriendelijk.

'Wij zijn van de politie. Mijn naam is Idun Lind en dit is mijn collega Calle Brandt.'

Idun steekt haar hand uit. Die wordt aangenomen door slanke vingers met goed gemanicuurde nagels. In de eerst vriendelijke ogen wordt nu een groeiende bezorgdheid zichtbaar. De aanwezigheid van de politie heeft dat effect meestal.

'Caroline Hofverts. Ik woon hier.'

Ze laat Iduns hand los en maakt een totaal overbodig knikje naar de villa achter haar. Het is een gelijkvloers huis, aanzienlijk kleiner dan dat van Vendel, maar minstens zo goed onderhouden. De ramen zijn groot en de gevel is pas geschilderd. De tuin lijkt te worden onderhouden met een nagelschaartje. Idun heeft nog nooit zo'n strak gemaaid gazon gezien.

'We vroegen ons af of we u even kunnen spreken?'

Caroline Hofverts kijkt bezorgd maar knikt langzaam.

'Het liefst binnen.'

Caroline houdt haar handtas stevig vast.

'Dit gaat over Eva, neem ik aan?'

Idun geeft geen antwoord.

'Gaat u mee naar binnen. Ik moet water drinken en mijn handen wassen, maar dan in omgekeerde volgorde.' Haar korte lachje is geforceerd, de klank sterft weg zodra hij naar buiten is geperst.

Bij de entree voert Caroline een zescijferige code in. Het elektronische slot laat een kort melodietje horen, gevolgd door een klikkend geluid. Ze nodigt Idun en Calle uit om binnen te komen.

De gang baadt in het licht door de grote ramen. Witte muren en meubels worden afgewisseld met gouden details. Een grote plafondlamp met honderden prisma's verspreidt een fascinerende hoeveelheid licht dat in ontelbare schitteringen weerkaatst in de kostbare metalen details van het interieur. Caroline ziet dat Idun de grote lamp in zich opneemt.

'Hij is speciaal besteld bij een Italiaanse distributeur. Vanzelfsprekend waanzinnig exclusief.'

Ze zegt dit alsof ze zojuist een groot geheim heeft onthuld.

Idun kijkt om zich heen en merkt op dat de villa groter is

dan hij van buitenaf lijkt. Caroline hangt haar jasje op.

'Kom toch binnen. We kunnen in de woonkamer gaan zitten.'

Ze wijst naar de kamer rechts.

'Ik ga alleen eerst even mijn handen wassen, dat is een vieze gewoonte van me.'

Weer lacht ze om haar eigen slechte grap. Idun glimlacht plichtmatig, Calle vertrekt geen spier.

De woonkamer is groot en licht. Midden op de vloer staat een enorme, donkergroene bank, met ervoor twee fauteuils in dezelfde groene stof. Aan de muren hangen schilderijen in duur uitziende krullerige lijsten. Er zijn geen kleden of gordijnen. Op de bank zijn twee witte fluwelen kussens decoratief neergelegd, maar daar blijft het qua textiel bij.

'Maar ga toch zitten.'

Zowel Idun als Calle schrikt op, geen van beiden had gemerkt dat Caroline de kamer binnenkwam.

Ze gaan allebei in een fauteuil zitten. Caroline neemt plaats op de bank. Omdat die zo groot is, lijkt het alsof hij haar gaat verzwelgen. Caroline plukt nerveus met haar vingers aan haar knieën. Ze kan de aanwezigheid van de politiemensen niet langer ontwijken.

'Eva. Jullie willen het zeker over haar hebben?'

Ineens heeft ze een klein stemmetje.

Idun leunt voorover in haar stoel. Ze heeft haar benen wijd uit elkaar gezet en legt haar ellebogen op haar knieën terwijl ze haar handen vouwt. Ze weet dat ze hiermee de indruk wekt dat ze nu al zelfverzekerd en eerlijk is in het gesprek, maar ook oprecht is geïnteresseerd in wat Caroline te vertellen heeft.

'Was u thuis gisteren?'

Caroline kijkt bijna teleurgesteld.

'Natuurlijk was ik dat, het was vrijdag.'

'Bent u vrijdags altijd thuis?'

Caroline friemelt aan een van haar ringen. De steen erin lijkt een echte diamant.

'Ik werk niet. Dat Dag werkt, is voldoende. Mijn man dus. Zo heet hij. Dag.'

'Wat hebt u vrijdagmiddag gedaan?'

Caroline lijkt na te denken. Als het antwoord komt, is het duidelijk dat dat niet nodig was geweest.

'Ik heb een martini gedronken. Zonder olijven erin. Tegen vieren kwam Dag thuis, we deelden een fles wijn waarna we rendierfilet met geroosterde aardappels en Franse salade aten. Die heb ik niet zelf gekweekt maar bij de delicatessenzaak in de stad besteld. Die heeft voortreffelijke groenten.'

Ze kijkt Idun en Calle aan met een uitdrukking die suggereert dat ze onder de indruk zouden moeten zijn. Geen van beiden zegt iets.

'Na het eten hebben we ieder een espresso gedronken. Dag ruimde op in de keuken terwijl ik een bad nam. We keken nog een tijdje naar de talkshow met Skavlan voordat we naar bed gingen. Toen hebben we drie kwartier seks gehad waarna we uiteindelijk het licht uitdeden en zijn gaan slapen.'

Tijdens haar hele relaas knippert ze niet één keer met haar ogen.

Aan Calles stem is te horen dat hij geamuseerd is.

'Dat is een duidelijk verslag. Het klinkt bijna alsof u een vrijdagroutine beschrijft?'

Caroline leunt achterover tegen de rugkussens. Daardoor lijkt de groene bank zo mogelijk nog groter. Ze slaat haar ene been over het andere en lijkt volledig ontspannen. Idun merkt de verandering in haar lichaamstaal op en vraagt zich in stilte af wat dat wil zeggen.

'Ik weet niet of je het een routine kunt noemen. Soms slaan we Skavlan over, hij wordt tegenwoordig nogal overschat.'

Calle begrijpt al snel welke richting Caroline op wil met het gesprek. Dus leunt hij glimlachend achterover in zijn fauteuil met net zo'n superieur glimlachje als dat van haar waarna hij abrupt van onderwerp verandert.

'Hebt u de familie Vendel ergens overdag gezien?'

Carolines glimlach trekt weg. 'Nee.'
'De hele dag niet?'
'Nee.'
'Hebt u hun dochter Nadja gezien?'
'Nee. Waarom vragen jullie dat?'
Calle heeft er vrede mee dat ook Caroline nu vragen stelt. Maar het is Idun die er antwoord op geeft.
'We proberen de vrijdag van de hele familie in kaart te brengen. Dat is routine bij dit soort sterfgevallen.'
Caroline knippert een paar keer met haar ogen, nu duidelijk in de war.
'Wat maakt het uit wat Nadja deed toen haar moeder zelfmoord pleegde? Zij kan toch niet de schuld krijgen van Eva's beslissing?'
Idun doet haar best om neutraal te klinken.
'Zelfmoord?'
Caroline kijkt verbaasd, maar ze zegt niets.
'Waarom denkt u dat Eva zelfmoord heeft gepleegd?'
Caroline maakt een verwarde handbeweging.
'Maar natuurlijk heeft ze dat gedaan. Of wat bedoelt u nu?'
Calle herhaalt Iduns vraag.
'Waarom denkt u dat Eva zelfmoord heeft gepleegd?'
Caroline doet haar mond open en dicht. Het geeft haar een domme aanblik.
'Een vrouw zonder eigen vrienden of familie. Ze staat bekend als de hoer van de wijk. Ik bedoel, het was wel duidelijk dat het uiteindelijk verkeerd met haar zou aflopen.'
'Was Eva niet geliefd hier in de buurt?'
Caroline haalt haar schouders op.
'Ongeliefd misschien niet. Wel bekend. Om haar levenswijze dus.'
'Welke levenswijze bedoelt u?'
Nu zucht Caroline.
'Iedereen wist dat Eva Vidar bedroog. Dat was algemeen bekend, zelfs Vidar wist ervan.'

Idun krijgt een vaag onderbuikgevoel. Dat herkent ze van eerdere onderzoeken. Een nauwelijks waarneembaar gevoel dat pas weggaat als ze antwoord op haar vragen heeft gekregen.

'Met wie ging Eva vreemd? Weet u dat?'

Caroline lacht weer, iets te schril.

'U kunt beter vragen met wie Eva níét vreemdging. Daar zou ik gemakkelijker antwoord op kunnen geven.'

Idun bekijkt Caroline zoals die op de donkergroene bank zit.

'Bedoelt u dat Eva ontrouw was met verschillende mannen?'

Caroline kijkt alsof de vraag de meest idiote is die ze ooit heeft gehoord.

'Natuurlijk.'

'U lijkt zeker van uw zaak.'

'Ik heb het met mijn eigen ogen gezien.'

'En u weet zeker dat Vidar wist dat zijn vrouw hem ontrouw was?'

'Dat moet u aan hem vragen. Maar het lijkt me ongeloofwaardig dat hij zo'n algemeen bekend gespreksonderwerp heeft gemist.'

Daar geeft Idun geen antwoord op. Caroline moest eens weten hoeveel informatie zo'n beetje iedereen bereikt, behalve degene die die informatie echt moest krijgen.

'Maar u denkt dat het niet goed ging met Eva?'

'Absoluut.'

'Waarom denkt u dat?'

Caroline kijkt uit het raam. Buiten passeert er een auto op hetzelfde moment dat een kat de weg over rent. Die wordt op een haar na overreden.

'Dat is moeilijk uit te leggen. Maar zo heb ik het geïnterpreteerd.'

'Waarom dacht u dat Eva ongelukkig was?'

Caroline krijgt een verdrietig trekje op haar gezicht.

'Dat is moeilijk te zeggen.'

'Probeer het toch maar.'

Ze lijkt even na te denken en wringt langzaam haar handen in haar schoot.

'Ik weet het niet. Het is een gevoel dat ik heb en dat ik niet kan verklaren. Misschien heeft Eva er niet helemaal voor gekozen om zelfmoord te plegen. Misschien werd ze door innerlijke stemmen of zoiets gedwongen. Ik weet het niet, ik heb geen ervaring met zulke... psychische aandoeningen. Maar toch. Ze is al een hele tijd down. Een beetje depressief en verdrietig, dat heb ik gezien toen ze in de tuin was. Het leek alsof ze het leed van de hele wereld op haar schouders droeg. Als jullie snappen wat ik bedoel?'

Calle kijkt Caroline met een blik vol afkeer aan.

Vendels buurvrouw gaat verder.

'Het is alsof haar verdriet nog in haar ogen te zien was, ook al glimlachte haar mond. Als ze lachte, lachten haar ogen niet mee. Ik geloof dat Eva een trieste ziel was. Dat dacht ik al veel langer.'

Caroline zwijgt. Calle moedigt haar met een handgebaar aan verder te gaan met haar verhaal en dat doet ze dan ook.

'Ik heb gedacht dat Eva uiteindelijk het risico liep zelfmoord te plegen. Door verdriet vanbinnen. Of onrust, angst misschien. Ik weet het niet en nu klets ik maar wat. Dat is niets voor mij. Ik weet niet wat ik zeg, luister maar niet naar mij.'

Ze leunt achterover op de bank en Calle wrijft over de brug van zijn neus.

'U kende haar amper, maar u dacht wel dat ze zwaar depressief was?'

Caroline knikt afwezig.

'We zijn buren, ik zag haar bijna dagelijks. Het was van veraf te zien dat ze zich slecht voelde. Aan haar houding, aan de manier waarop ze zich bewoog. Aan haar ogen en stem, de weinige keren dat we elkaar hebben gesproken.'

'Voor iemand die zegt dat ze Eva Vendel niet bijzonder goed kent, hebt u nog niet zo'n slechte analyse weten te maken.'

Idun zucht binnensmonds. Die verdomde superioriteit van hem.

Caroline vertrekt geen spier.
Maar Calle geeft niet toe.
'U hebt haar blijkbaar vaak en goed geobserveerd. Brengt u veel tijd door in uw tuin?'
Nu krijgt Caroline een donkerdere blik.
'Ik weet wat u denkt, u denkt dat ik zo'n gestoorde vrouw ben die de buren bespioneert en dan dingen over hen verzint die eigenlijk nergens op slaan.'
Calles gezicht verraadt dat dat precies is wat hij denkt.
'U hebt het mis. In dit soort buurten letten we op elkaar. Doodgewoon nabuurschap. Eva en ik waren niet bevriend, we hadden geen diepgravende gesprekken bij een glas wijn of een kop koffie. We waren buren en zij was verdrietig. Iedereen zag dat. En als je naast elkaar woont, zie je elkaar vaak, misschien vaker dan je zelf zou wensen. Eva's leven eindigde in zelfmoord en ik heb medelijden met haar, maar schaam me niet omdat ik in de gaten had dat het niet goed met haar ging. En om heel eerlijk te zijn, begrijp ik niet waarom jullie me willen spreken. Een zelfdoding hoeft toch niet door de politie te worden onderzocht?'
Calle zwijgt. Dat is niets voor hem.
Idun probeert zich zo behoedzaam mogelijk uit te drukken.
'Hebt u Eva ooit gevraagd hoe ze zich voelde?'
'Nee. Zo'n relatie hadden we niet met elkaar.'
Idun knikt om te laten zien dat ze het begrijpt.
'Vertel eens wat meer over Eva's affaires?'
Caroline gaat op de bank verzitten.
'Als Vidar op zakenreis was, stonden er verschillende auto's op hun oprit. Het is niet bepaald een geheim dat het verschillende mannen waren. Dat was ook niet te missen, omdat het allerlei soorten auto's waren. En het is niet lastig te begrijpen dat een vrouw die zo leeft allesbehalve gelukkig is.'
Calle trommelt met zijn vingers op zijn knie.
'Altijd één man tegelijk? Nooit twee of meer?'
De vraag doet Caroline blozen.

'Nou, het is niet alsof ik vanachter de gordijnen heb zitten kijken wat Eva allemaal deed.'

Calle rolt inwendig met zijn ogen bij de slechte leugen.

'Maar nee. Het ging niet om meerdere mannen op hetzelfde moment. Gewoon verschillende auto's op verschillende tijdstippen. Spaar me.'

Ze legt haar hand op haar borst in een poging geschokt te lijken.

'Hoe weet u dat het steeds andere auto's waren?'

'Omdat ik ogen in mijn hoofd heb.'

'En u hebt gezien dat er verschillende mensen in die auto's zaten? Mannelijke personen?'

Nu bindt Caroline in.

'Nou ja, misschien niet direct. Meestal was het avond en donker. En de Vendels hebben beroerde verlichting op hun oprit. Maar ik weet zeker dat het verschillende auto's waren en dan zouden het toch ook verschillende mannen moeten zijn. Dat spreekt vanzelf, zou je denken.'

Idun en Calle hebben vooralsnog geen vragen meer. Ze bedanken voor het gesprek en staan op. Caroline verontschuldigt zich dat ze hen niet beter heeft kunnen helpen, maar Idun verzekert haar dat ze absoluut behulpzaam is geweest. Zij en Calle beloven terug te komen als er zich nieuwe vragen voordoen, Caroline zegt toe het hun te laten weten als haar nog iets te binnen schiet wat voor de politie van belang zou kunnen zijn.

'Wat dan ook, al lijkt het nog zo futiel: bel ons.'

Caroline staat op de oprit als ze in de auto stappen. Idun draait van de stoeprand weg, rijdt door de villawijk naar rijksweg 97. Ze zijn bijna halverwege Luleå als ze een blik op Calle werpt. Hij lijkt diep in gedachten verzonken te zijn.

'Nou? Wat zeg je van Caroline Hofverts?'

Calle grijnst zodat zijn bovenlip tegen zijn neus wordt gedrukt. Zijn gezicht plooit, zijn sproeten vormen kleine clusters in de rimpels.

'Ze liegt. Ik weet niet waarover en ik weet verdomme ook

niet waarom, maar mevrouw Hofverts liegt, dat geef ik je op een briefje.'

Idun kijkt in de achteruitkijkspiegel. Op dit tijdstip is er bijna geen verkeer. De forenzen die elke dag tussen Boden en Luleå rijden, moeten nog een paar uur werken voordat het tijd is voor de terugreis.

'Ik krijg ook een vreemd gevoel. Ze lijkt niet helemaal eerlijk, maar ik kan aan de andere kant niet precies zeggen waardoor ik dat gevoel krijg. Ik heb niet zozeer het idee dat ze liegt, maar meer dat ze... zich vergist?'

Calle kijkt uit het raam. Aan de rechterkant schiet Gammelstad voorbij.

'Ik weet het ook niet. Maar Caroline Hofverts weet meer dan ze zegt, daar ben ik zeker van.'

Het gerinkel van Calles telefoon onderbreekt hun gesprek. Hij antwoordt chagrijnig, Idun kan niet horen met wie hij praat. Zonder gedag te zeggen breekt hij het gesprek af en hij schuift de telefoon in zijn broekzak.

'Dat was Siv, je kunt omkeren en terugrijden naar Sunderbyn.' Idun kijkt vragend.

'Ze heeft de verantwoordelijke arts van het psychiatrisch ziekenhuis te pakken gekregen, ene Karin Simma, blijkbaar. Vidar Vendel kan ons voor een kort bezoek ontvangen. Hij is er slecht aan toe maar is "aanspreekbaar", wat dat verdomme ook mag betekenen.'

Idun kijkt in de achteruitkijkspiegel. Als ze heeft vastgesteld dat er geen auto's achter hen zitten, maakt ze een scherpe U-bocht over de tweebaansweg, stuurt door een opening in de vangrail in de middenberm en rijdt daarna in tegenovergestelde richting. Als Idun het gaspedaal intrapt, wijst de snelheidsmeter meteen meer dan honderdvijftig kilometer per uur aan. Gammelstad schiet opnieuw voorbij, deze keer aan hun linkerzijde.

Luleå 1976

Kallax Airport is een grijs gebouw met vuile ramen en enorme hoeveelheden asfalt eromheen. Een of andere twijfelende stakker heeft geprobeerd het aanzicht op te leuken door bij de ingang petunia's in grote potten te planten. Het is een trieste verzameling bloemen die het al hebben opgegeven in de koude herfstnachten.

Rita staat voor de ingang van het vliegveld te roken. De uitgeblazen rook neemt de vorm aan van kleine bolvormige ringen die de lucht in zweven en uiteindelijk oplossen in de rest van de nevel. Viola staat naast haar. Zwijgend wacht ze tot Rita klaar is met roken zodat ze naar binnen kunnen. Eigenlijk hoopt Viola dat de sigaret nooit opraakt. Ze zou liever de rest van haar leven hier blijven dan doen wat zij zo meteen gaan doen.

Uiteindelijk heeft Rita haar sigaret toch opgerookt.

'Verdomme, dat het zo koud moet zijn!'

Ze trekt haar jas hoger op tot aan haar kin en stampt geïrriteerd met haar voeten. Viola weet niets uit te brengen. De brok in haar keel groeit met de seconde. Hij zat verborgen sinds ze papa hebben begraven, maar nu wordt hij zo groot dat het bijna pijn doet. Ze weet dat het door het verdriet komt, maar kan het nergens kwijt. Noch mama noch Rita willen er iets van weten. Dat gehuil om een vader die alleen zij lijkt te missen. Denk je eens in. Sommige mensen lijken nooit te kunnen vergeven.

Rita hoest en draait zich daarna om. De onverwachte beweging doet Viola terugdeinzen. Met snelle passen gaat Rita door de deuren naar binnen. Viola kijkt verward om zich heen en volgt haar dan. Haar voeten en benen voeren Viola door de grote toegangsdeuren van het vliegveld terwijl haar verstand haar toeschreeuwt dat ze dat niet moet doen. Haar hart gaat tekeer, haar keel doet zo'n pijn dat hij elk moment lijkt te kunnen barsten.

Rita is inmiddels bij de incheckbalie aangekomen. Die wordt bemand door een vrouw met geblondeerd haar en een dikke laag make-up. Ze glimlacht stralend als Rita eraan komt, Viola zet het op een drafje om haar in te halen. Als Rita maar van gedachten kon veranderen. Als ze gewoon zou willen blijven.

'Hoihoi!'

De opgedirkte vrouw klinkt alsof ze net een oude vriendin tegen het lijf is gelopen. Rita werpt haar een minachtende blik toe.

'Ga je op reis?'

De vrouw knipoogt brutaal naar Rita, die op haar beurt kwaad naar haar koffer kijkt. Ze vindt de vraag duidelijk idioot, maar de vrouw achter de balie lijkt de vijandige stemming niet eens op te merken.

'Laten we eens kijken wat we hier hebben. Een stuks bagage, toch?'

Haar stem is nog steeds even vrolijk.

'Ja.'

De vrouw glimlacht zo breed dat haar rode lippenstift lijkt te verbleken.

'Dan hoef je je koffer alleen maar op de band te leggen, dan zal ik de kleine schat labelen met uw naam en vluchtnummer.'

Rita tilt de koffer op de transportband. Met handen waarvan de nagels in een dieprode kleur zijn gelakt, bevestigt de vrouw een brede kleefstrip aan het handvat. Dan drukt ze op een knop, de band gaat lopen en de koffer verdwijnt uit zicht.

'Goede reis!'

Ze knippert vrolijk met haar valse wimpers. Rita antwoordt niet, ze is al op weg naar de gate. Viola knikt naar de zwaar opgemaakte vrouw en haast zich achter Rita aan.

'Wacht nou, alsjeblieft!'

Ze hoort zelf hoe wanhopig ze klinkt. Daardoor voelt ze zich beschaamd en verdrietig tegelijk. Er groeit een gevoel van paniek in haar borst.

Rita vertraagt haar passen, maar pas als Viola haar inhaalt en een hand op haar arm legt, blijft ze stilstaan. Als ze zich omdraait, is haar blik als van steen. In haar ogen is geen vleugje vriendelijkheid, verdriet of spijt te zien. De hele situatie maakt dat Viola alleen maar wil huilen, maar ze houdt zich in. De beide zussen blijven een poosje zwijgend staan. Mensen lopen om hen heen, op weg ergens naartoe of juist naar huis. Viola weet geen woord uit te brengen. Rita heeft helemaal niets te zeggen.

'Moet je echt gaan?'

Ze fluistert de vraag.

Rita antwoordt niet.

'Ik wil niet dat je gaat.'

Tranen wellen in haar ogen op. Gegeneerd knippert Viola ze weg. Rita kijkt haar aan en plotseling, onaangekondigd, wordt haar blik toch zachter. Ze ademt diep in, het klinkt bijna als een omgekeerde zucht.

'Ik wíl gaan. En dat zou jij ook moeten willen.'

Viola schudt haar hoofd.

'Als jij gaat, wie heb ik hier dan nog over?'

Rita steekt haar kin in de lucht. Daardoor ziet ze er arrogant uit.

'Dat is nu precies het probleem, Viola. Jij denkt dat je iemand anders dan jezelf nodig hebt. Maar dat heb je niet.'

Viola zwijgt. Rita gaat verder: 'Je hebt mij niet nodig, je hebt mama niet nodig en papa heb je zeker niet nodig. Je redt het prima in je eentje.'

Er borrelt woede op in Viola, plotseling en onverwacht, om niet te zeggen ongewoon.

'Je bent zo kwaad op papa! En op mama! Dat begrijp ik, maar ik denk nog steeds dat we bij elkaar moeten blijven. We zijn toch familie! En nu hebben we papa's zomerhuisje geërfd en zo. Jij en ik. Kunnen we niet proberen er een leuke plek van te maken, voor jou en mij?'

Er komen nog meer tranen. Ze knippert die nu niet weg, maar laat ze langs haar wangen lopen.

Rita zucht.

'Ik ben kwaad. En terecht. Ze waren compleet waardeloze ouders. Alles waar papa ons aan heeft blootgesteld. Alle slaag, alle bedreigingen, alle vernederingen. Dat zal ik hem nooit vergeven en ik zal het mama nooit vergeven dat ze niets zei.'

Viola luistert ook al wil ze dat niet.

'Weet je, Viola? Een ouder moet niet slaan. En als hij dat doet, moet de andere ouder weggaan. Mama had hem moeten verlaten op het moment dat hij voor het eerst zijn hand naar ons ophief. Maar ze koos ervoor om te blijven. En dat zal ik haar nooit vergeven. Nooit.'

Ze zwijgt even.

'Ik wil niets weten van dat huisje. Je kunt het houden als je wilt of het in brand steken. Het maakt mij niet uit.'

Nu huilt Viola hardop. Mensen die met hun koffers langslopen kijken geïnteresseerd naar haar. Maar Viola trekt zich er niets van aan, ze doen maar. Rita, haar liefste Rita, is van plan bij haar weg te gaan. Haar hele lijf doet er pijn van. Viola kan niet ademhalen, weet niet waar ze het zoeken moet.

Rita blijft zwijgend staan. Het duurt even voordat Viola zichzelf bij elkaar heeft geraapt. Als ze verdergaat, doet ze dat zachtjes zodat niemand dat kan horen. Het onderwerp is zo gênant, ze schaamt zich tot in elke vezel van haar lichaam.

'Ik weet dat hij sloeg. Maar dat was niet mama's schuld.'

Ze ziet Rita's neusvleugels trillen van woede.

'Zeg alsjeblieft iets anders...'

Viola's stem klinkt smekend.

Rita slikt moeizaam. Dan doet ze nog een klein stapje dichterbij, zodat ze met hun gezichten een paar centimeter van elkaar staan.

Rita's stem is vol ingehouden minachting.

'We zullen het hier nooit over eens worden. Maar de moeder die blijft wanneer haar kind wordt geslagen, is net zo verantwoordelijk als de vader die slaat. Zo is het gewoon. En je weet dat ik dat heb gezegd. Als je kinderen krijgt met een man die hen slaat, moet je bij hem weggaan. Hoor je dat? Anders ben je zelf net zo'n slechte ouder. Jij en ik weten wat mishandeling met een kind doet. Jij en ik weten dat het zwijgen van een moeder net zo'n groot verraad is als het slaan op zich.'

En daarna draait ze zich om en loopt weg. Haar hakken klikken op de vloer als ze in de verte verdwijnt.

Viola kan geen vin verroeren. Ze wil achter Rita aan rennen, haar vasthouden, haar omhelzen en schreeuwen dat ze voor altijd moet blijven. Maar ze staat als aan de grond genageld. De schaamte brandt binnen in haar. Tranen van verdriet stromen.

Want Rita heeft gelijk. Papa sloeg. En mama deed niets. Maar dat zou Viola nooit hardop durven toe te geven.

Misschien had Viola anders gehandeld als ze had geweten dat dit de laatste keer was dat zij en Rita elkaar zouden zien. Maar dat weet ze nu natuurlijk niet. Daarom blijft ze zwijgend achter als Rita door de gate verdwijnt.

Als een soort plagerige herinnering aan het feit dat de twee steden allebei hun eigen gemeentelijke ziekenhuis waren kwijtgeraakt, ligt het grote regionale ziekenhuis halverwege Boden en Luleå.

Nadat ze van rijksweg 97 was afgeslagen, rijdt Idun de steile rondlopende afrit naar de parkeerplaats van het ziekenhuis in. Ze vindt een lege plaats, Calle legt de gele parkeervergunning van de politie achter de voorruit en dan stappen ze uit de auto.

Ze steken de parkeerplaats schuin over. Het ziekenhuis, een gigantisch gebouw in de vorm van een halve cirkel, rijst hoog op tegen de hemel. Opgetrokken uit lichte baksteen en voorzien van lange rijen ramen doet het aan een universiteit denken. Idun is niet onder de indruk van de architectuur, maar het eigenlijke doel van het gebouw spreekt haar wel aan. Ze heeft de weerzin van mensen tegen ziekenhuizen nooit begrepen. Als er ergens een plek is waar je veilig bent, is het daar wel.

Als om haar eigen gedachtegang in twijfel te trekken, werpt ze een aarzelende blik op de vleugel van de spoedeisende hulp. Onmiddellijk krijgt ze een beklemd gevoel. Daarbinnen kreeg ze samen met Mika en haar vader Per het ongetwijfeld verdrietigste bericht ooit te horen.

Ze gaan via de hoofdingang naar binnen en lopen verder door een glazen draaideur. Binnengekomen blijven ze op een T-splitsing staan. De binnenstraat naar rechts leidt naar de spreekruimte voor huidaandoeningen, de speltherapie en de kraamafdeling. Zowel Idun als Calle heeft onder diensttijd bij verschillende gelegenheden de psychiatrische afdeling bezocht en ze weten dat ze als ze de andere straat die rechtdoor loopt nemen, ze eerst langs de longafdeling, orthopedie, de bibliotheek en reumatologie moeten.

Ze passeren deze afdelingen en bereiken uiteindelijk de dichte toegangsdeur van de psychiatrische afdeling. Door de snelle wandeling heeft Idun het warm gekregen. Ze trekt haar dunne jas uit op hetzelfde moment dat Calle bij de afdelingsdeur aanbelt. De deur wordt geopend door een mollige verpleegkundige. Met een opgewekte maar vragende blik kijkt ze eerst naar Idun en vervolgens naar Calle.

'Ja?'

Ze blijft de deurkruk vasthouden en blokkeert daardoor met haar brede lijf de deur.

'Mijn naam is Idun Lind en dit is mijn collega Calle Brandt. We zijn van de politie.'

De blik van de verpleegkundige wordt ernstig. Zonder iets te zeggen doet ze een stap naar achteren zodat Idun en Calle verder kunnen komen. Achter hen glijdt de deur geluidloos dicht, het automatische slot zoemt wanneer hij dicht is.

De verpleegkundige steekt haar hand uit.

'Ik ben Lisbeth Halvarsson, de psychiatrisch verpleegkundige hier. Welkom!'

Idun kijkt om zich heen en merkt op dat er geen patiënten in de buurt zijn. Lisbeth lijkt haar gedachten te kunnen lezen.

'Alle patiënten rusten na de lunch. Ze zijn op hun kamers. We hebben uitsluitend eenpersoonskamers. Ik kan u hier echter niet toelaten zonder toestemming van de verantwoordelijke arts.'

Calle, die tot nu niets heeft gezegd, maakt zich zo mogelijk nog breder.

'We hebben al contact gehad met de verantwoordelijke arts. Onze collega heeft haar gebeld vanaf het politiebureau. Ene Karin Simma?'

Lisbeth knikt langzaam.

'Karin, zegt u? Oké, dan verzoek ik u mij te volgen. Ze heeft haar spreekkamer iets verder op de afdeling.'

Idun en Calle volgen Lisbeth, die langzaam en licht schommelend door de gang loopt. Zwijgend stelt Idun vast dat de verpleegkundige niet harder lijkt te kunnen lopen. Bovendien is de gang onopvallend en saai. Lichtblauwe muren met houtkleurige leuningen aan weerszijden. Er hangen geen schilderijen of andere wandversieringen, maar op regelmatige afstand zijn er witte lampen aan de wand bevestigd die in de verder zo kleurloze gang toch een warm en heel gezellig licht geven.

Uiteindelijk stopt Lisbeth voor een deur en klopt er zachtjes op. Vanuit de kamer klinkt 'Kom binnen!' en ze doet de deur open.

Achter een bureau zit een vrouw in een witte jas. Ze lijkt in de zestig te zijn, heeft mooie rimpels en een onderzoekende blik. Haar schouderlange grijze haar omlijst haar smalle wangen met een scherpe boblijn. Ze heeft een computerbril in haar haar geschoven. Ze zegt niets, maar kijkt het drietal vragend aan.

Lisbeth wijst Idun en Calle ieder een bezoekersstoel tegenover het bureau. De arts kijkt hen met een neutrale blik aan, terwijl ze half overeind komt en haar hand uitsteekt.

'Karin Simma, aangenaam.'

Idun en Calle stellen zich voor.

'Ik heb u een uur geleden dus aan de telefoon gehad?'

Karin kijkt naar Idun, die haar hoofd schudt.

'Dat was onze collega Siv. Zij heeft onze komst aangekondigd, voor een gesprek met een van uw patiënten, Vidar Vendel.'

Lisbeth mompelt iets onverstaanbaars en verlaat dan de kamer. Zonder iets te zeggen leunt Karin achterover op haar stoel en legt haar handen op het bureaublad. Haar lichaamstaal is open en ontspannen, haar handpalmen naar boven gekeerd maar met een duidelijk gereserveerde blik.

'Vidar Vendel, zegt u. Hij kan worden gehoord, maar hij heeft medicijnen gekregen en is erg vermoeid. De eerste schok is zeker afgenomen. Toen hij met de ambulance werd binnengebracht, wist hij niet wie hij was en wat er was gebeurd. Dat is een heel natuurlijke reactie op een traumatische gebeurtenis, maar voor een patiënt is het toch moeilijk om daarmee om te gaan. En in dit geval betreft het een uitzonderlijk zwaar trauma.'

Karin Simma praat alsof ze college geeft. Haar gezicht is uitdrukkingsloos en haar woorden zijn uitsluitend informatief. Idun begrijpt dat dit bij haar beroep hoort. Als hoofdarts op de psychiatrische afdeling is trauma dagelijkse kost voor haar. Haar eigen emoties over het aangrijpende lot van haar patiënten zijn weggesleten tijdens de vele jaren werkervaring die haar uiteindelijk op deze post hebben gebracht.

Karin Simma kijkt op haar polshorloge waarvan de band van echt goud lijkt te zijn.

'U kunt nu met Vidar spreken. Zoals ik zei, is hij onder invloed van medicijnen en daardoor misschien niet helemaal bij bewustzijn. Uit juridisch oogpunt moet ik u zelfs informeren dat de medicijnen zijn geheugen kunnen beïnvloeden. Het is niet zeker dat wat hij vertelt ook feitelijk is gebeurd. Zware trauma's kunnen fantasieën en hallucinaties veroorzaken. Dat is een soort mentaal verdedigingsmechanisme, bedoeld om het eigenlijke bewustzijn te beschermen. Bovendien heeft de patiënt daar in het meest acute stadium ook zelf geen invloed op.'

Idun knikt begrijpend maar onderdrukt tegelijkertijd een zucht. De arts lijkt te denken dat Calle en zij twee groentjes zijn wat het verhoren van ernstig getraumatiseerde mensen aangaat.

'Als dat kan, willen we hem onmiddellijk spreken.'

Idun let er goed op dat ze daadkrachtig maar niet onvriendelijk klinkt. Karin Simma komt overeind.

'We kunnen gewoon kijken in hoeverre hij in staat is tot een gesprek. Als jullie zo vriendelijk willen zijn me te volgen?'

Ze verlaten Karins werkkamer en lopen de gang verder door. Karin loopt aanzienlijk sneller dan Lisbeth. Aan weerskanten van de gang passeren ze dichte deuren die dezelfde nietszeggende kleur hebben als de lichtbruine leuningen. De deuren zijn genummerd en Karin blijft voor nummer 34 staan. Met de knokkel van haar wijsvinger klopt ze op de deur en meteen daarna opent ze hem.

De neergelaten jaloezieën hebben het licht gefilterd tot een geel-grijze waas. In de kamer is het warm. Achterin staat een ziekenhuisbed. Vanaf hun positie bij de deur kunnen ze het gezicht niet zien maar Idun begrijpt dat Vidar daarin ligt. Voor het raam staan twee versleten leunstoelen. In een ervan zit een jonge vrouw. Ze ziet er moe uit, maar heeft een aantrekkelijk uiterlijk. Bruin steil haar dat in een hippe coupe is geknipt en een lichtblauwe blouse die ze in een dure spijkerbroek met hoge taille draagt. Ze heeft haar benen opgetrokken en haar armen om haar knieën geslagen. Ondanks de warmte in de kamer ziet ze eruit alsof ze het koud heeft.

'Dag, Nadja. Deze twee politiemensen willen met je vader praten.'

Nadja Vendel schenkt Karin Simma een lange blik, maar geeft geen antwoord. Karin loopt langs haar zonder verder nog iets te zeggen. Bij het bed aangekomen raakt ze voorzichtig Vidars schouder aan.

'Vidar?'

De man in het bed lijkt in de zestig te zijn. Zijn huid is asgrauw. Zijn haar is vochtig van het zweet en donker met grijs doorschoten. Op zijn kin en wangen is een duidelijke stoppelbaard te zien, hij heeft zijn ogen dicht. Idun kan niet vaststellen of hij slaapt of wakker is, maar hoopt het laatste. Zijn lippen zijn blauwachtig, alsof hij onvoldoende zuurstof krijgt.

'Vidar, hoor je me? Dit zijn Idun Lind en Carl Brandt. Ze zijn van de politie en willen je graag even spreken. Ik blijf bij je zitten en jij bepaalt of je met hen wilt praten of niet. Je voelt zelf wel aan of het gaat.'

Langzaam doet Vidar zijn ogen open. Hij kijkt zijn behandelend arts met half dichtgeknepen ogen aan, maar zegt niets. Idun voelt een zweem van ergernis. Het is helemaal niet aan

Vidar om te beslissen of hij hen wil spreken of niet. Het is dringend.

Alsof hij haar gedachten kan horen, doet hij zijn mond een paar keer open en dicht, maar hij zegt nog steeds niets. Karin kijkt hem in de ogen.

'Ik denk dat het misschien makkelijker voor je is om te praten als we je wat meer rechtop zetten. Zullen we dat doen?'

Vidar doet zijn ogen weer dicht en blijft zo lang stilliggen dat Idun denkt dat hij weer in slaap is gevallen. Maar even later knikt hij aarzelend.

Karin pakt een afstandsbediening die op het laken ligt en drukt op een van de knoppen. Met een langzaam, zoemend geluid komt het hoofdeinde van het bed omhoog zodat Vidar in een halfzittende houding komt. Karin legt de afstandsbediening terug op het bed en pakt het glas water van het nachtkastje. Ze zet het aan Vidars mond, hij drinkt een paar piepkleine slokjes waarna hij met een vingerbeweging aangeeft dat hij genoeg heeft. Het is een nauwelijks zichtbare beweging, maar Karin merkt hem toch op. Ze zet het glas terug op de tafel naast het bed en wendt zich dan tot Idun en Calle.

'Ik blijf er de hele tijd bij zitten. Ik bepaal of het gesprek moet worden beëindigd of dat het kan doorgaan. Mijn beslissing is gericht op het belang van de patiënt. Zijn medische toestand heeft hier de hoogste prioriteit.'

Ze zegt het met neutrale stem. Calle doet een stap naar voren, klaar om te protesteren, maar Idun is hem voor met een even neutraal 'Jazeker' en zo is de informatie-uitwisseling over de gespreksvoorwaarden afgerond.

Karin gaat in de lege stoel naast Nadja zitten. Vidars dochter zegt geen woord. Idun loop naar het bed toe. Ze wacht tot Vidar zich bewust lijkt te zijn van haar aanwezigheid. Langzaam draait hij zijn hoofd en hij kijkt haar apathisch aan. Calle staat op ruim een meter afstand achter Idun, hij maakt geen aanstalten om naar voren te stappen. Idun begrijpt dat zij geacht wordt het gesprek te leiden.

'Ik ben Idun Lind en ben van de politie.'

Hij blijft haar met vermoeide ogen aankijken.

'Allereerst wil ik u condoleren. Ik begrijp dat u nu door een heel moeilijke tijd heen gaat.'

Hij blijft haar zwijgend aankijken.

'Ik begrijp ook dat het moeilijk voor u kan zijn om met ons te praten. Het is ons er natuurlijk alles aan gelegen de dader van deze vreselijke misdaad aan te houden. Daarom moeten wij ook in dit vroege stadium van het onderzoek met u praten. Ik zou willen dat we hadden kunnen wachten, maar dat kan helaas niet.'

Idun hoort dat Karin in haar fauteuil gaat verzitten. Ze begrijpt dat de beweging een stille herinnering aan de aanwezigheid van de hoofdarts is, evenals aan haar mandaat. Op elk moment kan ze het gesprek afbreken.

Idun wacht even. Het lijkt erop dat dat het gewenste effect heeft.

Vidar knippert een paar keer met zijn ogen waarna hij langzaam inademt. Het daaropvolgende antwoord is een hees gefluister.

'Ik zal mijn best doen u te helpen.'

Idun is verbaasd dat hij zo'n lange zin weet uit te brengen. Ze antwoordt met een dankbaar knikje.

'Hebt u enig idee wie Eva dit heeft aangedaan? Iemand, wie dan ook, die u te binnen schiet?'

Vidar knijpt zijn ogen stijf dicht. Zijn stem klinkt nu zo mogelijk nog heser.

'Ik heb geen idee. Geen flauw idee.'

Idun staat stil naast zijn bed.

'Had Eva vijanden?'

Hij opent zijn ogen. Er wellen tranen, hij probeert ze langzaam weg te knipperen. Dat lukt niet en hij hoest rochelend.

'Het is gewoon zo moeilijk om in de verleden tijd over Eva te praten. Jullie vragen je af of ze vijanden hád. Niet of ze soms vijanden hééft.'

Idun bijt op haar lip. Ze wacht even voordat ze de vraag nogmaals stelt, deze keer anders geformuleerd.

'Geen vijanden die u kent? Helemaal niemand?'

Weer schudt Vidar langzaam zijn hoofd.

'Eva heeft geen vijanden. Iedereen mag haar graag. Ik begrijp niet wie haar zulk kwaad wil...'

Zijn stem breekt, zijn gezicht vertrekt. Een poosje huilt hij geluidloos.

Idun wacht geduldig.

Na enige tijd lijkt hij zich zover te hebben hersteld dat Idun door kan gaan, zich er steeds van bewust dat hoofdarts Simma meeluistert.

'Weet u waar Eva gisteren overdag was?'

Hij moet zich inspannen om antwoord te geven, het lijkt bijna alsof praten pijn doet. Idun denkt dat dat waarschijnlijk ook zo is. Een ondraaglijk verdriet om te praten over de dood van een geliefde.

'Op haar werk. Althans, dat neem ik aan. Als ze van haar werk weg was gebleven, was ik dat vast te weten gekomen. Eva's naaste collega Majgull Rasmusson is een goede vriendin van ons beiden.'

Idun weet dat Calle de naam in zijn notitieblok noteert. Zijzelf staat roerloos te wachten tot hij verdergaat, erop lettend dat ze geen emoties toont over wat Vidar vertelt. Ze wil zijn gedachten en antwoorden niet beïnvloeden.

'Had Eva veel collega's?'

Vidar lijkt na de denken.

'Hoeveel mensen werken er op een school? Ik weet het niet zeker. Ze heeft collega's. Hoeveel weet ik niet.'

Hij zwijgt en draait zijn hoofd naar het raam. Idun beseft dat hij zo goed mogelijk verslag heeft gedaan van de collegiale situatie van zijn echtgenote. Ook begrijpt ze dat hij niet meer wil praten, al kan ze aan die wens helaas niet tegemoetkomen.

'Zijn u en Nadja Eva's naaste familie?'

Dat laatste zegt ze terwijl ze over haar schouder naar de jonge vrouw in de fauteuil knikt. Nadja vertrekt geen spier, maar Idun ziet nog net dat Karin Simma een dappere poging tot een deelnemend glimlachje naar Nadja doet. Het lijkt vooral op een idiote grijns.

Vidar antwoordt met toonloze stem.

'Eva's vader woont in Piteå in een verzorgingshuis. Hij is een beetje in de war maar ze hebben nog steeds een goede relatie, ook al weet hij niet altijd wie ze is als ze langskomt. Of ja. Dat ze een goede relatie hebben, kan ik misschien niet zeggen. Hádden is het nu, toch?'

Hij huivert en dan komen de tranen weer. Het is heftig, Vidar schokt ongecontroleerd. Idun deinst terug en denkt dat hij een epileptische aanval krijgt, tot ze zich realiseert dat hij in werkelijkheid wordt overvallen door puur en overweldigend verdriet.

Hij slaat met zijn armen om zich heen en een paar tellen later gaat zijn hysterische gehuil over in een paniekaanval. Hij schokt hevig, zijn ogen staan wijdopen en het lijkt alsof hij geen lucht meer krijgt. In een oogwenk staat Karin Simma bij zijn bed. Ze legt haar hand op zijn schouder terwijl ze met haar andere hand de afstandsbediening pakt om het hoofdeinde van het bed weer te laten zakken.

'Vidar,' zegt ze zacht. 'Je hebt een paniekaanval. Dat is ongevaarlijk en het gaat weer over. Adem door je neus. Het gaat weer over.'

Terwijl het hoofdeinde zakt, zwaait Vidar nog met zijn armen. Zijn eerder zo vermoeide lijf lijkt vol energie te zitten. Idun heeft nog nooit zo'n panische blik in iemands ogen gezien. Karin blijft naast hem staan. Ze houdt hem vast, praat de hele tijd zacht tegen hem. Na een paar minuten wordt zijn ademhaling rustiger, hij maait niet meer om zich heen en zijn ogen krijgen hun vermoeide uitdrukking terug. Als Karin zeker weet dat hij weer is gekalmeerd, legt ze haar ene hand zacht op zijn schouder. Dan kijkt ze Idun aan. Met zakelijke en nuchtere stem deelt ze haar beslissing mee.

'Dit gesprek is afgelopen. Vidar heeft op dit moment niets meer te zeggen.'

Teleurgesteld begrijpt Idun dat aan het besluit van de hoofdarts niet valt te tornen. Ze mompelt een bedankje voor het gesprek dat heeft plaatsgevonden en werpt een nadenkende blik op Vidar, waarna ze samen met Calle de kamer verlaat.

Op de gang leunt Idun tegen de bruine leuning. Calle staat naast haar, zo te zien diep in gedachten verzonken.

'Verdomme!'

Idun onderdrukt de aandrang om op de leuning te slaan. Calle kijkt haar fronsend aan.

'Ik heb amper kunnen beginnen.'

Calle mompelt iets onverstaanbaars.

'Wat zeg je? Wat gaan we nu doen?'

Idun voelt zich geïrriteerd en besluiteloos. Calle lijkt even na te denken voordat hij haar antwoordt.

'Vidar is in shock. We kunnen op een later moment verder praten met hem. Ik ben des te geïnteresseerder in een gesprek met zijn dochter.'

'Met Nadja? Waarom?'

Calle kijkt Idun veelzeggend aan.

'Omdat ze net volkomen onbewogen leek.'

Idun kijkt de gang rond. Geen mens te bekennen.

'Onbewogen, ik weet niet of ze dat is. Meer geschokt en verlamd van verdriet misschien?'

Calle zucht theatraal. Idun is aan zijn cynisme gewend en reageert daarom amper. Maar hij geeft niet op.

'Nadja is niet in shock en ook niet verlamd van verdriet. Er is iets raars met dat grietje. Ik kan niet precies zeggen wat, maar er is iets. Let op mijn woorden.'

Ineens voelt Idun zich doodmoe.

'Waar heb je het over?'

Calle strekt zijn rug en zet zijn handen in zijn zij.

'Nadja gaf geen krimp toen haar vader het over Eva had. Helemaal niets. Ik heb haar de hele tijd vanaf opzij bekeken, omdat ik het zo vreemd vond dat ze daar alleen maar zat. Ze vertrok geen spier. Behalve dan haar ogen.'

'Haar ogen?'

Idun wreef met haar vingertoppen over haar slapen. Ze voelde hoofdpijn opkomen.

'Haar hele gezicht was uitdrukkingsloos, behalve haar ogen. Ze schitterden. Van blijdschap.'

Idun kijkt weifelend.

'Waar heb je het over? Blijdschap, in haar ogen?'

Calle snuift.

'Je hoort verdomme wel wat ik zeg. Nadja's ogen glinsterden van plezier. Hoe meer Vidar praatte en huilde, hoe tevredener zijn dochter keek.'

Idun voelt iets kriebelen in haar maagstreek.

'Dus je bedoelt dat Nadja daar blij zat te zijn? Bedoel je dat?'

Calle knikt geërgerd.

'Dat is precies wat ik bedoel, ja. Fijn dat je eindelijk luistert.'

Idun moet er even over nadenken.

'Kun je uitleggen wat je precies bedoelt?'

Calle laat zijn nek kraken.

'Ze lachte met haar ogen, zeg ik toch. Met fucking grote pretogen. En sloeg haar handen in elkaar. Allebei.'

'Sloeg haar handen in elkaar?'

Calle demonstreert het, hij slaat zijn handen in elkaar en steekt ze omhoog.

'Zo dus. In een echt overwinnaarsgebaar.'

Idun houdt haar adem in. Ze voelt dat ze moet nadenken.

Maar Calle is nog niet klaar.

'Je hoort wat ik zeg, Idun. Die meid is opgetogen dat haar stiefmoeder dood is. En ze is ook opgetogen dat haar vader doodsbang is.'

Boden 1977

De koffie is heet en loeisterk. Viola neemt voorzichtig een slokje, maar brandt toch haar mond. Ze ademt in met haar lippen bijna op elkaar, waardoor de lucht koeler aanvoelt en de pijn aan haar tong wordt verzacht.

Verlegen kijkt ze op naar de man die tegenover haar zit.

'Hij is heet. Maar lekker.'

Haar stem is zacht. Hij kijkt haar doordringend aan. Hij is knap, lang en gespierd met grove gelaatstrekken. Hoge jukbeenderen, grijze ogen en een intense blik.

'Drink je elke dag koffie?'

Zijn stem is diep. Als hij praat, beweegt zijn adamsappel op en neer.

Viola knikt voorzichtig.

'Elke dag. Het is misschien wel de enige slechte gewoonte in mijn leven.'

Ze lacht zachtjes. Hij kijkt haar geamuseerd aan.

'Je enige slechte gewoonte?'

Ze knikt nadenkend.

'Ik rook niet, drink geen alcohol en eet relatief gezond. Denk ik.'

Weer dat gegeneerde lachje. De gewoonte om zich kleiner te maken dan ze eigenlijk is.

'Geen alcohol? Helemaal nooit?'

Hij leunt achterover in de caféstoel, kijkt geamuseerd en sceptisch. Ineens voelt Viola zich onzeker.

'Nee. Of ja, af en toe misschien. Bij een feestelijke gelegenheid. Ik weet het niet. Drink jij vaak?'

Door haar onzekerheid begint ze te ratelen. Haar laatste vraag klinkt bijna als een beschuldiging, ze hoort het zelf op het moment dat ze het zegt. Maar dan is het al te laat. Haar wangen worden vuurrood, haar handpalmen klam van het zweet. Ineens voelt het koffiekopje glad tussen haar vingers, ze zet het op het schoteltje en legt haar handen in haar schoot. Wanneer ze opkijkt, ziet ze opgelucht dat hij haar vraag kalm opneemt.

'Niet vaak. Maar af en toe. Een biertje of een glas wijn bij het eten is toch gezellig?' Ze glimlacht opgelucht.

'Jazeker, af en toe een glas wijn kan heel lekker zijn. In elk geval als die wit en koud is. Dat geef ik toe.'

Weer dat onzekere lachje. Ze hoort hoe gemaakt het klinkt, ze let goed op dat ze niet te hard lacht.

'Mooi zo. Dan kan ik je misschien uitnodigen voor een lekker etentje met een paar glazen wijn. Komende vrijdag? Wat zeg je ervan?'

Haar wangen krijgen opnieuw een kleur, deze keer van blijdschap. Het gevoel te worden gezien en ook nog voor een etentje te worden uitgenodigd is bijna een nieuwe ervaring. Lang op gehoopt. Maar nieuw.

'Dat zou gezellig zijn!'

Haar stem klinkt iets te schel. Beschaamd slaat ze haar hand voor haar mond, voelt kleine blaren op haar tong die aan haar gehemelte plakken. Ze heeft zich erger gebrand dan ze eerder dacht.

De man met de grijze ogen knikt vergenoegd.

'Dat is dan afgesproken. Ik haal je om zes uur op.'

Viola glimlacht zo voorzichtig ze kan. Eigenlijk werkt ze op vrijdag tot zeven uur maar ze is natuurlijk niet van plan hem daarmee lastig te vallen. Dat lost zich nog wel op.

Hij steekt zijn hand op naar de vrouw achter de bar, die op haar beurt vragend naar hem glimlacht. Tot haar verbazing voelt Viola een steek van jaloezie.

'We nemen ieder een glas wijn. Rood, een stevige bordeaux graag.'

Hij draait zich om naar Viola en glimlacht breed. Zijn grijze ogen schitteren.

'We moeten vieren dat we een eetafspraak hebben.'

Als antwoord knikt Viola zwijgend. Voorzichtig schuift ze het halflege koffiekopje een stukje van zich af. De blaren in haar mond doen gemeen zeer.

Zondag 23 augustus

Mika staat bij het aanrecht, met haar rug naar Idun. Met een scherp mes snijdt ze het walnotenbrood in dunne plakjes die ze vervolgens op de glazen broodschaal legt.

Idun zit voorovergeleund met haar ellebogen op het kookeiland en neemt haar jongere zusje op. Mika's blonde haar zit in een rommelige knot. Ze draagt een grijze korte broek en een dunne trui. Om haar hals heeft ze een brede zilveren ketting die ze van hun moeder heeft gekregen. Idun weet dat er een zilveren hart aan zit dat tegen de borstkas van haar zusje hangt. Idun voelt voorzichtig aan haar eigen, zelfde zilveren hanger. De plotselinge brok in haar keel overvalt haar en ze slikt een paar keer om de opkomende huilbui te onderdrukken.

Alsof er een teken werd gegeven, gaat Mika rond met de broodschaal. Ze zet hem op het kookeiland, houdt haar hoofd schuin en kijkt Idun nadenkend aan.

'Hoe komt dat nou?'

Idun weet dat ze voor Mika een open boek is.

'Ik dacht gewoon aan mama. Ik kreeg het een beetje te kwaad.' Mika glimlacht zwakjes.

'Ik denk ook aan haar. Eigenlijk elke dag. Af en toe is het vaag, soms verdrietig en dan glimlach ik om alle mooie herinneringen. En bepaalde momenten sluit ik me op in de badkamer en zit daar te snotteren tot Robban me komt zoeken.'

Idun moet lachen.

'Af en toe flink snotteren zou jou ook goeddoen, Idun.'

Idun geeft geen antwoord. In plaats daarvan raakt ze de broodschaal aan en haalt haar neus op.

'Brood met noten erin? Maak je een grapje?'
Mika haalt haar schouders op.
'Papa en ik knappen nog als we daarvan moeten mee-eten. Goeie genade. Dat zou niet best voor ons zijn!'
Ze knipoogt naar Idun en gaat verder.
'Robbans moeder heeft het gebakken. Ik kon het niet over mijn hart verkrijgen om nee te zeggen toen ze het kwam brengen. Natuurlijk heb ik voor jou een brood zonder noten gekocht. Dat met cranberry's en rozijnen, dat je zo lekker vond toen we van de zomer gingen barbecueën. Weet je nog?'
Idun krijgt geen kans te antwoorden, omdat papa de keuken binnenkomt. In zijn ene hand drie wijnglazen en in de andere een fles rioja. Met een verwachtingsvolle blik houdt hij de fles in een vragend gebaar omhoog. Mika knikt.
'Ik lust wel een glaasje.'
Papa kijkt nu Idun aan maar fronst meteen zijn voorhoofd als hij Iduns opgeheven handen ziet.
'Dank je, maar ik pas. Ik heb morgenvroeg hardlooptraining.'
Papa Per mompelt iets onverstaanbaars ten antwoord en zet de fles naast de broodschaal. Daarna aait hij Idun over haar haar.
'Morgen weer een nieuwe dag.'
Zijn stem is zwaar en warm, klinkt alsof hij diep uit zijn borst komt. Idun weet dat hij vindt dat ze overdrijft met haar training en voeding, maar ook dat hij trots is. Ze heeft een zeldzame vastberadenheid, ook al staat die haar sociale leven soms in de weg. Zo omschrijft Mika het tenminste altijd.
'Yep. En dan ga ik hardlopen. Dus ik sla de wijn over, maar toch bedankt.'
Ze eten aan de eettafel in de woonkamer. Robban werkt tot laat, dus papa heeft de tafel gedekt voor drie personen met kaarsen en servetten. De gegratineerde kip met knoflook en champignons smaakt goed. Papa neemt een plak walnotenbrood en doopt dat in de saus.
'Er is ander brood voor jou, Idun.'

Hij kijkt vragend naar Mika, die theatraal met haar ogen rolt.

'Je weet het. Hardlopen. Dus geen rode wijn en geen notenvrij brood.'

Papa knikt niet-begrijpend en verandert dan van onderwerp.

'Hoe gaat het op je werk, Idun?'

Haar antwoord is korter dan haar bedoeling was.

'Het gaat.'

Papa kijkt vragend. Idun legt haar bestek op haar bord.

'We zijn net begonnen aan een moordonderzoek.'

Met gerinkel legt ook papa zijn bestek neer.

'Een moordonderzoek?'

Idun neemt een slok van haar ijswater.

'We zijn nu bezig om de omgeving van de overledene in kaart te brengen. Dat betekent veel vergaderingen en gesprekken. We wachten ook op het autopsierapport dat begin volgende week binnen zou moeten komen.'

'Gaat dat zo snel, de autopsie op een mens? In films moeten ze toch altijd wachten op alle tests en zo?'

'Als iemand is vermoord, heeft de autopsie de hoogste prioriteit. Het lichaam is ingepland voor een zogenaamde spoedautopsie. Ik denk dat die vandaag of morgen wordt uitgevoerd. Bepaalde tests kunnen een paar dagen duren, maar spoedgevallen gaan doorgaans wel snel.'

Papa en Mika luisteren met grote belangstelling. Iduns werk is fascinerend.

'Was het een roofmoord?'

Idun schudt haar hoofd.

'Ze is vermoord aangetroffen in haar huis. Maar jullie mogen er verder niet over praten.'

Papa kijkt verdrietig.

'Wat afschuwelijk. Ik word er gewoon treurig van.'

Hij heeft een ernstige en verdrietige klank in zijn stem. Met zijn lange ervaring in de psychiatrie weet hij heel goed wat een moord betekent voor de nabestaanden van het slachtoffer. Het trauma kan zo ernstig zijn dat mensen niet verder kunnen, zelfs als ze jarenlang professionele begeleiding krijgen.

Het is Mika die de focus verlegt van het emotionele naar het feitelijke.

'Wat hoop je dat de autopsie zal opleveren?'

Idun kijkt haar dankbaar aan.

'Die zal zowel de doodsoorzaak als het tijdstip van overlijden vaststellen. Juist door het tijdstip zullen sommigen uit de omgeving van het slachtoffer een waterdicht alibi hebben, waardoor ze als verdachten van de lijst kunnen worden weggestreept. Dat vergemakkelijkt ons werk enorm.'

Papa doopt zijn sneetje brood weer in de saus. Als hij een hap neemt, valt er een druppel op zijn trui. Geïrriteerd probeert hij de vlek met Mika's servet weg te vegen.

'Maar ze had door iedereen vermoord kunnen worden, toch? De dader komt toch niet altijd uit de omgeving van het slachtoffer?'

Idun schudt haar hoofd.

'In de regel is het iemand uit de nabije omgeving van de vrouw die het misdrijf pleegt. En bepaalde details van deze specifieke moord doen ons vermoeden dat dat hier het geval is. Maar ook daar mogen jullie verder niet over praten.'

Papa steekt een geruststellende hand op.

'Mika en ik vertellen niets door. Dat weet je.'

Idun neemt nog wat salade.

'We staan er zo aan het begin van een onderzoek blanco in en kunnen ons niet veroorloven ons te laten beïnvloeden door statistieken en cijfers. Maar het zou me verbazen als het misdrijf is gepleegd door iemand die volledig onbekend is voor het slachtoffer.'

Papa knikt.

'Werk je nog steeds samen met die Carl?'

'Calle. Hij is nog steeds mijn partner, ja.'

Het ontgaat Idun niet dat Mika een wenkbrauw optrekt. Op een geïrriteerdere toon dan eigenlijk haar bedoeling is, voegt ze er snel aan toe: 'En we zijn alleen partners op het werk.'

Mika laat haar wenkbrauw langzaam zakken, maar ondertussen fluit ze zachtjes. Idun besluit haar zusjes insinuaties te negeren.

'Om heel eerlijk te zijn is er iets met dit sterfgeval wat me dwarszit.'

Ze merkt dat zowel papa als Mika aandachtig luistert en haar door geen vragen te stellen de gelegenheid geven om haar verhaal af te ronden. Aarzelend zet ze haar gedachtegang voort.

'De dode was opgehangen in haar eigen hal, maar vanaf het begin wisten we dat het geen zelfmoord was.'

Mika en papa sperren hun ogen wijdopen. Idun zucht geërgerd in zichzelf, zich ervan bewust dat ze niet zoveel over een lopend onderzoek zou moeten vertellen.

'Hing het slachtoffer aan het plafond?'

Mika's stem trilt van spanning. Idun knippert een paar keer met haar ogen.

'We denken niet dat ze door de ophanging zelf is gestorven. Het zal me in elk geval verbazen als dat wel zo is.'

Idun weet niet waarom ze verder vertelt, maar ze kan zich ook niet inhouden.

'Ze hing aan het plafond van de hal. Er was niets in de buurt waar ze mogelijk op is geklommen. Geen stoel of krukje onder haar. Ze was netjes aangekleed en niets wees op een worsteling. Er lag wel nogal wat bloed dat waarschijnlijk afkomstig was uit twee opvallende wonden aan haar handen. Noch ik, noch mijn collega van de forensische recherche geloven dat ze buitenshuis is vermoord. De dader moet dus zelf hebben schoongemaakt. Hij of zij had dus ruim de tijd en wist waarschijnlijk dat die er was. Genoeg tijd dus. Daardoor heb ik in elk geval het vermoeden dat het iemand is die het slachtoffer kent, maar dat weet ik natuurlijk niet zeker. Het is mogelijk het leven van een vreemde in kaart te brengen, zeker sinds de opkomst van social media in ons leven is dat gemakkelijk. Maar ik geloof stellig dat het slachtoffer de dader kende.'

Het is doodstil aan tafel. Idun kijkt eerst naar haar vader Per en dan naar Mika. Beiden kijken haar met grote ogen aan. Waarom leert ze niet gewoon haar mond te houden? Papa is weliswaar een gepensioneerd psycholoog en heeft hoogstwaarschijnlijk wel het een en ander gehoord. Of hij ervaring heeft met verhalen over vrouwen die aan hun eigen plafond hangen, daar is Idun echter niet zeker van. Mika op haar beurt is theologisch wetenschapper aan de universiteit en heeft college gegeven over zowel religieuze als historische straffen in verschillende mythen en verhalen. Maar dode vrouwen die thuis aan het plafond zijn gehangen, zijn toch wel van een heel andere orde.

Idun schraapt haar keel en legt haar bestek bij elkaar waarna ze naar de borden van Mika en papa reikt.

'Sorry. Jullie hoeven niet te luisteren naar wat er op mijn werk gebeurt. Ik snap het als het moeilijk aan te horen is.'

Haar zus schudt langzaam haar hoofd.

'Maak je niet druk. Ik ben niet zo'n gevoelig type. Voor een oude grijze psychiater ligt het wat anders.'

Ze port papa liefdevol in zijn zij. Hij kijkt niet geamuseerd. Mika merkt het niet omdat ze blijft plagen.

'Ik bedoel, waar heb jij in de loop der jaren op school naar geluisterd? Naar tieners die van de verkeerde persoon houden, of die een moeder hebben die te veel wijn drinkt?'

Toen Idun en Mika opgroeiden, werkte Per als vertrouwenspersoon op een middelbare school. Hij stopte daarmee toen een van zijn zeventienjarige patiënten zichzelf doodschoot. Zijn dochters weten niet meer dan dat, het is de enige periode uit zijn werkzame leven waarover hij hardnekkig weigerde te praten. Na de gebeurtenis specialiseerde hij zich verder en werkte daarna als hoofdarts op de afdeling Psychiatrie van het ziekenhuis. Eerst in Boden, daarna in Sunderby. Twee jaar geleden is hij met pensioen gegaan.

Nu glimlacht hij weifelend naar zijn dochters.

'Deze vader kan meer hebben dan jullie denken.'

Hij klopt tevreden op zijn buik. Die is verbazend plat, ondanks zijn grote passie voor eten en zijn totale desinteresse voor lichaamsbeweging.

'Nu wil ik in elk geval een toetje. Chocoladetaart met slagroom. Wat zeggen jullie daarvan, meiden?'

Voor ze de kans krijgen om antwoord te geven, is hij opgestaan. Hij buigt zich over de tafel en pakt de borden onder Iduns handen vandaan.

'En voor onze hardloper is er fruitsalade en havermout. Ik snap niet dat je liever groenten en fruit met opgeklopte havermelk hebt dan een lekkere chocoladetaart. Maar je bent net zo eigenwijs als je moeder destijds was.'

Hij knipoogt naar zijn oudste dochter.

Geamuseerd haalt ze haar schouders op en knipoogt terug.

Maandag 24 augustus

Vlak voor elf uur 's avonds geeft Idun het op. Ze ligt al een poos in bed en probeert de slaap te vatten. Door de slaapkamermuur heen hoort ze timmeren en boren. Onbegrijpelijk dat je als nieuwe buur geen rekening met anderen houdt. Idun snapt niet dat je denkt je relatie met je buren te moeten beginnen met de terreur van klusgeluiden 's avonds laat. Ze overweegt het trappenhuis in te gaan, aan te kloppen en te dreigen de politie te bellen als de nieuwe bewoner niet ophoudt met lawaai maken. Ook al zit ze zelf bij de politie, ze heeft er geen energie voor en ze heeft ook geen zin in ruzie. De vermoeidheid is verlammend, het ontspannen gevoel van de maaltijd met papa en Mika is er nog steeds. Misschien kan ze beter slapen als ze iets eet?

Ze slaat het dekbed opzij en stapt uit bed. Haar ochtendjas hangt aan de haak achter de slaapkamerdeur, ze steekt haar armen in de mouwen, slaat de wijde stof om zich heen en knoopt de ceintuur over haar buik.

Ze loopt naar de keuken en opent de koelkast. Van de bovenste plank pakt ze een schaal gekookte eieren en een tube kaviaar. Ze gaat aan de keukentafel zitten en pelt een ei. Ze knijpt een klodder kaviaar over de punt van het ei. Ze neemt een hap en eet in stilte. Nog een kloddertje kaviaar en weer een hap, ongeveer vijf kneepjes en hapjes totdat het ei op is.

Daarna zit ze een tijdje stil. Haar lichaam voelt weer aangenaam moe, haar ogen prikken, haar hersenen voelen wattig. Ze luistert naar de stilte en merkt tot haar opluchting dat het geluid uit het appartement naast haar is verstomd. Ze houdt even haar adem in en doet haar ogen dicht.

Als het gebonk weer begint, slaakt ze een diepe zucht. Dat wordt maar een paar uurtjes slaap vannacht.

Eigenlijk heeft ze dorst, maar ze heeft geen puf om op te staan en het kleine stukje naar het aanrecht te lopen. Diep in gedachten verzonken blijft ze zitten. Iets ongrijpbaars knaagt aan haar. Ze weet alleen dat het met Eva Vendel te maken heeft. De tengere, goedgeklede vrouw die aan het plafond hing. De bleke handen rustend tegen haar platte buik. De spijkerkop in het midden van haar bebloede handrug.

Nu Idun er zo over nadenkt, heeft het bijna iets ritueels. Eva opgehangen aan een haak. Mooi, en met haar handen eerbiedig bij elkaar. Niet in gebed, maar bij elkaar gebonden. En vastgezet met metaal. Zo ongeveer als Jezus aan het kruis.

Nu Idun midden in de nacht zo aan de keukentafel zit, kan ze haar gevoel niet helder krijgen. Dat ruist zachtjes in haar achterhoofd, probeert haar duidelijk te maken dat ze haar intuïtie moet volgen. Die heeft haar al zo vaak op het goede spoor gezet. De intuïtie die Anders Eriksson al vroeg op waarde schatte en waardoor ze, zij het indirect, in het team van Zware misdaad werd opgenomen. Haar manier van denken over wat ze weet en vermoedt.

Maar ditmaal is het moeilijk. Haar gedachten glippen haar door de vingers. Idun voelt anders altijd aan wat de volgende stap moet zijn, maar wat Eva Vendel aangaat is ze daar niet zeker van. Het lichaam hing recht naar beneden aan de plafondhaak. De lamp is nog niet terecht.

Boden 1979

De bruiloft is bescheiden. De gasten zijn Viola's moeder, Lars' vader en Lars' twee jongere broers met hun gezinnen. Ruim op tijd heeft Viola een uitnodiging naar Rita's laatst bekende adres gestuurd, een appartement in een middenklassenbuurt in Engeland. De brief kwam na ruim een maand per kerende post terug. In de rechterbovenhoek van de envelop stond een uitgelopen stempel dat in bondig Engels meedeelde dat de geadresseerde niet meer op het opgegeven adres woonde. Enkele weken lang overwoog Viola om contact op te nemen met een of ander register in Engeland om te proberen uit te zoeken waar Rita naartoe was verhuisd, of in elk geval waar ze zou kunnen zijn. Maar steeds al ze daaraan dacht, liet Viola het idee varen omdat ze geen idee had met welke instantie ze contact moest opnemen. Het leek allemaal zo moeilijk en hopeloos.

Nu, in het restaurant met een handvol bruiloftsgasten en een droge vleesschotel voor zich, voelt ze zich vreselijk eenzaam. Haar geliefde, halsstarrige en verbitterde Rita. Alles had zoveel beter gevoeld als zij er vandaag bij was geweest.

Van Viola's kant was alleen mama uitgenodigd. Toen Viola en Lars de bruiloft aan het plannen waren, wilde Viola twee van haar collega's uitnodigen, maar Lars wilde de bruiloft beperkt houden. Bovendien mag hij Viola's collega's gewoon niet zo.

'Ze kleden zich te uitdagend en praten als kerels. Ik heb moeite met vrouwen die zich als mannen gedragen. Onvrouwelijk zijn ze.'

Hij zei het met een scherpe stem en trok tegelijkertijd zijn neus op zodat zijn baardstoppels rechtovereind stonden. Als Viola erover nadenkt, is ze het eigenlijk wel met hem eens. Haar collega's zijn op hun manier ook wel een beetje lomp. Ze komen graag voor hun mening uit en staan hun mannetje. Ze zijn beiden absoluut vriendelijk en attent maar nogal opdringerig. Ook Viola beseft dit bij nader inzien. En Lars is een echte mensenkenner, wat hij altijd luid en duidelijk verkondigde toen ze het, tenminste in het begin van hun relatie, aarzelend voor haar vriendinnen opnam.

Voorzichtig nipt Viola aan haar rode wijn. Hij is zuur en voelt stroef aan op de tong, smaakt helemaal niet lekker. Ze rilt maar merkt vanuit haar ooghoeken dat Lars haar in de gaten houdt. Ze zet zich schrap en smakt vergenoegd met haar lippen.

'Het smaakt zeker?'

Lars' toon verraadt dat hij het eerder vaststelt dan vraagt.

Viola knikt.

'Echt.'

Hij glimlacht superieur.

'Ik zei het toch. Rode wijn bij rood vlees, zo hoort het. Geen laffe witte, of armoedig water. Het is tenslotte onze trouwdag!'

Dat laatste zegt hij meer tegen de gasten dan tegen Viola. Ze ziet dat hij het glas heft en doet hetzelfde, net als haar moeder, zijn vader en zijn broers. Samen proosten ze op het lekkere eten en de goede wijn, hun grote geluk en ware liefde. Viola neemt een piepklein slokje en probeert niet te laten merken dat ze de wijn vies vindt.

'Wat zijn de toekomstplannen van het gelukkige paar? Hebben jullie al bedacht waar jullie gaan wonen?'

Viola's moeder glimlacht met haar mond, haar ogen staan vooral slaperig. Viola probeert terug te glimlachen, maar dan overvalt het gemis van Rita haar en staat het huilen haar nader dan het lachen. Haar antwoord klinkt opmerkelijk zachtjes, bijna als gekras.

'Ik denk dat we een huis gaan zoeken. Ik wil graag ergens

centraal wonen, en omdat ik geen rijbewijs heb...'

Lars' hand om haar pols is onopvallend, maar Viola voelt hem toch duidelijk. Als een waarschuwende band klemt hij om haar smalle botten en legt hij haar het zwijgen op.

'Viola bedoelt dat we een huis gaan zoeken, maar dat ligt waarschijnlijk niet centraal. En een rijbewijs heeft ze niet nodig, het is immers tijd dat we kinderen krijgen dus zal Viola toch vooral thuis zijn.'

Hij zegt het alsof ze samen een hele verrassing hebben bedacht. Op het gezicht van Lars' vader breekt een brede glimlach door en Viola's moeder klapt verrukt in haar handen.

'Fantastisch! Kleinkinderen. Daar heb ik al zo lang naar uitgekeken!' Lars grijnst triomfantelijk.

'Binnenkort zullen jullie het zien. Toch, Viola?'

Zijn woorden zijn zacht maar zijn stem klinkt hard. Viola's keel voelt ineens droog en strak. Merkwaardig hoe twee korte zinnen het gevoel kunnen opwekken dat er een paar handen om haar keel worden geknepen. Ze wil water drinken, huilen en Rita bellen. In die volgorde. Maar dat kan niet, dus neemt ze een grote slok rode wijn. Ze krijgt de drank met moeite door haar keel en heeft het gevoel dat ze moet overgeven. Even daarna voelt ze zich gefrustreerd. Om Rita. Die hier niet is maar haar heeft gewaarschuwd te maken dat ze wegkomt als ze een slechte man ontmoet.

Zonder geluid te maken hapt Viola naar lucht. Dan neemt ze een abrupt besluit. Ze is van plan om Rita's waarschuwing gewoon te negeren.

Ze neemt een grote slok wijn, slikt moeizaam en zet haar glas neer. Met betraande ogen kijkt ze naar Lars, die nu haar wettige echtgenoot is.

'Zo is het.'

Ze zegt het met een zelfverzekerde stem. Verwonderd kijkt hij haar aan, misschien zelfs een beetje verbaasd.

Viola glimlacht zo breed als ze kan.

Het doet bijna pijn in haar wangen.

Als Idun de ondergrondse parkeergarage van het politiebureau binnenrijdt, branden haar ogen van vermoeidheid. Dat het appartement naast haar aan een grondige renovatie toe is, verbaast haar in het geheel niet. De vorige eigenaar was een rustige maar duidelijk alcoholistische oude man die zijn huis niet bijzonder goed onderhield. Toen het appartement op internet kwam te staan, stonden er weinig foto's bij en lag de prijs flink onder het gemiddelde in de wijk. Ondanks de slechte staat was het binnen een week verkocht en eergisteren zijn de nieuwe bewoners er ingetrokken. Idun hoorde ze in het trappenhuis met meubels sjouwen, maar was niet naar buiten gegaan om ze te begroeten. Ze dacht dat ze eerst wat op orde moesten kunnen komen, daarna zou ze wel aankloppen en zich voorstellen.

Nu had haar eerste indruk helaas de vorm van hevige irritatie aangenomen. Gisteravond laat was de herrie begonnen. Idun had zeker begrip voor hun enthousiasme, maar terwijl ze in een van de vakken parkeert, hoopt ze slaperig dat ze in het vervolg de verbouwingswerkzaamheden overdag zullen uitvoeren.

Ze doet de auto op slot en loopt naar de lift van het politiebureau. Eenmaal ingestapt wrijft ze zich in haar ogen en drukt daarna op de knop naar de achtste verdieping. Moe leunt ze tegen de liftwand. Dit wordt een vermoeiende dag.

Zoals gewoonlijk zit Siv op haar plek achter de receptie. Haar bril rust op het puntje van haar neus, ze lijkt volkomen gefixeerd op iets op haar computerscherm. Idun vertraagt haar pas, maar krijgt geen kans om ongezien binnen te glippen. Op Sivs gezicht breekt een grote glimlach door.

'Maar goedemorgen, goedemorgen! Nieuwe ronde, nieuwe kansen!'

Idun lacht zachtjes terwijl ze een gaap onderdrukt.

'Slecht geslapen?'

Idun houdt haar hand voor haar mond terwijl ze nogmaals gaapt.

'Nieuwe buren die aan het verbouwen zijn. Ik begrijp het, maar mis mijn nachtrust.'

'Dat appartement van die oude alcoholist?'

'Yep. Natuurlijk moet het worden opgeknapt. Maar zoals gezegd, timmeren en boren doe je toch overdag.'

Idun loopt verder door de gang. Als ze bij het kantoor van Anders Eriksson aankomt, ziet ze dat de deur op een kier staat. Haar chef zit achter zijn bureau. Hij ziet eruit alsof hij net wakker is geworden, zijn warrige haar staat overeind en zijn overhemd is zo gekreukt dat het lijkt alsof hij erin heeft geslapen. In zijn hand houdt hij een papiertje dat hij zo te zien met groot enthousiasme leest.

Idun klopt op de deur, waardoor hij opspringt. Verward kijkt hij op.

'Idun! Kom binnen!'

Ze stapt zijn werkkamer binnen. Die is groter dan die van haar, maar voelt aanzienlijk kleiner. Het bureau is bedolven onder de papieren, ook op de grond bevinden zich overal bergen papier. Langs de wanden staan meer rommelige stapels van verschillende mappen en ordners.

Idun laat zich in een van de bezoekersstoelen zakken. Hij is spuuglelijk met bruine, versleten bekleding, maar hij zit heerlijk. Binnen twee seconden voelt ze dat ze zittend in slaap zou kunnen vallen als ze zich even ontspant.

'Hoe is het zaterdag gegaan?'

Anders' stem klinkt belangstellend. Idun krabt aan haar onderarm. Het ziet ernaar uit dat ze net onder haar elleboog een muggenbeet heeft, een lelijke bult gloeit rood door haar huid.

'Ik weet niet goed hoe ik het allemaal moet samenvatten. Vruchteloos misschien?'

Anders krabt door zijn haar.

'Ik heb begrepen dat jij en Calle bij de buren langs zijn gegaan, maar dat dat niet veel bijzonders heeft opgeleverd?'

Verbaasd kijkt ze hem aan.

'Calle heeft vanochtend getraind en was hier al vroeg. Hij heeft me bij de koffieautomaat al kunnen briefen. Maar ik wil toch horen hoe jij gisteren hebt ervaren.'

Kort en bondig brengt Idun verslag uit over haar en Calles gesprek met de nieuwsgierige Caroline Hofverts en het beklemmende gesprek met Vidar in het ziekenhuis. Anders luistert aandachtig. Idun zwijgt en wrijft stevig over haar slapen.

'Vidars dochter Nadja. Calle vond dat ze zich vreemd gedroeg?'

Idun stopt met wrijven.

'Ze was in het ziekenhuis, maar leek totaal niet onder de indruk van wat er is gebeurd. Ook niet toen haar vader een paniekaanval kreeg. Dat kan natuurlijk door de schok komen, maar wij vonden haar allebei interessant. Als ik vandaag prioriteit aan iets moet geven, is dat aan een gesprek onder vier ogen met Nadja.'

Anders kijkt uit het raam met een plotseling vreemd afwezige blik.

Idun wacht. Als ze geen antwoord krijgt, hoest ze zacht. Daardoor schrikt de chef Zware misdaad op.

'Oké. Dat lijkt me goed. Praat met Nadja, misschien heeft ze iets toe te voegen nu de eerste schok wat is weggeëbd.'

Idun komt overeind. Ze is van plan om Calle meteen te zoeken en een onaangekondigd huisbezoek aan Nadja Vendel voor te stellen. Ze is ervan overtuigd dat de jonge vrouw iets verbergt. Ook weet ze zeker dat zij en Calle erachter zullen komen wat.

Boden 1982

Er zijn twee jaar voorbijgegaan als Viola gaat bevallen van haar en Lars' tweede kind. Net na middernacht wordt ze wakker van de eerste wee. Lars slaapt vast, Viola moet roepen om hem wakker te maken. Slaapdronken trekt hij een broek en een trui aan, waarna hij haar helpt haar nachtpon uit te doen, een jurk aan te trekken en haar dan zo ongeveer naar de auto sleept.

Ze zijn net op de parkeerplaats van het ziekenhuis aangekomen en uit de auto gestapt als de vliezen breken. Het vruchtwater loopt langs Viola's benen en direct daarna zetten de weeen in alle hevigheid door.

Het wordt een zware bevalling. De verloskundige is ruw en sist dat Viola harder moet persen. Als de arts er uiteindelijk bij is geroepen om de vacuümpomp te plaatsen, legt de verloskundige haar hand op Viola's buik om te helpen het kind eruit te duwen. Door de pijn als ze op haar ribben drukt wordt het Viola zwart voor de ogen. Viola geeft bloed en slijm op waarna ze bewusteloos raakt.

Als ze bijkomt, zit er een verpleegkundige naast haar bed. De baby en Lars zijn nergens te zien. Er gaan een paar paniekerige seconden voorbij voordat de verpleegkundige erin slaagt de bijna hysterische Viola ervan te overtuigen dat het kind in blakende gezondheid verkeert. Ze rust in een dienstruimte bij haar vader uit. Ja, ze. Het is een meisje. Ja, alles is goed. Uitstekend eigenlijk.

Het personeel maakt zich veel meer zorgen om Viola. Ze bleek drie gebroken ribben te hebben. Daarom raakte ze buiten bewustzijn toen de verloskundige op haar buik duwde, niet door de weeën of de pijn van de bevalling. Hoe zijn die breuken ontstaan? Wat heb je gedaan? Ben je gevallen? Of heb je een auto-ongeluk gehad? Gevallen. Ik snap het. Van de ladder, toen je de dakgoot schoonmaakte? Ik begrijp het.

De verpleegkundige schrijft iets op de kaart die aan het voeteneind van Viola's bed hangt. Gebroken ribben zijn gevaarlijk. Ze kunnen door de longen prikken, ademhalingsproblemen veroorzaken en de bevalling doen stoppen. In het ergste geval kunnen de weeën ophouden en komt het kind in gevaar omdat de baarmoeder zich niet meer kan samentrekken. Zuurstoftekort bij het kind? Dat is een risico. Als moeder ben je al verantwoordelijk voor je kind als het nog in je buik zit. Je kunt niet meer alles doen wat je voor die tijd deed. Je moet jezelf in acht nemen.

Viola ligt zwijgend in bed. Ze heeft pijn in haar borstkas, haar onderlijf en haar hart. Ze verlangt naar haar baby en wil slapen, niet meer met de verpleegkundige praten. Ze schaamt zich diep, voelt zich heel schuldig en haar lichaam wil gewoon verdwijnen in de vergevingsgezinde slaap. Viola had beter moeten weten, het beter moeten doen, haar ongeboren dochter beter moeten beschermen. Als zwangere had ze voorzichtiger moeten zijn. Geen risico's moeten nemen. Niet op ladders moeten klimmen.

Om het nog maar niet over zwijgen te hebben.

Ze had meer moeten zwijgen.

Vanaf nu zal ze voorzichtiger en onzichtbaarder zijn, terughoudender. Ze zal de kinderen zo zacht behandelen als ze kan. Ze echt de liefde en aandacht schenken die ze hun vanaf het allereerste moment had moeten geven. Want kinderen zijn net als de kwetsbaarste zomerappeltjes. Als je ze niet heel voorzichtig aanpakt, krijgen ze bruine plekken.

Haar lieve jongetje Tommy en haar lieve pasgeboren appelmeisje.

Ik zal voor altijd van jullie houden.

Het huis waar Nadja Vendel woont, is een nieuw appartementencomplex met grote balkons. De gevel bestaat uit grijs pleisterwerk dat nu als zilver lijkt te glinsteren in het zonlicht.

Calle voert de deurcode voor de hulpdiensten in die voor alle wooncomplexen in Luleå hetzelfde is. Het elektronische slot geeft een schril signaal en gaat dan open. Het trappenhuis ruikt fris geboend. Idun houdt haar wijsvinger tegen de glaswand van het bord met achternamen en verdiepingen. Vendel, vierde verdieping.

Ze nemen de trap met twee treden tegelijk en bereiken de vierde etage zonder dat een van beiden een noemenswaardig verhoogde hartslag heeft. Als Idun aanbelt, hoort ze de bel binnen rinkelen. Aan de andere kant van de deur zijn voetstappen te horen en een paar seconden later zien ze een schaduw in het kijkgaatje. De twee rechercheurs beseffen dat iemand hen vanuit het appartement observeert.

Het slot klikt open. De deurkruk gaat naar beneden en dan gaat de deur open. Er stroomt wit licht uit het appartement en ze zien Nadja er middenin staan. In het tegenlicht lijkt ze op een zwarte gedaante tot ze een stap opzij doet in de schaduw van een garderobekast. Gereserveerd kijkt ze naar Idun en Calle. Ze zegt geen woord. Gekleed in een strakke spijkerbroek en een lichtblauwe blouse staat ze zwijgend voor hen. Met haar hoge jukbeenderen, grote ogen en lange donkere wimpers is ze beeldschoon. Idun vindt dat de afstandelijke koelte uitstekend bij Nadja past. Het is lastig te omschrijven, maar ze straalt een natuurlijke strakheid uit. Strak, scherp en onbereikbaar.

Calle zegt uiteindelijk iets over hun onaangekondigde bezoek.

'Hallo. Sorry dat we zomaar langskomen, maar we waren toevallig in de buurt.'

Nadja geeft geen antwoord, maar blijft hen zwijgend aankijken. Misschien overlegt ze met zichzelf of ze hen zal binnenlaten of niet. Haar gezichtsuitdrukking verraadt helemaal niets. Ze kijkt vooral ongeïnteresseerd.

Na een tijdje doet ze toch een stap naar achteren waardoor ze nog dichter bij de garderobekast komt te staan. Daarna maakt ze een kort handgebaar in de richting van het appartement. Idun en Calle begrijpen dat dit haar manier is om te zeggen dat ze kunnen binnenkomen. Maar erg welkom zijn ze niet.

Het blijkt een groot tweekamerappartement te zijn. De gang is lang, smal en licht. Aan de rechterkant is een grote woonkamer met dure meubels en laagpolig tapijt. Rechtdoor bevindt zich een badkamer en aan de linkerkant is een dichte deur en Idun neemt aan dat de slaapkamer zich daarachter bevindt. Naast de vermoedelijke slaapkamer ligt de keuken, waar Nadja naar binnen gaat.

Idun en Calle lopen achter haar aan. Nadja zwijgt nog steeds, maar knikt naar de keukentafel. De beide politiemensen gaan zitten. Zelf blijft Nadja met over elkaar geslagen armen tegen het aanrecht geleund staan.

'Bedankt dat je ons wilt ontvangen.'

Idun moet haar best doen om neutraal te klinken. Er hangt een vijandige sfeer. Nadja geeft geen antwoord. Ze blijft hen nonchalant in de gaten houden.

'Mooi appartement heb je! Comfortabel!'

Calle klinkt oprecht. Idun vraagt zich af wat hij zich anders had voorgesteld van de dochter van een steenrijke vader. Tot haar verrassing reageert Nadja op zijn compliment.

'Bedankt.'

Haar antwoord klinkt mechanisch, haar stem toonloos.

Idun steekt haar onderkaak vooruit, plotseling geïrriteerd door het verzet van de jonge vrouw. Ze zijn immers gekomen om te proberen uit te zoeken wie haar stiefmoeder heeft vermoord.

'Wat heb je afgelopen vrijdag gedaan?'

Idun hoort zelf hoe bot ze klinkt, maar kan er niets aan doen. Ze heeft er direct spijt van. Ze voelt Calles brandende blik, maar beseft dat ze nu door moet gaan. Daarom blijft ze Nadja strak aankijken. De jonge vrouw vertrekt geen spier. Secondelang kijken beide vrouwen elkaar aan.

Het is Calle die uiteindelijk de stilte doorbreekt.

'Mijn collega is benieuwd of je zo vriendelijk wilt zijn ons te vertellen waar je vrijdag was. We proberen iedereen uit Eva's omgeving in kaart te brengen, zowel gezinsleden als collega's en verdere familie en vrienden. Het gaat ons erom uit te zoeken wie Eva de laatste uren van haar leven heeft gezien.'

Nu zijn de rollen omgedraaid. Calles stem klinkt warm en vriendelijk, terwijl Idun de scherpe partij speelt. Nadja's gezicht is emotieloos.

'Ik was op de universiteit.'

'De hele dag of 's avonds?'

Calles stem blijft vriendelijk.

'De hele dag tot laat in de middag. Na het tentamen ben ik naar huis gegaan. Alleen.'

'Is er iemand die dat kan bevestigen?'

Nu worden Nadja's wangen wat roder. Het is duidelijk dat Calles vraag haar ergert.

'Mijn examinator kan verklaren dat ik het tentamen heb gedaan. Niemand kan bevestigen dat ik 's avonds alleen thuis was. Jullie moeten me maar op mijn woord geloven.'

'Wat deed je alleen thuis op een vrijdagavond?'

Nadja glimlacht scheef.

'In elk geval niet mijn stiefmoeder vermoorden.'

Er valt een geforceerde stilte.

'En als ik dat had gedaan, dan had ik het toch niet voor elkaar gekregen haar aan het plafond te hangen.'

Ze gaat verrassend uitgebreid verder.

'Jullie geloven maar wat jullie willen over wat ik zeg en jullie controleren dat maar zo vaak als je wilt. Het interesseert me niets wat jullie denken of geloven over mijn vermogen om andere mensen van het leven te beroven. Daar heb ik schijt aan, net als aan wat jullie nog meer willen weten over wat ik afgelopen vrijdagavond heb uitgevoerd. Jullie weten nu wat jullie nodig hebben en dan moet het maar goed zijn.'

Het wordt stil in de fraai opgeknapte keuken. Door de grote ramen stroomt de augustuszon naar binnen. Idun voelt zich ongemakkelijk. Dit gesprek is niet verlopen zoals ze had gehoopt.

Ze besluit om net als Calle een wat mildere toon aan te slaan.

'Je vader lijkt zich Eva's dood heel erg aan te trekken.'

Ze ademt geluidloos uit als ze hoort dat haar eigen stem een stuk milder klinkt. Nadja richt haar blik een tijd op haar, maar zegt niets.

Idun vervolgt: 'Natuurlijk voelden we met hem mee in het ziekenhuis. Als onderzoekers van dit soort misdrijven is het voor ons belangrijk om nabestaanden relatief snel na de gebeurtenis te kunnen spreken. Het spijt me dat we niet de mogelijkheid hadden om vrijdag ook al met jou te praten. Dat hadden we graag gedaan.'

Nadja verroert geen vin terwijl ze tegen het aanrecht geleund staat. Haar wangen hebben hun bleke kleur weer teruggekregen. Geen spoor van irritatie meer.

'Waren Eva en jij close met elkaar?'

Het blijft stil. Net als Idun de vraag opnieuw wil stellen, antwoordt Nadja uiteindelijk.

'Eva was mijn stiefmoeder. Of bonusmoeder, zoals mijn vader wil dat ik haar noem. Ze woonde het grootste deel van mijn jeugd bij ons in huis. Dus jawel. Je zou kunnen zeggen dat we close waren. Gedwongen, dus. Maar een goede relatie hebben we verder nooit gehad.'

Opnieuw voelt Idun hoofdpijn opkomen. Het slaapgebrek van die nacht wreekt zich. Ze werpt een blik op Calle, die de hint begrijpt.

'We praten natuurlijk het liefst hier en nu met je. Zo in het begin van een onderzoek kunnen de nabestaanden ons normaal gesproken het beste helpen. Meestal gaat het beter als we dat in een rustige en veilige omgeving doen, in plaats van in een verhoorkamer op het politiebureau.'

Nadja kijkt nog steeds naar Idun, wat vreemd is omdat Calle degene is die tegen haar praat.

'We snappen dat je in shock en verdrietig bent, maar we hebben toch antwoord op onze vragen nodig. We kunnen óf hier praten óf bij ons. Jij mag natuurlijk zeggen wat je het liefste doet. Als je je heel slecht voelt, kan het gesprek ook in het ziekenhuis plaatsvinden, net als gisteren met je vader.'

Calles toelichting bevat overduidelijk een onuitgesproken maar expliciete dreiging.

Nu praten of mee naar het bureau.

Pas nu verplaatst Nadja haar blik van Idun naar Calle. Langzaam laat ze haar armen zakken. Ze glijden langs haar zij tot op het aanrecht waar ze uiteindelijk haar handen op laat rusten. Even lijkt het erop dat ze gaat huilen. Haar onderlip trilt maar ze krult hem naar binnen en zet haar tanden erin. Ze kijkt naar de grond.

Het lijkt een eeuwigheid te duren. Als Nadja uiteindelijk opkijkt en haar blik op Calle vestigt, merkt Idun dat hij de jonge vrouw niet bang heeft kunnen maken.

'Ik weet niet hoe lang jullie al voor Zware misdaad werken. Want ik neem aan dat jullie daaronder vallen?'

Ze trekt een wenkbrauw vragend op. Koel kijkt ze eerst naar Calle en vervolgens naar Idun, een vaag glimlachje om haar lippen.

'Dat dacht ik al.'

Ze laat haar handen nog verder langs het aanrecht glijden waarna ze behaaglijk zucht en achterover tegen de gootsteen leunt. Dan kijkt ze naar het plafond en lacht hardop. Een hartelijke lach, uitbundig en oprecht.

Dan laat ze haar hoofd weer zakken en kijkt opnieuw naar

Calle. Langzaam haalt ze haar handen van het aanrecht en vouwt ze relaxed voor haar buik. Het schiet Idun te binnen dat Eva's handen op dezelfde manier waren gevouwen toen ze dood aan het plafond hing.

'Ik mag dan net met mijn studie zijn begonnen, maar mij krijgen jullie niet bang.'

Idun voelt de spanning in de lucht. Het is duidelijk dat Nadja Vendel meer te vertellen heeft.

'Ik ben me terdege bewust van mijn rechten en plichten. Dit is geen verhoor, maar een gewoon gesprek. Ik heb ervoor gekozen om jullie in mijn huis toe te laten en ik kan jullie op elk moment verzoeken te vertrekken. Ik ben niet van plan dit gesprek voort te zetten op het politiebureau, en ook niet in het ziekenhuis. Ik praat alleen op het politiebureau als jullie me voor verhoor oproepen. Begrijpen jullie wat ik zeg?'

Dat is een retorische vraag. Idun en Calle weten allebei dat er geen antwoord van hen wordt verwacht.

'Het is erg dat Eva dood is. En het is zeker triest dat ze is vermoord, dat moet zelfs ik toegeven. En ja, mogelijk ben ik een van degenen die een motief hebben. Dat snap ik ook, nu ik er zo over nadenk. Maar ik heb Eva niet vermoord. Degene die jullie zoeken, bevindt zich niet in dit appartement.'

Idun is sprakeloos. Ze is vaker geschokte mensen tegengekomen die tijdens een crisis volkomen rustig bleven. Maar zoiets als dit heeft ze nog nooit meegemaakt. Idun kijkt Calle aan. Hij zit er heel relaxed bij en kijkt Nadja met een lome blik aan.

'Uiteraard gaan we je alibi checken. Maar op dit moment word je nergens van verdacht. En ja, het lijkt mij ook niet waarschijnlijk dat jij je stiefmoeder aan het plafond hebt kunnen ophangen. Maar wie weet? Ik ben tijdens mijn werk wel vaker voor verrassingen komen te staan. Ik bedoel er uiteraard niets verkeerds mee. Wie ben ik om iets over sterke armen te zeggen?'

Hij slaat zijn zwaar gespierde armen over elkaar. Zijn tatoeages staan strakgespannen over zijn huid.

Nadja trekt een gezicht dat van alles kan betekenen. Wanneer ze geen antwoord geeft, gaat Calle verder met zijn enigszins onprofessionele maar op dit ogenblik toch passende pesterij.

'En je hebt helemaal gelijk. Je hoeft niet met ons te praten, maar wij hebben alle recht om met jou te praten. Als wij dat nodig achten, dan zullen we jou uiteraard oproepen voor verhoor. En dat wordt gegarandeerd op het politiebureau. Neem maar een advocaat mee als je wilt. Misschien een van je rechtendocenten?'

Het blijft lang stil voordat Nadja weer een scheef lachje produceert.

'Oké', zegt Nadja uiteindelijk. 'Dan weten we waar we staan.'

Idun en Calle begrijpen dat het gesprek voorbij is.

Onderweg naar de hal kijkt Idun om zich heen. Aan de muren hangen foto's in dure lijsten. Er zijn veel portretten van Nadja bij, genomen door een fotograaf in een exclusieve studio. Op twee van de foto's komt Vidar ook voor, en op de laatste, het verst weg aan de muur, het dichtst bij de buitendeur, staat een meisje van een jaar of vijf, zes dat op schoot zit bij een jonge, beeldschone vrouw.

'Is dat je biologische moeder?'

Nadja kijkt naar de foto.

'Ja.'

Idun buigt zich voorover om de foto van dichterbij te bekijken.

'Wat was ze mooi.'

Iduns stem is ineens wat schril. Ze slikt een paar keer om het brok in haar keel weg te krijgen, zich ervan bewust dat een andere moeder dan die van Nadja daar de aanleiding van is.

Calle stampt zijn voeten in zijn schoenen. Idun strikt haar dunne laarsjes dicht en komt overeind.

'Mag ik nog iets vragen?'

Nadja geeft daar geen antwoord op. Idun weet dat het nu erop of eronder is.

'Je zei dat jij en Eva niet erg close waren. Ik weet dat dat vaker voorkomt tussen kinderen en hun stiefouders. Maar zou je toch onder woorden kunnen brengen wat de reden was van jullie minder goede relatie?'

Langzaam reikt Nadja naar de voordeur, legt haar hand op de deurkruk en duwt die naar beneden zodat de deur opengaat. Ze maakt Idun en Calle met haar blik duidelijk dat ze naar buiten moeten. Ze gehoorzamen het woordloze bevel. Eenmaal buiten in het naar schoonmaakmiddel ruikende trappenhuis draait Idun zich om en ontmoet Nadja's blik weer. Nu pas geeft ze antwoord.

'Ik haatte Eva. Daarom hadden we een slechte relatie.'

De beide politiemensen kregen geen kans meer iets te zeggen voor Nadja met een soepele beweging de deur dichtdoet. Die valt met een doffe bons dicht en dan is Nadja Vendel uit het zicht verdwenen.

Idun en Calle blijven in het trappenhuis staan. De situatie doet ietwat vernederend aan. Geen van tweeën zegt iets, maar ze realiseren zich allebei dat ze net iets belangrijks hebben gemist. Het probleem is alleen dat ze niet precies weten wat.

Boden 1986

Viola zit op een bankje in de speeltuin. Het is de laatste week van april, de knoppen van de bomen staan op het punt uit te barsten in hun heldergroene lentetooi. De laatste dagen van de winter lopen over in de eerste dagen van de lente en er liggen nog kleine hoopjes sneeuw op de echt schaduwrijke plekken. Het is een bitterkoude, strenge winter geweest. Rond Kerstmis zakte de thermometer ruim onder de min dertig, waar hij een aantal pijnlijke weken bleef hangen. Daarna volgden twee maanden van ijs, kou en grote hoeveelheden sneeuw. De naderende lente is zonder twijfel van harte welkom.

Er zijn veel moeders en kinderen naar de speeltuin gekomen. Het is net na lunchtijd. De oudere kinderen spelen op de schommels en klimrekken of met een emmer en een schepje in de zandbak. De jongere kinderen slapen veilig in hun kinderwagen terwijl de moeders op de bankjes zitten die hier en daar zijn neergezet. Sommigen hebben thermosflessen koffie bij zich, ze bieden elkaar koffie en melk uit kleine plastic flesjes aan.

Viola zit in haar eentje op het bankje met een vermolmde rugleuning. Dat bankje is het beste, omdat je daar de grootste kans hebt te kunnen zitten zonder gestoord te worden door de andere speeltuinbezoekers.

Even verderop staat Tommy op het punt om de glijbaan op te klimmen. Hij is zes jaar oud en verkent heel dapper zijn omgeving. Zijn haar is dik en donker en zijn ogen liggen diep. Hij lijkt als twee druppels water op Lars. Haar hart stroomt over als ze naar het jochie kijkt. Hij is rustig, bedachtzaam en heel alert. Hoort alles, ziet alles en denkt vaak over het leven na. Soms vindt Viola hem op de vensterbank in de keuken, diep in gedachten verzonken. Ze vraagt hem dan altijd voorzichtig wat hij aan het doen is.

'Denken,' is meestal zijn antwoord.

Ingrid, Tommy's kleine zusje van vier, zit een paar meter verderop. Viola noemt haar meestal 'haar kleine appelmeisje', wat Tommy erg grappig vindt. In tegenstelling tot haar broer heeft Ingrid lichtblond haar en blauwe ogen, dus qua uiterlijk is ze een kopie van Viola. Maar als persoon is Ingrid vrolijk en levendig, ze lacht altijd en is nieuwsgierig naar alles en iedereen. Viola's moeder heeft gezegd dat ze haar aan Rita doet denken toen die klein was. Zelf kan Viola zich moeilijk voorstellen dat Rita vrolijk was. In haar herinnering was Rita vooral zelfverzekerd en bot.

Tommy giert het uit als hij van de glijbaan gaat. Viola glimlacht en steekt haar hand op om te zwaaien, maar de pijn in een paar pas gebroken ribben hindert haar. Hij schiet door haar borstkas verder naar haar nek. Het wordt haar bijna zwart voor de ogen. Ze kreunt hardop maar houdt zich onmiddellijk in zodat niemand het hoort.

Voorzichtig doet ze haar hand naar beneden terwijl ze de lucht langzaam uit haar longen laat ontsnappen. Ze heeft het minste pijn als haar longen helemaal leeg zijn, haar borstkas nauwelijks is gevuld en de druk op haar ribben minimaal. Tegelijkertijd weet ze uit ervaring dat ze niet te lang moet wachten met inademen. Het is slechts een kwestie van tijd voordat haar lichaam om zuurstof schreeuwt. De daaropvolgende inademing is dan zowel te snel als te diep, waardoor de pijn zo doordringend wordt dat hij bijna niet uit te houden is. Dat gebeurde toevallig een keer in de supermarkt, ze hield haar adem iets te lang in na te hebben uitgeademd. Toen haar lichaam haar dwong zo diep in te ademen, ging dat veel te snel waardoor de pijn tot een uitbarsting kwam. Viola viel flauw, kwam in een tijdschriftenrek terecht en liep een flinke snee in haar voorhoofd op. Het personeel belde een ambulance die haar naar de dokterspost bracht en waar een verpleegkundige drie hechtingen zette. Door dit alles kwam Viola te laat thuis en had ze het eten niet op tijd klaar. Lars uitte zijn ongenoegen gedurende drie dagen die een eeuwigheid leken te duren. Hij bezorgde Viola een gescheurde lip, een gebroken kies en een blauw oog dat in de weken daarna lila en goud kleurde. Sindsdien is Viola erg voorzichtig met diep inademen.

Ingrid komt naar haar toe. Viola buigt zich voorover en streelt het meisje zachtjes over het haar. Haar dochter houdt haar handjes in een holletje voor zich uit. Het is duidelijk dat ze iets vasthoudt.

'Mijn kleine appelmeisje. Wat heb jij voor spannends in je hand?'

Ingrid opent haar handen langzaam zodat Viola de steen kan zien. Ze bekijkt hem met grote belangstelling en kijkt Ingrid dan weer aan.

'Wat een mooie steen heb je daar. Wat ga je ermee doen?'

Ingrid geeft geen antwoord. In plaats daarvan blijft ze de steen nauwkeurig onderzoeken.

Tommy komt over het zand aangerend, zijn haar vochtig van het zweet en met vuurrode wangen.

'Heb je het gezien, mama! Heb je gezien hoe hard ik van de glijbaan ging!'

Hij valt bijna, maar weet zich op het laatste moment aan de armleuning van de bank vast te grijpen en op de been te blijven.

'Zag je hoe hard ik ging! Het hardst van allemaal, ik ben een superheld!'

Viola lacht. Haar ribben doen geen pijn meer. Bij haar kinderen zijn verzacht de pijn het best.

'Jazeker heb ik dat gezien. Je ging als een pijl uit de boog, een echte superheld.'

Ze onderdrukt de aandrang om zich voorover te buigen en hem te knuffelen. Hij staat iets te ver weg, haar ribben accepteren niet dat ze zo ver reikt. In plaats daarvan steekt ze haar handen zachtjes in een klein overwinningsgebaar naar haar zoon op.

'Wat heb je daar?'

Nu heeft ook Tommy zijn aandacht op Ingrids steen gevestigd. Ingrid merkt eerst niet dat hij iets tegen haar zegt.

'Wat heb je in je hand?'

Tommy doet een stap dichterbij. Ingrid is helemaal verdiept in de steen en hoort hem nog steeds niet. Viola fungeert als tussenpersoon.

'Ingrid, lieverd. Hoor je dat Tommy je iets vraagt?'

Nu hoort Ingrid het. Verward kijkt ze op naar Tommy. Hoewel ze de letter 's' nog niet kan zeggen, begrijpt haar grote broer wat ze bedoelt.

'Een teen.'

Ze houdt haar hand voor hem op om hem haar geweldige vondst te laten zien. Tommy bekijkt hem zonder veel belangstelling.

'Die is toch te klein.'

Ingrid wordt geïrriteerd.

'Hij is níét te klein.'

Tommy snuift maar zegt niets. Maar Viola ziet aan hem dat hij ontevreden is.

'Wat bedoel je, lieverd? Hoezo is Ingrids steen te klein?'

Tommy haalt zijn schouders op.

'Nou, dat is toch gewoon zo.'

'Nietes!'

Ingrid is ontdaan. Ze knijpt haar hand afwisselend open en dicht. Tommy kijkt haar ontevreden aan. Viola probeert het te begrijpen.

'Waar is de steen te klein voor?'

Tommy schopt met zijn voet in het zand.

'Vertel mama eens wat je denkt. Ingrid vindt de steen zo leuk, ze vindt hem mooi en wordt er verdrietig van als jij zegt dat hij te klein is. Waarvoor is hij te klein?'

Ingrid tuit boos haar lippen. Tommy kijkt woedend, eerst naar haar, dan naar mama.

'Hij is te klein om mee te slaan.'

Viola is stomverbaasd. Ze recht haar rug iets te haastig, krijgt een stekende pijnscheut vanuit haar ribben en moet zich inhouden om niet hard te kreunen. Er parelen zweetdruppeltjes op haar voorhoofd. Vanuit haar ooghoek ziet ze dat Tommy haar in de gaten houdt. Ze dwingt zichzelf te glimlachen.

'Maar lieverd, je weet toch dat je niet moet vechten. Wie wil je met de steen slaan?'

Haar zesjarige zoon knippert met zijn ogen. Hij antwoordt met zo'n zacht stemmetje dat ze eerst niet zeker weet of ze hem wel goed verstaat. Maar als ze de vastberaden blik in zijn ogen ziet, weet ze zeker dat hij meent wat hij zegt.

'Papa. Ik ga papa slaan.'

Dinsdag 25 augustus

Svetlana Moritz wast haar handen zorgvuldig. De ontsmettende zeep ruikt scherp, het prikt in haar ogen als de warme waterdampen naar haar gezicht opstijgen. Tijdens haar medische opleiding beweerde haar mentor dat ze er na verloop van tijd aan zou wennen, maar dat was niet het geval. De alcoholhoudende chemische zeep irriteert haar reukzin dagelijks. Haar enige troost is dat ze in elk geval heeft geaccepteerd dat ze er nooit aan zal wennen. 'Je moet dankbaar zijn voor de zon die je krijgt,' zoals haar moeder altijd zei toen ze in het laatste jaar van de Sovjet-Unie niets anders dan wittekool te eten hadden.

De bruine dubbele deuren worden opengeschoven en er stroomt warme lucht naar binnen vanuit de gang. Svetlana spoelt haar handen grondig af en droogt ze zorgvuldig met een papieren handdoek voordat ze haar ogen naar de bezoeker opslaat. Nu pas ziet ze dat het er twee zijn. Idun Lind en Calle Brandt.

Svetlana kent ze allebei goed, ze zou zelfs kunnen zeggen dat ze hen allebei graag mag. Daarom vertoont haar gezicht nu de sterkste gevoelsexpressie die ze tijdens haar werk ooit laat zien. Een zwak en bijna onzichtbaar glimlachje.

'Idun en Calle. Welkom in mijn nederige stulpje.'

Ze begint met een Russisch accent te ratelen, ze heeft nooit een geheim van haar afkomst gemaakt. Ze is trots op wie ze is en op wie ze was. Bovendien heeft ze haar geboorteland voor altijd in haar hart gesloten, ook al is ze er zich pijnlijk van bewust dat ze er nooit meer naar kan terugkeren.

'Svetlana. Dank je.'

Idun klinkt voorzichtig verwachtingsvol. Svetlana weet dat het komende gesprek een belangrijk onderdeel van hun onderzoek zal uitmaken. Calle zwijgt zoals gewoonlijk.

Ze reikt naar het schap boven de spoelbak. Uit een doos pakt ze twee paar handschoenen, een in de maat medium en een in de maat large. De grote reikt ze Calle aan, Idun krijgt het kleinere paar. Dan loopt ze naar de stalen tafel die in het midden van de ruimte staat. De twee rechercheurs lopen met haar mee. Daar aangekomen legt de patholoog-anatoom haar handen een eindje uit elkaar op het koele tafelblad. Idun en Calle gaan aan de overkant staan. Altijd op dezelfde manier, Svetlana aan de ene lange zijde en de rechercheurs aan de andere. Een belangrijk detail dat het verschil maakt tussen de beide zijden van de tafel, is dat aan de kant van Idun en Calle een stalen emmer op de vloer staat. Vanaf haar eerste dag in functie heeft Svetlana duidelijk gemaakt dat eventueel braaksel niet op de vloer van haar werkruimte terecht mag komen. Kotsen doe je in de emmer en als het fout gaat moet je het zelf schoonmaken.

De lamp boven de tafel verspreidt een kil licht. Op de tafel, midden in het witte licht, ligt Eva Vendel. Ze is spiernaakt en doodsbleek. Haar schaamhaar steekt donker af tegen haar lichte huid. Haar lippen zijn vaag blauw en lichter van kleur dan de donkerpaarse, brede band om haar hals.

Idun en Calle bekijken de dode vrouw zwijgend. Svetlana observeert op haar beurt de twee rechercheurs. De stilte duurt opmerkelijk lang en pas wanneer Idun haar blik van Eva afwendt en vragend naar Svetlana opkijkt, begint die met haar briefing.

'We hebben nog niet alle testresultaten binnen, dus ik kan jullie vandaag nog niet alles vertellen. Maar ik kan in elk geval wel zeggen dat het slachtoffer is vermoord. Maar waarschijnlijk waren jullie zelf ook al tot die conclusie gekomen?'

Noch Idun noch Calle geeft antwoord, precies zoals Svetlana het wil hebben.

'Eva Vendel stierf door verstikking. Verwurging, om precies

te zijn. Een touw, met een krachtige ruk aangetrokken, jullie zien de blauwe band om haar hals.'

Ze wijst naar Eva's hals. De zwart-paarse plek is duidelijk te zien.

'Dit is met name interessant omdat ze is gewurgd vóórdat ze aan het plafond is opgehangen.'

Ze krijgt een triomfantelijk gevoel als Idun en Calle beiden opveren, precies zoals Svetlana had verwacht. Ze geniet van het moment, is er altijd al dol op geweest om mensen te verrassen. Ze is een meester in het beheersen van haar eigen emoties, maar bij anderen lokt ze die juist graag uit.

'Bedoel je dat ze al dood was toen ze werd opgehangen?'

Idun klinkt net zo verbaasd als ze kijkt. Svetlana tuit haar lippen en knikt theatraal voordat ze het viert door in het Russisch te antwoorden.

'*Da*.'

Ze verplaatst haar blik naar Eva Vendels hals.

'Dat zie je aan de bijna onmerkbare hoek waaronder het touw is aangetrokken. Bij iemand die is opgehangen, is een duidelijke toename van de blauwe kleur te zien, precies op de plek waar het touw omhoog naar het plafond is gegaan. Meestal in de nek, vaak als een pijl die over de huid naar boven wijst waar de uiteinden van het touw omhoog zijn getrokken. Maar je kunt zien dat daar hier geen sprake van is. De blauwe plek vormt bijna een cirkel rond de nek.'

Zowel Idun als Calle buigt zich naar voren om de achterkant van Eva Vendels hals te kunnen zien. Haar hoofd rust op een harde plastic hoofdsteun, waardoor ze ook de achterkant kunnen zien. Precies zoals Svetlana heeft uitgelegd, loopt de donkerpaarse afdruk van het touw in een gelijkmatige lijn rond de hele nek.

Pas als ze hun ruggen weer hebben gerecht, gaat ze verder: 'Als jullie daarentegen naar de voorkant van de hals kijken, zie je dat de blauwe plek groter wordt in de richting van het halskuiltje.'

Met de punt van een balpen maakt ze cirkelvormige bewegingen net boven de voorkant van Eva's hals. Daar is de blauwe plek aanzienlijk groter. Als een brede band met een knoop in het midden spreidt hij zich over de huid uit. Het ziet er bijna uit alsof Eva dicht op haar huid een halsband met een hanger draagt, precies in het halskuiltje waar de plek een onregelmatig gevormde vlek vormt.

Calle houdt zijn hoofd schuin en kijkt naar Svetlana.

'En wat zegt dat jou?'

Zijn stem is schor van spanning. Svetlana kan het niet laten om haar antwoord een paar seconden uit te stellen.

'Dat zegt me dat ze op haar rug lag toen ze werd gewurgd. De dader heeft het touw om haar nek gelegd en het aan de voorkant aangetrokken. Het touw is aan de voorzijde gekruist, precies in het midden van de hals. Aan grote blauwe plekken is te zien dat daar de grootste druk is uitgeoefend, dus waar het touw zich kruiste. Daar werd de druk zowel harder als breder omdat de uiteinden van het touw daar dubbel zo hard tegen de huid hebben gedrukt.'

Ze zwijgt bewust even.

'Naast de blauwe plekken vertoont het slachtoffer veel petechiën. Zoals jullie weten zijn dat de rode kleine puntbloedingen die je onder andere om de ogen aantreft, maar ook in het mondslijmvlies. Kleine bloedingen die ontstaan door de hoge druk in het hoofd in combinatie met het afknellen van de bloedsomloop door de wurging. Ik zal jullie de binnenkant van haar mond straks laten zien.'

Idun buigt zich voorover om Eva Vendels hals nog eens goed te bekijken. Langzaam en voorzichtig beweegt ze zich naar de voeten van het lichaam. Van dichtbij laat ze haar blik over Eva's gezicht, hals, borst, buik en benen dwalen. Svetlana beseft dat Idun aan het nadenken is en daarom wacht ze dus geduldig.

Idun blijft ter hoogte van Eva's buik staan.

'En de zwarte metalen punten in haar handen?'

Meteen na het stellen van de vraag recht ze haar rug zodat ze weer rechtop staat. Met haar vuisten masseert ze haar onderrug.

'Spijkers. Twee enorme spijkers. Maar ons slachtoffer had een geluk bij een ongeluk, om het zo maar te noemen. Ze zijn pas na haar overlijden door haar handen geslagen.'

Idun trekt haar neus op.

'Maar als die spijkers er pas na het moment van overlijden in zijn geslagen, hoe kan ze dan zoveel bloed uit de wond hebben verloren? Zo te zien is er een aanzienlijke hoeveelheid bloed over haar rok gestroomd. Want bloed stolt toch vrij snel na het overlijden?'

Svetlana snuift. Ze heft haar handen en zet ze in haar middel. Dat geeft haar een superieure uitstraling en Idun is zich ervan bewust dat dit ook haar bedoeling is.

'Wat een hardnekkige mythe is dat toch.'

Als Idun de gerechtsarts niet al zo graag had gemogen, had ze zich misschien wat beledigd gevoeld. Maar omdat het Svetlana is, houdt ze het bij een vragend antwoord.

'O ja?'

De in Rusland geboren patholoog trekt haar mond samen.

'Het bloed stopt na het moment van overlijden niet direct met stromen. Een lichaam kan behoorlijk bloeden, zelfs nadat de dood is ingetreden. Alleen in films stolt het bloed op het moment dat het slachtoffer sterft.'

Calle fluit zacht. Opeens wordt het Idun duidelijk dat ze in elk geval niet de enige was die dat niet wist.

'Maar het klopt dat het uiteindelijk stolt. Alles is relatief. Mijn inschatting is dat ze heel kort na haar dood is opgehangen en dat de spijkers er meteen in zijn geslagen. Daarom kan de grote hoeveelheid bloed langs haar rok zijn gestroomd, het bloed stolt uiteindelijk toch. Natuurlijk.'

'Nog andere sporen van geweld? Seksueel geweld? Mishandeling voor het moment van overlijden?'

Svetlana schudt haar hoofd.

'Geen seksueel geweld. En ik kan geen tekenen van mishandeling vinden. Dat is echt vreemd. Het slachtoffer lijkt überhaupt geen weerstand te hebben geboden. We zien zelden dat een slachtoffer van wurging helemaal geen verzet pleegt. Dat is een nare manier om dood te gaan, geloof me.'

Haar stem klinkt bitter.

'Het slachtoffer lag op haar rug toen ze werd gewurgd en er zijn geen tekenen van tegenstand. De meesten verweren zich op de een of andere manier, als ze bij bewustzijn zijn tenminste. We hebben de onderzoeksresultaten nog niet dus ons slachtoffer is mogelijk gedrogeerd geweest, maar ik tref geen wondjes van injectienaalden aan dus dat lijkt vrij onwaarschijnlijk. Ook zijn er geen resten van tabletten in de maag en sneltesten hebben niets vreemds opgeleverd. Nu wachten we op de laatste testresultaten en pas dan weten we natuurlijk alles zeker.'

Calle slaat zijn armen over elkaar.

'Vreemd dat ze zich niet heeft verdedigd.'

'Inderdaad. Mensen die worden gewurgd, slaan, schoppen, bijten en krabben meestal. Maar in dit geval is daar niets van te zien. Ze heeft geen schaafplekken op haar knokkels, geen huidresten onder haar nagels. Dat is ongewoon en... hoe zeg je dat... hoogst onverwacht, denk ik.' Idun fronst haar voorhoofd, druk bezig te verwerken wat de gerechtsarts zegt.

'Ze heeft zich niet verdedigd? Helemaal niet?'

'Nee.'

'Kan de moordenaar haar nagels hebben schoongemaakt?'

Idun hoort zelf hoe onbenullig haar vraag klinkt, maar ze stelt hem toch.

'Nee. Daarvoor zit er te veel ander spul onder haar nagels. Grond, plantenresten en turfmolm. Ik denk dat ze op haar laatste dag een poos in de tuin bezig is geweest, of in elk geval de dag ervoor. Dus dat haar nagels niet zijn schoongemaakt door iemand die zijn sporen wil verwijderen, weet ik zeker. Ze heeft zich simpelweg niet verweerd. En nee...'

Nu heft Svetlana haar handen in een ontkennend gebaar.

'Jullie hoeven niet te vragen of de moordenaar mogelijk achteraf de aarde onder haar nagels kan hebben geprutst. Ik weet dat scriptschrijvers van die populaire politieseries in een van de afleveringen een keer zoiets hebben geschreven. Maar in het echt is zoiets gemakkelijk te zien. De sporen van planten zijn tijdgebonden. Ons slachtoffer wiedde haar bloembedden zo'n twaalf tot achtenveertig uur voor ze stierf. Waarom ze zich niet heeft verweerd, is dus de echte raadsel dat jullie moeten zien op te lossen.'

Het blijft even stil.

'Het,' zegt Calle uiteindelijk.

Svetlana kijkt hem aan.

'Hét echte raadsel. Niet dé.'

Het gezicht van de gerechtsarts blijft uitdrukkingsloos. Idun kijkt Calle kwaad aan, waarna ze verdergaat met waar ze hier voor kwamen.

'Dus we weten dat Eva Vendel door wurging om het leven is gekomen. Ze was waarschijnlijk niet onder invloed van drugs of alcohol, in elk geval niet van een stof die door een injectie of via tabletten is toegediend, maar het definitieve antwoord daarop weten we pas als de testresultaten binnen zijn. Ze lag op de grond toen ze stierf en verweerde zich niet. Daarna is ze aan het plafond opgehangen en werden er twee spijkers in haar handen geslagen, dit laatste vlak na het moment van overlijden.'

Svetlana beweegt haar hoofd heen en weer. Een aparte beweging, want hij wordt gevolgd door een ondubbelzinnig antwoord.

'Da.'

Idun en Calle knikken gelijktijdig.

'Er is iets wat jullie moeten weten.'

Haar Russische accent wordt zwaarder.

'Jullie slachtoffer heeft geen baarmoeder.'

Iduns ogen vernauwen zich.

'Is haar baarmoeder verwijderd?'

'Ja. En het lijkt een spoedoperatie te zijn geweest. Het litteken is verticaal en echt lelijk, het is haastig gedaan.'

'Haastig?'

Idun kijkt naar Eva Wendels platte buik. En ja, een bleek maar duidelijk, lelijk litteken loopt over haar huid.

Svetlana vervolgt:

'Ik heb haar dossier gelezen. Ruim twintig jaar geleden heeft ze een abortus ondergaan. De arts die de abortus uitvoerde, moet een echte knoeier zijn geweest omdat er na de curettage delen van de foetus zijn achtergebleven. De patiënt kreeg zo'n ernstige infectie dat haar baarmoeder niet meer te redden was. Hij is van binnenuit weggerot. Letterlijk.'

Calle trekt vol afschuw zijn neus op. Idun voelt een steek van verdriet in haar keel.

'Eva was dus zwanger, onderging een abortus en kort daarna moest ze vanwege een medische fout haar baarmoeder laten verwijderen?'

Svetlana beantwoordt de vraag niet, ze weet dat Idun het antwoord al kent.

'Je stuurt ons haar medische dossiers wel, toch?'

'Je hebt het al in je inbox.'

Calle houdt zich heel even in. Dan kan hij zich niet langer beheersen.

'Ze. Je hebt zé al in je inbox.'

Svetlana en Idun doen beide geen moeite hem aan te kijken. Zo staan ze alle drie zwijgend voor zich uit te kijken waarna ze eendrachtig en zonder iets te zeggen beseffen dat er voor nu even niets meer te zeggen valt. Maar voordat ze vertrekken, kan Idun het niet laten om commentaar te geven op het vreselijke lot van Eva Vendel.

'Wat een vreemde dood is ze tegemoetgegaan. Op haar rug liggend gewurgd zonder zich te verweren, daarna in haar eigen hal opgehangen en haar handen aan elkaar gespijkerd. Arme vrouw.'

Svetlana beaamt dat met een langzame inademing en een daaropvolgende zucht. Calle is al door de deuren op weg naar buiten.

Boden 1987

De eerste klap van het weekend komt op zaterdagochtend. Viola staat bij het aanrecht eieren, melk en zout voor een omelet te klutsen. Ze is er niet op voorbereid en heeft geen tijd de gebalde vuist te ontwijken die haar recht op haar slaap raakt. Hoewel de klap zo hard aankomt dat ze onmiddellijk van de wereld is, hoort Viola nog een krakend geluid vanuit haar nek. Het volgende moment ligt ze op de grond.

Het wordt zwart om haar heen. De smaak van bloed verspreidt zich door haar mond. Wanneer ze naar adem hapt en het bloed in haar luchtpijp komt, krijgt ze een hevige hoestbui.

In de kamer is het doodstil, maar in Viola's hoofd suist het hard. Tijdens haar val is de geklopte eiermassa over haar heen gekomen en die ligt als een plakkerige, vettige laag over haar buik en hals. Ze knippert verbaasd met haar ogen. Het suizen in haar hoofd gaat over in een onheilspellende pieptoon in haar linkeroor. Haar gedachten zijn warrig, haar gezichtsveld is wazig.

Gewoontegetrouw verwacht ze meer klappen, ondanks de verlammende traagheid komt die gedachte nog bij haar op. In slow motion tilt ze haar ene hand op om haar hoofd te beschermen. De pieptoon in haar oor klinkt steeds harder en maakt dat ze haar mond beurtelings opent en sluit. Dat doet haar denken aan wat je normaal gesproken doet als door het snelle stijgen en dalen van een vliegtuig druk in het middenoor wordt veroorzaakt.

Maar er komen geen klappen meer. Na wat een eeuwigheid lijkt te duren, beseft Viola dat Lars de keuken moet hebben verlaten. Langzaam komt ze overeind. De eierstruif is op haar trui en hals gestold, het plakt koud op haar huid.

Tranen van opluchting en vermoeidheid wellen in haar ogen op. Jammerend gaat Viola rechtop zitten. Ze leunt tegen een van de onderste kastdeurtjes. Ze weet uit ervaring dat gehuil niet op prijs wordt gesteld, dus knijpt ze haar ogen lang en hard dicht zodat er geen tranen meer komen. De keren dat ze die niet op tijd kon tegenhouden, waren altijd het ergste geweest. 'Tranen zijn een teken van zwakheid,' zegt Lars altijd. En hij doet al het mogelijke om Viola te leren sterk te zijn. Haar ene elleboog doet nog steeds pijn. Een zo'n les is voldoende.

Langzaam opent ze haar ogen en kijkt om zich heen. Tommy en Ingrid zijn nergens te bekennen. Viola is niet dom, natuurlijk beseft ze dat ze de dreun vanuit hun kleine slaapkamer gehoord moeten hebben. Maar ze blijven daar, precies zoals ze hun had gezegd te doen. De relatie tussen Lars en haar is iets tussen hen tweeën. De kinderen hoeven daar niet bij te worden betrokken, tenminste niet op de momenten waarop de ruzie over Viola's eigen opvoeding gaat.

Moeizaam staat ze op, ze wankelt en steunt met haar handen op het aanrecht. Voorzichtig strijkt ze met haar vingers over haar slaap. Die klopt pijnlijk maar ze weet dat het na verloop van tijd afzakt. De hardnekkige pieptoon in haar oor is erger.

Bij de gedachte dat die toon misschien nooit weg zal gaan, komen de tranen weer. Opnieuw dwingt ze zichzelf haar ogen dicht te knijpen om een huilbui te onderdrukken. Tegen het geluid in haar oor kan ze niets doen. Nu moet ze alleen deze dag zien te overleven.

Ze knippert een paar keer en recht haar rug. Dan kijkt ze snel naar haar trui, die onder het ei zit. Het meeste van de glibberige massa is op de vloer terechtgekomen. Ze besluit eerst schoon te maken, waarna ze snel een douche neemt en schone kleren aantrekt. Het worden boterhammen voor het ontbijt. Dat moet maar goed zijn. Welbeschouwd is ze toch niet zo dol op omelet.

Woensdag 26 augustus

Idun zit aan de keukentafel achter haar laptop. Het is halfzeven. Ze heeft het autopsierapport al tweemaal gelezen zonder iets van belang te vinden, naast wat Svetlana gisteren tijdens haar uiteenzetting heeft toegelicht. De situatie deprimeert Idun. Ze had gehoopt iets bijzonders te vinden wat hen tenminste in een bepaalde richting zou kunnen leiden.

Ze slaakt een diepe zucht. Eigenlijk moest ze even pauzeren en een ronde met de stofzuiger doen. Het appartement is rommelig en vies, controlfreak Mika zou zijn flauwgevallen als ze had gezien hoe het eruitzag.

Twee zachte kloppen onderbreken haar gedachten. Ze luistert aandachtig. Hoorde ze geklop? Ze strekt zich en luistert in de richting van de hal. En ja hoor, deze keer wordt er duidelijk harder op de voordeur geklopt.

Ze trekt haar kamerjas strakker om haar lichaam en loopt naar de hal. Haalt de veiligheidsketting eraf, draait het slot om en duwt de klink naar beneden zodat de deur openschuift. De koele lucht uit het trappenhuis waait het appartement binnen en voelt prettig aan haar enkels.

Voor de deur staat een vrouw die ze niet eerder heeft gezien. Ze lijkt iets ouder dan Idun, is slank en ziet er heel lief uit. Haar blonde krullen zijn samengebonden in een lage paardenstaart die over haar ene schouder valt. Haar gezicht is vriendelijk, haar ogen helderblauw en ze glimlacht zo oprecht dat Idun automatisch teruglacht.

'Hoi?'

Idun klinkt net zo vragend als ze zich voelt. De vrouw staat roerloos en kijkt Idun met haar korenbloemblauwe ogen strak aan.

'Hoi.'

Het blijft stil. Idun verplaatst haar gewicht naar haar andere voet, blijft glimlachen maar fronst al snel lichtjes vragend haar voorhoofd, iets wat de vrouw duidelijk opmerkt.

'Nou, dus, sorry dat ik stoor, maar tijdens mijn ochtendwandeling zag ik licht achter je keukenraam. En ik wil me heel graag voorstellen.'

Ze steekt haar hand uit. Idun doet hetzelfde, de handdruk van de vrouw is droog en koel.

'Ik ben je nieuwe buurvrouw. Degene die zo'n hoop lawaai heeft gemaakt dat je er waarschijnlijk knettergek van bent geworden.'

Haar lach schalt door het trappenhuis. Idun lacht plichtmatig mee.

'Serieus, ik realiseer me dat ik je tot waanzin heb gedreven. Het spijt me.'

Ze slaat haar blik neer en kijkt beschaamd naar de grond. Idun voelt zich ineens bezwaard.

'Nee, dus... geen probleem. Ik heb helemaal niet veel last van je gehad.'

Haar slechte leugen blijft hangen. Idun kan haar tong wel afbijten. Als haar nieuwe buurvrouw opkijkt, ziet Idun dat ook zij het leugentje heeft opgemerkt. De vrouw heeft een duidelijk vragende maar geamuseerde gezichtsuitdrukking. Idun schaamt zich.

'Je hebt me niet erg gestoord. Misschien een beetje. Ik weet het niet.'

Ze hoort zelf hoe dom ze klinkt. De nieuwe buurvrouw knikt.

'Nu ben je gewoon een goede buurvrouw. En dat waardeer ik natuurlijk.'

Ze steekt haar handen op alsof ze wil bevestigen dat het waar is wat ze zegt.

‘Maar als pleister op de wond wil ik je voor het eten uitnodigen. En ik accepteer geen “nee” als antwoord. Jij mag kiezen wanneer, behalve vandaag. En ik hoop dat je niet allergisch bent voor vis, want anders weet ik niet wat ik moet klaarmaken.’

En weer die schaterlach.

Puur uit gewoonte wil Idun er eerst voor bedanken. Nieuwe kennissen maken is niet haar sterkste kant en ze voelt zich ongemakkelijk wanneer ze een praatje moet maken met mensen die ze nauwelijks kent. Alleen niet tijdens haar werk. Dan kan ze met iedereen praten, met wie dan ook en waarover dan ook, zonder dat ze ergens last van heeft. Gelukkig maar, want als rechercheur moet ze met ontzettend veel mensen praten. Maar toch is het apart hoe verschillend iemand zich in de werk- en de privéomgeving kan gedragen.

Iduns eerste gedachte is iets te zeggen in de trant van dat ‘een etentje absoluut niet nodig is’, dat het lawaai haar niet zo heeft gestoord en dat ze toch vrienden kunnen zijn. Maar dan ontmoet ze de ondeugende blauwe blik en voelt oprechte eerlijkheid, terwijl ze tegelijkertijd Mika’s vermaningen hoort over dat ze een ander leven moet gaan hebben dan alleen maar met haar werk getrouwd te zijn. Verbaasd stelt ze ook vast dat er een onverwachte nieuwsgierigheid in haar is gewekt.

‘Een etentje is misschien toch wel gezellig.’

Ze kijkt weg totdat ze genoeg moed heeft verzameld om verder te gaan.

‘Ik werk alleen zoveel. Ik weet bijna nooit wanneer ik klaar ben. Maar schikt het... laten we zeggen, maandag?’

De vrouw straalt. De krullen van haar paardenstaart dansen over haar schouder als ze enthousiast knikt.

‘Maandag is prima! Ik neem het eten mee en kom naar jou, het is nu met die verbouwing veel te rommelig bij mij thuis.’

Ze lacht weer, blozend.

‘Ik maak een visstoofpotje. Mijn eigen recept. Als je het niet lekker vindt, doe je maar alsof. Of je bestelt een pizza als ik weg ben. Ik blijf toch nooit tot zo laat.’

En weer galmt het hele trappenhuis van haar schaterlach. Idun vindt het leuk klinken.

'Ik kom om zeven uur. Het wordt vast heel gezellig. En ik ben blij dat ik me heb kunnen verontschuldigen voor de herrie van de afgelopen dagen.'

Ze stapt iets naar achteren waarna ze zich omdraait en naar haar eigen voordeur loopt. Omdat die naast Iduns deur is, is ze daar in twee stappen. Ze pakt de deurkruk en draait zich weer naar Idun.

'Marie.'

Idun kijkt haar nieuwe buurvrouw verbaasd aan en dan klinkt haar lach voor de laatste keer.

'Zo heet ik. Marie.'

Ze knipoogt naar Idun, die geen antwoord meer kan geven voor de nieuwe buurvrouw haar deur opent en naar binnen verdwijnt.

Lovis ligt nog in bed en doet alsof ze slaapt. Het is al halfacht. Ze komt te laat op haar werk maar dat kan haar geen bal schelen. Eindelijk heeft ze de gelegenheid om uit te zoeken wat ze zich al sinds zaterdagochtend heeft afgevraagd. De knagende onzekerheid heeft haar bijna gek gemaakt. Ze moet te weten komen met wie Olle naar bed gaat.

Als ze goed luistert, kan ze hem in de keuken horen rommelen. Hij houdt altijd vast aan een stevig ontbijt. Kookt eieren, zet koffie, roostert brood en perst sap. In al die jaren dat ze bij elkaar zijn, had hij het altijd over de belangrijkste maaltijd van de dag. Dat onderzoek nu lijkt uit te wijzen dat voor ieder mens een bepaalde maaltijd de belangrijkste kan zijn, lijkt hij niet te willen accepteren. Elke ochtend hetzelfde liedje. Een grimmige blik op alleen haar kop koffie.

Minuten kruipen om. Ze hoort Olle wat in de gootsteen omspoelen waarna hij iets in de vaatwasser zet en de klep dichtdoet. Een paar stappen over de houten vloer en dan opnieuw spoelen, nu vanuit de badkamer. Vanaf haar kant van het bed spitst Lovis haar oren en ze hoort hem zijn tanden poetsen. Nog een paar voetstappen over de vloer en dan slaat de voordeur dicht. Hij is naar de bus. Het is maandag en dan gaat hij met de bus omdat Lovis de auto nodig heeft om na haar werk op tijd voor haar yoga te kunnen zijn.

Ze blijft nog even liggen om er zeker van te zijn dat hij echt weg is. Dan slaat ze haar benen over de bedrand, reikt naar haar joggingbroek en de trui die ze gisteren ook aanhad. In een paar seconden heeft ze haar kleren aan. Vastbesloten verlaat ze de slaapkamer, loopt over de overloop en neemt dan de trap met twee treden tegelijk.

In het toilet brandt de plafondlamp. Olle is hem vergeten uit te doen. Met één hand pakt Lovis een haarborstel van het planchet terwijl ze met de andere hand de wc-deksel omhoogdoet. Ze plast en borstelt tegelijkertijd haar haar. Ze veegt zich af, wast haastig haar handen waarna ze een elastiek uit de grote pot naast de wastafel pakt. Ze bindt haar haar samen in een paardenstaart. Op weg naar buiten werpt ze een blik in de grote halspiegel, voldoende om haar vermoeide gestalte te zien. Haar huid is bleek en haar ogen staan troebel. Ze denkt grimmig dat dit is hoe een bedrogen vrouw eruitziet.

Het is ongewoon warm voor een herfstochtend. Lovis loopt de trap af naar de garage, doet de grote deur omhoog, bukt als ze eronderdoor loopt en trekt hem dan met een klap dicht. Het is meteen stikdonker. Ze tast met haar hand langs de muur, vindt de lichtschakelaar en draait hem om. De tl-buis knippert een paar maal waarna de ruimte baadt in het licht. Lovis heeft het hier nooit een prettig licht gevonden, maar Olle beweert dat tl-buizen het beste licht geven om bij te werken. Nu overweegt ze om ze stuk te slaan met de hark die tegen de wand staat, maar ze besluit het toch maar niet te doen. Uiteindelijk is zij degene die achteraf moet opruimen.

Ze drukt een keer op de knop van de autosleutel. De lampen van de Audi knipperen terwijl een mechanische klik door de garage klinkt. Ze opent het portier bij de bestuurdersstoel en gaat zitten. Het ruikt lekker naar leer, een van de voordelen als je altijd een nieuwe auto hebt. Eigenlijk vindt ze het niet prettig om een auto van een leasebedrijf te hebben. Te vaak moet ze van auto wisselen, ze is nog niet aan de ene gewend of het is alweer tijd voor de volgende.

Even blijft ze zitten, twijfelend wat ze nu zal doen. Ze heeft nog maar een paar keer met deze auto gereden en heeft de navigatie nog nooit gebruikt.

Onhandig opent ze het handschoenenkastje. Er liggen verschillende instructieboekjes, een voor de auto zelf maar ook van de dakkoffer, van de aanhanger en om de een of andere onduidelijke reden ook van de zitmaaier. Lovis zoekt even in de stapel tot ze de gebruiksaanwijzing vindt die ze zoekt.

De spanning voelt als een tikkende bom in haar maag, maar na een paar minuten lezen is die bom verdwenen. Haar euforie heeft plaatsgemaakt voor verwarring. Ze heeft dezelfde bladzijde twee keer moeten lezen om überhaupt te kunnen snappen wat er staat. In alle andere omstandigheden had ze Olle om hulp gevraagd. Hij is een technisch genie en begrijpt instructieboekjes alleen al door de inhoudsopgave vluchtig door te nemen. Maar in deze situatie kan ze hem natuurlijk niet vragen haar te helpen.

Teleurgesteld moet Lovis het opgeven. Ze hijst zich uit de auto en loopt naar de garagedeur, laat de tl-buizen met hun verblindende licht aan als ze kwaad de deur opentrekt en de warme buitenlucht in stapt. Bij de voordeur neemt ze niet de moeite haar laarzen uit te trekken, loopt meteen de hal in en door naar de keuken.

Haar telefoon ligt op het kookeiland. Binnen twintig seconden zit ze weer in de auto. Ditmaal doet ze het portier aan de bestuurderskant dicht. De auto is rustig en stil. De tl-verlichting van het garageplafond schijnt in de voorruit, het kille licht wordt in het zwarte schermpje van haar telefoon weerspiegeld.

Ze zet haar telefoon aan en wacht ongeduldig tot de appel verschijnt. Met trillende vingers voert ze de beveiligingscode in en vervolgens de code voor de simkaart. Ze moet nog even wachten voordat ze de YouTube-app kan starten.

Ze voert de naam en het nummer van het gps-model in en klikt dan op 'zoeken'. Ze is niet erg hoopvol, maar realiseert zich dat dit waarschijnlijk haar enige kans is om te kunnen doen wat ze van plan is. Ze kan haar geluk niet op als het bovenste filmpje van de lijst precies blijkt te zijn wat ze zoekt.

Ze start de video. De stem van een jonge man klinkt door de speakers van de auto. Lovis bekijkt het hele filmpje nogmaals en gaat dan terug naar het stukje over het opzoeken van eerder opgezochte adressen. Na nog een keer nauwkeurig kijken voelt ze zich zeker genoeg om te proberen iets op te zoeken in de gps van de auto.

Het blijkt simpeler te zijn dan ze dacht. Ze hoeft alleen nog één keer te onderbreken om de aflevering een derde keer te bekijken, en dan vindt ze het juiste commando. Het adres blijkt een keer eerder te zijn opgezocht. Vorige week vrijdagochtend. Lovis voelt haar nekharen overeind gaan staan. Het was de dag dat Olle zei dat hij tot laat moest overwerken. Dat dat tot vier uur de volgende ochtend zou zijn, had hij er alleen niet bij verteld.

Ze sluit YouTube af en opent de browser van haar telefoon. Ze tikt 'hitta.se' in en klikt op 'zoeken'. De Zweedse website voor het opzoeken van woonadressen opent direct. Ze kijkt op de gps en neemt het adres over. Dan klikt ze opnieuw op 'zoeken'.

Wanneer de informatie op het scherm van haar telefoon verschijnt, voelt ze het bloed uit haar gezicht wegtrekken. Op het adres wonen twee personen. Van de ene heeft ze nog nooit gehoord. De tweede kent ze heel goed.

Haar oren suizen ervan. Waarom zouden Olle en die vrouw na al die jaren contact met elkaar hebben? En waarom zou hij haar in vredesnaam vrijwillig willen ontmoeten? Zelfs naar haar huis rijden!

Lovis kan niet helder nadenken. Het voelt alsof de hele auto ronddraait. De schittering van de tl-buizen snijdt in haar ogen en haar gezichtsveld krimpt aan de randen. Olle kwam zaterdagnacht thuis. Zijn adem wees duidelijk op een avontuurtje. Dat hij haar juist met deze vrouw ontrouw is, had Lovis zich in haar wildste fantasie niet kunnen voorstellen. Toch geeft de zoekpagina haar adres op.

Pas na een uur is Lovis in staat weer uit de auto te stappen.

Boden 1988

Viola zet twee koffiekopjes en een kannetje melk neer, waarna ze terugloopt naar het fornuis. Haar handen zijn plakkerig van het zweet, ze voelt zich misselijk en wil het liefst slapen. De vrouw aan de keukentafel ziet er zeker aardig uit. Ze heeft vriendelijke ogen die niet oordelen of vermanen en haar stem was echt sympathiek toen ze een kopje koffie accepteerde. Toch voelt Viola zich bedreigd. De aanwezigheid van de vrouw verraadt iets over onderzoek. En als je realistisch bent, is dat ook precies waarom ze hier is. Viola's moederschap onder de loep nemen. Dat is het werk van de vrouw die haar bij het binnenkomen vertelde hoe ze heette, maar van wie Viola de naam al is vergeten.

De koffieketel fluit. Viola zet het plaatje uit, pakt de ketel en loopt naar de tafel. Voorzichtig schenkt ze koffie in het kopje van de onderzoekende vrouw, iets meer dan halfvol zodat er nog melk bij kan als ze dat wil. De vrouw bedankt met een vriendelijke glimlach. Viola glimlacht niet terug. In plaats daarvan schenkt ze koffie in haar eigen kop, zet de ketel op een gehaakte pannenlap en gaat zitten. Eigenlijk drinkt ze nooit zwarte koffie, maar haar handen trillen te erg. Ze durft het melkkannetje niet te pakken, de onderzoekende vrouw zou dan zien dat ze zenuwachtig is en dat wil Viola niet.

'Ik dacht dat we met een paar vragen konden beginnen. Vind je dat goed?'

De vrouw heeft een aparte stem. Raspend, donker, met een hese, beschadigde klank. Hij vormt een merkwaardige combinatie met haar uiterlijk. Haar gezicht is smal, ze heeft goed zittend, schouderlang haar. Haar nagels zijn zachtroze gelakt en passen bij het dunne, roze sjaaltje dat ze los om haar hals heeft geknoopt. Het is alsof haar hese stem niet bij haar persoonlijkheid past, alsof hij bij iemand anders hoort.

Viola zegt niets terug. Ze wil niet een paar vragen beantwoorden en heeft zelf ook niets te vragen. Ze neemt een slok van haar koffie. Zonder melk is hij verschrikkelijk bitter, ze moet zich inhouden om geen vies gezicht te trekken als ze hem doorslikt. De onderzoekende vrouw glimlacht weer. Ook zij neemt een slok en zet daarna haar kopje voorzichtig op het schoteltje.

'Viola.'

De schorre stem lijkt haar keel te verscheuren.

'Ik ben hier niet om je kwaad te doen.'

Viola slikt geluidloos.

'Ik heb het beste met je voor. Zowel met jou als met je kinderen. Ik maak me zorgen over hoe het met jullie gaat en als er een manier is om het beter voor jullie te maken, wil ik daar graag bij helpen. Het is mijn werk om te helpen.'

Ze ziet er eerlijk uit maar vanbinnen hoort Viola een waarschuwend stemmetje.

Ze kijkt in haar kopje voordat ze antwoord geeft.

'We hebben geen hulp nodig. Alles is in orde.'

Verbaasd hoort ze dat ze zoals Rita klinkt. Zelfverzekerd en direct. Het gemis doet pijn in haar keel. Ze neemt nog een slok, de koffie smaakt naar teer.

De vrouw kijkt haar onderzoekend aan.

'Wil je een beetje melk?'

Ze tilt het kannetje in een vragend gebaar op. Viola aarzelt.

'Ik kan het met melk proberen. Dat is misschien lekker.'

Ze schenkt melk in Viola's kopje. Eigenlijk wat te weinig, maar elk kleurverschil maakt het toch beter dan het wrange zwart.

De onderzoekende vrouw kijkt de ruimte rond.

'Jullie hebben een gezellige keuken. Heb jij hem ingericht?'

Verbaasd kijkt Viola om zich heen. Het lijkt alsof ze haar eigen keuken voor het eerst ziet.

'Bedankt.'

De vrouw kijkt haar doordringend aan. Viola voelt zich zo doorzichtig als huishoudfolie.

'We doen het zo. Ik stel een paar vragen en je antwoordt zo goed je kunt. Er is geen goed of fout. Ik sta aan jouw kant.'

Als ze nu alleen maar met een normale stem had gepraat.

Viola knikt, doet haar best haar eigen onbehagen te verbergen.

Uit haar tas diept de vrouw een schrijfblok op. Ze vouwt de omslag dubbel zodat de eerste bladzij te zien is. Het blok is nieuw en onbeschreven.

'Je woont samen met je man Lars, toch?'

Viola knikt.

'En jullie zijn een paar jaar getrouwd?'

'Deze herfst negen jaar.'

De vrouw noteert.

'Hoe zou je jullie huwelijk omschrijven?'

Viola heeft buikpijn.

'Ons huwelijk?'

'Hm. Hoe hebben jullie het samen?'

De vraag is ongemakkelijk. Te direct, te duidelijk, te simpel om hem verkeerd te begrijpen.

Viola legt haar handen op haar knieën. Die schokken zo dat haar broek tegen haar dijen trilt.

'Ik begrijp niet wat je bedoelt.'

Haar mond is droog, haar tong zwelt op.

'Ik vraag me af of je je hier thuis veilig voelt.'

De hese stem is kalm, alsof het de gewoonste vraag van de wereld is. Zelf vindt Viola het de ingewikkeldste vraag die haar ooit is gesteld. Want hoe lieg je geloofwaardig over iets waarvan je zelf beseft dat het nooit de waarheid kan zijn?

Ze kijkt uit het raam. Een zwerm vogels stijgt op van het gazon en verdwijnt over de nok van het dak. Viola zou willen dat ze met ze mee kon.

'We hebben het goed.'

De leugen brandt in haar mond. Ze wil alleen maar dat de onderzoekende vrouw weggaat. Maar ze blijft stil zitten. De hese stem heeft nog meer vragen te stellen.

'We hebben meldingen binnengekregen. Twee anonieme, maar ook één van Tommy's school. Zijn klassenleraar maakt zich zorgen.'

Viola knippert met haar ogen.

'Waarom is Tommy's leraar bezorgd over hoe Lars en ik het samen hebben?'

De vrouw kijkt Viola in de ogen. Haar blik is ernstig geworden.

'Omdat Tommy tekenen van mishandeling vertoont.'

Viola's keel wordt dichtgesnoerd. Haar woorden verstikken voordat ze zijn gevormd. Ze weet niet wat ze moet zeggen, weet niet waar ze heen moet. Dus blijft ze zwijgend zitten. Ze zitten allebei zwijgend.

Er kraakt iets achter Viola.

Ze draait zich verrast om. Er trekt iets in haar bekken. Ze weet dat het de grote blauwe plek in haar linkerbil is die pijn doet. Ingrid staat in de deuropening. Ze kijkt bezorgd. Viola bedenkt dat het voelt alsof ze droomt. De kamer golft. Alles gaat langzaam en traag.

'Hallo, lieverd.'

Ze hoort haar eigen stem, die van ver weg lijkt te komen. Ze zou het liefst willen dat Ingrid naar haar kamer terugging. Viola's lieve appelmeisje. Dit is geen gesprek dat ze moet horen.

Maar Ingrid blijft staan. Ze lijkt even te twijfelen maar komt dan naar de keukentafel en kruipt op Viola's schoot. De vrouw glimlacht.

'Jij bent vast Ingrid. Wat leuk om je te ontmoeten.'

Ingrid wacht. De vrouw blijft glimlachen.

'Hoeveel jaar ben jij?'

Ingrid steekt haar hand op en spreidt trots al haar vingers.

'Zes jaar! Dat is heel wat.'

Op Ingrids gezicht breekt een lach door.
'Mijn grote broer is acht!'
De vrouw hapt theatraal naar adem.
'Jee! Wat een grote kinderen zijn jullie al!'
Ingrid lacht verrukt. Viola voelt instinctief aan dat ze haar hier weg moet zien te krijgen.
'Ingrid, schatje, ga maar gauw op je kamer met je poppen spelen, ik kom zo. Als je lief gaat spelen, gaan we straks een cake bakken.'
Er glinstert iets in de ogen van het meisje. Zonder iets te zeggen glijdt ze van Viola's schoot en huppelt naar haar kamer. De onderzoekende vrouw volgt haar met haar blik.
'Wat een schattige dochter heb je.'
Viola zegt niets. De vrouw drinkt het laatste slokje van haar koffie. Geruisloos zet ze haar kopje op tafel.
'Ik wil jullie echt helpen. Jou en je kinderen. Zelfs Lars. Wanneer we bij de sociale dienst drie meldingen van bezorgde volwassenen krijgen, moeten we vanzelfsprekend actie ondernemen. Ik sta aan jouw kant, maar ik kan je beter helpen als jij mij eerst helpt. Begrijp je wat ik bedoel?'
Viola knikt zwijgend, ook al begrijpt ze er helemaal niets van.
'Wordt Lars vaak boos op je?'
Viola verlangt naar Rita. Elf jaar geleden hebben ze elkaar voor het laatst gezien. Of elkaar gesproken trouwens.
'Af en toe wordt hij boos.'
De vrouw noteert iets in haar schrijfblok.
'Hoe is hij als hij boos is?'
Viola aarzelt.
'Hij is... kwaad.'
Ze weet niet wat ze moet zeggen. Want hoe beschrijf je een woede die iemands hele omgeving verstikt?
'Wat doet hij als hij boos is? Schreeuwt hij dan?'
Viola voelt zich ontzettend eenzaam.
'Dat komt voor.'

'Schreeuw je dan terug?'
'Nooit.'
De vrouw kijkt Viola vragend aan.
'Waarom niet?'
Viola moet zich vermannen om te kunnen antwoorden.
'Ik hou niet van schreeuwen.'
Nu schrijft de vrouw weer iets op. Viola zou willen dat het schrijfblok spontaan tot ontbranding kwam en op de tafel tot as zou vergaan.
'Is hij gewelddadig?'
Viola knippert met haar ogen.
'Verbaal, bedoel je?'
De gezichtsuitdrukking van de vrouw blijft neutraal.
'Ik bedoel of hij je vaak fysiek pijn doet. Duwt hij je of slaat hij je? Trekt hij aan je haar? Of spuugt hij naar je?'
Viola wil huilen, weet niet wat ze moet zeggen. Wat gebeurt er als ze de waarheid vertelt? Of wat als ze liegt?
De onderzoekende vrouw klapt haar schrijfblok dicht, legt haar pen erbovenop en leunt dan over de tafel. Als ze weer praat, is haar stem nog steeds hees maar aanzienlijk zachter. Bijna alsof ze probeert te fluisteren.
'Het zit zo, Viola. Ik kan jou en de kinderen helpen, of je nu met me praat of niet. En als jullie hier thuis aan geweld worden blootgesteld, zal ik je proberen te helpen, of je dat nu wilt of niet. Als Lars jou of de kinderen slaat, is dat niet jullie schuld. Het is nóóit jullie schuld. Maar jij als moeder moet mij helpen, wanneer hij als vader de kinderen kwaad doet. Jij mag het absoluut niet makkelijk voor Lars maken om te slaan. Je moet mij helpen zodat ik jullie kan helpen. Jou, Ingrid en Tommy.'
Viola voelt zich afschuwelijk. Er wellen tranen op in haar ogen en deze keer kan ze zich niet inhouden. Het is alsof een afgedamde rivier overloopt, een dam die breekt en uitbarst in een oncontroleerbare stortvloed.
Zonder iets te zeggen opent de vrouw haar handtas, haalt er een pakje zakdoekjes uit en reikt die over de tafel aan. Dank-

baar pakt Viola het aan. Na een poosje is haar huilbui voldoende afgezakt om weer te kunnen praten.

'Hij slaat ons niet, het doet me ontzettend verdriet dat je zoiets vraagt. Daarom huil ik.'

Iets in haar wenst dat ze de moed had gehad om de waarheid te zeggen, maar ze is vanbinnen gewoon zo moe. Van alles bij elkaar is ze zo moe. Het liefst zou ze gaan liggen en haar ogen dichtdoen. Op de vloer, onder de tafel, maakt niet uit. Alleen even haar ogen sluiten, slapen, even wegdommelen.

Er kraakt iets achter haar. Deze keer draait Viola zich zo snel om dat de pijn door haar bil schiet. Onder haar huid begint het hard te kloppen. Weer is het Ingrid die in de deuropening staat. Met grote ogen kijkt ze Viola angstig aan. Ingrid heeft haar duim in haar mond, ze zuigt er koortsachtig op.

Viola voelt hoe er in haar iets knapt.

Haar lieve appelmeisje heeft sinds ze drie was niet meer geduimd.

Lovis zit in de schommelstoel en huilt wanhopig. Olle zit op de keukenbank. Hij is woest. Verdomd dat ze hem niet met rust kan laten. Hij was maar één nacht weg. Eén nacht! In z'n eentje gezellig op stap. En dan begint ze na een paar dagen te zeiken over duidelijke aanwijzingen dat hij haar ontrouw is. Wat weet zij daar nou van verdomme?

Natuurlijk heeft ze gelijk.

Hij was haar ontrouw. Maar dat kan ze onmogelijk zeker weten. De voorzorgsmaatregelen die hij heeft genomen waren grondig. De omwegen die hij nam, het omkleden in de kleren die hij bij zich had en aantrok na hun gezamenlijke douche, voordat hij naar huis reed. Zoals de persoon die bij het verspringen tijdens een atletiekwedstrijd het zand aanharkt, verwijderde Olle elk denkbaar spoor. Toch heeft Lovis er lucht van gekregen. Als een bloedhond zit ze achter de waarheid aan.

Hij is haar vaak ontrouw geweest. Altijd met dezelfde vrouw en bijna altijd op dezelfde plek. In haar appartement met de deuren op slot en de dure linnen gordijnen dicht. Een enkele keer namen ze een hotel of gingen ze samen naar haar ouderlijk huis. Niet vaak. Maar het was wel gebeurd. En nooit eerder heeft Lovis iets vermoed. Ze slikte zijn smoesjes over overwerk of een biertje met een depressieve collega die in scheiding ligt. Bij één gelegenheid loog hij zelfs over zijn eigen moeder, dat ze van het tehuis hadden gebeld dat haar toestand snel achteruitging. Maar toen was Lovis echt verdrietig geworden. Waarom had hij haar niet gebeld zodat ze met hem mee kon? Het ging tenslotte wel om haar schoonmoeder. Daarna was hij voorzichtiger geworden. Hij gebruikte vaker zijn werk als excuus. En Lovis trok zijn uitspraken niet in twijfel. Tot nu.

Olle wil net iets scherps zeggen als de schelle ringtone van zijn telefoon hem voor is. Hij trilt dwingend vanaf het kookeiland.

Met een tijdelijk gevoel van opluchting glijdt hij van de keukenbank als Lovis haastig uit de schommelstoel opstaat.

Ze stort zich naar voren, grist zijn telefoon weg en staart achterdochtig naar het display. Olle is verbaasd. Waar is ze verdomme mee bezig?

Het is duidelijk dat Lovis het nummer niet herkent. Hij maakt dat op uit haar vragende blik. Ze steekt haar kin uitdagend in de lucht en neemt dan op. Haar stem is schor van het huilen.

'Olles telefoon, met Lovis.'

Hij hoort een vrouwenstem door de telefoon. Wie het is of wat ze zegt, hoort hij niet. Maar de stem klinkt formeel, woedend reikt hij naar het toestel, maar Lovis stapt achteruit en drukt de telefoon tegen haar oor.

'Nee, Olle is nu niet bereikbaar. Kan ik een boodschap aannemen?'

De vrouwenstem klinkt aarzelend. Even later klinkt er opnieuw een woordenstroom door de telefoon. In Olles oren lijkt het op dof gemompel.

Dat de vrouw aan de telefoon iets belangrijks te melden heeft, ziet hij meteen aan Lovis' gezichtsuitdrukking. Haar ogen sperren zich open van verbazing. Dan haar mond, Lovis doet hem open en dicht met een verbijsterd gezicht. Ze luistert verder, bedankt voor de informatie en klikt het gesprek weg. Langzaam legt ze de telefoon op het kookeiland. Hij is met het scherm naar beneden op het aanrechtblad terechtgekomen, langzaam trekken de vlekken van haar klamme handafdrukken weg van de glimmende achterkant.

'Wie was dat?'

Lovis antwoordt niet, staart alleen strak naar het aanrecht van het kookeiland. Met trillende vingers gaat ze langs haar mond. Olle weet dat ze dat doet als ze gespannen is.

'Zeg wie dat was. Wat is er gebeurd?'

Hij doet een stap dichterbij, ziet haar onderlip trillen. Langzaam kijkt ze op.

'Dat was de politie.'

Olle spert zijn ogen open.

'De politie? Wat wilden die van jou?'

Ineens voelt hij zijn woede veranderen in ongerustheid. Lovis kijkt hem afgemeten aan.

'Nu wilden ze míj niet spreken. Jóúw telefoon ging.'

Zijn ongerustheid groeit uit tot angst. Hij voelt een knoop in zijn maag.

'Zeg dan wat ze wilden. Is er iets met mama gebeurd?'

Lovis' ogen schitteren van verachting.

'Met je moeder is er niets aan de hand. De politie zocht je om te zeggen dat ze op weg hiernaartoe zijn. Ze willen jou onder vier ogen spreken.'

'Maar waarover dan? Geef antwoord verdomme, Lovis!'

Ze hoort de angst in zijn stem, heeft er lol in hem uit zijn evenwicht te zien. Denk je eens in dat het is afgelopen.

'Ze willen het met je over Eva hebben.'

Olle knippert verbaasd met zijn ogen.

'Over Eva?'

Hij kan niet helder nadenken. Zijn hoofd tolt.

'Waarom willen ze het met mij over Eva hebben? We hebben elkaar jaren niet gezien!'

Lovis kijkt uit het raam. Buiten is de wereld nog steeds zomergroen. Ze verlangt naar de koele herfstwinden.

'Wat heeft Eva gedaan? En wat heeft dat met mij te maken?'

Ze hoort de groeiende paniek in zijn stem, maar blijft uit het raam kijken. Aan de andere kant van het glas laat een spin zich aan zijn draad zakken.

'Ik zal je vertellen wat Eva heeft gedaan.'

Ze hoort zelf hoe haar stem vreemd ver weg klinkt. Er klinkt een zweem van onverschilligheid in door, haar woede lijkt ineens overgewaaid. Het voelt als een overwinning om Olle het nieuws te mogen vertellen.

Ze kijkt hem aan.

'Eva is overleden.'

De verbazing op Olles gezicht is direct. Hij wordt spierwit. Lovis wenst dat hij gaat flauwvallen en hard tegen de vlakte gaat, misschien met zijn hoofd tegen het kookeiland slaat en een flinke jaap in zijn voorhoofd oploopt. Hij verdient een flinke jaap in zijn voorhoofd. Het liefst een waar minstens een paar hechtingen in moeten.

Maar Olle staat daar alleen maar. Lijkbleek en geschokt, zonder iets te zeggen. Lovis merkt dat ze behoefte heeft aan een groot glas wijn. Graag met een sigaret zonder filter erbij. Niet dat Eva's dood haar op de een of andere manier persoonlijk raakt. Ze kende de vrouw niet, heeft haar jaren geleden ooit een keer op een feestje ontmoet. Ze heeft behoefte aan rode wijn om het te vieren. Het is ondanks alles een geweldig gevoel eindelijk iets te kunnen zeggen waar Olle stil van wordt. En om heel eerlijk te zijn, is dit misschien wel de beste manier om hem te straffen. Hem te kunnen vertellen dat zijn minnares dood is. Hoe gelegen kan een sterfgeval komen?

Ze schaamt zich een beetje dat ze het als een soort persoonlijke overwinning ziet. Maar dat is het precies. Een verdomd echte overwinning. Ze vraagt zich af of er toch geen pakje sigaretten meer achter het koffieblik in de voorraadkast is verstopt?

Met lichte passen draait ze zich om, om te gaan kijken. Bij het kookeiland staat Olle nog steeds als versteend. Met haar rug naar hem toe glimlacht Lovis eindelijk in zichzelf.

Boden 1988

Gun Eberdahl staat tegen de gootsteen geleund. Haar badjas zit los om haar brede lichaam geknoopt, haar haar staat overeind in een net-uit-bedkapsel. Ze leunt zwaar tegen de gootsteen, haar lichaam is slap van vermoeidheid. Het was alweer een nacht met veel te weinig slaap.

De keukenklok aan de muur wijst kwart over vier. Het is nog steeds genadeloos vroeg. Het oktoberbruine gras dat door de vuile ruit even zichtbaar wordt, is bedekt met een laag rijp. Vanaf nu kan elke dag de eerste sneeuw vallen.

Buiten gaat het harder waaien. Gun trekt haar ochtendjas strakker om haar lijf. De kou in de keuken doet haar zuchten en met grote tegenzin loopt ze naar de hal en stapt ze in haar laarzen. Ze doet de buitendeur open. Koude lucht stroomt naar binnen, ze huivert terwijl ze zich naar de veranda haast. De wind is ongenadig koud, met een vleug regen erin die van onderaf lijkt te komen. Ondanks haar lange ochtendjas worden haar benen nat. Als Gun naar de houtschuur loopt, soppen haar laarzen door de modder. Ze moet goed opletten om niet te vallen.

Eenmaal bij de houtschuur trekt ze de scheve deur open, doet een grote stap naar binnen en knippert tegen de duisternis. Dan trekt ze de deur achter zich dicht.

Haar ogen moeten even wennen aan het donker voordat ze de stapels brandhout kan onderscheiden. Ze rilt en gaat op de tast naar het hout. Halverwege een stap struikelt ze en Gun valt voorover. Een gesmoorde kreet komt over haar lippen waarna ze in de houtstapel terechtkomt. De blokken berkenhout raken haar voorhoofd, vlak boven haar oog. De pijn is heftig en haar gesmoorde kreet gaat over in een harde schreeuw die abrupt verstomt als haar zware lichaam tegen de grond smakt.

Koude lucht stroomt door de kier naast de deur naar binnen. Voor haar gevoel blijft ze een paar minuten op de aangestampte aarden vloer liggen voordat ze in staat is rechtop te gaan zitten. Ze brengt haar hand zachtjes naar haar voorhoofd en kreunt hardop wanneer de vingers de open wond raken. Bloed loopt over haar oog, met de mouw van haar ochtendjas probeert ze het ergste weg te vegen. Haar lichaam rilt van de schok en de kou als ze er met veel moeite eindelijk in slaagt op haar hurken te gaan zitten en vervolgens met uiterste krachtsinspanning te gaan staan. Ze legt haar hand op haar borst om haar ademhaling onder controle te krijgen. Zo hard hijgen kan niet goed voor je hart zijn.

Dan herinnert ze zich dat ze ergens over struikelde. Op trillende benen draait ze zich langzaam om en door wat ze dan ziet, verstijft haar lichaam onmiddellijk. Als bij toverslag verdwijnt de pijn aan haar voorhoofd. Ze merkt niet eens dat ze de wond heeft losgelaten en het bloed weer vloeit.

Op de grond ligt de kleine Tommy van de buren. Een mager jochie van acht met vuile kleren en warrig haar. Hij heeft een oorspronkelijk blauwe pyjama aan die nu bruin is van de aarde en klei. Op zijn zij, met zijn armen om zijn opgetrokken benen geslagen, ligt hij op de aangestampte aarden vloer van Guns houtschuur.

Eerst weet ze niet of hij levend of dood is, maar dan ziet ze zijn borstkas bewegen door een oppervlakkige ademhaling. Het is een meelijwekkende aanblik. Hoog op zijn voorhoofd, vlak onder de vlasblonde haarlijn van de jongen is een gapende wond met zwarte wondranden zichtbaar. Gun is niet medisch onderlegd maar begrijpt wel dat die gehecht had moeten worden.

Langzaam hurkt ze weer neer. Haar lichaam doet zeer. De vochtige wind trekt pijnlijk langs haar blote benen. Behoedzaam aait ze de jongen over zijn haar, let er goed op de wond niet aan te raken. De ongerustheid golft door haar heen, gedachten wervelen door haar hoofd. Lieve jongen, wat is er met je gebeurd?

Dan wordt Tommy wakker. Niet met een schok, maar meer als een stille inademing. Omdat hij op zijn zij ligt, ziet Gun alleen zijn ene oog. Dat fladdert een paar keer en dan slaagt hij erin het helemaal open te doen. Zijn ademhaling wordt sneller, Gun observeert hem terwijl zijn ene zichtbare oog zich op de donkere vloer focust.

Langzaam, alsof zijn nek veel pijn doet, draait hij zijn gezicht naar Gun.

Als dat is gelukt, kijkt hij haar met een afwezige blik in de ogen aan.

Gun hapt naar adem en deinst in een reflex terug, slaat haar hand voor de mond en barst bijna in huilen uit. Het tweede oog van de jongen is zo opgezwollen dat hij het met geen mogelijkheid zou kunnen openen. Het is omgeven door de grootste blauwe plek die Gun ooit heeft gezien. Het andere oog is glazig terwijl hij haar langzaam en zo te zien zonder succes met zijn blik probeert te vangen.

Guns hele lichaam rilt. Wat ze allang vermoedde, weet ze nu helemaal zeker. Ze weet dat ze iets moet doen. Zij, Gun, moet nu handelen. Dit kan niet langer zo doorgaan.

Ze merkt zelf niet dat ze huilt. Ze weet niet meer wat ze zelf voelt. Het enige wat er door haar hoofd gaat, is het besef dat ze het in elkaar geslagen jongetje dat in haar houtschuur op de grond ligt, moet proberen te helpen. Dat inzicht gaat gepaard met een toenemende misselijkheid. Het liefst zou ze willen blijven wegkijken, maar dat gaat niet langer. Niets doen zou onchristelijk zijn.

Zonder twijfel heeft Gun vroeger meer erge dingen meegemaakt en genegeerd, daar zal ze niet geheimzinnig over doen. Maar nooit eerder heeft ze een zo zwaar mishandeld kind gezien.

Magnus Bohm lacht breeduit terwijl hij op de bank in de woonkamer zit. De scène die zich voor hem afspeelt is gewoon te mooi. Zijn vrouw Anna staat lachend op handen en voeten. Op haar rug zit hun vijfjarige dochter Ellen met een grijns van oor tot oor. Haar blonde haar draagt ze in twee staartjes aan weerszijden van haar hoofd, de krullen dansen over haar schouders. Haar ogen stralen van ondeugendheid.

Ellen houdt Anna's blonde paardenstaart in haar ene hand, de andere steekt ze in een overwinnaarsgebaar in de lucht.

'Jen, paajdje, jen!' gilt ze terwijl ze aan Anna's haar trekt.

Anna doet haar best om sneller te kruipen, maar struikelt en komt lachend op haar buik terecht. Ellen gilt zo hard dat ze er bijna in blijft, een aanblik die Magnus tranen van geluk bezorgt. Hij staat op van de bank en gaat naast zijn gezinnetje op de grond liggen.

'Ik denk dat het paardje moet uitrusten,' zegt hij tegen Ellen. 'Paardje is nu een beetje moe.'

Ellen klopt haar moeder op het hoofd.

'Paajdje moe.'

Magnus kijkt naar Anna, die naast hem ligt. Haar ogen glinsteren, eromheen heeft ze lachrimpels die zich uitstrekken tot haar slapen. Haar dikke haar is zoals altijd samengebonden in een staart. Door haar rol als paard is het een beetje in de war geraakt, hier en daar zijn haarlokken uit de haarband losgeraakt. Magnus buigt zich naar haar toe en kust haar teder op haar wang. Ze antwoordt door een hand op zijn bovenarm te leggen en dichter naar hem toe te schuiven.

'Neenee! Niet het paardje kussen!'

Ellen lacht en probeert zich tussen Magnus en Anna in te wurmen. Ze schuiven wat op zodat het meisje tussen hen in past. Heel even blijven ze alle drie stil op het dikke tapijt liggen.

'Dit is het leven,' zegt Magnus uiteindelijk, zijn ogen op het plafond gericht. 'Dit is verdorie het leven.'

Anna glimlacht. Magnus ziet het niet, maar weet het toch. Zijn vrouw straalt blijdschap uit, ook als ze niet te zien of te horen is.

Het afgelopen jaar heeft een wissel op hun gezin getrokken. Deze zomer was het een jaar geleden dat de leerkrachten van de basisschool belden om te vertellen dat Ellen zich vreemd gedroeg. Ze had extreem veel water gedronken en zo mogelijk nog meer geplast. Tijdens het tienuurtje leek ze in de war te zijn en op het moment dat Magnus de parkeerplaats van de school op reed, kwam pedagogisch medewerker Lennaert aanrennen en zei dat ze net een ambulance hadden gebeld. Ellen was erg moe geworden en op de vloer van de garderobe in slaap gevallen. Toen Lennarts collega Jenny haar wakker probeerde te maken, was ze bijna bewusteloos.

Eenmaal op de spoedeisende hulp aangekomen constateerden de artsen algauw dat het hoogstwaarschijnlijk om diabetes ging. Een aantal testen bevestigden hun vermoeden.

De daaropvolgende maanden werden een uitdaging. Magnus en Anna kregen te maken met bloedsuikercontroles, insulinespuiten en met Ellen, die buiten zichzelf was omdat ze niet snapte waarom Magnus en Anna haar meerdere keren per dag moesten prikken. Het was ontzettend lastig om dat keer op keer te moeten uitleggen aan een huilende vierjarige die het niet begreep, of het voor een deel niet wilde begrijpen. Net zo lastig als haar tegen haar wil te moeten prikken.

De relatie van Magnus en Anna had daar erg onder te lijden. De vermoeidheid, wanhoop en zorgen ondermijnden hun relatie dusdanig dat ze zich nauwelijks nog druk maakten om zichzelf en om elkaar. Als Magnus' moeder Eivor er niet was geweest, was hun huwelijk vast en zeker op de klippen gelopen. Ellens oma bleek de reddende engel in hun chaotische bestaan.

Na verloop van tijd ging het beter. Ze leerden de signalen van Ellens lichaam te interpreteren en na een paar maanden verscheen de insulinepomp in hun leven. Die bleek voor een belangrijk deel de redding van het gezin. Soms dacht Magnus dat zijn moeder en de pomp zijn kleine gezin het afgelopen jaar bij elkaar hadden gehouden.

'Heb jij Ellens bloedsuiker gecheckt?'

Anna klinkt relaxed. Ze is zich er niet van bewust dat Magnus aan het afgelopen jaar lag te denken. Hij glimlacht in zichzelf. Bedenk je eens dat ze er uiteindelijk in zijn geslaagd om min of meer ontspannen om te gaan met de hel die diabetes is. Wie had dat een halfjaar geleden kunnen denken?

'Is gebeurd, bloedsuiker en de pomp. Alles onder controle.'

Dat laatste zegt hij terwijl hij over Ellens rug aait. Ze ligt nog steeds tussen hen in.

'Alles is goed, mama. Paajdje hoeft niet ongejust te zijn ovej de pomp.'

Anne glimlacht weer. Magnus ziet het niet maar weet het toch.

De keuken is met zorg ingericht. De keukenkasten lopen door tot aan het plafond en hebben glazen deuren met witte glasroeden. Boven het kookeiland hangt een rooster dat als ophangsysteem dient voor pannen, een vergiet en allerhande keukengereedschap zoals opscheplepels en vleesvorken. In een hoek van het rooster hangt een gigantische garde. Hij doet Idun denken aan rekwisieten uit *Alice in Wonderland.*

Lovis staat naast het kookeiland. In de schommelstoel achter haar zit Olle, zwijgend en verbeten.

'Jullie wilden over Eva praten.'

Lovis' stem klinkt niet energiek maar ook niet onverschillig. Het klinkt meer als een constatering, zonder verdere bijklank. Olle daarentegen schrikt op in zijn stoel. Onrustig dwaalt zijn blik afwisselend van Lovis naar zijn handen. Dan trilt zijn onderlip en meteen daarna staan de tranen hem in de ogen. Idun vindt dat Olle zich als een rouwend mens gedraagt. Uit ervaring weet ze dat het niet hoeft te betekenen dat dat ook zo is.

Calle geeft antwoord op Lovis' vraag.

'Dat klopt. We willen het graag met jullie over Eva hebben. Of eigenlijk willen we Jan-Olof graag even spreken.'

Calle knikt naar Olle. Hij ziet er gestrest uit, opmerkelijk van slag door de dood van zijn ex-vrouw, zeker gezien het feit dat ze al twaalf jaar geleden zijn gescheiden. Idun observeert hem aandachtig.

'Zal ik hier weggaan? Zodat jullie onder vier ogen met Olle kunnen praten?'

Calle wendt zijn blik niet van Lovis' echtgenoot af.
'Dat is aan Jan-Olof zelf.'
Lovis schiet in de lach.
'Alsjeblieft zeg. Noem hem Olle. Alleen mijn schoonmoeder noemt hem Jan-Olof.'
Calle leunt over het kookeiland. Die beweging doet Olle opkijken.
'Wil je dat Lovis weggaat of dat ze hier blijft?'
Olle antwoordt niet, knippert alleen een paar keer met zijn ogen.
'Dit is een heel gewoon gesprek. Maar je hebt natuurlijk het recht om alleen met ons te praten, als je wilt.'
Het is duidelijk dat Lovis het vermogen heeft om tussen de regels door te lezen.
'Ik ga naar de wasruimte. Als jullie me nodig hebben, roepen jullie me maar vanaf de keldertrap.'
Haar stem klinkt een tikje zuur. Calle vertrekt geen spier maar Idun weet dat hij hetzelfde denkt als zij. Tussen het stel hangt een opvallende spanning.
Idun knikt dankbaar naar Lovis, die de keuken verlaat. Verderop horen ze een deur opengaan en er kraakt een trap wanneer ze naar de wasruimte afdaalt.
Calle merkt iets op wat niemand in de keuken is ontgaan.
'Zo te merken is ze kwaad op je.'
Olle vouwt zijn handen en legt ze in zijn schoot. Het lijkt erop dat hij wil gaan bidden, maar Idun beseft dat hij waarschijnlijk tot zichzelf probeert te komen.
'Ze is altijd kwaad op me.'
Calle knikt begrijpend. Dat ziet er raar uit.
'Hoe komt dat zo, denk je?'
Olle schudt nauwelijks merkbaar zijn hoofd.
'Ik weet het niet en het kan me niet schelen ook.'
Hij kijkt strak naar zijn gevouwen handen. Calle wacht.
'Maar jullie zijn toch hier om over Eva te praten?'
Olles stem heeft een verdrietige klank.

'We vragen ons af wat je afgelopen vrijdagmiddag deed.'

Olles reactie is zo onmiddellijk dat Idun ervan schrikt. Hij spert zijn ogen zo ver open dat zijn verbazing overdreven lijkt. Hij doet zijn mond een paar keer open en dicht in een schijnbaar verwoede poging woorden te vinden. Ten slotte stamelt hij zijn vraag.

'Waarom vragen jullie je dat af?'

Daarop antwoordt Calle niet.

Zo te zien denkt Olle diep na. Als het kwartje valt, stokt zijn adem.

'Bedoel je... dat Eva... geen... natuurlijke dood is gestorven?'

Idun knijpt haar ogen samen. Ze probeert vast te stellen of zijn geschoktheid echt is of gespeeld.

'Geef antwoord op de vraag.'

Olle staart Calle aan.

'Maar wat zeggen jullie eigenlijk? Waaraan is Eva gestorven?'

In zijn stem klinkt vertwijfeling door.

Calle rekt zich uit.

'Of je geeft antwoord op mijn vraag of we zetten dit gesprek voort op het politiebureau.'

Olle kijkt alsof iemand hem een klap in zijn gezicht heeft gegeven. Verward knippert hij met zijn ogen.

'Sorry. Maar dit is een beetje te veel voor me. Wat was de vraag?'

Er parelen zweetdruppeltjes op zijn voorhoofd.

'Ik vroeg je wat je afgelopen vrijdag deed.'

Olle schraapt zijn keel.

'Ik was aan het werk. We liepen achter met een bouwproject van een van de hoogspanningsleidingen van Luleå. Ik heb het op me genomen dat op te lossen.'

Gestrest wringt hij zijn handen. Calle leunt achterover op de hoge stoel en kruist zijn zware onderarmen over zijn borstkas.

'Kan iemand dat bevestigen?'

Daarop schudt Olle zijn hoofd.

'Ik was alleen.'

'Misschien je chef? Of de opzichter?'

Olle knippert met zijn ogen. Idun vindt zijn nervositeit overdreven aandoen.

'Ik ben de opzichter. En mijn chef weet niet dat ik overuren heb gemaakt. Het enige wat hij weet, is dat de klus tegen het weekend geklaard moest zijn en dat is gelukt omdat ik daar de hele dag en nacht heb doorgewerkt.'

Opnieuw springen de tranen hem in de ogen. Idun probeert zijn gespannen reactie te doorgronden. Hoe kan de dood van een ex-vrouw zo'n spanning veroorzaken? Ze moeten de afgelopen jaren een soort relatie hebben gehad. Misschien als vrienden. Misschien als geliefden?

'Dus niemand kan bevestigen dat je vrijdag de hele dag aan het werk bent geweest?'

'Helaas niet.'

'Hoe was je relatie met Eva na jullie echtscheiding?'

Calle vraagt wat Idun ook wilde weten. Olle reageert verbazingwekkend rustig vergeleken met eerder.

'Die hadden we niet.'

Calle snuift.

'Dat waag ik te betwijfelen.'

Gelaten steekt Olle zijn handen op.

'Waarom zou ik daarover liegen? We zijn gescheiden en daarmee eindigde onze relatie. Einde verhaal.'

Hij ziet er nu merkwaardig ontspannen uit. De sfeer in de ruimte is omgeslagen. De hele situatie lijkt absurd.

'Je mag dan al jaren geen relatie met Eva meer hebben gehad, maar op onze vraag waar je afgelopen vrijdag was, reageer je anders opmerkelijk heftig.'

Olles blik ontmoet die van Calle, maar hij zegt niets. Ineens lijkt hij volkomen rustig. De situatie voelt bijna schizofreen aan.

'Geef antwoord op mijn vraag.'

Calle klinkt vermoeid.

Olle trekt een pruillip.

'Ik had de vraag niet begrepen.'

Het is duidelijk dat hij er nu in geslaagd is om te kalmeren. In zijn blik is iets uitdagends te zien. En zoals gewoonlijk laat Calle zich provoceren.

'Bedankt voor het gesprek.'

Hij staat op uit zijn stoel.

'We zien elkaar vanmiddag om drie uur op het bureau. Ben je er niet, dan word je voor verhoor opgebracht. Twee collega's in uniform komen je met een politieauto ophalen. Waarschijnlijk hoef je geen handboeien om.'

Daarna loopt hij naar de keukendeur. Idun maakt aanstalten achter hem aan te gaan.

Als Olle antwoordt, doet hij dat met een nog steeds rustige stem.

'Ik praat liever nu. Er is namelijk niet zoveel meer te zeggen. Ik heb de hele dag en nacht gewerkt en dat was het. De relatie tussen Eva en mij was afgelopen toen ze de scheiding had aangevraagd. Sindsdien hebben we niets meer met elkaar te maken gehad. Zeker, ik ben nog lang daarna van haar blijven houden, dat zal ik niet ontkennen. Maar dat deed ik op afstand en zonder haar lastig te vallen. Mijn onbeantwoorde liefde hield namelijk ook respect voor haar in.'

Calle en Idun hielden hun pas in. Nu staan ze stil terwijl ze naar Olle luisteren. Er klinkt een nieuw soort helderheid in zijn stem. Hij wrijft niet langer nerveus in zijn handen.

Calle denkt na.

'Heeft ze je tijdens de scheiding slecht behandeld?'

Olle schudt zijn hoofd.

'Niet echt. Niet als ik er achteraf over nadenk, maar op dat moment had ik het gevoel van wel. Maar dat was niet zo. Eva moest gewoon kunnen gaan. En dat mag natuurlijk, ook al wilde ik dat toen niet direct toestaan.'

Hij is nu volkomen kalm, ziet er bijna moe uit.

'Wat wilde je dan daar en toen?'

Calle werpt een geïrriteerde blik op Idun om haar te laten

weten dat hij een heel andere vraag had willen stellen. Ze negeert hem volledig.

'Dat weet ik niet meer. Het is al zo lang geleden.'

'Probeer het eens.'

Olle ontmoet haar blik.

'Alsjeblieft. Ik moet het weten. Is Eva vermoord?'

'Waarom vraag je dat?'

Hij lijkt oprecht verdrietig.

'Eva was nog niet zo oud. Nog geen vijftig. De politie deelde me mee, weliswaar via Lovis maar dat kwam alleen omdat zij mijn telefoon opnam, dat Eva is overleden. Even later staan jullie voor de deur om over haar te praten. Ik mag dan wel een doodgewone man zijn, maar ik ben niet gek. Ik snap dat er iets ernstigs is gebeurd, en ook al zijn Eva en ik al jaren geleden gescheiden, ik geef nog steeds om haar. Ze was mijn eerste liefde. En misschien ook mijn grootste.'

Dat laatste zegt hij wat zachter en met een snelle blik richting de kelderdeur.

'Ik geef om Eva, ben niet rancuneus. In elk geval nu niet.'

Calle neemt het stokje weer over.

'Nu? Dus dat is niet altijd zo geweest?'

Olle schudt zijn hoofd.

'Nee. Niet altijd.'

Calle herhaalt Iduns vraag.

'Toen jij en Eva uit elkaar gingen, wat wilde je toen?'

Opnieuw vouwt Olle zijn handen voor zich alsof hij in gebed is. Nogmaals werd Idun geraakt door de gelijkenis met de vastgespijkerde handen van Eva Vendel.

'Daar en toen, toen Eva bij me wegging...'

Weer stilte.

'... toen wenste ik haar dood. Hoe afschuwelijk dat ook klinkt.'

Hij kijkt neer op zijn gevouwen handen. Zijn onderlip trilt, hij gaat fluisterend verder.

'Eigenlijk wilde ik dat ze zou sterven.'

En dan komen de tranen. Hij huilt stilletjes en bedroefd. Idun en Calle wachten geduldig tot hij verder kan vertellen, maar Eva's ex-man weet geen woord meer uit te brengen. Hij is verstikt door tranen.

Donderdag 27 augustus

Åke Stenberg zit in zijn leunstoel voor het raam. Zijn bijna honderd jaar oude ogen zoeken de omgeving buiten af. Het groen is verzadigd door de warme zomer die op zijn einde loopt, de zon staat hoog aan de hemel, maar Åke zit bij het raam zonder dat te weten. Hij herinnert zich niet meer waar hij naar zoekt. Eigenlijk weet hij niet waarom hij in deze stoel uit het raam zit te kijken. Het enige wat hij zeker weet, is dat hij thuis is, maar dat de kamer niet bij zijn huis hoort. Een heel raar idee. Maar zo is het gewoon.

Er landt een zwerm meeuwen op het gazon. Åke houdt zijn hoofd schuin en vraagt zich af of een meeuw een soort vogel is. Hij denkt van wel, al herinnert hij zich niet meer waarop hij dat baseert. Hij hoopt dat Eva langskomt, dan kan hij het haar vragen. Eva weet vaak raad, ook al weet Åke niet wie ze is en waarom ze vaak even gedag komt zeggen. Maar ze heet in elk geval Eva, dat weet hij wel. En ze is aardig. Vriendelijk, met zachte handen en stralende ogen. Misschien hebben ze ooit een liefdesrelatie gehad? Of zijn ze wellicht neef en nicht?

Åke wenst vaak dat Eva hier zou wonen, in de kamer die thuis is maar ook weer ergens anders. Stel je voor hoe gezellig dat zou zijn, als ze hier samen konden wonen.

Hij heeft een envelop in zijn hand. Hij begrijpt dat het opgevouwen papier in de envelop een bericht bevat. Hij weet niet of het een groet is of dat het verkeerd is bezorgd. Feitelijk weet hij niet eens of het wel voor hem is bestemd.

Buiten lijken de meeuwen ergens van te zijn geschrokken. Alsof er een sein is gegeven, vliegen ze op en verdwijnen krijsend uit Åkes gezichtsveld. Dan zijn ze weg. Een vage herinnering zegt hem dat ze misschien van een dier zijn geschrokken. Hij weet niet meer van wat voor dier. Misschien van een koe? Of een geit? Er bestaan toch dieren die 'geit' heten?

Zijn gedachten worden onderbroken door een zachte klop op de deur. Zo zacht dat Åke zijn hoofd moet draaien om zijn oor met het hoortoestel in de richting van de deur te krijgen. Er wordt weer geklopt. Hij doet geen moeite te antwoorden, weet niet meer hoe je dat doet.

De deur gaat open en een verzorgende stapt binnen. Åke herkent haar, maar weet niet hoe ze heet. Maar het is Eva niet, dat weet hij zeker.

'Hallo, Åke. Hoe gaat het vandaag met je?'

De stem is zacht, klinkt bijna verdrietig. Åke rimpelt zijn neus.

'Jaja, best. Dank je. Maar je hebt de meeuwen weggejaagd.'

De deur gaat achter de vrouw dicht.

'De meeuwen?'

Åke negeert haar. Ze zal toch verdorie wel weten dat ze de meeuwen bang heeft gemaakt. Ze is vast zo iemand die probeert er een geit de schuld van te geven. Als er tenminste zoiets bestaat.

Grimmig mompelt hij terwijl hij in zijn leunstoel zit.

'Ik heb een brief gekregen.'

'Dat hoorde ik, ja. Heb je hem kunnen lezen?'

Åke is in de war, weet niet meer waar ze het over hebben. En waar zijn de meeuwen heen gevlogen?

De verzorgende die geen Eva heet, hurkt neer naast de leunstoel. Ze legt haar hand op Åkes onderarm.

'De brief, Åke. Heb je de brief gelezen?'

'Welke brief?'

Ze glimlacht. Haar mond staat vrolijk, maar haar ogen zijn bedroefd. Åke houdt niet van bedroefde ogen.

'Je hebt een brief in je hand. Heb je hem kunnen openen?'

Åke kijkt omlaag en ziet een envelop. Die is opengemaakt.

'Kijk eens aan. Ik weet niet of ik hem heb gelezen. Wil je me helpen?'

Ze neemt de envelop uit zijn hand. Voorzichtig haalt ze het papier tevoorschijn, vouwt het open en leest in stilte. Een peinzende rimpel verschijnt op haar voorhoofd.

'Wat staat er? Is het voor mij?'

Hij kijkt naar de vrouw. Ze lijkt het briefje nogmaals door te lezen waarna ze haar blik naar Åke verplaatst.

'Het lijkt wel een Bijbeltekst.'

'Een Bijbeltekst?'

'Een tekst uit de Bijbel. Weet je wat de Bijbel voor een soort boek is?'

Åke snuift.

'Natuurlijk weet ik wat de Bijbel is! Verdomde verzinsels. Kletskoek. Een sprookjesboek!'

Het vloeken komt door zijn ziekte. Toen hij gezond was, kwam dat niet in hem op. Maar zijn houding ten opzichte van religie zit nog heel diep vanbinnen.

Geïrriteerd kijkt hij uit het raam, instinctief op zoek naar die dieren die hij eerder zag. Die zojuist zijn weggevlogen, hoe heten die ook alweer?

De verzorgende zegt niets meer. Ze vouwt de brief zwijgend op en stopt hem terug in de envelop.

'Religie is geen wetenschap. Religie is geloof en verbeelding. Ik weet dat Eva gelovig is en ja, natuurlijk ben ik daarom teleurgesteld in haar. Maar kun je me alsjeblieft vertellen wie Eva eigenlijk is?'

Als hij geen antwoord krijgt, wendt hij zijn blik af van de buitenwereld en keert hem naar de verzorgende. Ze zit nog steeds naast hem gehurkt met haar hand zachtjes op zijn onderarm. Haar ogen staan diepbedroefd. Åke snuift geïrriteerd.

Nadja Vendel is in een rothumeur. Ze loopt langzaam heen en weer terwijl ze kwaad door de grote ramen naar buiten kijkt. Verdomme, dat het zo moeilijk moet zijn om iets af te spreken!

Hij zou hier rond lunchtijd zijn, maar het is nu al halftwee geweest en nog steeds is hij nergens te bekennen. Zeker, Nadja is eraan gewend dat hij niet op tijd is. Ze weet dat het van omstandigheden afhangt waar hij geen invloed op heeft, maar ze ergert zich er goddomme elke keer weer aan. Voor haar is op tijd komen een basisprincipe en ze accepteert het daarom maar moeilijk dat anderen niet net zo aan een goede planning hechten als zijzelf.

Ze gaat op een keukenstoel zitten. Het trekt in haar buikspieren, het voelt als een opkomende spierpijn ondanks het feit dat het al een aantal dagen is geleden sinds ze voor het laatst heeft getraind. Haar lichaam heeft zich vreemd gedragen sinds ze het bericht van Eva's dood heeft ontvangen. Het deed overal pijn en ze voelde zich compleet lusteloos.

Grimmig begrijpt ze dat Eva's dood haar meer heeft geraakt dan ze misschien wil toegeven. Ze begrijpt alleen niet waarom. Haar hele leven heeft ze de vrouw veracht die door haar vader werd omschreven als 'licht in de duisternis'.

Wel verdomme.

Alsof Nadja niet genoeg licht was.

De deurbel gaat. Ze huivert en wordt weggerukt uit haar donkere herinneringen, ze staat op en loopt op een drafje naar de hal.

En daar staat hij. Onverstoorbaar als een dennenboom en met een blik die zich in die van haar boort.

Ineens voelt ze zich thuis. In de woeste zee van het leven is hij haar reddingsboei en rots in de branding. Een redder in nood en tegelijkertijd een dodelijke valstrik, als ze niet uitkijkt. Ze had zich nooit gerealiseerd dat de combinatie bestond en vond hem juist daarom zo verdomd moeilijk te weerstaan. Hij is haar grootste zekerheid en haar grootste bedreiging. Niets heeft haar ooit meer aangetrokken.

Ze loopt achteruit de gang in. Hij trekt de deur achter zich dicht. Blijft met vurige ogen naar haar staan kijken. Zijn gezicht heeft een harde en verbeten uitdrukking.

Nadja weet precies wat hij wil. Zelf wil ze niets anders.

Met zachte bewegingen trekt ze haar shirt uit. Ze draagt geen beha, plotseling staat ze met ontbloot bovenlijf. Zijn blik brandt op haar huid. Ze trekt haar broek en slipje in één beweging naar beneden. Met lichte voeten schuift ze die opzij en zo staat ze spiernaakt voor hem. Toch voelt ze zich helemaal warm worden. Haar vagina zwelt en wordt vochtig terwijl haar ademhaling zwaar wordt.

Hij stapt naar haar toe. Nadja doet haar ogen dicht, weet wat hij wil en spreidt haar benen. Haar borsten voelen zwaar, haar hoofd suist en haar mond is droog.

Ze doet haar ogen open. Een vage glimlach om zijn lippen, ze voelt zijn ademhaling tegen haar gezicht.

Hij legt zijn hand om haar ene borst. Ze sluit haar ogen weer, zijn hand is warm en stevig, ze kreunt en voelt haar tepels hard worden. Ze likt haar lippen, opent haar ogen en ontmoet zijn vurige blik.

Hij buigt zich voorover en kust haar in haar hals. Haar geslachtsorgaan klopt van opwinding, een dun straaltje stroomt naar haar dij. Ze heeft het gevoel dat ze niet kan ademhalen, haar hart bonkt, het schemert haar voor de ogen. Hij strijkt haar hard over haar rug, ze voelt hoe zijn nagels sporen over haar huid trekken.

‘Eva is dood,’ fluistert ze schor tegen zijn hals.
Hij kust haar hard op haar mond. Ze is zo opgewonden dat ze amper weet waar ze het zoeken moet, jammert zacht en bijt hard op haar onderlip. Ze wil niets anders dan dat hij haar hier meteen op de vloer van de hal neemt.
‘Dat weet ik,’ mompelt hij tegen haar mond terwijl hij twee vingers in haar laat glijden.

Idun zit aan haar bureau op het politiebureau. Ze klapt haar laptop open en staat op het punt een zoekopdracht naar Nadja Vendel in te voeren als haar telefoon in haar jaszak rinkelt. Ze haalt hem tevoorschijn, ziet een voor haar onbekend nummer op het scherm en neemt met een neutrale klank in haar stem op.

'Idun Lind, Zware misdaad.'

Het is even stil en dan is er een aarzelende stem te horen.

'Hallo, met Lovis. Lovis Bergdahl.'

Idun draait haar bureaustoel honderdtachtig graden zodat ze met de rugleuning tegen het bureaublad zit. Ze hoort dat Lovis haar keel schraapt.

'Ja, dus. Ik wist niet wie ik moest bellen, dus ik bel jou maar. Stoor ik?'

Lovis klinkt verontschuldigend, onzeker bijna. Niets ongewoons als je de politie belt.

'Helemaal niet. Wat kan ik voor je doen?'

Weer stilte.

'Ja... ik weet niet of het eigenlijk wel belangrijk is. Maar ik heb iets ontdekt wat een beetje ongemakkelijk voelt. Of eigenlijk twee dingen. Het ene is voor mij persoonlijk ongemakkelijk en het andere is gewoon zo... zo apart. Ik weet niet wat ik ervan moet denken. Misschien is er een logische verklaring voor, maar welke dan, dat weet ik eigenlijk niet.'

Idun luistert ongeduldig. Ze wil het gesprek graag zo snel mogelijk afronden zodat ze verder kan gaan met haar speurwerk naar Nadja Vendel.

'Vertel maar wat je hebt ontdekt, dan is het aan mij om te

bepalen of het belangrijk is of niet. Dat is mijn werk en ik stel het op prijs dat je belt.'

Ze moet moeite doen om vriendelijk te klinken, kijkt schuin over haar schouder naar haar computer. Lovis praat aarzelend, het lijkt eeuwen te duren.

'Ik weet niet zeker wat het betekent, maar ik vond dat ik het jullie toch moest vertellen. Zoals gezegd is het misschien compleet overbodige informatie.'

Goeie genade, mens, zeg het gewoon!

'Je kunt er gerust op zijn. Als wat je vertelt voor de politie van belang is, onderzoeken we de zaak natuurlijk. Dat beloof ik je. Als het niet van belang is voor ons onderzoek, heb je er toch goed aan gedaan het te vertellen, omdat het ons werk is om in zijn algemeenheid informatie op waarde te schatten en te beoordelen. Daar kun je zeker van zijn. We zijn dankbaar voor alle hulp die we kunnen krijgen.'

Ze hoort zelf hoe stom betuttelend ze klinkt en denkt aan Mika. Misschien zit er ook iets van een leraar in Idun.

Lovis lijkt na te denken, want het wordt alweer stil aan de andere kant van de lijn. Langdurig.

'Ben je er nog, Lovis?'

Idun luistert in de telefoon.

'Olle is me ontrouw.'

Idun knippert met haar ogen maar krijgt geen kans iets te zeggen voor Lovis verdergaat.

'Met Eva.'

Idun schiet rechtop in haar bureaustoel en draait rond zodat ze weer naar haar bureau gekeerd zit. Een drukkend gevoel dat dit ernstig is bekruipt haar. Ze moet zichzelf dwingen haar stem onder controle te houden.

'Is Olle je ontrouw met Eva?'

'Of was. Nou, afgelopen vrijdag kwam er een einde aan, om voor de hand liggende redenen.'

Ze ziet Lovis niet maar hoort toch dat ze tegen de telefoon knikt.

Idun slikt.

'Afgelopen vrijdag?'

Hoe kan Lovis weten dat Eva vrijdag is overleden? Noch zij, noch Calle hebben dat genoemd.

'Wie heeft je verteld dat Eva vrijdag is overleden?'

Een zachte zucht.

'Via het Flashback-forum, er zijn veel threads over Eva's dood.'

Nu is het Iduns beurt om te zuchten, zij het in stilte. Mensen moesten eens weten hoeveel fake-informatie er op die site wordt geplaatst.

'Je zegt dat Olle overspel pleegde met Eva. Hoe kom je daar zo bij?'

'Ik weet dat hij me ontrouw was. Geen twijfel over mogelijk.'

Idun trommelt ongeduldig met haar vingers op de rand van het bureau.

'Ik begrijp het. Maar kun je zeggen hoe je weet dat hij je uitgerekend met Eva heeft bedrogen?'

Lovis lacht hol.

'Door zijn adem, toen hij zaterdagochtend thuiskwam. Hij had aan een kut gelikt, sorry dat ik het zo zeg.'

Idun fronst het voorhoofd.

'En zijn adem rook naar Eva's kut?'

Lovis lacht hardop.

'Zo'n goed reukvermogen heb ik niet, maar hij rook naar vrouw, als je begrijpt wat ik bedoel?'

Idun begrijpt precies wat Lovis bedoelt.

'En hoe wist je dat hij juist met Eva seks had gehad?'

'Door de gps van onze leaseauto. Dat toonde het adres waar hij heen was gereden. En uitgerekend afgelopen vrijdag was dat naar Eva's huisadres.'

Iduns nekharen gaan overeind staan. Het lukt haar om niets te zeggen voordat Lovis afrondt met een laatste opmerking.

'Het klinkt gek en ik snap het zelf ook niet. Maar ja. Olle had duidelijk een affaire met zijn ex. Hij ging met haar naar bed op de dag dat ze stierf.'

Idun hoeft maar twee seconden na te denken.

'Weet Olle dat je mij hebt gebeld? Weet hij dat je dit aan mij vertelt?'

'Nee.'

'Goed. Weet hij of jij van zijn ontrouw op de hoogte bent? Of dat jij weet dat hij vrijdag naar Eva's huis is gereden?'

Ze houdt haar adem in als Lovis antwoordt.

'Olle weet niet dat ik van zijn ontrouw weet of dat ik jou heb gebeld. En hij weet ook niet dat ik weet dat hij bij Eva thuis is geweest.'

Idun laat haar adem in één lange zucht ontsnappen. Als Lovis verdergaat, klinkt voor het eerst tijdens hun gesprek een zweem van bitterheid in haar stem door.

'De eikel weet verdomme helemaal niets.'

Bredåker 1989

De auto waarin ze zitten, ruikt naar oude bekleding. Tommy leunt met zijn voorhoofd tegen het raam en ademt met zijn mond open. De damp die zich tegen de vuile ruit vormt, is wit als watten. Hij geeft niet toe aan de verleiding er met zijn vinger in te tekenen. Volwassenen houden er niet van als kleine vingertjes afdrukken op de autoruiten achterlaten.

Mama zit naast hem. Ze draagt de grijze jas die Tommy zo mooi vindt, de jas die de geur van warmte en zorg ademt en van een stof is gemaakt die ruw tegen zijn wang voelt als ze hem naar zich toetrekt.

Maar juist vandaag doet mama dat niet. Ze heeft haar handen op haar knieën gevouwen en een verbeten trek om haar mond. Ze zit rechtop met haar ogen op de weg gericht. Het voelt alsof ze recht de toekomst tegemoetgaan maar dat Tommy's mama nog niet goed weet of ze mee wil of niet.

Aan Tommy's andere kant zit Ingrid. Er is niemand in de hele wereld van wie hij zoveel houdt als van zijn kleine zusje. Ze heeft haar blonde, krullende haar in twee hoge staartjes aan weerszijden op haar hoofd. Ze bewegen op de maat van het deinen van de auto.

Ingrid is zeven jaar en helemaal verrukkelijk. Haar vrolijke ogen en grote mond kunnen de aanstekelijkste lach voortbrengen die er bestaat. 's Avonds liggen ze meestal in de onderste helft van hun stapelbed en spelen dat ze op een boot zijn. Verstopt onder de grote deken fluisteren ze over de zee, vissen en de onverwachte diepten. Ze fantaseren over stranden waar ze de meest fantastische avonturen beleven. Ingrid wil altijd een prinses zijn die door haar vader de koning wordt gered, sinds mama in de kerstvakantie het boek *Mio, mijn Mio* van Astrid Lindgren had voorgelezen. En Tommy geeft haar haar zin. Een geschiktere prinses is er niet te vinden.

Achter het autoraam schiet de wereld voorbij. Tommy ziet dat Ingrids adem ook witte wolkjes vormt. Hij ziet ook dat haar vingers figuurtjes in de wolkjes willen maken maar dat ze dat bewust niet doet. Je kunt de regels van de volwassenen leren, ook als je nog maar zeven bent.

De auto springt op en neer als hij met hoge snelheid over de weg raast. Tommy sluit zijn ogen. Er zijn zoveel indrukken te verwerken. Wat is er eigenlijk gebeurd?

Warme handen tilden hem van de vloer van de houtschuur. De zware geur van aarde verdween, hij lag in een auto en vanachter zijn gesloten oogleden zag hij het licht van de straatlantaarns voorbij zweven. Hij werd naar binnen gereden, iemand waste hem zorgvuldig in een badkamer met lichtgele tegels en daarna kreeg hij een handdoek om zijn lijf geslagen en warme sokken aan zijn voeten. Een wit bed met gordijnen eromheen, tl-verlichting aan het plafond en een rode knop aan de wand. Hij had zijn ogen steeds dicht, maar toch zag hij het licht.

Boven zijn hoofd hoorde hij zachte stemmen in een bezorgde dialoog. Mama huilde, maar Tommy kon zich er niet druk om maken. Zijn oog en buik deden pijn. Al zijn emoties leken in winterslaap te zijn.

Het donker kwam en ging. Het duurde een paar dagen, misschien een week. Tijdens alle wakkere momenten werden boven zijn hoofd gesprekken gevoerd. Soms mannen, soms vrouwen, allemaal met warmte in hun stem. Af en toe was de schorre tante van de sociale dienst er. Mama zei dat ze veel te jong was om een tante te worden genoemd, maar dat kon Tommy niet schelen. Hij huivert bij de herinnering aan haar stem. Dat hese en schorre geluid dat kraste dat het gezin een veilige opvangplek nodig had. Ze had een voorstel. De verpleegkundigen knikten instemmend, mama huilde in stilte terwijl ze op de stoel naast zijn bed zat.

Een paar dagen later zaten Tommy, mama en Ingrid in een bruin betimmerde rechtszaal met rechter Stenberg tegenover hen. Hij sloeg met een houten hamer op tafel en sprak in sneltreinvaart zijn beslissing uit over beschermd wonen en een vonnis over ondertoezichtstelling en een bezoekverbod en eigen voogdij en geen omgangsregeling en als laatste iets over dat het niet mogelijk was om in beroep te gaan. Papa zat aan een tafel aan de andere kant van de gang met zijn blik strak op het tafelblad gericht. De knoop in Tommy's maag deed pijn en Ingrids hand voelde zweterig aan in de zijne.

Nu zitten ze in de auto op weg naar hun nieuwe onderkomen, waarvan de rechter had besloten dat ze daarheen zouden verhuizen. Mama zit stijf rechtop naast Tommy. Ingrid kijkt uit het raam. Zelf verlangt Tommy naar huis, terwijl hij er tegelijkertijd ook graag weg wil.

Idun en Calle staan in de personeelskamer. Geen van tweeën heeft de rust te gaan zitten. Calle zucht rusteloos terwijl Idun voor de tiende keer op haar horloge kijkt.

'Serieus. Hoe lang kan het duren om vanaf het restaurant hierheen te rijden?'

Calle schudt zijn hoofd. Idun krijgt geen kans meer iets te zeggen voordat hun chef zijn hoofd om de hoek steekt.

'Ik ben er! We praten op mijn kamer.'

Ze lopen Anders' rommelige kantoor in. Idun neemt plaats in de ene bezoekersstoel, Calle in de andere.

'Nou,' zegt Anders met vaste stem terwijl hij achter zijn bureau gaat zitten. 'Ik begrijp dat jullie iets heftigs te vertellen hebben, aangezien jullie me mijn lunch met mijn echtgenote hebben laten onderbreken.'

Hij zegt het met een vergenoegde klank in zijn stem. Op dit moment kent hij zijn twee rechercheurs al wel zo goed dat hij zeker weet dat ze niet op spoed zouden aandringen als het niet belangrijk was.

'Lovis Bergdahl belde me een uur geleden. Ze vertelde dat Olle haar ontrouw was.'

Anders fronst zijn voorhoofd.

'Eva's ex-man sinds tijden, zeg maar?'

Idun knikt.

'Hij en Eva zijn ruim twaalf jaar geleden...'

Net als ze wil antwoorden, spreidt Anders zijn handen in een vragend gebaar.

'Maar wat heeft dat met onze zaak te maken?'

Idun kijkt hem in de ogen.

'Olle kwam thuis en rook naar seks, afgelopen zaterdagochtend. Hij was de hele vrijdag weggeweest en ook de nacht van vrijdag op zaterdag. Een paar dagen later checkte Lovis dat, het bleek dat de gps Olles route van vrijdag had geregistreerd.'

Ze laat een korte stilte vallen om zeker te weten dat Anders het begrijpt. Hij kan tweemaal met zijn ogen knipperen voordat ze verdergaat.

'Het bleek dat Olle naar Vendels huis is gereden. Lovis denkt dat hij seks met Eva had, dat ze met elkaar naar bed zijn geweest op dezelfde dag dat ze is vermoord.'

Anders mond valt open.

'Dat is het toppunt. Hoe gaan we nu verder, wat stellen jullie voor?'

Idun steekt een hand op.

'Vanzelfsprekend zullen we Olle opbrengen voor verhoor. Terwijl hij met ons praat, moet zijn auto in beslag worden genomen, de technici moeten zowel de auto als de gps controleren. Als hij Eva in zijn auto heeft vervoerd, zijn daar ongetwijfeld sporen van haar te vinden. Gezien de hoeveelheid bloed is het in principe onmogelijk dat hij de auto grondig genoeg heeft kunnen schoonmaken.'

Anders krabt op zijn hoofd. Vanaf zijn kale hoofd valt er roos op de schouders van zijn colbertje.

'Oké dan. Ik bel Malmen meteen. En officier van justitie Sandberg.'

Zijn handen zijn plakkerig van het zweet. Het liefst was hij naar de wc gegaan om zijn handen te wassen, maar hij weet dat daar geen tijd voor is. Hij beseft dat hij behoorlijk in de problemen zit. Ze denken dat hij van streek is omdat Eva dood is. En dat is ook zo. Maar niet om de reden die zij denken. Dus wat zou hij het beste kunnen zeggen?

Eigenlijk weet hij het antwoord op zijn eigen vragen al.

Verdomme.

Idun Lind zit tegenover hem. Met een neutraal gezicht neemt ze hem nauwkeurig op. Het is duidelijk dat zij hem moet observeren terwijl de man met de rode baard, Olle is zijn naam vergeten, de vragen gaat stellen. Toen ze hem tijdens de koffiepauze op zijn werk ophaalden, voelden hun rollen omgekeerd. Toen was zij degene die hem liet weten dat hij mee moest naar het politiebureau en dat hij geacht werd mee te werken. Sinds ze waren aangekomen en hij de bedompte verhoorkamer was binnengegaan, waren de rollen zoals gezegd omgedraaid.

'Vertel wat je afgelopen vrijdag hebt gedaan. Zowel overdag als 's avonds.'

De man met de rode baard is kortaf. De advocaat zwijgt. Olle doet zijn best om niet hard te zuchten.

'Dat heb ik toch al gezegd. Ik was aan het werk.'

De baardman staart hem aan. Idun vertrekt geen spier.

'Daar geloven we niets van.'

Olle wurmt wat in de smalle klapstoel om een gemakkelijker zithouding te vinden. Dat lukt slecht.

'Ik begrijp niet wat jullie willen, moet ik zeggen. Ik was aan het werk. Het werd later dan ik had verwacht en dat is toch niet verboden?'

Roodbaard kijkt hem strak aan.

'Afgelopen vrijdag heb je je vrouw bedrogen. We willen weten met wie.'

Zijn hart klopt in zijn keel.

'Wat bedoel je?'

Ineens heeft hij een dun stemmetje.

De advocaat gaat rechtop zitten.

'Ja, Carl Brandt. Wat bedoel je eigenlijk?'

Calle. Zo heette hij, ja.

De advocaat klinkt autoritair. Calle wuift hem weg als een lastige vlieg.

'Ik bedoel dat Jan-Olof afgelopen vrijdag geslachtsgemeenschap had met een andere vrouw dan zijn echtgenote. En dat ik wil weten met wie.'

Olle heeft een droge mond. Zijn kaken doen pijn, zijn oren suizen alsof er een zwerm insecten in zijn hoofd woont.

'Vrijdag ben ik helemaal niet bij iemand geweest, ik snap niet waar jullie het over hebben.'

Calle glimlacht ironisch.

'Vrijdag ben je naar het huis van Eva Vendel gereden en nu ga je me vertellen waarom.'

Olle voelt de grond onder zijn voeten wegzakken. De ruimte lijkt te krimpen, hij is direct zo bang dat hij denkt dat hij stikt. Hoe kunnen ze nu op de hoogte zijn van zijn affaire?

Calle kijkt naar hem zonder met zijn ogen te knipperen. Olle spreidt zijn armen in een poging een vertwijfelde indruk te maken.

'Waarom zou ik naar Eva's huis zijn gereden?'

'Dat vraag ik juist aan jou.'

Hij heeft het gevoel dat hij moet overgeven.

'Ik begrijpt de vraag niet. Waarom denken jullie dat ik naar Eva's huis ben gereden?'

'Omdat de gps van je auto dat aangeeft.'

Olle opent en sluit zijn mond, maar zijn advocaat legt een hand op zijn arm.

'Ik krijg die informatie graag zwart-op-wit.'

'Siv stuurt je de informatie vanmiddag. Veel leesplezier.'

Het sarcasme is niet te missen. Olle krijgt geen lucht. Waarom moest hij vrijdag in godsnaam zo nodig de gps van de nieuwe auto uitproberen? En dan ook nog naar het adres van Vendel. Daar is hij in de loop der jaren al honderd keer heen gereden. Misschien wel duizend keer! Maar uitgerekend afgelopen vrijdag moest hij zo nodig de technologie testen. Omdat de auto nieuw was, omdat hij van nieuwe dingen houdt.

Het zweet breekt hem uit.

Hij is kotsmisselijk.

'Zullen we even pauzeren?'

De advocaat klinkt bezorgd.

Het is Calle die antwoord geeft.

'Nee.'

De advocaat kijkt boos maar laat Calle doorgaan.

'Uw cliënt was bij Eva Vendel thuis op de dag dat ze werd vermoord, iets wat hij niet heeft willen vertellen, en dat terwijl we hem thuis hebben bezocht en hem vragen over Eva hebben gesteld. We zijn van plan hem vast te houden zolang dat nodig is. Waarschijnlijk wordt hij aangehouden op verdenking van moord, dat alles zal via officier van justitie Sandberg gaan. Daarna zijn we klaar voor aanzienlijk scherpere verhoren dan dit.'

Nadat hij dit heeft gezegd, leunt Calle achterover in zijn stoel. Hij kruist zijn gespierde armen voor zijn borst. De advocaat observeert hem gespannen.

'Nu probeer je mijn cliënt te intimideren. Achtenveertig uur is de limiet voor het laagste niveau van verdenking, en als ik eerlijk ben, lijkt het erop dat jullie niet heel veel tegen hem hebben.'

Calle kijkt alsof hij hem wil slaan. Olle ademt zwaar. Het besef is als een gat in zijn maag. Hij kan het niet langer voor zich houden.

Dat ze me mag vergeven.

Hij kijkt op en probeert Calles minachtende blik vast te houden. Als Olle praat, is zijn stem toch verbazingwekkend vast.

'Jullie hebben gelijk. Ik ben vrijdag naar Eva's huis gereden.'

De advocaat ademt snel in, maar Olle steekt zijn wijsvinger op om hem tot stilte te manen. Nog langer liegen heeft geen zin. Ze komen toch wel achter de waarheid.

De twee politiemensen zwijgen. Je kunt van Calle zeggen wat je wilt, maar af en toe weet hij klaarblijkelijk toch wanneer hij zijn mond moet houden. Olle knijpt zijn ogen dicht, hij denkt dat hij het met zijn ogen dicht misschien gemakkelijker kan vertellen.

Zijn stem is nu kalm. Zowel Idun als Calle denkt stilletjes na over het feit dat Olle opnieuw van het ene op het andere moment lijkt te kunnen wisselen tussen paniek en stabiliteit.

'Maar ik heb Eva niet gezien.'

Langzaam houdt Calle zijn hoofd schuin, wat Olle niet ziet omdat hij zijn ogen nog steeds dicht heeft. Er gaan een paar seconden voorbij, waarna de norse rechercheur hem het laatste broodnodige zetje over de rand geeft.

'Dus wie heb je dan wel gezien?'

Olle opent zijn ogen. Zijn ogen branden koortsachtig.

'Nadja. Ik was bij Nadja.'

De verbazing in Calles stem is niet te missen.

'Waarom was je bij Nadja?'

Olle zit volkomen stil op de smalle klapstoel. Na een paar verwarde seconden realiseert Calle zich dat hij het antwoord op de vraag al weet. Hij kijkt Idun zwijgend aan en ziet dat zij net zo verrast is als hij.

Dit had niemand kunnen bedenken toen ze vanochtend wakker werden.

Zoals altijd krabt Anders Eriksson in zijn haar wanneer hij de informatie verwerkt.

'Dat is misschien wel het vreemdste wat ik ooit heb gehoord. Meent Olle serieus dat hij naar het huis van zijn ex-vrouw reed, seks had met haar stiefdochter en dat op dezelfde dag dat zijn ex-vrouw werd vermoord? Wie denkt hij wel dat hij is? Een slechte misdaadromanauteur?'

Calle leunt voorover in de stoel naast Anders en kijkt geagiteerd. Naast hem zit Siv, haar rug recht, een notitieboekje in haar handen en haar bril in het kortgeknipte haar gestoken. Idun staat bij het raam.

'We zijn in afwachting van Nadja's verhoor. Siv heeft haar opgeroepen.'

Siv knikt daarop. Anders kijkt sceptisch.

'Geloven jullie Olle? Dat hij naar bed ging met de dochter van de man van zijn ex?'

Hij spreidt zijn vingers terwijl hij er verward naar kijkt. Idun begrijpt dat hij de familiaire verhoudingen binnen deze toch vrij complexe liefdesrelatie op een rijtje probeert te zetten.

'Ik geloof hem. Hoe raar het ook klinkt, Calle en ik denken allebei dat hij de waarheid spreekt.'

Calle haalt zijn schouders op.

'De kerel is erg gestrest, zag ik. Wij geloven hem. Hoe haal je het verdomme in je hoofd om seks te hebben met de stiefdochter van je ex-vrouw.'

Siv kijkt op van haar notitieblok.

'De vraag is wel of er sprake is van een motief in deze vreemde relatie. Of Olle en Nadja alleen maar met elkaar naar bed gingen of dat ze een echt, zij het geheim, stel zijn? Hoe dan ook, misschien gaat er achter de seks ergens een motief schuil.'

Idun ontwikkelt de redenering verder.

'Daar heb ik ook aan gedacht. Het is een vreemd toeval dat ze elkaar in het huis van het gezin hebben ontmoet op de dag dat Eva is vermoord. We weten echter niet hoe laat hij daarheen is gereden, Malmen heeft nog geen terugkoppeling gegeven over het resultaat van het technisch onderzoek van de gps en het tijdstip van de rit. Ik hoop dat hij dat doet voordat Nadja arriveert.'

Siv leunt achterover in haar stoel.

'Malmen voelt meestal goed aan wat prioriteit moet hebben. Maar dan vraag ik me ook af waarom Olle ons dit niet vanaf het begin heeft verteld? Was hij bang dat Lovis achter zijn ontrouw zou komen?'

Idun denkt na.

'Waarschijnlijk wel, in elk geval zou dat verklaren waarom hij erover zweeg.'

Iduns telefoon gaat over. In het schermpje licht het nummer van Malmen op.

'Ik heb een eerste uitslag van de technische analyse.'

'Laat horen.'

Ze hoort het hoofd van de forensische dienst door papieren bladeren.

'Volgens de gps kwam de auto kort na de lunch bij Vendels huis aan. Daar maakte hij een korte stop waarna hij doorreed naar een adres in Luleå. De afstand tussen de twee woningen is nog geen twintig kilometer, een rit die precies twintig minuten duurde. De chauffeur kan dus niet lang bij Vendels huis zijn geweest. Daarna is de gps uitgeschakeld, want de route naar Olles huis is niet geregistreerd.'

Idun luistert aandachtig. Ze negeert Calles vragende blikken.

'En Olle kan die niet hebben gewist? De route naar huis dus?'

Vanuit de telefoon klinkt geritsel.

'Nee. Wat van een computer wordt gewist, kan bijna altijd worden hersteld. Mijn technici zouden het in dat geval hebben gevonden.'

Ze zucht teleurgesteld.

'Dat begrijp ik. Dus Olle reed na de lunch naar Vendels huis, stond daar korte tijd en reed naar een nieuw adres in Luleå?'

'Dat klopt. Het adres in Luleå was Östervägen 18B en daar loopt het spoor dood. Tenminste op de gps.'

'Dat is Nadja's huisadres. Hij reed naar Nadja's huis en kwam daar zeg maar rond kwart voor een aan?'

Vanuit haar ooghoek ziet Idun Siv iets in haar notitieblokje schrijven.

'Vijf voor één was hij daar. Volgens de gps.'

Idun denkt lang na. Malmen wacht geduldig voordat hij verdergaat.

'Er is nog één ding dat de moeite waard is om in gedachten te houden.'

Idun luistert.

'Het is de áúto die deze afstanden heeft afgelegd. Wie er achter het stuur zat, weten we op dit moment niet.'

Idun beseft dat hij natuurlijk gelijk heeft.

'Olle kan met de auto naar Vendels huis zijn gereden maar iemand anders, bijvoorbeeld Nadja, kan er daarna mee naar haar huisadres in Luleå zijn gegaan.'

'Daar heb je helemaal gelijk in. Verdomme.'

Ze denkt nog even na, blijkbaar zo lang dat Malmen niet zeker weet of ze nog aan de lijn is.

'Hallo?'

'Ik ben er nog. Wat heb je nog meer in de auto gevonden?'

'Vrijwel niets, vrees ik. Het onderzoek met UV heeft niets opgeleverd. Als er al bloed was, is dat zorgvuldig opgeruimd. Maar eerlijk gezegd, denk ik niet dat er iets was. Ook de speurhonden hebben geen enkele aanwijzing gevonden dat Eva in de auto is vervoerd. We hebben twee honden laten zoeken op basis van geursporen die we veilig hebben gesteld via in beslag genomen kleding uit het huis, zonder enig resultaat. Mijn personeel werkt natuurlijk door en zij zullen naar verwachting morgen klaar zijn. De zaak heeft de hoogste prioriteit, maar op dit moment zijn we er vrij zeker van dat het slachtoffer niet in Olle Bergdahls leaseauto is vervoerd.'

Idun bedankt hem voor de informatie en drukt het gesprek weg. Op hetzelfde moment rinkelt Sivs telefoon. Ze pakt haar bril van haar hoofd en plaatst hem op het puntje van haar neus, waarna ze de sms leest.

'Nadja zit in de hal.'

Calle staat op. Samen met Idun loopt hij naar de deur van de vergaderkamer.

'Idun en Calle.'

Anders' stem trilt van de spanning. De twee politiemensen draaien zich om, Calle met zijn hand al op de deurklink.

'Nu wil ik een doorbraak in dit onderzoek. Druk haar uit als een rijpe mee-eter. Gezien wat jullie me hebben verteld, lijkt ze me iemand die daar wel tegen kan.'

Na Nadja Vendel twee uur lang te hebben ondervraagd, zitten Idun en Calle in Iduns werkkamer. Of zitten, zitten. Calle zit onderuitgezakt in de bezoekersstoel, moe en verfomfaaid. Idun hangt in haar bureaustoel. Ze heeft de leuning zo ver mogelijk naar achteren versteld en haar voeten op haar bureau gelegd. Haar laarzen steken grof af tegen het lichte houtwerk. Ze hebben allebei zin in koffie, maar geen van tweeën heeft puf om die te halen.

'Wie had dit in hemelsnaam kunnen bedenken? Zoiets verzin je toch niet?'

Idun knikt langzaam als antwoord maar Calle, die zijn ogen op het plafond gericht heeft, ziet dat niet.

'Het ergste is dat ik haar geloof.'

Ze waren erop voorbereid Nadja stevig onder druk te moeten zetten. De eigenzinnige jonge vrouw, een rechtenstudente, arriveerde voor het verhoor in een grijze pantalon, een dunne zijden blouse die waarschijnlijk meer had gekost dan al Iduns kledingstukken bij elkaar en een mooi colbertje met gouden knopen.

Het bleek echter dat ze haar helemaal niet onder druk hoefden te zetten. Met een rustige stem beschreef Nadja de relatie van haar en Olle. De relatie die al drie jaar gaande was en waarschijnlijk ook hierna nog zou voortduren.

Olle, die Nadja in de loop van de jaren was opgevallen als hij af en toe langzaam voor hun huis langs reed, was uiteindelijk haar minnaar geworden. Ze had hem al opgemerkt toen ze nog een kind was. De vreemde en duidelijk nieuwsgierige man, die altijd in andere auto's reed en spiedend naar hun tuin keek. Eerst had ze gefantaseerd dat hij een soort lijfwacht was. Gestuurd door Nadja's overleden moeder om over haar te waken, had hij de opdracht langs hun huis te rijden om te kijken of het goed ging met Nadja. Als tiener had ze hem afgedaan als een nieuwsgierige oude man. Zo iemand die zijn tijd stukslaat met rondrijden en zich vermaakt met kijken hoe anderen het hebben. Het was niet bij haar opgekomen dat het Eva's ex-man was die zijn voormalige echtgenote niet kon loslaten.

Dus drie jaar geleden, op een koude winterochtend met veel verse sneeuw die 's nachts was gevallen, was de gestreste Nadja op weg naar de universiteit geweest. Tegen haar gewoonte in had ze zich te laat voor een vak ingeschreven, en zonder uit te kijken was ze de uitrit te hard uitgereden. De passerende auto, die een aanrijding op het nippertje wist te voorkomen, toeterde. Met bonkend hart stond ze boven op de rem en ontmoette de blik van de andere bestuurder.

Die van Olle.

En daar en toen gebeurde er iets met Nadja.

Haar oplettende registratie van zijn kenteken, een telefoontje naar de leasemaatschappij met een dubieus leugentje en ze had zijn adres. Zonder te weten wie Olle was en welke relatie hij met Eva had gehad, zocht Nadja hem thuis op. Lovis was op zakenreis voor haar werk en Olle keek Nadja met een vurige blik aan toen ze voor zijn voordeur stond.

De verhouding was al jaren aan de gang. Zo vaak als ze konden, soms meerdere keren per week, ontmoetten ze elkaar voor een paar uur in bed. Nooit uit eten, niet naar de film of andere belevenissen. Hun relatie was gebaseerd op uren tussen de lakens gecombineerd met pasta en garnalen die ze in bed opaten, of op twee glazen wijn en lange gesprekken die ze in elkaar verstrengeld onder het dekbed voerden. Olle haalde haar op met de auto waar hij op dat moment mee reed, van de universiteit, uit het stadscentrum of bij haar ouderlijk huis in Sävast. Dat laatste natuurlijk alleen als Vidar en Eva allebei niet thuis waren.

De nacht van donderdag op vrijdag had Nadja bij haar vader en Eva geslapen. Ze had gestudeerd voor het eerste tentamen van dat semester en had dat niet in haar eigen appartement kunnen doen vanwege de herrie van de bouwwerkzaamheden aan de flat naast die van haar. 's Ochtends had Eva iets gezegd waar Nadja zich aan ergerde en na een korte woordenwisseling was er ruzie ontstaan. Zoals gewoonlijk had papa partij voor Eva gekozen, wat Nadja woest maakte. Boos belde ze Olle. Rond lunchtijd, toen Vidar even weg moest voor zijn werk, haalde hij Nadja bij de villa op en bracht haar naar Luleå. Ze hadden een paar uur in haar appartement doorgebracht waarna zij naar de universiteit was gegaan om het tentamen te maken. Olle ging op zijn beurt naar zijn werk nadat hij beloofd had 's avonds terug te komen.

Toen Nadja thuiskwam van de universiteit, was Olle er al. Hij stond naakt achter het fornuis champignons en sjalotten te bakken. Op tafel stond een warme noedelsalade met verse aardbeien.

Ze aten in bed en bedreven daarna urenlang de liefde. Pas in de vroege ochtend was Olle was naar huis gegaan, Nadja schatte zo ergens na 3.30 uur. Zelf had ze haar telefoon aangezet en gezien dat ze acht gemiste oproepen van haar vader had.

Nadja had Eva nooit gemogen, maar besefte dat haar dood haar dagelijks leven zou beïnvloeden. Bovendien zou haar vader nu natuurlijk eindeloos rouwen en huilen. Daar was in Nadja's leven geen tijd voor. Daar was helemaal geen tijd voor.

*

Dat Olle Nadja herhaaldelijk bij het huis van de Vendels had opgepikt, maakte Idun en Calle duidelijk waarom Caroline zoveel verschillende auto's op de oprit had zien staan. De nieuwsgierige buurvrouw had zonder meer aangenomen dat Eva haar man met verschillende mannen bedroog omdat Olle regelmatig in een andere auto reed. Dat het feitelijk Nadja was die met

Eva's ex-man naar bed ging, had zelfs Caroline Hofverts zich in haar stoutste dromen niet kunnen voorstellen.

Idun voelt haar minachting groeien. Wat was er in Nadja's leven gebeurd waardoor ze een vrouw zonder enige empathie was geworden? Nadja's en Olles alibi kon dan wel zo goed als waterdicht zijn, ware het niet dat ze de moord op Eva mogelijk samen hadden gepland en uitgevoerd. Zowel Idun als Calle vindt het echter niet erg waarschijnlijk dat ze voldoende motief hadden. Dat je emotieloos en onverschillig tegenover je stiefouders staat, wil nog niet zeggen dat je tot moord overgaat. Ook kan een scheiding van tien jaar geleden nauwelijks ten grondslag liggen aan een misdaad van dit kaliber, helemaal niet omdat de ene helft al twee jaar voordat de scheiding werd uitgesproken een nieuwe relatie had. Daar is dan meer voor nodig.

'Ik geloof niet dat die twee schuldig zijn aan de moord op Eva Vendel.'

Idun klinkt slaperig. Ze onderdrukt een geeuw waarna ze verdergaat.

'Nadja mag dan weinig empathisch zijn, maar ik denk niet dat ze verantwoordelijk is voor de moord op haar stiefmoeder. En waarom zou Olle de moeder van zijn minnares, met wie hij tien jaar geleden was getrouwd, hebben gedood? Ik kan dat allemaal niet rijmen, ik geloof niet dat dit de oplossing is die we zoeken.'

Calle kijkt haar met een vermoeide blik aan.

'Ik geloof hetzelfde als jij. Maar geloven doe je in de kerk.'

Daar heeft Calle natuurlijk gelijk in.

Vrijdag 28 augustus

Eivor Bohm kijkt vertederd naar haar kleindochter. Ellen staat voor de glazen vitrine in een van de cafés in het winkelcentrum. Voor haar staan gebakjes, cakejes, koekjes en verschillende soorten gebak. Ze buigt zich zo dicht mogelijk naar het glas. Haar kleine ronde kinderhandjes laten afdrukken achter op de beslagen ruit.

Eivor ziet dat Ellen strak naar een chocoladebol met suikerparels erop staat te kijken. Die is zo gigantisch dat hij groot genoeg is voor hen allebei. Toch bestelt Eivor er twee. Voor erbij vraagt ze om een kop thee en een glas sinaasappelsap.

Ze neemt Ellen mee naar een tafeltje achterin. Achter het raam haasten mensen zich voorbij. Het is net na vieren 's middags, iedereen is onderweg naar huis. Eivor zet het glas sap voor Ellen neer en drinkt dan langzaam van haar thee. Tevreden kijkt ze toe hoe Ellen een hap van haar chocoladebol neemt. Van niemand op de wereld houdt Eivor meer dan van deze kleine meid.

Vierendertig jaar geleden werd het enige kind van Eivor en Sten, Magnus, geboren. Het stel probeerde al heel lang om zwanger te worden. Vijf jaar om precies te zijn. In die tijd waren er nog geen ivf-methoden. Het draaide allemaal om seks, letterlijk en figuurlijk. Sten had gelachen en gezegd dat het toch wel gezellig was, al dat proberen. Eivor had als antwoord wat naïef gegiecheld, maar inwendig gehuild van verlangen naar een kind. Na vijf jaar geduldig proberen werd ze eindelijk zwanger. Magnus, hun engel en licht van hun liefde, kwam uiteindelijk ter wereld. Sten huilde als een kind toen het jongetje werd geboren. Eivor had Magnus met totale verbazing aangekeken. Hoe was het mogelijk dat je zo ongelooflijk veel van een ander mens kunt houden?

Negenentwintig jaar later kwam Ellen, en Eivor was totaal overweldigd door haar gevoelens voor het kind. Het was alsof een stoomwals haar verpletterde. Je houdt meer van je kinderen dan van wie ook. Tenminste, tot ze zelf kinderen krijgen.

Ellens pomp piept en haalt Eivor terug uit haar oude herinneringen. Ze schuift Ellens stoel dichter naar zich toe en tilt de trui van het meisje op. Met een ervaren blik leest Eivor de getallen van het display af. Ellens lichaam reageert duidelijk op het gebak, het zou vreemd zijn als dat niet zo was. De pomp levert een dagelijkse en vooraf ingestelde dosis insuline zonder dat iemand erover na hoeft te denken. Maar als Ellen meer eet dan normaal, kan het nodig zijn om handmatig een extra dosis toe te dienen.

Eivor ziet dat Ellen twee extra eenheden nodig heeft en drukt daarom tweemaal op de grijze knop boven op de pomp. Het apparaatje piept weer en de waarden op het display worden gereset. Eivor doet Ellens trui weer naar beneden zodat het pompje wordt bedekt en zoent het meisje op haar hoofd.

Ze eten en drinken verder. Ellen krijgt de chocoladebol half op, maar ze drinkt haar glas sap helemaal leeg.

Achter het raam wordt de mensenmassa minder dicht. Ellen veegt de parelsuiker van de tafel en kijkt geamuseerd toe hoe de kleine korreltjes op de grond vallen. Ze lacht smakelijk als ze wegstuiteren. Eivor glimlacht verlegen, maar laat het meisje haar gang gaan.

Bredåker 1989

Tommy zit nog in de auto. Hij kijkt verbaasd uit het raam. Met zijn drie verdiepingen en de hoge nok is het huis op de heuvel het grootste dat hij ooit heeft gezien.

De zon komt op boven de boomtoppen. Via een lange grindweg rolde de auto het laatste stuk uit waarna hij uiteindelijk stopte op de parkeerplaats bij het huis. Nu zitten ze rustig en afwachtend op de achterbank. De lucht is bedompt, het is alsof de autorit alle zuurstof heeft weggezogen.

Mama zit stil met haar handen in haar schoot, maar Tommy ziet haar naar het huis gluren. De bestuurder kijkt naar hen in de achteruitkijkspiegel als ze tenslotte uitstappen. Ze staan zwijgend zij aan zij wanneer het grind knerpt en de auto achteruit de uitrit afrijdt en de weg weer opdraait.

Ingrid houdt Tommy stevig vast. Haar handje voelt warm in zijn hand. Als Tommy aan iemand een veilig gevoel wil doorgeven, is dat aan Ingrid. In zijn eigen hoofd gonst het van onrust, maar hij waakt ervoor dat aan zijn kleine zusje te laten merken.

Ze staan daar besluiteloos wanneer de voordeur van het huis opengaat. Een man en een vrouw stappen de veranda op. Ze lijken ouder dan mama maar jonger dan opa. Tommy observeert hen. Het hart klopt hem in de keel als ze met energieke stappen de trap van de veranda af komen naar het zenuwachtige trio.

De man is gekleed in een te groot colbert. Hij is lang en breedgeschouderd en heeft een dikke buik. De vrouw is slank en maar een paar centimeter kleiner dan de man. Ze is gekleed in een enkellange donkerblauwe katoenen jurk met lange mouwen en een ouderwetse hoge kraag. Haar bruine haar draagt ze in een knot. Ze ziet er streng uit, ook al glimlacht ze voortdurend.

Het stel blijft vlak voor het trio stilstaan. De man heeft grijs haar. Om zijn ogen zijn duidelijk lachrimpels zichtbaar die tot over zijn wangen doorlopen. Ingrid zegt niets. De situatie voelt vreemd aan. Tommy weet niet hoe hij zich moet gedragen. Hij kijkt naar de handen van de man, het zijn de grootste die Tommy ooit heeft gezien.

'Welkom op de Paradijshof!'

De woorden komen zo onverwacht dat Tommy opschrikt. De stem van de man is diep en donker.

'Ik ben Mattias Selberg en dit is mijn vrouw Ellenor.'

De man die zich net heeft voorgesteld als Mattias pakt Viola's hand. Het is geen gewone handdruk, hij houdt haar hand tussen zijn beide handen, bijna alsof hij haar probeert te warmen. Het ziet er zorgzaam en vreemd uit.

'Ik begrijp dat jullie gespannen zijn. En ook moe misschien?'

De vrouw die Ellenor heet, doet een stap dichterbij. Ze legt haar rechterhand op de schouder van haar man.

'Ik heb ontbijt gemaakt.'

Tommy voelt dat Ingrid zijn hand steviger vastpakt.

'Versgebakken brood en gekookte eieren. We hebben onze eigen kippen, dus ze zijn heel lekker. De eieren, bedoel ik.'

Ze knipoogt snel naar Ingrid, wier gezicht even oplicht. Ellenor beseft dat ze de juiste snaar heeft geraakt en steekt haar hand uit naar het meisje. Ingrid reageert door verlegen dichter bij Tommy te gaan staan. Zonder dat haar glimlach verandert, trekt Ellenor haar uitgestoken hand terug en laat die in plaats daarvan tegen haar rok rusten.

Mama antwoordt.

'Een ontbijtje zou heel lekker zijn.'

Ellenor knikt vriendelijk. Mattias draait zich om en alsof er een teken is gegeven lopen ze alle vijf omhoog naar het huis.

Dat is echt groot, het lijkt bijna een herenboerderij. Ingrid en Tommy zetten grote ogen op. Er is een schuur en meerdere bijgebouwen, allemaal omzoomd door knoestige appelbomen met door de vorst afgevallen vruchten eronder. Even verderop staat een kippenhok. Buiten lopen kakelende kippen fanatiek in de grond te pikken. Een eindje verderop graast een kudde paarden het laatst overgebleven herfstgras af. Ingrid kan haar opwinding niet bedwingen en schreeuwt het uit wanneer ze de paarden ziet. Ellenor kijkt naar haar en lacht hartelijk om haar enthousiasme.

De voordeur van het huis is ruw en bruin. In het midden ervan is een goudkleurig metalen bordje bevestigd, ongeveer even groot als een vel A4-papier. Er staat iets op gegraveerd in gekrulde letters die samen een zin vormen. Tommy is te moe om te kunnen lezen wat er staat. Zijn ogen lijken wel vol zand te zitten.

Mattias opent de deur en maakt een uitnodigend gebaar het huis in. Met zachte hand dirigeert mama Tommy en Ingrid voor zich uit. Tommy doet zijn ogen dicht als hij over de drempel stapt. Het voelt alsof het grote huis hen gaat opslokken.

Hij heeft geen tijd om zijn ogen weer te openen voordat de warme geur van versgebakken brood hun tegemoetkomt.

Een uurtje later heeft Tommy voor het eerst sinds lange tijd zijn buik volgegeten. Dat maakt hem slaperig. Rozig zit hij aan de ruwhouten eettafel.

De keuken is groot. Langs twee muren zijn er werkbladen met kastjes eronder. In een van de hoeken staat een op maat gemaakte voorraadkast, zo groot dat drie volwassen mannen er probleemloos in zouden passen.

Op de stoel naast Tommy zit mama met haar arm teder om Ingrid geslagen. Tommy's kleine zusje staat op het punt in slaap te vallen. Mama aait door haar haar en blaast zachtjes tegen haar voorhoofd.

Aan de overkant van de tafel zitten Mattias en Ellenor. Beiden hebben hun boterhammen met ei opgegeten. Met vriendelijke blikken kijken ze naar het gezinnetje tegenover hen. Tommy voelt zich vreemd tevreden. Er hangt een warme sfeer in de keuken, bijna alsof de ruimte zelf vol aandacht is.

Mattias omschrijft wat Tommy voelt.

'Op de Paradijshof zijn jullie veilig. Hier kan jullie niets gebeuren.'

Ellenor knikt instemmend. Tommy denkt dat het te mooi klinkt om waar te zijn. Mama haalt diep adem, maar Tommy kan de tranen in haar ogen zien voordat ze die weg knippert.

'Gods handen waken over de Paradijshof.'

Mama blijft Ingrids haar strelen. Zacht schraapt ze haar keel.

'We zijn dankbaar dat jullie ons hebben ontvangen. Dat wat er is gebeurd, was zo... moeilijk.'

Opnieuw tranen. Ellenor reikt over de tafel en legt haar hand op mama's arm.

'Geloven jullie in God?'

De vraag lijkt vriendelijk. Toch schuift mama ongemakkelijk op haar stoel.

'Ik weet niet precies wat ik geloof. Ik denk dat ik nergens meer in geloof. Maar hier te mogen komen, betekent blijkbaar dat het vlammetje van de hoop weer wordt aangestoken. Ik wil graag ergens in geloven, in het goede.'

Nu zijn de tranen niet meer te stoppen. Ze stromen over haar wangen. Tommy voelt een knoop in zijn maag, hij kruipt zo dicht mogelijk tegen mama aan. Ingrid knort in haar slaap als hij haar per ongeluk met zijn elleboog raakt.

Ellenor zegt niets meer. Mattias kijkt mama aan.

'Lieve Viola, jullie hoeven je geen zorgen te maken. Er wordt hoe dan ook niet van je verwacht dat je gelovig bent. Iedereen is welkom op de Paradijshof, God en onze gemeente ontvangen jullie met open armen, ongeacht wat jullie op dit moment geloven.'

Mama veegt haar tranen weg met de achterkant van haar mouw, Tommy zit dicht tegen haar aan.

'Maar als je het geloof wilt vinden, ben je op de Paradijshof aan het juiste adres. We bieden veiligheid en vergeving voor de zondaren. En een weg naar de Heer.'

Tommy begrijpt niet wat hij met vergeving bedoelt, maar wil het niet vragen.

Ellenor kijkt mama aandachtig aan.

'Nu moeten jullie uitrusten. Ik zal jullie je kamer wijzen. Vanmiddag gaan we een wandeling maken en vanavond kunnen jullie de gemeente ontmoeten. Iedereen kijkt er erg naar uit met jullie kennis te maken.'

Ze staat op en loopt naar de hal. Haar jurk wikkelt zich om haar benen als ze loopt, hij komt tot op de grond maar toch ziet Tommy dat ze mank loopt.

Ze volgen Ellenor naar een kamer achter de trap. Mama draagt Ingrid in haar armen, ook al weet Tommy dat ze haar eigenlijk te zwaar vindt.

De kamer is klein, maar is licht gemeubileerd en heeft een klein raam dat op de stal uitkijkt. Er zijn twee bedden met gehaakte spreien en een kleine kledingkast. Ellenor blijft bij het achterste bed staan.

'Ik dacht dat Ingrid op een matras op de grond kan slapen. Ik zal Mattias vragen er een van de zolder te halen.'

Mama schudt haar hoofd.

'Ingrid kan bij mij slapen. Wij passen met gemak in het ene bed, Tommy kan het andere nemen.'

Ellenor kijkt mama onderzoekend aan maar knikt dan toegeeflijk. Ze gaat op het bed zitten. Ze strijkt voorzichtig met haar hand over de sprei.

'Deze heeft mijn dochter Vivianne gemaakt. Ze kan heel goed handwerken.'

Mama knikt futloos.

'Hij is echt prachtig.'

Ze klinkt doodmoe. Tommy wordt weer ongerust.

Ook Ellenor lijkt de situatie aan te voelen.

'Nu moeten jullie rusten. Hier. Leg Ingrid op de sprei en dan kun jij naast haar gaan liggen. Ik wek jullie over een paar uur.'

Mama doet wat haar wordt gezegd. Voorzichtig legt ze Ingrid op het ene bed en gaat naast haar liggen. Ze lijkt direct in slaap te vallen.

Ellenor wendt zich tot Tommy.

'Ga jij ook even liggen. Jullie hebben alle drie rust nodig.'

Tommy, die bijna omvalt van vermoeidheid, protesteert niet. Hij ploft op het andere bed neer en voelt zijn lichaam direct ontspannen.

'Doe alsjeblieft het licht niet uit,' vraagt hij mompelend.

Ellenor klinkt lichtelijk geamuseerd als ze antwoordt.

'Ben je bang in het donker?'

Tommy schudt zijn hoofd.

'Ingrid wel.'

Verder zegt hij niets. Vertelt niet over die keer dat papa Ingrid had gestraft door haar een hele nacht in de pikdonkere kelder op te sluiten. Tommy zelf had de hele nacht geen oog dichtgedaan. Verlamd van angst lag hij wakker in zijn bed op de bovenverdieping en luisterde naar Ingrids hartverscheurende gesnik in het donker.

Ellenor laat de lamp branden. Direct wordt het schemerig in de kamer. Tommy zakt weg in een diepe slaap, ver weg hoort hij Ellenors stem. Die klinkt opvallend traag, als een bandopname die te langzaam wordt afgespeeld. Het lijkt alsof ze iets zegt over een 'boodschap en een draai' maar Tommy weet het niet zeker. Het kan hem eigenlijk niet schelen. Hij wil alleen maar slapen.

Maandag 31 augustus

Als Idun de parkeerplaats opdraait, tuurt ze naar het grote pand. Het is een pompeus gebouw in geel en zwart dat al decennialang in gebruik is als kantoor voor officieren. Het gebouw getuigt van Bodens verleden als bloeiende regimentsstad. Grote gele gebouwen met hoge ramen staan als monumenten in nette rijen in het noorden van de stad. De paniek was groot toen de inwoners van Boden zich realiseerden dat het leger van plan was een groot deel van haar activiteiten te gaan afbouwen. Er verdwenen banen en kort daarna ook hele gezinnen van defensiemedewerkers die meestal nieuwe banen kregen in andere gele gebouwen, maar dan veel verder naar het zuiden.

Idun zet de motor af en kijkt Calle met een schuin oog aan. Hij lijkt geconcentreerd. Het is nog vroeg in de ochtend maar de spanning is al groot. Op weg hiernaartoe hebben ze tijd gehad om Nadja's opmerkelijke bekentenis over de affaire van haar en Olle te bespreken. In hun jaren als rechercheurs zijn Idun en Call de ene relatiesamenstelling na de andere tegengekomen. Dat een stiefdochter een relatie heeft met de ex-man van haar stiefmoeder is zonder enige twijfel nieuw voor hen beiden.

De vraag is waar hun relatie eigenlijk voor staat. Kan het simpelweg een liefdesrelatie zijn en niets meer dan dat? Of is het feitelijk een grotesk protest tegen de verbintenis tussen Vidar en Eva? Wil Olle zijn ex-vrouw straffen, of gaat hij gewoon mee in Nadja's afkeer van de vrouw van haar vader? Of is het eigenlijk een van Olles manieren om het Vidar betaald te zetten? Zoiets als 'als jij mijn vrouw neukt, neuk ik jouw dochter'?

Tijdens het verhoor verklaarde Nadja dat Vidar en Eva zeker niet van de relatie op de hoogte waren, maar Idun weet dat het absoluut niet gezegd is dat dat klopt. Nadja kan ook liegen, of Eva en Vidar wisten het wel maar Nadja had er geen idee van dát ze het wisten.

Nu kijken de twee politieagenten uit het autoraam. Het schoolgebouw is omheind door een laag hek. Aan de andere kant zijn ochtendzieke ouders te zien die met hun kinderen bij de buitenschoolse opvang aankomen. De lokalen van de vrije school maken zich ontegenzeglijk weer klaar voor een nieuwe dag.

*

Majgull Rasmusson is lang en breedgeschouderd. Ze draagt een grote, felgekleurde bril en heeft een ouderwets kapsel. Haar handdruk is stevig en haar blik vriendelijk, maar haar gezicht heeft harde trekken als ze Idun en Calle onderzoekend aankijkt. Eva Vendels collega lijkt afwachtend, alsof haar bewegingen door een voorgevoel worden beïnvloed.

De personeelskamer is leeg. Het is iets voor zevenen. Het duurt nog een uur voordat Majgulls collega's op hun werk verschijnen. De enige uitzondering is de stakker die verantwoordelijk is voor de opening van de buitenschoolse opvang, twee verdiepingen lager.

'Hier kunnen we ongestoord praten.'

Idun en Calle nemen plaats op een donkerrode bank met een harde zitting. Ze bedanken voor koffie. Majgull gaat in een van de fauteuils tegenover hen zitten. Ze leunt achterover en slaat haar benen over elkaar waarna ze haar vingers in elkaar verstrengelt en over haar knie legt. Ze ziet eruit als een psycholoog die op het punt staat een gesprekssessie in te leiden.

'Jullie willen over Eva praten, begrijp ik.'

Calle knikt.

'Dat klopt, ja.'

In de auto hebben ze afgesproken dat Calle het woord doet en Idun luistert.

'Kun je wat over Eva vertellen? Over hoe ze was en over wat voor relatie jullie met elkaar hadden?'

Majgull wendt haar blik af. Haar onderlip trilt en het duurt even voordat ze voldoende tot zichzelf is gekomen om te kunnen antwoorden.

'Eva was in alle opzichten fantastisch. Een kei, als leraar, collega en vriendin.'

Het is duidelijk dat de collega tegen haar tranen vecht.

'De leerlingen waren dol op haar, ze straalde helemaal in de klas, ze inspireerde maar stelde ook grenzen. Dat hebben we tegenwoordig echt nodig op de basisschool.'

Idun denkt bij zichzelf dat grenzenstellers waarschijnlijk overal nodig zijn.

'We hebben jarenlang samengewerkt. Eva was altijd vrolijk, altijd levendig en nooit ziek. Ik zal haar echt missen.'

Majgull zwijgt en veegt een traan uit haar ooghoek.

Idun denkt na. Wat een tegenstrijdigheid met de getuigenis van Caroline Hofverts. Blij en vrolijk, niet depressief en suïcidaal.

'De enige keer dat ze echt neerslachtig was, was toen haar vader ziek werd. Dat was moeilijk voor haar. Hem in een tehuis opgenomen zien te krijgen en dan zijn huis moeten leegruimen. Het huis waar ze als kind is opgegroeid ook nog.'

Majgull zwijgt lang, lijkt niet te weten wat ze verder moet zeggen.

Calle helpt haar op weg.

'Jullie waren close als collega's?'

'Heel close, meer vrienden dan collega's. Eva weet alles van mij. Of ja, wist.'

Dat ze de verleden tijd moet gebruiken wordt haar te veel. Ze slaat haar hand voor haar mond en onderdrukt een snik.

Op de tafel voor hen staat een lelijk houten kistje dat vast door een of andere leerling tijdens handvaardigheid is gemaakt. Er ligt een stapeltje tissues in. Idun pakt er een en reikt hem Majgull aan. Ze neemt hem met een dankbare blik aan.

'Ik kan gewoon niet bevatten dat ze er niet meer is.'

Ze doet haar bril omhoog en droogt haar wangen. Idun probeert haar te troosten.

'Het moet fijn voor Eva zijn geweest om zo'n goede vriendin als collega te hebben. Weet je of ze vijanden had? Was ze bij een of ander conflict betrokken?'

De overgang is niet de soepelste maar wel effectief. Calle schenkt Idun een dankbare blik.

'Dat geloof ik eigenlijk niet. Ik heb nog nooit gehoord dat ze vijanden zou hebben. Ik bedoel, iedereen mocht Eva graag.'

Het is weer stil. De beide rechercheurs wachten geduldig.

'Maar er is iets anders wat ik wil vertellen. Over hoe ze afgelopen vrijdag rond lunchtijd van school wegging.'

Calle buigt zich voorover. Een minieme beweging, Idun vermoedt het eerder dan dat ze het ziet.

'Eva had geen vijanden. Dat weet ik heel zeker. Maar toch is ze... vermoord.'

Het is te merken dat Majgull het moeilijk vindt dat woord in de mond te nemen. Haar gezicht vertrekt en ze moet diep inademen om een nieuwe huilbui te onderdrukken.

'We begrijpen dat het moeilijk is. Neem de tijd.'

Calle klinkt oprecht zorgzaam, maar Majgull kijkt verward.

'Je wilde iets zeggen over Eva's laatste werkdag? Over hoe ze van school wegging?'

'O ja. Eva liep naar de bushalte en ik ontdekte dat ze haar schoolsleutels op het bureau had laten liggen. We delen een kantoor. Hoe dan ook, ik haastte me naar de personeelskamer en deed het raam open om haar te roepen, maar er was zoveel verkeer dat ze me niet hoorde.'

Majgull kijkt omlaag, naar haar gevouwen handen. Als ze weer opkijkt, is haar blik vast, maar ze blijft stil. Calle probeert het in te vullen.

'En toen kwam... de bus?'

Majgull schudt haar hoofd.

'Dat was juist het vreemde. Er reed een auto de bushalte op en ik zag dat het raam aan de passagierskant omlaag werd gedraaid en dat Eva naar de auto liep. Ze praatte met de bestuurder, maar ik zag niet wie het was. Even later deed Eva de deur aan de passagierskant open en ging voorin zitten. En toen reden ze weg.'

Idun knijpt haar ogen halfdicht.

'Op wat voor manier was het vreemd, denk je? Kan het niet iemand zijn geweest die Eva kende?'

Majgull schudt langzaam haar hoofd.

'Het was vreemd omdat de bestuurder een man was. Ik zag niet wie het was, maar het was zonder enige twijfel een man en het was niet Vidar. Dat weet ik heel zeker.'

Calle spreidt zijn armen in een vragend gebaar.

'Ja, en?' wil hij ermee zeggen. Majgull begrijpt zijn onuitgesproken vraag.

'Eva kende geen mannen. Niemand, met uitzondering van Vidar, haar vader en onze mannelijke collega's.'

'En je weet zeker dat het geen collega was?'

'Heel zeker. Die waren immers hier, aan het werk.'

'Heb je gezien wat voor soort auto het was?'

Majgull schudt driftig haar hoofd.

'Alleen dat hij zwart was.'

'Stationcar of sedan?'

Majgull lijkt na te denken. Ze twijfelt.

'Het was geen stationcar. Meer zo'n kleinere auto.'

'Had hij twee of vier deuren?'

'Vier. Geloof ik.'

Idun knikt instemmend.

'Heb je een deel van de kentekenplaat gezien?'

Majgull kijkt haar verdrietig aan.

'Nee, nog geen letter.'

'Maar je weet zeker dat de auto zwart was?'

Majgull knikt aarzelend.
'De bestuurder. Wat kun je over hem vertellen?'
Majgull kijkt alsof ze elk moment in tranen kan uitbarsten.
'Dat het een man was. Ik zag het aan de lichaamsvorm. Hij leek lang en breedgeschouderd, zeg maar. De zon werd weerkaatst in het raam, dus ik durf er geen gif op in te nemen. Maar het was een man, daar ben ik nagenoeg zeker van. Een lange man, want het leek alsof zijn hoofd bijna tegen het dak kwam. Maar het was op zich een kleine auto. Ik word er zo onzeker van, nu jullie ernaar vragen. In elk geval stapte Eva in de auto en toen reden ze weg.'
Majgull krabt aan haar hals.
Calle ademt diep in.
'Je zei dat Eva geen andere mannen dan Vidar, haar vader en jullie mannelijke collega's kende.'
Majgulls en Calles blikken kruisen elkaar. Idun weet wat hij nu gaat vragen. Ze weet ook wat het antwoord zal zijn.
'Waarom geloof je dat Eva geen andere mannen kent dan die je net hebt opgenoemd?'
Daarop snuift Majgull, het klinkt net zo minachtend als ze het waarschijnlijk heeft bedoeld. Op haar rood behuilde gezicht is nu iets van woede te zien.
'Omdat ze van die idioot van een man van haar niet met andere mannen mocht omgaan. Vidar Vendel mag dan rijk en knap zijn, en goed kunnen koken. Maar verder is het een jaloerse hufter met een controledwang die Eva bijna verstikte.'
Daar had je het.
Idun vermoedde al zoiets.
Calle leunt weer achterover in zijn stoel. Ditmaal kan de beweging niemand zijn ontgaan.
'Maar je zei dat je geen idee had door wie Eva is vermoord? Een jaloerse echtgenoot, is dat geen verdenking waard?'
Idun zucht weer. Calle zou beter moeten weten dan de getuige woorden in de mond te leggen. Majgull toont echter een diepere reflectie dan je in eerste instantie zou verwachten.

'Vidar heeft een enorme controledwang. En hij was jaloers als de hel. Maar hij heeft Eva niet vermoord, dat verzeker ik jullie.'

Calle probeert zijn scepsis niet eens te verbergen.

'Hoe kun je dat zo stellig beweren?'

Majgull ontmoet zijn blik. Haar ogen zijn nu helemaal droog.

'Vidar kan niet leven zonder Eva. Hij redt zich niet zonder haar, hij wordt een vochtige vlek, een niets, een vacuüm. Daarom weet ik dat hij haar niet heeft gedood.'

Het blijft even stil. Majgull kijkt uit het raam. Dat laatste zegt ze meer tegen de lucht dan tegen de politiemensen tegenover haar.

'Ik hoop dat Eva het goed heeft waar ze nu is. Hier op aarde gaat dan in elk geval Vidar ten onder. Eerst kapot, dan ten onder. Dit overleeft hij nooit zonder dat zijn hart en zijn verstand het begeven.'

Idun en Calle wachten geduldig tot ze haar blik van het raam afwendt. Maar Majgull Rasmusson heeft overduidelijk niets meer te zeggen.

Pedagogisch medewerker Jenny Ek slaat het sprookjesboek dicht. Op het ruisende geluid van het ventilatiesysteem na is het doodstil in het lokaal. Ze blijft even op het lage stoeltje zitten. De kinderen draaien onwennig hun hoofd, zich ervan bewust dat ze Ellen, die op het matras het dichtst bij het raam ligt, niet wakker mogen maken. Het meisje is diep in slaap met haar gele knuffel in haar armen.

Ellens oma Eivor heeft haar vanmorgen naar de kinderopvang gebracht. Het was een zware nacht geweest door een schommelende bloedsuikerspiegel die Ellens insulinepomp meerdere keren alarm liet slaan. Om drie uur had Magnus zijn moeder gebeld om te zeggen dat hij en Anna aflossing nodig hadden om ten minste nog een paar uurtjes slaap te kunnen pakken. Vanzelfsprekend was Eivor erheen gereden om Ellens uitgeputte ouders te ontlasten. Dat deed ze met plezier.

Toen Ellen wakker werd, gaf Eivor haar een stevig ontbijt op basis van langzame koolhydraten. Ongeveer een uur later leek haar bloedsuiker zich eindelijk te hebben gestabiliseerd en na een pot sterke koffie te hebben gezet, maakte Eivor haar zoon en schoondochter wakker waarna ze Ellen naar de kinderopvang bracht.

Jenny glimlacht in zichzelf als ze naar het meisje kijkt dat nu diep in slaap op het matras ligt. Haar groepsgenootjes staan op en lopen voorzichtig de deur uit, allemaal heel bezorgd om hun vermoeide vriendinnetje. Tijdens een bijeenkomst ongeveer een jaar geleden, hebben de kinderen te horen gekregen dat Ellen een ziekte heeft die diabetes heet en dat ze daarom meerdere injecties per dag nodig heeft. Ongeveer een halfjaar later kreeg ze haar insulinepomp en haar vriendjes keken met grote ogen naar het knipperende apparaatje aan Ellens riem. Tijdens de eerste dagen riepen de kinderen panisch zodra het piepte, wetend dat Ellens bloedsuikerspiegel moest worden gecheckt.

Zo gingen de maanden voorbij en in de loop van de tijd werd de instelling van de kinderen ten opzichte van Ellens insulinepomp zoals dat met kinderen meestal gaat. Volkomen relaxed en niets om je druk over te maken.

Buiten de speelkamer worden ze opgewacht door Jenny's collega Lennart, die net bij Ivar en Yasmin was gaan zitten om een gesloopt legohuis weer op te bouwen. Adam en Arvid halen tekenblokken en stiften tevoorschijn, Jenny pakt een bontgekleurd tafelzeil en legt het over een van de tafels in de knutselhoek. De jongens bakkeleien eventjes over wie de liniaal mag vasthouden, maar worden het er met Jenny's hulp over eens dat ze dat om de beurt gaan doen.

Jenny laat de tekenende kinderen achter en gaat naar de gang van de afdeling, loopt de hoek van de gang om naar de garderobe. Aan de muren hangen vrolijk gekleurde kindertekeningen. De leerkrachten vervangen de werkstukken regelmatig.

Ze is verbaasd als ze voetstappen hoort van buiten de garderobe en kijkt op de klok. Het is kwart voor twaalf. Zou er nu al een ouder komen? Net als ze de hoek omgaat en over de drempel naar de garderobe stapt, ziet ze een volwassen man in de deuropening staan. Hij is lang en gespierd, draagt werkkleding en kijkt verbaasd. Jenny kan zich niet herinneren dat ze hem al eens eerder heeft gezien.

'Hallo!'

Ze groet vrolijk en struikelt bijna over de punt van de deurmat. Net voordat ze valt pakt de man haar bij haar arm zodat ze haar evenwicht hervindt. Even in paniek grijpt Jenny op haar beurt zijn schouder en weet daardoor te voorkomen dat ze valt.

'Zo! Dat was een mooie eerste kennismaking!'

De man glimlacht breed naar Jenny, die geschrokken haar armen voor haar borst slaat.

'Nou! Ik ging me toch zowat onderuit. Bedankt voor je snelle reflexen.'

Ze lacht hardop en laat de arm van de man los om snel haar trui recht te trekken die scheef over haar buik is komen te zitten. Zonder dat ze weet waarom, geneert ze zich.

De man is een stuk langer dan zij. Zijn ogen zijn helder en lijken door haar heen te kijken op een manier die allesbehalve onaangenaam is. Jenny kijkt naar de vloer, zich ervan bewust dat haar wangen gloeien. Maar als de man haar stemming al heeft opgemerkt, maakt hij er in elk geval geen punt van.

'Ik ben van de technische dienst van de gemeente. Blijkbaar is er een probleem met borrelende afvoeren?'

Nu is het Jenny's beurt om verbaasd te kijken.

'Is dat zo? Daar weet ik niets van.'

'We hebben een storingsmelding ontvangen. Bedoel je dat die niet door jullie is gedaan?'

Hij krabt aan zijn wang. Jenny aarzelt.

'Niet door mij in elk geval. Misschien heeft mijn collega Lennart gebeld? Alleen raar dat hij er niets over heeft gezegd tegen mij.'

De man met de lichtgekleurde ogen fronst nadenkend zijn voorhoofd terwijl hij een opgevouwen papier uit zijn broekzak haalt.

'Er staat dat... dat de directeur van de Sävast-school een storingsmelding heeft gedaan?'

Hij kijkt vragend naar Jenny die nu begrijpend knikt.

'Dat is het schoolgebouw hier naast ons. Dus daar moet je dan zijn.'

Ze voelt een steek van teleurstelling in haar buik. De lange man met de lichte ogen is gewoon naar het verkeerde adres gegaan.

Maar hij gaat niet die kant op. In plaats daarvan knikt hij

tevreden terwijl hij het papier opvouwt en het weer in zijn stak stopt.

'Ja, maar dan nog. Die school en deze hebben hetzelfde afvoersysteem. Jullie hebben gemeenschappelijke invoer- en afvoerleidingen.'

En dan glimlacht hij zo dat al zijn lachrimpels bewegen.

'Dus dan moet ik even een kijkje nemen om te zien of het hier ook borrelt. In dat geval moeten we hier het riool dan ook ontstoppen.'

Jenny glimlacht breed.

'Dat gaat onze groep kinderen ontzettend spannend vinden, dat beloof ik je!'

De man met de lichte ogen lacht weer. Een ingehouden lach die prettig klinkt.

'Als jullie pech hebben, kan er wat rioollucht ontstaan, maar dat kun je verhelpen door wat water in de afvoerputjes te gieten. Ik adviseer meestal om er een beetje bakolie of iets dergelijks doorheen te mengen om een beschermend vetlaagje te krijgen, maar dat moeten jullie natuurlijk zelf weten.'

Zijn lichte ogen kijken in die van Jenny. Ze krijgt een prettig week gevoel in haar knieën.

'Bakolie. Bedankt voor de tip.'

Ze lacht hardop en bijt op haar tong. Ze kan verdomme niet normaal doen tegen die knappe riooljongen. Lennart zou het besterven als hij haar nu zag.

Na een poosje is ze voldoende bijgekomen.

'Trouwens. Jenny.'

Ze steekt haar hand uit, hij doet hetzelfde, zijn handdruk is stevig. Jenny denkt dat hij haar hand iets te lang vasthoudt en hoopt stilletjes bij zichzelf dat ze het zich niet verbeeldt.

'Mats.'

Ze knikt in de richting van de afdeling.

'Kom, Mats, dan laat ik je zien waar de afvoer is. Voor zover ik weet hebben we er maar één en die zit in de ruimte voor de wc's.'

Ze gaat hem voor, Mats loopt vlak achter haar. Jenny wordt duizelig als ze zijn bewegingen achter zich voelt. Zodra ze de wasruimte voor de wc's binnengaan, kijkt Lennart om de hoek van de deur.

'Hoi!'

Jenny schrikt op. Mats groet Lennart verrast en buigt zich dan naar het afvoerputje in de vloer.

'Wat zijn jullie aan het doen?'

Het vrolijke sfeertje is ineens weg. Jenny voelt haar ergernis opkomen. Kan Lennart niet teruggaan naar zijn groep kinderen? Het is toch wel voldoende als zij Mats alleen helpt?

'Ik ben van de technische dienst. We controleren de afvoeren, blijkbaar borrelt het in de afvoeren van de school.'

Mats knikt richting de school. Lennart kijkt vragend. Jenny's antwoord is snel, bijna kattig.

'We delen de afvoer met de Sävast-school. Het borrelt daar, dus nu gaat de gemeente controleren of dat bij ons ook zo is. Niets aan de hand. Wat zijn de kinderen aan het doen?'

Lennart kijkt Jenny met groeiende verbazing geamuseerd aan en ze voelt haar wangen roder worden. Lennart hoest even waarna hij, op een toon die verraadt dat hij duidelijk lol heeft in de situatie, zegt waar hij voor komt.

'We hebben je hier nodig. Ivan heeft een kraal in zijn neus gestopt en ik krijg die er niet meer uit. Kun jij kijken of jou dat wel lukt?'

Jenny kreunt. Een kraal in een neus kon niet op een slechter moment komen. Ze draait zich om naar Mats, die gehurkt naar het afvoerputje kijkt.

'Ik ben zo terug. Ik moet alleen een kraal uit een snotneus bevrijden.'

Ze zegt het iets te snel en iets te hard, en uit haar ooghoek ziet ze dat Lennart haar blik probeert te vangen. Mats staat op en klopt zijn knieën af.

'Maak je geen zorgen. Ik denk dat het in orde is, het borrelt niet en ik ruik niets. Als het gaat borrelen, melden jullie het maar. Dat kan wel tot morgen wachten, om geborrel dat in de loop van de dag gaat optreden hoef je je niet druk te maken. Dat kan optreden als we druk op de leidingen zetten om te testen. En als het gaat stinken, giet je een liter water in het putje.'

Hij kijkt eerst Jenny aan, dan Lennart en vervolgens Jenny weer. Ditmaal houdt hij haar blik vast. Ze herhaalt wat hij eerder zei.

'We gieten er water in als het gaat stinken. En bakolie.'

Mats glimlacht en zijn lichte ogen glinsteren.

'Bakolie. Precies.'

Zijn glimlach maakt dat Jenny's knieën aanvoelen als was. Wat een geluk dat de Sävast-school problemen met de riolering heeft gekregen.

'Jenny?'

Lennarts stem doet haar opspringen.

'Ivan! Kraal! Ik kom eraan!'

Vidar ontvangt hen in Nadja's appartement. Omdat zijn huis nog steeds is afgesloten vanwege het technisch onderzoek, verblijft hij tijdelijk bij zijn dochter.

Als hij hun bij de voordeur tegemoetkomt, beweegt hij zich langzaam en geeft hun allebei een slappe handdruk. Het is alsof zijn verdriet alle energie uit zijn lichaam heeft gezogen, alsof zijn lichaam totaal geen kracht meer heeft.

Idun en Calle schoppen hun schoenen uit en volgen hem door de lange, smalle gang naar de keuken. Van Nadja is geen spoor te bekennen. Vidar neemt plaats op een van de keukenstoelen. Hij is netjes gekleed in een pantalon en een schoon overhemd met losjes opgerolde mouwen. Maar daar houdt het verzorgde op. Zijn gezicht is schaapachtig en grauw, zijn wangen ongeschoren en zijn haar staat overeind. Idun kan het niet laten aan haar directe leidinggevende te denken. Er zijn bepaalde overeenkomsten tussen de rouwende Vidar en de alledaagse Anders.

Vidar zegt niets. Met vermoeide ogen kijkt hij hen schijnbaar nietsziend aan. Idun begrijpt dat hij onder invloed van medicijnen verkeert, waarschijnlijk heeft hij zowel angstremmers als slaapmiddelen ingenomen.

'Bedankt dat je ons wilt ontvangen. We moeten met je praten, maar we zullen ons uiterste best doen het kort te houden.'

Ze spreekt langzaam en duidelijk. Vidar antwoordt niet, hij zit futloos op zijn stoel met zijn handen in zijn schoot. Idun betwijfelt of hij haar hoort.

'Vidar? Begrijp je wat ik zeg?'

Hij kijkt haar met waterige ogen aan.

'Ja. Jullie willen praten.'

Hij spreekt uitzonderlijk langzaam. Idun draait wat ongemakkelijk. Zou hij nu echt alleen moeten zijn?

'Kun je iets vertellen over de relatie tussen jou en Eva?'

Vidar knippert langzaam en kijkt ongeïnteresseerd.

'Onze relatie?'

'Ja. Over hoe jullie het samen hadden.'

Hij smakt merkwaardig met zijn lippen. Was het niet beter geweest als hij nog even in het ziekenhuis was gebleven, onder de overbezorgde hoede van Karin Simma?

'Wat willen jullie weten?'

Zijn stem klinkt slepend. Idun voelt zich bezwaard, zelfs Calle draait naast haar wat heen en weer.

'Hielden jullie van elkaar?'

Het antwoord is een hees gefluister.

'Heel veel.'

Idun knikt.

'Waren jullie lief voor elkaar?'

'Lief?'

'Hadden jullie een gelijkwaardige relatie?'

Nu is het Vidars beurt om te knikken. Hij doet het langzaam.

'Ja. Ik denk het wel.'

'Was Eva jaloers?'

Het langzame knikken stopt.

'Ik weet het niet.'

'Was jij jaloers?'

Hij knippert met zijn ogen. In zijn ene wang is een lichte tic te zien.

'Waarom vraag je dat?'

Idun kijkt hem aandachtig aan.

'Omdat ik heb vernomen dat je overheersend was tegenover Eva. Dat je jaloers en dominant was. Daarom vraag ik het.'

Ze weet dat het een gok is. Als Vidar scherp is, kan hij de vraag gemakkelijk pareren. Maar omdat hij momenteel zwaar onder invloed van medicijnen is, kan het zijn dat zijn gedachtegang te traag is om zijn antwoord in een geloofwaardige leugen te kunnen inbedden. Idun weet natuurlijk dat het onethisch is om zijn verdoofde toestand uit te buiten, maar op dit moment kan dat haar helemaal niets schelen. Ze moeten een doorbraak in hun onderzoek zien te krijgen.

Als Vidar niet antwoordt, knikt ze kort.

'Ik beschouw je zwijgen als een bevestiging dat jij jaloerser was dan Eva. Heb ik het mis als ik zeg dat je haar daadwerkelijk overheerste?'

Vidar kijkt Idun met half dichtgeknepen ogen aan.

'Dat heb ik vast wel gedaan. Maar alleen omdat ik zoveel van haar hield.'

Idun vertrekt geen spier.

'We hebben Majgull Rasmusson gesproken. Ze vertelde dat Eva afgelopen vrijdag rond lunchtijd is weggegaan van haar werk in een zwarte auto. Kun je daar iets over zeggen?'

Vidar ziet er koortsig uit. Zijn stem klinkt onveranderd slaperig.

'Een zwarte auto? Daar weet ik niks van. Op vrijdag ging Eva altijd met de bus. Ik neem aan dat ze de bus naar huis heeft genomen?'

Hij verplaatst zijn blik langzaam van Idun naar Calle, en kijkt dan weer naar Idun.

'Ik begrijp het. Maar het lijkt erop dat ze van haar werk is weggegaan in een auto.'

Na een halve minuut stilte antwoordt Vidar uiteindelijk.

'Dan weet je meer dan ik.'

Maar Idun geeft niet toe.

'Dus je hebt geen idee met wie ze kan zijn meegereden? Majgull vermoedde dat het een man was, maar ze kon niet zeggen wie het was.'

Er verandert iets in Vidars gezichtsuitdrukking. Het is alsof er een schaduw over trekt. Heel even verwijden zijn pupillen zich waarna ze zich weer samentrekken en zwarte stukjes steen worden.

'Ik heb geen idee met wie ze is meegegaan.'

Hij ademt diep in door zijn neus.

'De enige man in Eva's leven, afgezien van mij, was haar vader. En die heeft de laatste tien jaar geen auto meer gereden.'

Vidars ene wang trilt, maar verder is zijn gezichtsuitdrukking nog even nietszeggend als eerder. Als hij al gek van jaloezie is, weet hij dat knap te verbergen. Mogelijk doen de medicijnen dat voor hem.

'Als je nog iets te binnen schiet, wil ik dat je onmiddellijk contact met ons opneemt. We willen heel graag weten wie Eva na haar werk heeft opgehaald.'

Vidar maakt een vreemde beweging met zijn handen. Idun en Calle staan op, schuiven hun stoelen onder de tafel en lopen naar de gang. Vidar zit nog steeds bij de keukentafel. Hij kijkt hen niet eens na als ze weggaan.

Bredåker 1989

De ochtend van kerstavond brengt een overvloedige sneeuwval. Tommy en Ingrid hadden geen rust om te ontbijten, ze waren al naar buiten gestormd en hadden zich in de sneeuw gestort.

Viola staat bij het keukenraam. Door het berijpte glas volgt ze de kinderen met haar blik. Ingrid ligt op haar rug en zwengelt met haar armen en benen tot er een sneeuwengel op de grond zichtbaar wordt. Tommy beklimt de heuvel naast de stal en glijdt op zijn rug naar beneden. Het is een volmaakt begin van hun eerste kerst op de Paradijshof. Viola moet zich in haar arm knijpen om er zeker van te zijn dat ze niet droomt.

Ellenor komt naast haar staan. De twee vrouwen staan schouder aan schouder en kijken naar de spelende kinderen.

'Wat zijn ze leuk.'

Ellenor klinkt bijna ontroerd.

'Ze zijn geweldig. Ik kan niet begrijpen waar ik hen aan heb verdiend.'

Er springen tranen in haar ogen. Ineens voelt ze zich erg moe.

'God geeft en God neemt. Er hoeft niet altijd een verband te zijn. Zijn wegen zijn ondoorgrondelijk, maar hij houdt van ons allemaal. Altijd.'

Viola knikt langzaam, weet niet zeker of er van haar wordt verwacht dat ze antwoordt. Ze blijven even zwijgend staan waarna Ellenor weer verdergaat.

'Trouwens, ik heb een kerstcadeau voor je.'

Verbaasd kijkt Viola haar aan. Ellenor lacht.

'Jazeker! Ook jij moet een kerstcadeau krijgen. Ik zou kunnen zeggen dat het een kleinigheid is, maar dan lieg ik. Want als je naar de afmetingen kijkt, mag het een kleinigheid zijn maar qua waarde kun je niets groters krijgen.'

Viola legt haar handen over haar borst.

'Ik hoef niets. Jullie hebben me al een thuis gegeven. Een echt thuis.'

Ze meent het oprecht.

Maar Ellenor schudt haar hoofd.

'Dit cadeau heb je nodig.'

Ze loopt naar de hoge kast en haalt er een pakje uit. Het is verpakt in rood papier met een goudkleurig lint erom. Ze reikt het Viola aan.

'Alsjeblieft.'

Viola pakt het met trillende handen aan.

'Dank je.'

Voorzichtig maakt ze het lint los en trekt het papier eraf. Het is een bijbel. Een ingebonden rode bijbel met gouden opdruk. Viola kijkt er lang naar. Ietwat beschaamd herstelt ze zich en stamelt een bedankje.

'Heel hartelijk dank. Maar zoals ik al zei, ik heb van jullie al het grootste geschenk gekregen. Een toevluchtsoord voor mij en mijn kinderen. We mochten naar de Paradijshof komen en daar ben ik jullie eeuwig dankbaar voor.'

Haar stem trilt terwijl ze het zegt. Ellenor doet een stap dichterbij en legt haar hand op de rode bijbel. Haar mond glimlacht, maar in haar ogen ziet Viola een zweem van ongenoegen. Als ze spreekt, is haar stem toonloos.

'Een toevluchtsoord in de Paradijshof kan nooit het grootste geschenk zijn. Géén énkel toevluchtsoord is ooit het grootste geschenk.'

Viola knippert met haar ogen.

'Gods liefde is altijd het grootste. Nooit meer wil ik je iets anders horen zeggen. Niet zolang je onder mijn dak woont.'

De vertrouwde angst slaat haar om het hart. Viola probeert

iets te zeggen, maar kan geen woord uitbrengen. De lucht ruikt zoals die rook als Lars op het punt stond boos te worden. Zwaar en gewelddadig.

Ellenor verplaatst haar blik naar het raam. Even kijkt ze naar Tommy en Ingrid, waarna ze zwijgend de keuken uit loopt. Viola blijft eenzaam achter met de bijbel in haar hand en een knagend gevoel van onrust in haar buik. Door het raam ziet ze haar kinderen in de sneeuw spelen. Ze heeft het gevoel alsof haar hart breekt.

Idun steekt een kaars aan op de salontafel. Ze schudt de kussens van de bank op en strijkt een onzichtbare kreukel uit de deken die opgevouwen over de armleuning ligt. Uit de speakers klinkt een Spotify-lijst die Siv met haar heeft gedeeld. Het geluid van soulmuziek uitgevoerd door artiesten van wie ze de naam niet kent, verspreidt zich door het appartement.

Er wordt zacht op de voordeur geklopt. Idun werpt nog een laatste blik door de woonkamer waarna ze de hal in loopt. Als ze de deur opent, wordt ze begroet door een glimlachende Marie, die een pan in haar handen houdt. Tussen het deksel van de pan en haar kin heeft ze een groen blikken trommeltje geklemd. Ook heeft ze een stoffen tasje met zo te zien iets zwaars erin aan haar pols hangen. Haar ogen glinsteren van blijdschap vermengd met een vleugje paniek.

Idun lacht en steekt haar arm uit om haar met het trommeltje te helpen.

'Ik was eigenlijk van plan twee keer te lopen maar dat voelde als een onnodig extra trainingsrondje.'

Het gelach om haar eigen slechte grap schalde door het trappenhuis.

'Er zit brood in de trommel. Maanzaadbrood, zelfgebakken. Je bent toch niet allergisch, hoop ik?'

Idun schudt haar hoofd en doet een stap opzij zodat Marie binnen kan komen.

'Ik ben allergisch voor noten en paarden, verder nergens voor.'

Marie zucht opgelucht.

'Er zitten geen noten en geen paarden in het eten. Gelukkig maar. Hoe zou mijn poging om onze burenrelatie te verbeteren uitpakken, als ik het voor elkaar kreeg je de eerste avond al om zeep te helpen?'

Ze lopen naar de keuken. Marie zet de pan op het fornuis en zet de kookplaat onder de pan zacht aan. Als ze zich omdraait, strekt Idun haar armen in een onwennig maar verwelkomend gebaar.

'Welkom in mijn huis. En bedankt dat je me voor het eten hebt uitgenodigd.'

Marie lacht weer.

'Jij ook bedankt! En graag gedaan. Wat een mooie keuken heb je. Het is dezelfde als die van mij, maar dan in spiegelbeeld, en duizendmaal mooier opgeknapt.'

Idun kijkt om zich heen.

'Ik ben er heel tevreden over.'

Marie knikt goedkeurend terwijl ze haar ogen verder door de keuken laat dwalen.

'Dat geloof ik. Hoe lang woon je hier al?'

'Ongeveer drie jaar, ik heb een tijdje in Luleå gewoond maar ben terugverhuisd naar Boden. Ik kreeg te veel last van heimwee, denk ik, ook al is het zo dichtbij.'

Marie tilt de stoffen tas van de grond.

'Mag ik je een glas wijn aanbieden?'

Tot haar eigen verbazing accepteert Idun dat. Ze gaat naar de woonkamer en pakt twee wijnglazen uit de vitrinekast. Als ze zich omdraait, staat Marie vlak achter haar. Idun deinst achteruit, maar Marie lijkt niet te merken dat ze haar gastvrouw heeft laten schrikken.

'Wat een prachtige kamer!' Van pure verrukking slaat ze haar handen in elkaar en draait om haar as om rond te kijken.

'Wat een verlichting! En wat een schitterend kleed!'

Idun voelt zich opgelaten.

'Dank je wel. Ik heb een zus die geïnteresseerd is in interieurontwerp. Dus kan ik niet met alle eer gaan strijken.'

Zonder te weten waarom voelt ze haar wangen warm worden.

'Dat kan ik wel zien. Donkergroen en okergeel, wat een mooie combinatie met de kussens van de bank, op zijn zachtst gezegd een lust voor het oog.'

Ze gaan terug naar de keuken. Idun haalt een kurkentrekker tevoorschijn en reikt die Marie aan. Marie trekt de kurk uit de fles witte wijn en vult de glazen dan voor de helft. Ze geeft het ene glas aan Idun, ze proosten en nemen ieder een slok. De wijn is koel en lekker. Idun hoest onwennig.

Ze gaan aan de keukentafel zitten. Idun draait haar wijnglas rond op het tafelblad. Marie neemt nog een slok.

'Hoe komt het dat je naar Boden terugverlangde? Ben je hier geboren?'

Idun laat haar glas los en leunt achterover in haar stoel.

'Ja, precies. Ik ben geboren en getogen in Boden, net ten noorden van de stad. Ik werk in Luleå en had daar eigenlijk moeten blijven wonen, maar ik verlangde naar thuis, naar het leven in de kleine stad. Ik heb het hier zo naar mijn zin.'

Marie luistert geïnteresseerd.

'Ik heb mijn vader en zus hier. We hebben een hechte band. Nu moet ik weliswaar elke dag pendelen naar mijn werk, maar het bevalt me zo goed in Boden, een klein stadje dat alles heeft behalve een bruisend nachtleven. Het past perfect bij me.'

Marie neemt nog een slok. Idun doet hetzelfde.

'Wat doe je voor werk?'

Zoals altijd wanneer Idun deze vraag gesteld wordt, aarzelt ze.

'Ik ben politieagent. Rechercheur.'

Marie spert haar ogen open.

'Wauw! Wat een droombaan! Wat onderzoek je zoal?'

Idun neemt een derde slok van haar wijn. Haar gedachten beginnen wat waziger te worden.

'Ik werk bij wat we noemen de afdeling Zware misdaad. Dat is zoals het klinkt, wij onderzoeken de zwaardere misdrijven.'

'De zwaardere misdrijven?'

Idun friemelt aan haar wijnglas.

'Verkrachtingen. Gewapende overvallen. Zware mishandeling en moord.'

'Geen winkel- of autodiefstallen?'

'Winkeldiefstallen, nee. Autodiefstallen, ja. Als we een bende verdenken misschien. Maar geen afzonderlijke diefstallen, daar zijn andere rechercheurs voor.'

Marie denkt even na.

'En terroristische aanslagen dan?'

Dit heeft nog nooit iemand aan Idun gevraagd. Ze schudt haar hoofd.

'We hebben weinig terroristische aanslagen in Norrbotten, maar als er een zou plaatsvinden, zou onze groep zeker bij het onderzoek worden betrokken. We zouden het onderzoek niet leiden en het werk niet coördineren, daarvoor zou een tijdelijk commandoteam uit Stockholm of eventueel Malmö komen en de eindverantwoordelijkheid dragen. In Zuid-Zweden zijn er speciale antiterreurafdelingen.'

Marie kijkt verstoord.

'Nou ja. In elk geval denk ik dat jouw groep ook heel geschikt zou zijn voor terreurmisdrijven.'

Idun glimlacht dankbaar om de ongegronde lof. Opnieuw draait ze haar wijnglas rond.

'En wat doe jij?'

Marie zucht geamuseerd.

'Ik werk op een kinderopvang. Ik ben kinderverzorger, dus het is maar een tijdelijke functie.'

Ze ziet de verwarring in Iduns ogen en lacht weer. Een aanstekelijke lach.

'Je moet een opleiding tot pedagogisch medewerker hebben om een vaste aanstelling te krijgen bij de gemeente. Daarom heb ik alleen tijdelijke aanstellingen, want ik ben maar "gewoon" kinderverzorger.'

Ze maakt aanhalingstekens in de lucht terwijl ze haar ogen ten hemel slaat.

'Maar omdat er een tekort is aan pedagogisch medewerkers, werk ik al bijna twee jaar met een tijdelijke aanstelling. Dus ik maak me niet echt zorgen.'

'En ben jij ook hier in Boden geboren en getogen?'

Marie haalt haar schouders op.

'Geboren, ja. Maar we verhuisden nogal vaak toen ik een kind was. Ik ben dus niet echt geworteld. Wortelloos, als dat tenminste een bestaand woord is?'

Daar heeft Idun geen antwoord op.

'Hoe oud ben jij?'

'Ik ben van 1986.'

Idun fleurt op.

'En ik van 1985. Als je hier had gewoond, hadden we elkaar misschien allang gekend.'

'Nou ja, als dertiger buurvrouw worden is ook niet verkeerd. En ik ben absoluut dol op koken en brood bakken, dus je moet maar wennen aan zo af en toe een uitnodiging voor het eten.'

En dan lacht ze weer hardop.

Idun heft haar glas.

'Op nieuwe vriendschappen. En op etentjes zonder noten en paarden.'

Ze klinken met hun glazen. Idun kent zichzelf niet terug. Het is een prettig gevoel, Mika zou verbaasd en trots zijn als ze haar nu zag. In die volgorde.

Marie zegt vlak voor ze een slok neemt: 'O ja! Aanstaande zaterdag is de première van een film die ik wil zien. Ga je mee? Ik accepteer geen nee als antwoord.'

Ze is zo enthousiast dat Idun weer moet lachen.

'Bedoel je in de bioscoop?'

Marie zucht overdreven.

'Premières zijn meestal in de bioscoop.'

En dan moeten ze allebei weer lachen.

Dinsdag 1 september

Als Idun uit de lift stapt, zwaait Siv al vanaf de receptie naar haar.

'Idun! Kom even hier.'

Idun loopt om de receptie heen en gaat naar binnen door de deur naast de balie. De ruimte erachter is heel geordend. Op het bureau staan zwarte kunststof postbakken, elke bak heeft een etiket waarop in Sivs ronde handschrift staat geschreven welk soort document hij bevat.

Idun laat zich op een krukje zakken. Siv kijkt haar onderzoekend aan.

'Hoe gaat het?'

Idun knippert langzaam met haar ogen.

'Moe maar verder prima. Ik heb gisteren met mijn nieuwe buurvrouw gegeten en het is een beetje laat geworden. Maar ik heb voor het ontbijt nog wat kunnen hardlopen dus de situatie moet toch onder controle zijn.'

Sivs verbazing is voelbaar.

'Kijk eens aan, je hebt toch nog een leven naast je werk, dat had ik niet gedacht. Heb je Mika het grote nieuws al kunnen vertellen?'

Idun moet lachen, of ze wil of niet.

'Soms ziet de wereld er anders uit dan je had gedacht.'

Siv slaat haar benen over elkaar.

'Misschien wel. Maar nu even iets anders.'

Het is te merken dat Siv het nu over het werk wil hebben, iets waar Idun niets op tegen heeft.

'Åke Stenberg, Eva's vader, woont in een verzorgingshuis in

Piteå. Hij lijdt aan dementie waardoor hij gedeeltelijk in de war is.'

'Wat versta je onder gedeeltelijk?'

Siv zwaait met haar hand om aan te geven dat ze niet wil worden onderbroken.

'Hij is min of meer in de war, het verschilt van dag tot dag. Maar laat maar zitten. Interessanter is dat zijn verzorgers ons gisteravond hebben gebeld. Åke kreeg namelijk een brief, een paar dagen na de moord op Eva.'

Idun luistert.

'Hij is getypt op een computer en heeft geen afzender. Hij zat in een ongestempelde envelop wat betekent dat iemand hem persoonlijk in de brievenbus van het huis heeft achtergelaten.'

Siv schuift haar bril omhoog in haar korte haar.

'Niets in de brief wijst erop dat hij door de dader is verstuurd, maar het tijdstip en de inhoud zette het verzorgend personeel aan het denken. Ze belden gisteravond nadat jij weg was. Calle heeft de brief vanochtend vroeg opgehaald en hij wordt op dit moment door de forensische dienst geanalyseerd. Jullie kunnen Malmen bellen om te horen wat ze hebben gevonden.'

'Zeker! Ik bel hem. Wat stond er in de brief?'

Siv rekt zich uit en wrijft over haar ene schouder.

'Een Bijbeltekst.'

Idun fronst haar voorhoofd.

'Een Bijbeltekst?'

'Yep. We weten niet precies wat hij betekent maar dat zoeken we uit met iemand die Bijbelkennis heeft. Ik geloof dat je online kunt chatten met iemand van de Zweedse kerk?'

Nu wuift Idun afwerend.

'Ik chat niet. Maar het is goed. Ik weet precies aan wie ik het kan vragen.'

Ze worden onderbroken door Sivs telefoon die gaat. Ze kijkt Idun verontschuldigend aan en wendt zich af om het gesprek aan te nemen. Idun loopt van de receptie naar haar kamer. Op weg daarheen haalt ze haar telefoon uit haar zak om Malmen in haar contactenlijst te zoeken.

Hij neemt op na twee keer overgaan.

'Hallo, Idun! Fijn dat je belt. Ik heb net de testresultaten betreffende Stenbergs brief gekregen.'

Idun doet de deur van haar werkkamer dicht.

'Laat maar horen.'

Het kraakt in de telefoon. Ze hoort Malmen lopen, een deur dichtgaan en dan houdt het kraken op.

'Wat de tekst betreft: het is een citaat uit de Bijbel. Mika kan dat waarschijnlijk beter interpreteren dan ik.'

'Ik was van plan haar te bellen nadat ik je gesproken had. Waarschijnlijk heb ik al een fotokopie gemaild gekregen, Siv kennende.'

Ondertussen opent ze haar laptop. Terwijl die opstart, praat ze verder.

'Nog technische bevindingen?'

Malmen schraapt zijn keel.

'De brief is geprint met een gewone inkjetprinter. Geen bijzonderheden, wat ons helaas geen aanknopingspunten geeft. Zit in zo'n envelop die je in grootverpakking bij elk willekeurig warenhuis koopt. We hebben geen vingerafdrukken gevonden, maar wachten nog op de DNA-analyse. Twijfelachtig of we iets waardevols vinden, omdat iemand die bewust geen vingerafdrukken meestuurt er waarschijnlijk ook op let om nergens aan te likken.'

Idun mompelt iets onverstaanbaars.

'Des te interessanter is het dat er sporen van bouwstof in de envelop zitten. Spaanders van zowel hout als staal. Niet veel, maar duidelijk waarneembaar. Nu is de envelop niet met de gewone post verstuurd, dus we nemen aan dat hij rechtstreeks is bezorgd door de persoon die de brief heeft geprint.'

Idun krabt aan haar hals.

'Bouwstof zeg je. Uit een werkplaats of zoiets?'

'Lastig te zeggen, maar ik dacht het wel.'

Idun voert haar gebruikersnaam en wachtwoord in.

'Verder nog iets?'

'Voor nu niet. Ik kom nog terug op de DNA-analyse, maar verwacht er niet al te veel van.'

Ze ronden hun gesprek af. Idun logt in op haar mail. Bovenaan in haar postvak staat een mail van Siv. Ze klikt hem aan en haar scherm wordt gevuld met een fotokopie van de Bijbeltekst die naar Åke Stenberg is gestuurd. Net zoals Malmen zei, is de tekst op een computer getypt.

De Heer is mijn licht en mijn bevrijder, wie zou ik vrezen?
Bij de Heer is mijn leven veilig, voor wie zou ik bang zijn?

Idun leest de tekst vier keer door waarna ze haar telefoon pakt en Mika's nummer intoetst. Haar zus neemt pas na vijf keer overgaan op.

'Idun. Ik sta net met mijn handen in deeg voor kaneelbroodjes, voor morgen bij de koffie, op mijn werk. Kan ik je vanavond terugbellen?'

'Liever niet. Ik bel vanwege een moordonderzoek. We hebben met een Bijbeltekst te maken gekregen waar ik hulp bij nodig heb.'

Een korte stilte.

'Een moordonderzoek zeg je. Dan moeten die broodjes maar wachten. Blijf even hangen, dan was ik gauw mijn handen.'

Idun hoort de kraan lopen. Wanneer Mika terugkomt, klinkt haar stem gefocust.

'Wat voor Bijbeltekst is het? En welk verband is er met jullie onderzoek?'

Idun kijkt op haar scherm.

'Het is een citaat uit de Bijbel. Denken we. Over het verband kan ik helaas niets zeggen.'

Mika humt in de telefoon.

'Ik snap het. Ik wilde niet nieuwsgierig zijn. Lees het citaat maar voor en zeg wat je wilt weten.'

Ineens is Idun heel dankbaar dat ze een zus heeft die godsdienstwetenschapper is. Dat ze daar bovendien nog maar drie jaar geleden in is gepromoveerd, maakt haar tot een waarschijnlijk uitstekende informant.

'De Heer is mijn licht en mijn bevrijder, wie zou ik vrezen? Bij de Heer is mijn leven veilig, voor wie zou ik bang zijn?'

Mika zwijgt. Idun begrijpt dat ze nadenkt.

'Oké,' zegt ze uiteindelijk, 'het is een citaat uit de Psalmen en het staat in het Oude Testament.'

'Wat zegt de tekst jou?'

'Die zegt dat de Heer mijn licht is, degene die mij het leven geeft. Verder staat er dat ik niets te vrezen heb zolang de Heer mijn licht mag zijn. De theologen betwisten echter of de Heer alleen in iemands leven is als men actief in hem gelooft. Sommigen zeggen dat hij er hoe dan ook is, anderen dat hij je de rug toekeert als je je van hem afwendt. Daar zijn meerdere verhandelingen over geschreven.'

Idun maakt aantekeningen in haar notitieblok, dat naast haar computer ligt.

'Oké. De theologen zijn het er niet over eens. Meer?'

'Waar ze het daarentegen vast en zeker over eens zijn, is dat jouw citaat onjuist is.'

Idun blijft met haar pen midden op het papier stilhangen.

'Onjuist?'

'Yes. Dat de Heer je bevrijder is. Dat klopt niet. In de oorspronkelijke tekst staat niet "bevrijder" maar "behoud". De Heer is mijn licht en mijn behoud. Niet mijn bevrijder.'

Idun fronst haar wenkbrauwen.

'Wat apart.'

Mika hoest.

'Niet echt. Het kan zo zijn dat degene die de brief heeft geschreven de Bijbel gewoon niet zo goed kent.'

'Of het is met een reden verkeerd geschreven.'

Mika fluistert.

'Zoiets als een soort geheime boodschap aan de persoon aan wie de brief is gestuurd. Bedoelt mevrouw de politieagent dat?'

Idun ademt door haar neus. Ze krijgt geen kans nog iets te zeggen voordat Mika verdergaat.

'Sorry. Ik weet dat je daar niets op kunt zeggen. Ik vraag het niet om mijn neus in andermans zaken te steken. Ik vraag het omdat ik nieuwsgierig ben.'

Daarop schieten ze allebei in de lach.

'Bedankt voor je hulp, het is goud waard om een zus te hebben die de Bijbel kent.'

Mika zegt grinnikend: 'Kleine moeite. Kom vanavond langs als je wilt. Ik weet dat je geen zoetigheid eet, maar je kunt een kop thee krijgen en kijken hoe ik mijn kaneelbroodjes proef. Je moet wel weten of de kwaliteit goed is, als je je collega's gaat trakteren.'

Ze beëindigen het gesprek. Idun blijft lang achter de computer zitten. Als het bewust verkeerd is geschreven, bestaat de mogelijkheid dat het om een boodschap aan Eva's vader gaat. Maar waarom uitgerekend aan hem? Waarom 'bevrijder' in plaats van 'behoud'? Wie moet er worden bevrijd? En waarvan?

Woensdag 2 september

Jenny Ek raakt de schommel met haar handen, vlak voor hij op het hoogste punt is. Door het extra zetje gilt Ellen het uit van de pret. Ze houdt zich krampachtig vast aan de met rubber omhulde kettingen terwijl haar gezicht een grote grijns vertoont. Jenny moet gewoon wel lachen. Het vijfjarige meisje ziet er zo gelukkig uit, zoals ze met een stralend gezichtje op de schommel zit.

Hoewel het al na drie uur 's middags is, staat de zon nog hoog aan de hemel en is het warm buiten. Jenny heeft haar dunne zomerjasje uitgetrokken en het op het bankje bij de grote berkenboom gelegd. Het dagelijkse tussendoortje hebben ze buiten opgegeten en Jenny's jas ligt tussen de broodkruimels en de bananenschillen. Op tafel staan zes plastic bekers, vier ervan hebben de kinderen voor melk gebruikt en uit twee hebben Jenny en Lennart koffiegedronken. Normaal gesproken hebben ze vijf kinderen in de groep, maar Yasmin kreeg vlak voor de lunch buikpijn en is door haar vader opgehaald.

Ellen klimt van de schommel af en kijkt omhoog naar Jenny.

'Ik heb dojst.'

Jenny glimlacht.

'Ga maar naar binnen om wat water te drinken. Jij kunt natuurlijk zelf al bij de kraan in de wasruimte.'

Jenny's aandacht wordt getrokken door de collega's van de peuterafdeling die met hun tweejarigen naar buiten komen. Hun afdeling ligt het verste van het U-vormige complex af en Jenny lacht als de groep kinderen door de voordeur naar buiten kronkelt. Het lijkt wel een kleine optocht van tweejarigen.

De drie pedagogisch medewerkers komen er vlak achteraan en een van hen, Helen Svensson, zwaait vrolijk naar Jenny. Ze hebben samen de opleiding tot pedagogisch medewerker gevolgd en zijn tegelijkertijd aan hun baan op kinderopvang Blåbäcken begonnen. In hun vrije tijd gaan ze niet met elkaar om, maar ze zijn goede collega's.

Als Jenny zich weer naar de schommels omdraait, ziet ze Ellen nog net door de deur van de garderobe verdwijnen. Het meisje houdt iets blauws vast, Jenny zet haar hand als een zonneklep tegen haar voorhoofd en knijpt haar ogen halfdicht om te zien wat het is. Als ze zich realiseert dat het de beker is waar Ellen tijdens het tussendoortje melk uit heeft gedronken, glimlacht ze in zichzelf. Ellen gaat water drinken uit haar gebruikte beker, want ze heeft duidelijk goed geluisterd toen Jenny en Lennart het met de kindergroep over duurzame ontwikkeling hadden. Het terugdringen van de hoeveelheid afwas maakt deel uit van het milieubewustzijn dat de gemeente Boden heeft geïmplementeerd in haar kinderopvangcentra. De kleintjes hebben er duidelijk toch iets van opgepikt.

Vier tweejarigen lopen langs Jenny en wijzen naar de glijbaan waar een paar grotere kinderen op het punt staan om naar boven te klimmen. Als de kleintjes stilstaan, buigt Jenny zich voorover en vraagt of ze tijdens het rustuurtje lekker hebben geslapen. Een van hen lijkt verlegen en stopt zijn zanderige duim in zijn mond. Twee van de anderen knikken langzaam, terwijl het vierde jongetje op iets schuin achter Jenny gefocust lijkt te zijn. Ze kijkt achterom om te zien wat het zou kunnen zijn maar ziet niets vreemds. De rode gevel van de kinderopvang baadt in het zonlicht en het hek van de omheining is gesloten. De weg ervoor is rustig, ergens in de verte blaft een hond.

Jenny kijkt weer naar het jongetje. Hij staat als versteend en staart naar iets achter haar. Ze kijkt over haar schouder en ziet een schaduw achter het raam van de speelruimte. Ze rekt zich uit en knijpt haar ogen half dicht om het beter te kunnen zien, maar kan niet zeggen of binnen het licht aan of uit is. De zon wordt in de ramen in een metalige schittering gereflecteerd. Had ze eigenlijk wel een schaduw gezien?

Ze draait zich weer naar het jongetje dat zich nu bukt om een blaadje van de grond op te rapen. Jenny kijkt zoekend naar haar collega's op het grasveld en krijgt oogcontact met Helen. Ze wijst naar de kinderen voor haar en daarna naar de buitendeur van de afdeling voor de grotere kinderen. Helen knikt en loopt hun kant op. De aandacht van de peuters die voor Jenny lopen, is nu gericht op het blad op de grond.

Jenny loopt naar de deur van de afdeling voor de grotere kinderen. Zand en grind knerpen onder haar schoenen. Als ze bij de deur aankomt, doet ze hem open terwijl ze haar voeten veegt op de ruige plastic mat.

Ze stapt de smalle gang in. Lichtpuntjes dansen voor haar ogen. Ze knippert een paar maal en loopt dan de afdeling op. Onderweg passeert ze de twee droogkasten die in de winter bijna de hele dag een zwaar zoemend geluid maken.

Ze trekt haar schoenen uit. Op haar sokken loopt ze door de gang en zoekt Ellen, maar het meisje is nergens te bekennen. Jenny bukt zich om onder de bank te kijken, een geliefd verstopplekje.

'Ellen?'

Onder de bank liggen alleen stofvlokken en twee stukjes duplo.

'Ellen?'

Ze zegt het meer dan dat ze roept, wil het meisje niet aan het schrikken maken mocht ze ergens in gedachten verzonken zitten.

Ze hoort een zacht schrapend geluid vanaf de afdeling, maar Jenny kan niet thuisbrengen vanuit welke ruimte het komt. Ze zegt Ellens naam nog een keer, nu met meer nadruk in haar stem. Ook deze keer krijgt ze geen antwoord.

Ze komt langs de keuken en ziet dat Lennart na het tussendoortje de boter heeft laten staan. Ze laat het voor wat het is en loopt door naar de grote speelruimte. De gordijnen zijn dicht waardoor de kamer halfdonker is. Jenny is verbaasd. Ze zou zweren dat ze de gordijnen open had gedaan toen ze Ellen na haar middagslaapje wakker maakte.

Het schrapende geluid is weer te horen. Het lijkt uit het knutsellokaal te komen. Ze loopt langs de hoek waar de grote vierkante kussens hoog opgestapeld liggen. Het is de populairste speelplek van de hele afdeling. Een vergeten sok steekt onder de stapel kussens uit.

Jenny trapt, vlak voordat ze bij de deur van het knutsellokaal is, bijna op een speelgoedauto. Het geluid wordt harder en ze is er nu heel zeker van dat het daarvandaan komt. Ze legt haar hand op de deurkruk en is verrast door haar angstige onderbuikgevoel.

Ze duwt de deurkruk naar beneden en laat de deur open glijden. Een vlaag warme buitenlucht komt haar tegemoet. De ruimte ziet er normaal uit. Geen spoor van Ellen.

Een van de ramen in de verste wand staat wijd open, met de raamuitzetter. De lange gordijnstof zwaait in de wind, in de zoom is een stuk hout in de stof genaaid. Dat schraapt over het gele linoleum als het gordijn over de vloer schuift.

Jenny loopt naar het raam en kijkt naar buiten. De weg is rustig. Ergens in de woonwijk blaft een hond. Het is waarschijnlijk dezelfde die ze hoorde toen ze even geleden bij de zandbak stond.

Rechts is het schoolplein te zien. Een groep kinderen van de naschoolse opvang is in de speeltuin. Ze zijn aan het touwtjespringen en lachen hardop in de nazomerzon.

Jenny steekt haar hand uit. Ze kan net bij de handgreep van het raam. Haar idee is om het raam dicht te trekken en dan de afdeling op te gaan om Ellen te zoeken. Misschien zit ze op de wc na te denken?

Wat er nu gebeurt, is in minder dan een minuut voorbij, maar achteraf gezien zal Jenny het zich herinneren alsof het een eeuwigheid duurde. Over een paar dagen zal een psycholoog uitleggen dat de tijdsbeleving verandert, zodat haar hersenen hierdoor de gelegenheid krijgen om het trauma en de stress die ze in zware shock moesten ervaren, te verwerken.

Een geluid onder het raam maakt dat Jenny naar beneden kijkt, en wat ze ziet, maakt haar zo bang dat alle geluid stopt. Even is de wereld helemaal stil, waarna er een oorverdovende ruis in haar hoofd opkomt.

Op de grond, beneden haar, ligt Ellen.

In de armen van een vreemde man.

Zijn gezicht ziet er vreemd uit. Zijn ogen kijken op een eigenaardige manier naar Jenny op. Het is alsof zijn neus en mond allebei misvormd zijn en scheef in zijn gezicht staan. Ze hebben ook een gekke kleur, alsof zijn gezicht grijs is terwijl de zon erop valt.

Jenny krijgt geen lucht. Ze probeert in te ademen maar dat lukt niet. De man staart haar aan. Er is geen symmetrie in zijn gezicht, alles is scheef en wazig zwart. Toch ziet Jenny dat hij haar in de ogen kijkt.

Ellen ziet eruit alsof ze slaapt. Instinctief begrijpt Jenny dat ze bewusteloos is. De man met het vreemde gezicht moet haar pijn hebben gedaan.

Er gaan een paar seconden voorbij voordat de eerste verlammende schok verslapt. Eindelijk slaagt Jenny erin lucht in haar longen te krijgen. Ze schreeuwt het uit. Het geluid komt vanuit haar tenen, ze gilt doordringend terwijl ze tegen het raamkozijn slaat. Het is alsof de tijd voortkruipt terwijl hij waanzinnig snel voorbijgaat.

De man komt bliksemsnel overeind. Hij is lenig, voordat Jenny iets kan doen, is zijn gezicht op ooghoogte met dat van haar. Ze wordt doodstil, staart in zijn vreemde ogen. Zijn huid is grauw en zijn haar is plat. Het zijn geen losse haren, maar het lijkt meer op een soort stof. Jenny kan nog net bedenken dat hij er onecht uitziet, bijna als een figuurtje dat door kinderen in elkaar is geknutseld.

Ze haalt diep adem en brult de man in zijn gezicht. Hij deinst terug en er volgt een krachtige klap die Jenny recht op haar mond raakt.

Ze is daar totaal niet op voorbereid en valt achterover. Ze stoot met haar rug tegen de tafel. De harde val perst de lucht uit haar longen. Ze ploft op de vloer. De pijn in haar rug is onmiddellijk, ze hapt naar adem als hij naar haar nek uitstraalt. Haar oren tuiten van angst.

In twee seconden verandert haar angst in woede. Driftig staat ze op en gooit zich tegen het raam. Waar ze de kracht vandaan haalt, weet ze niet, maar ze is zo woest en zo waanzinnig bang dat ze alles als door een tunnel lijkt te zien. Het enige wat ze ziet is dat Ellen levenloos in de armen ligt van de vreemdeling die wijdbeens op het gras staat.

Wanneer Jenny haar handen tegen het raamkozijn zet om naar buiten te klimmen, doet de man twee stappen naar achteren. Haar hartslag bonst in haar oren, ze heeft haar gedachten niet op een rijtje maar realiseert zich dat de man van plan is om Ellen mee te nemen. Dat inzicht zet in haar hoofd een knop om. Ineens is alles glashelder.

Brullend stort Jenny zich uit het raam. Het bloed stroomt uit haar neus, het spat op het witte raam en over Jenny's shirt. Maar dat merkt ze niet. Het enige waar ze aan kan denken is dat ze Ellen te pakken moet krijgen.

De man doet een paar stappen naar achteren. Het vijfjarige meisje hangt levenloos in zijn armen. In twee grote passen staat Jenny vlak voor hen. Ze gilt zo hard dat haar keel pijn doet terwijl ze zich als een dolle op hem stort. De man met het onnatuurlijke gezicht doet soepel een stap opzij maar Jenny kan nog net Ellens dunne jasje vastgrijpen. Driftig rukt ze het meisje uit zijn armen en valt op het gras. Ellen komt boven op Jenny terecht en blijft als een slap hoopje liggen.

Jenny rolt op haar zij en slaagt erin op te staan. Ellen hangt in haar armen, haar armen doen pijn van de inspanning.

Ze ziet alles nog steeds als door een tunnel, waardoor Jenny de snelle beweging die van opzij komt niet opmerkt. Ze ziet nog net dat de man iets grijs in zijn hand heeft.

Vlak daarna treft de klap haar op haar slaap. Wanneer de steen haar hoofd raakt, kraakt het tot ver achter in haar nek. Het klinkt alsof een handje chips wordt fijngeknepen. Het zonlicht verandert op hetzelfde moment dat er diep binnen in haar hoofd een valse toon ontstaat.

Vlak voordat Jenny op de grond valt, voelt ze zich heel misselijk worden. Vaag proeft ze de vieze smaak van haar maaginhoud, net voordat haar ogen weer dichtvallen en de wereld om haar heen donker wordt.

Calle komt uit zijn stoel overeind en loopt naar de koffieautomaat om zijn derde beker koffie van die dag te halen. Idun zit nog steeds op de bank in de personeelskamer. Ze neemt een grote hap van een appel en vertrekt haar gezicht. De vrucht is zo zuur dat het zeer doet in haar mond.

'Ik snap niet waar dit op slaat. Zulke absurde sporen die kriskras door elkaar lopen.'

Calle klinkt kwaad. Hij gaat in de stoel tegenover Idun zitten en zet zijn koffiebeker op de ronde tafel waarna hij achteroverleunt en zijn handen in zijn nek vouwt. Door die beweging spannen de spieren van zijn onderarmen zich zo dat de aderen onder zijn huid opzwellen. Idun vindt dat hij knapper is dan je eigenlijk zou denken. Als hij wat bescheidener zou zijn, zou je hem misschien aantrekkelijk kunnen noemen.

'Zeg eens hardop wat je denkt.'

Vanzelfsprekend weet ze al wat hij denkt. Ze hebben al zo lang en zo intensief samengewerkt dat ze weet hoe zijn manier van denken is. Het is gewoon zo dat als je je gedachten onder woorden brengt, je er beter vat op krijgt.

Calle zucht geërgerd.

'Eva wordt vermoord en aan het plafond van haar eigen hal opgehangen. Haar echtgenoot vindt haar. Hij heeft een alibi dat door drie mensen op zijn werk wordt bevestigd. Siv heeft alles twee- en driedubbel gecheckt, maar toch hebben we zekere verdenkingen omdat hij een jaloerse duivel lijkt te zijn. Als we Eva's collega Majgull tenminste mogen geloven. Aparte naam trouwens, moet ik zeggen.'

Idun knippert met haar ogen.

'Apart?'

'Majgull? Wie noemt zijn kind in godsnaam Majgull?'

Daar heeft Idun geen weerwoord op. Ze neemt nog een hap van de zure appel, het zuur doet pijn aan haar tanden. *Idun*, hoe gewoon is dat dan?

'Het is verdomd interessant om uit te zoeken door wie Eva bij de bushalte is opgepikt. Daar ligt waarschijnlijk een belangrijk deel van het antwoord.'

Idun knikt terwijl ze slikt.

'Daarnaast blijkt dat Eva's ex-man, Olle, op de dag van de moord met een auto naar Vendels huis is gereden. De auto is zwart en dat klopt dus met de kleur van de auto waar Majgull Eva in zag stappen. Olles alibi is, zoals Nadja beweert, dat ze aan het neuken waren. Maar we weten niet of we dat geloven, dus voorlopig zijn zowel hij als haar stiefdochter verdacht.'

Idun voelt dat de zure appelsmaak eindelijk wegtrekt. Ze buigt zich voorover en pakt Calles koffiebeker, neemt een grote slok en zet hem weer neer. Calle volgt haar bewegingen met een onbekommerde blik.

'Dat Olle Eva's stiefdochter neukt. Niet te geloven, wat ziek. Wie heeft er godverdamme nou een relatie met de ex van haar stiefmoeder?'

Idun reikt Calle de appel aan. Hij pakt hem aan, maar blijft ermee in zijn hand zitten zonder een hap te nemen. Idun vraagt zich af of ze niet toch een eigen beker koffie moet halen.

'Ik vind het ook vreemd. In alle opzichten heel bizar. Maar Nadja en Olle zijn geen verwanten. Ze hebben geen familiebanden en hebben nooit als gezin samengeleefd. Het enige is dat ze ieder een eigen relatie tot Eva hebben. En dat nog niet eens in dezelfde tijd of op dezelfde plaats.'

Calle bijt in de appel. Hij trekt meteen een vies gezicht. Hij legt de zure vrucht op tafel en giet het restje koffie uit zijn beker naar binnen. Idun staat op om twee nieuwe bekers te pakken terwijl Calle verdergaat.

'Nee, dat weet ik. Maar toch. Het voelt als incest, verdomme.'

Idun zet een beker in de automaat en drukt op de knop.

'Maar dat is het niet. Het komt niet eens in de buurt, wat jij en ik er ook van vinden.'

'Dat weet ik. Maar er is iets duisters aan. Die hele familie spoort verdomme toch niet. Een jaloerse echtgenoot en een stiefdochter die het bed induikt met de ex van haar stiefmoeder. Er zijn er die om minder zelfmoord zouden hebben gepleegd. De vraag is of dit alles toch niet een soort ingewikkeld familieconflict heeft veroorzaakt. De meeste moorden worden zoals bekend toch in de familiekring gepleegd. En dit voelt toch zieker dan anders moet ik zeggen, helemaal wat Nadja en Olle betreft. Zij tweeën dus, een jonge rechtenstudent en een getrouwde vent die net zo goed haar vader had kunnen zijn. Dat snap ik niet. Wat ziet ze in hem?'

Idun pakt de beker uit de automaat, zet de tweede erin en drukt weer op de knop. Als ook die vol is, pakt ze hem eruit en draait zich om naar Calle.

'Rare liefdesrelaties zijn geen motief voor moord. Bovendien zou hun relatie de verklaring kunnen zijn voor alle auto's die Caroline Hofverts op Vendels oprit heeft gezien. Het was Nadja die herenbezoek ontving, niet Eva. En omdat Olle net zo vaak van leaseauto wisselt als ieder ander van een paar sokken, zag Caroline bijna elke keer nieuwe auto's.'

Calle knikt maar verandert van onderwerp.

'En dan die brief die Åke Stenberg heeft ontvangen. Welk verband houdt die met dit alles? Werd Eva bevrijd? Van wie? Of is iemand van haar bevrijd? Vader Åke misschien? Maar waarom zou een demente vader van zijn volwassen dochter moeten worden bevrijd?'

Idun schudt haar hoofd.

'Ik weet het niet. En we weten ook niet zeker of die brief met het foute citaat verband houdt met de moord op Eva. Het moment klopt wel met haar dood, maar we weten het toch niet zeker.'

Calle zucht. Hij staat op het punt te antwoorden als Siv naar binnen stormt.

'Waar hebben jullie verdomme je telefoons?!'

Idun laat van verbazing bijna haar beker koffie vallen. Het is niets voor Siv om zo buiten zichzelf te zijn. Bovendien vloekt ze nooit. Calle komt overeind en beklopt tegelijkertijd zijn broekzakken.

'Ik heb hem vast in de auto laten liggen.'

Idun zegt niets. Ze ziet aan Sivs gezichtsuitdrukking dat ze geen antwoord verwacht.

'Er is een kind ontvoerd van een kinderopvang in Sävast! Er is in elk geval één personeelslid gewond geraakt! Er wordt om extra versterking gevraagd!'

Bredåker 1990

Diep in gedachten verzonken zit Tommy op een stoel in de keuken. Mattias tikt hem zachtjes op zijn schouder. Verward kijkt hij op, Mattias heeft een broodmand in zijn hand.

'Wil je een boterham? Vivianne heeft ze gebakken.'

Tom neemt een sneetje brood en werpt een vluchtige blik op de vrouw die aan de andere kant van de tafel zit. Vivianne, de dochter van Ellenor en Mattias, glimlacht fijntjes naar hem. Ze is hoogzwanger en heeft een enorme buik. Die ziet eruit alsof hij op springen staat.

'Je kunt twee sneetjes nemen als je wilt. Papa kan best zonder.'

Vivianne kijkt veelbetekenend naar haar vaders buik en knipoogt dan naar Tommy, die het niet kan laten om te giechelen.

'Wees toch een beetje aardig voor je oude vader. Een mannenlichaam is op zijn best als het doet waarvoor het is bedoeld. Dan hebben jullie meer om van te houden.'

Mattias klinkt helemaal niet boos. Tommy vindt de sfeer aan de keukentafel prettig. Die is aangenaam ontspannen.

Ellenor loopt licht hinkend weg van het fornuis. Ze zet een geurende pan op tafel en gaat naast Mattias zitten. Zachtjes vouwt ze haar handen in haar schoot. Mama strijkt over Ingrids haar en kijkt naar Mattias. Als hij spreekt, doet hij dat met een plechtige stem, bijna zoals de Kerstman altijd klinkt tijdens het uitdelen van kerstcadeautjes.

'We danken onze Heer en redder.'

De woorden zijn een teken voor de anderen rond de tafel. Ellenor, Vivianne, Tommy, mama en Ingrid buigen het hoofd.

Mattias vervolgt: 'We danken U, Heer onze God. We danken U voor al het goede dat U doet en voor alle gaven die U ons schenkt. Wij danken U voor alle beproevingen, voor alle waarheden en voor al het kwaad dat U ons helpt te vermijden. Wij danken U voor uw liefde. Dat U uw handen op onze hoofden legt en ons van het kwaad verlost. We danken U voor degenen van wie we houden. En we danken U dat U ons allen redt. Elke dag. Te allen tijde. Amen.'

Tommy houdt zijn ogen dicht. Zijn maag knort. Hij wil opscheppen van Ellenors geurige stoofpot, maar zit zwijgend met gebogen hoofd en gevouwen handen. Het lijkt een eeuwigheid te duren voordat hij zijn ogen durft te openen om voorzichtig om zich heen te kijken.

Mattias heeft zijn ogen ook open, maar zit stil. Hij maakt geen aanstalten om voor zichzelf iets op te scheppen. Het duurt eindeloos.

Uiteindelijk pakt Mattias zijn waterglas en neemt een slok. De zachte bons waarmee hij het glas weer op tafel zet, dient als een startsein. Langzaam doen de anderen hun ogen open en ontvouwen hun handen.

Ellenor knippert een paar keer waarna ze naar Mattias' bord reikt. Ze schept haar man een royale portie van de stoofpot op en hij knikt dankbaar als hij zijn bord terugkrijgt.

'Welnu, vrienden. Hebben jullie de Heer in jullie hart?'

Iedereen weet dat de vraag aan mama is gericht. Tommy wacht gespannen af.

'Ik weet het niet goed.'

Tommy kan zien dat Mattias wil dat ze haar antwoord toelicht. Hij kijkt haar vriendelijk, maar dwingend aan.

Mama formuleert voorzichtig.

'God was bij mij toen ik een kind was. Mijn vader was diepgelovig. Maar tijdens de jaren met mijn echtgenoot ben ik hem een beetje kwijtgeraakt. God dus.'

Tommy vindt dat Mattias een vreemde blik in zijn ogen krijgt. Maar het is Vivianne die mama antwoord geeft.

'De Paradijshof is de juiste plek om God te vinden. Het is ook de juiste plek voor jou, Viola, om te worden verlost.'

Er ligt een eigenaardige toon in haar stem.

Mama lijkt haar woorden zorgvuldig te kiezen.

'Ik ben zo dankbaar dat we hier mochten komen. Ik wist niet dat er zo'n goedheid in de wereld bestond.'

Ellenor legt haar hand op mama's arm.

'Hier is zowel zorg als eten. Alle dagen van de week. Maar God is hier ook en hij is onderdeel van onze dagen. Hij is de belangrijkste van ons allemaal. Het doet me verdriet dat jullie hem in de tijd dat jullie hier zijn nog niet hebben gevonden. En het doet me ook verdriet dat jullie zijn zegen nog niet hebben ontvangen.'

Viola kijkt naar Ellenors hand die op haar arm rust. Ze antwoordt zachtjes.

'Het is nog maar een paar maanden geleden. Misschien heb ik gewoon wat meer tijd nodig.'

Verdrietig ontmoet Ellenor haar blik.

'Het is al bijna een jaar, Viola. Een heel jaar.'

Mama knikt aarzelend.

'Ik probeer echt hem terug te vinden. Ik verlang ernaar hem te vinden.'

Tommy hoort de angst in mama's stem. Hij begrijpt niet waar ze bang voor is. Hij weet dat Mattias elke vrijdag gesprekken over de Bijbel heeft met zijn moeder. Meestal sluiten ze zich op in Mattias' kantoor. Tommy en Ingrid hebben streng te verstaan gekregen dat ze hen niet mogen storen. Af en toe hebben ze vreemde geluiden gehoord vanuit het kantoor, snikken van mama vermengd met de stem van Mattias hoewel hij zonder woorden lijkt te spreken. Eerst was Tommy bezorgd, maar Ellenor verzekerde hem dat alles in orde was.

'Als je God nadert, vloeien er soms tranen. Dat is een teken dat het verdriet dat je al zo lang met je hebt meegedragen, eruit komt. Als je God vindt, moet het verdriet weg zodat er plaats wordt gemaakt voor blijdschap.'

Volgens Ellenor helpt Mattias mama om de Heer te vinden. Dat kon ze met absolute zekerheid garanderen.

'En op die manier helpt hij jou ook. En Ingrid.'

Nu haalt Ellenor langzaam haar hand van mama's arm.

'Hij kijkt ernaar uit om je te ontmoeten. Om het nog maar niet over je bevrijding te hebben.'

Dat eeuwige gezeur over bevrijding. Waar gaat God mama van bevrijden? Ze zijn al vrij. Vrij van papa's mishandeling en dronkenschap. Vrij van de angst. In de Paradijshof zullen ze veilig zijn, dat is toch wat die schorre tante van de sociale dienst zei. Tommy kijkt naar mama om te proberen het te begrijpen, maar ze ontwijkt zijn blik.

Ze eten in stilte. De klok aan de muur tikt. Ingrid verslikt zich in haar melk, mama wrijft haar over haar rug terwijl ze hoest. Niemand zegt iets, maar als Mattias zijn derde snee brood neemt en hem met een dikke laag boter besmeert, knipoogt Vivianne schalks naar Tommy. Hij grinnikt zachtjes, maar vindt het eigenlijk niet grappig. Hij wil niet grinniken om Mattias' boterhammen. Het enige wat hij wil, is zijn moeder knuffelen, maar ze zit stil op haar stoel, prikt met haar vork in haar eten en kijkt naar haar bord.

Mama's gedachten zijn ergens anders. Ze zit op haar stoel tussen Tommy en Ingrid in, maar ze is afwezig.

Op het moment dat hun auto de garage uit rijdt, zet Idun de sirene aan. Het politiebureau ligt in het centrum van Luleå. Het winkelende publiek kijkt verschrikt naar de gillende auto als die de Kungsgata op dendert. Met hoge snelheid passeert hij cultureel centrum Kulturens hus, de banden piepen als Idun een scherpe bocht naar rechts maakt.

Net als ze de verkeerslichten bij het stadion naderen, springen ze op rood. Idun vloekt hardop, maar geeft weer vol gas als ze zich realiseert dat de twee van rechts naderende auto's zijn gestopt om hen te laten passeren.

Calle drukt zijn hoofd tegen de hoofdsteun. Idun en hij weten allebei dat een kind dat het slachtoffer van misdaad dreigt te worden de allerhoogste prioriteit heeft. Dat een kind bovendien uit de kinderopvang wordt ontvoerd, is helemaal onwerkelijk. Ze zullen alles uit de kast halen om te voorkomen dat dit verkeerd afloopt.

In amper een minuut zijn ze bij de zogenaamde Rostbollen-rotonde aan de westkant van Luleå. Als de auto rijksweg 97 op draait, komen de achterwielen los van het wegdek en raken ze de rand van de vluchtheuvel. Er klinkt een klap als de achterkant van de auto het verkeersbord voor de rotonde raakt. Calle kijkt even naar Idun, maar zegt niets.

Idun trapt het gaspedaal in en rijdt sneller dan ze ooit heeft gedaan wanneer de politieradio kraakt. Even later klinkt Sivs stem uit de speaker.

'Waarschijnlijk één enkele dader. Heeft een pedagogisch medewerker verwond. Het kind is vermoedelijk gewond. Drie politiewagens onderweg vanuit Boden. Vanuit Luleå vijf. Er zijn wegversperringen opgezet. De dader wordt als zeer gevaarlijk beschouwd. Ik herhaal: de dader wordt als zeer gevaarlijk beschouwd.'

Idun kan nog net denken dat iemand die een kind ontvoert uit een kinderopvang zeker gevaarlijk is. Dan kraakt het weer en de radio zwijgt.

Ze hebben het geluk dat er in de middag maar weinig verkeer is en jagen op de linkerbaan door, zo hard als Idun durft te rijden. Aan de rechterkant ligt naaldbos en de spoorlijn. Idun rijdt zo verschrikkelijk hard dat Calle geen afzonderlijke bomen meer kan zien. Het geheel verandert in een groenbruine kolkende massa.

Ze passeren het ziekenhuis van Sunderby en na nog eens vier minuten naderen ze de afslag naar Sävast. Idun houdt haar blik op de weg gevestigd. Ze houdt het stuur krampachtig vast, haar onderarmen doen er pijn van.

Vlak voor de inrit komt er een bus uit Boden aan die rechtsaf Sävast in moet. Idun geeft gas en hoopt dat de chauffeur hen kan zien, wat ook het geval is. De bus remt zo hard af dat Idun precies tussen de bus en de vluchtheuvel door kan, maar ze neemt de bocht net te laat waardoor de rechterkant van de auto langs de voorkant van de bus schampt. De buschauffeur blijft staan en zwaait boos, maar Idun ziet het niet.

Ze draaien Sävast in en staan nog geen twintig seconden later op de parkeerplaats van de kinderopvang. Idun zet de sirene uit. Zij en Calle stappen uit en trekken hun wapens. Idun ontgrendelt dat van haar en checkt of er een kogel in de loop zit. Door de adrenalinestoot staat het zweet op haar rug, ze voelt het langs haar onderrug lopen.

Gebukt rennen ze langs het lage gebouw. Het is een rood geschilderd, houten huis, bestaande uit vier delen in carré. Hierdoor omringt het gebouw grote delen van de binnentuin. Het zicht is dus slecht en Idun en Calle kunnen niet zien of er activiteit is aan de andere kant.

In de verte nadert een ambulance. Verderop, op het brede grasveld voor het gebouw, zien ze een vrouw in het gras liggen. Om haar heen staan vier volwassenen. Een van hen is aan het bellen terwijl twee anderen op hun hurken zitten. Het is duidelijk dat ze de vrouw proberen te helpen. De vierde zwaait naar de politieagenten, zichtbaar opgelucht dat ze er zijn.

Als Idun en Calle bij de groep aankomen, ziet Idun dat de vrouw in het gras bij bewustzijn is. Ze beweegt onrustig en houdt haar hand tegen haar hoofd. Ze bloedt hevig net boven haar rechteroor. Ze heeft gehuild. Haar mascara is doorgelopen over haar wangen. Haar trui heeft een gat bij de elleboog. Op haar dijen en knieën is haar broek besmeurd met aarde.

Idun hurkt naast de vrouw neer. Calle staat vlak achter haar en praat zacht in de communicatieradio. Idun kan niet horen wat hij zegt.

De ambulance arriveert en direct daarna komen er meer politieauto's en nog een ambulance aan. Even is ook de Dienst Speciale Interventies ter plaatse.

'In welke richting is de dader verdwenen?'

Idun zegt het zo hard ze kan zonder te schreeuwen. Het is belangrijk dat ze erin slaagt om de aandacht van de vrouw te trekken voordat de chaos met het ambulancepersoneel en nog meer politieagenten uitbreekt. Als de vrouw niet reageert, stelt Idun de vraag opnieuw: 'In welke richting is de dader verdwenen?'

De vrouw op de grond houdt haar hoofd vast. Ze huilt angstig, lijkt niet te beseffen dat Idun het tegen haar heeft.

Een van de omstanders geeft antwoord. Hij mompelt zo zacht dat ze overeind moet komen om te kunnen horen wat hij zegt.

'Weet je in welke richting de dader is verdwenen?'

Ditmaal vraagt ze het zacht terwijl ze zich duidelijk tot de mompelende man richt. Met betraande ogen kijkt hij haar aan. Idun beseft dat hij in shock is. Ze steekt haar hand uit. Aarzelend neemt hij hem aan, zijn handdruk is klam en slap.

'Mijn naam is Idun Lind en ik ben van de politie. Je moet me vertellen in welke richting de dader is verdwenen.'

'Ik ben Lennart. Jenny zegt dat ze niet weet waar hij heen is gegaan.'

'Jenny?'

Lennart knikt naar de vrouw die op de grond ligt. Idun blijft hem aankijken.

'Bedoel je dat Jenny niet heeft gezien in welke richting de dader verdween?'

Lennarts ogen dwalen rond. Hij kijkt naar Idun, dan naar Jenny en dan weer naar Idun.

'Ze was bewusteloos toen we haar vonden.'

Hij aarzelt, snikt. Idun doet een stap dichterbij en legt haar hand stevig op zijn schouder in een poging te voorkomen dat hij in een zware shock raakt. Ze weet dat de eerste getuigenverklaringen van doorslaggevend belang kunnen zijn bij de opsporing van de dader. Ze weet ook dat het nu heel dringend is.

'Heeft Jenny iets over de dader gezegd? Was het er één of waren het er meer? Een hij of een zij?'

Idun spreekt snel maar duidelijk.

Lennart knijpt zijn ogen dicht. Idun ziet dat hij lijdt. Hij antwoordt met trillende stem.

'Het was één persoon.'

Hij opent zijn ogen en kijkt Idun angstig aan. Ze concentreert zich op het houden van oogcontact, houdt zijn blik stevig vast met die van haar terwijl ze haar greep om zijn schouder verstevigt.

'Was het één man?'

Lennart knikt zwijgend ten antwoord.

'Ik denk dat hij Jenny heeft geslagen. Ze lag bloedend op de grond toen we haar vonden.'

Idun voelt hoe zijn schouder begint te trillen. Hij schokt hevig terwijl hij verdergaat.

'En hij heeft Ellen meegenomen.'

De sfeer in de eetzaal van de kinderopvang is bedrukt. Aan een tafel zitten twee aspiranten samen met Lennart. Ze spreken met zachte stemmen terwijl ze steeds weer dezelfde vragen stellen. Wat heeft Jenny gezegd? Heeft ze de dader beschreven? Vertelde ze in welke richting hij met Ellen verdween?

Aan een andere tafel zitten Idun en Calle met Jenny. Achter hen staat een mannelijke ambulanceverpleegkundige. Hij dept de wond boven haar oor en brengt een wit verband aan. Jenny huivert van de pijn als hij het verband om haar hoofd wikkelt. De verpleegkundige mompelt zachtjes dat de wond eigenlijk moet worden gehecht.

Jenny huilt onophoudelijk, maar weet hem te vertellen dat het goed is. Ze wil graag met de politie praten voordat de ambulance haar meeneemt voor verdere behandeling. De mannelijke verpleegkundige zegt niets meer, maar slaat de grijze ziekenhuisdeken steviger om haar schouders.

Calle leunt naar voren en probeert Jenny's aandacht te trekken. Haar ogen kijken glazig. Idun en Calle weten dat het door de shock komt. Het kan enkele uren duren voordat het helemaal verdwenen is, bij sommigen duurt het dagen.

'Ik wil graag dat je beschrijft wat er is gebeurd.'

Calles stem is warm en empathisch. Hij praat langzamer dan normaal, hij spreekt elk woord duidelijk uit. Idun zegt niets. Zwijgend observeert ze de geschokte Jenny Ek.

'Ik... ik... ik weet het niet...'

Jenny trilt. Idun denkt stilletjes dat dit niet goedkomt als ze niet snel kalmeert.

Calle vervolgt langzaam: ‘Rustig maar, Jenny. Vertel me wat je je herinnert. Een klein detail om mee te beginnen.’

Jenny hoest. Er loopt snot uit haar neus en ze veegt het weg met de achterkant van haar mouw.

‘Ik... ik was buiten... met de kinderen...’

Calle knikt bevestigend. Jenny kijkt weifelend naar de tafel. Het is duidelijk dat ze het verloop van de gebeurtenissen terug probeert te halen.

‘En toen ging Ellen naar binnen...’

Nu doet Jenny haar ogen dicht. Ze is een hele tijd stil. Calle helpt haar op weg.

‘Waarom ging Ellen naar binnen?’

Jenny’s ogen blijven gesloten.

‘Ze had dorst. Ze ging water drinken.’

‘Ging ze alleen naar binnen?’

Jenny knikt zachtjes, haar onderlip trilt hevig.

‘En wat gebeurde er nadat ze naar binnen was gegaan?’

‘Ze nam haar beker mee. Ze bleef te lang weg.’

Calle kijkt Jenny onafgebroken aan. Langzaam opent ze haar ogen en kijkt met een lome blik naar de tafel, raakt tastend het plastic tafelzeil aan dat over het tafelblad ligt.

‘Karim leek achter me iets te zien. Ik weet niet wat hij zag.’

‘Karim?’

Jenny veegt meer snot aan haar mouw af.

‘Een jongetje van de peutergroep.’

Calle probeert Jenny’s blik te vangen. Idun zit stil.

‘Hoe oud is Karim?’

‘Twee jaar. Ik weet niet wat hij zag. Maar het maakte dat ik me omdraaide.’

Idun voelt iets van teleurstelling. Een tweejarige kun je niet verhoren.

‘En wat gebeurde er toen?’

Jenny probeert diep in te ademen. Door de angst heeft ze moeite met ademhalen.

‘Ik ging naar binnen. Ik zocht Ellen. Ze was nergens te zien.’

Er komt een nieuwe huilbui op. De ambulancechauffeur legt een hand op Jenny's schouder. Hij kijkt Calle vermanend aan, maar die negeert hem volledig. Als het huilen minder wordt, gaat Jenny verder:

'Ik hoorde een geluid uit de knutselruimte, dus daar ging ik heen. Het raam was open en Ellen was buiten op het gras.'

'Op het gras?'

Jenny mompelt iets onverstaanbaars ten antwoord. Calle buigt zich voorover, door zijn beweging kijkt Jenny op. Het lijkt alsof ze nu pas in de gaten krijgt dat er iemand tegenover haar zit.

'De man. De man had haar.'

In haar ogen is de angst te zien. Ze houdt haar hoofd achterover om lucht te krijgen. Haar handen beginnen te schokken, er klinkt een tikkend geluid als haar nagels het tafelzeil raken. De ambulancechauffeur gebaart iets naar een vrouwelijke collega die iets verderop staat.

'Vertel over de man. Vertel wat je hebt gezien.'

Calles stem klinkt scherper. Jenny schokt nog steeds. Haar blik dwaalt, haar ogen lijken van glas te zijn.

'Hij had geen gezicht.'

'Geen gezicht?'

'Nee. Of ja. Ik weet niet.'

'Beschrijf hoe hij eruitzag.'

Jenny ademt moeizaam.

'Hij had ogen en een mond. Maar ze waren een beetje... scheef.'

'Wat bedoel je met scheef?'

Jenny wrijft driftig over haar voorhoofd. Tranen druppelen op het tafelzeil.

'Ze waren uitgegumd. Erop geschilderd. En zijn haar was donker, maar zonder losse haren.'

Ze houdt haar handen stevig tegen haar wangen. Daardoor ziet haar gezicht er verkreukeld uit. Vanachter haar handen horen ze iets wat op gelach lijkt.

De vrouwelijke ambulancechauffeur die een eindje verderop heeft gestaan komt naar de tafel. Ze legt haar hand op Jenny's andere arm terwijl ze Calle en Idun chagrijnig aankijkt. De mannelijke ambulancechauffeur die de hele tijd achter Jenny stond, praat nu harder.

'We moeten haar nu naar het ziekenhuis brengen, jullie kunnen het gesprek voortzetten op de spoedeisende hulp. Ze verkeert in een zware shock.'

Calle knikt met tegenzin. Idun staat op, leunt naar voren en legt haar hand over Jenny's vrije onderarm. Door de aanraking kijkt de geschokte vrouw op.

'Is er nog iets wat we nu moeten weten? Iets dringends wat bij je opkomt?'

Jenny kijkt Idun nadenkend aan. Ze knippert langzaam met haar wimpers, opent haar mond en sluit hem weer voordat ze uiteindelijk antwoord geeft.

'Waar is Ellen?'

Idun slikt zwijgend.

'Zoals ik al zei, dit gesprek zal op de spoedeisende hulp moeten worden voortgezet.'

De vrouwelijke ambulancechauffeur kijkt streng. Idun en Calle beseffen dat ze moeten doen wat ze zegt.

De ambulancechauffeurs helpen Jenny overeind en leiden haar zorgzaam naar een brancard die iets verderop staat. Ze helpen haar te gaan zitten en maken de veiligheidsgordels vast. Net voordat ze haar wegrijden, steekt ze voorzichtig haar hand uit naar de twee rechercheurs. Idun haast zich naar haar toe.

'Ja?'

Jenny smakt een paar keer met haar tong.

'Diabetes. Ellen heeft diabetes.'

Iduns nekharen gaan overeind staan. Zwijgend wacht ze of Jenny nog iets gaat zeggen, maar die zwijgt verder. Haar neusvleugels trillen, in haar ogen wellen opnieuw tranen op.

Als Idun begrijpt dat Jenny niets meer te zeggen heeft, recht ze haar rug en gaat naast de ambulancechauffeurs staan. Jenny leunt langzaam achterover op de brancard, maar gaat meteen weer rechtop zitten. Ze buigt zich over de rand van de brancard en snikt hard waarna ze over de schoenen van de vrouwelijke ambulancechauffeur braakt.

Cecilia Daniels parkeert haar Volvo V90 in de berm en zet de motor af. Een paar honderd meter verderop is het een drukte van belang op de weg. Er is een groot gebied afgezet, politieagenten slaan houten palen in de sloot waar ze vervolgens blauw-wit afzetlint omheen wikkelen.

Er klinkt een signaal als Cecilia het portier aan de bestuurderskant opent. Ondanks het feit dat ze zeven maanden zwanger is, stapt ze soepel uit de auto. Haar buik is klein, de verloskundige zegt dat dit deels komt doordat Cecilia zo fit is, maar ook omdat de baby zelf klein is. Dat laatste heeft ertoe geleid dat Cecilia één keer per week naar de gespecialiseerde kraamkliniek moet voor een groeimeting. De verloskundige vond dit absoluut noodzakelijk omdat de groeicurve aan de lage kant was vergeleken met het gemiddelde. Cecilia zelf maakt zich geen zorgen. Zowel zijzelf als haar vier broers waren klein toen ze geboren werden. Nu zijn ze alle vijf precies als alle andere volgroeide volwassenen. Twee van haar broers zijn bovendien bodybuilders in de topklasse.

Calle Brandt staat een eindje verderop met een collega te praten. Als hij Cecilia in het oog krijgt, begint hij te stralen en hij loopt haar tegemoet.

'Cecilia, krijg nou wat!'

Hij lacht en komt op haar af. Cecilia spreidt haar armen uit en doet haar best om te glimlachen. De ernst van het moment ligt als een steen op haar maag.

Calle slaat zijn armen om haar heen en geeft haar een stevige knuffel. Ze verdwijnt in zijn rood bebaarde hals.

'Calle Brandt himself. Goed je te zien.'

Ze weet niet zeker of ze überhaupt te verstaan is of dat de woorden tegen zijn borst worden gesmoord. Calle omhelst haar lang en duwt haar dan van zich af. Met gestrekte armen houdt haar bij haar schouders vast terwijl hij naar haar gezicht kijkt en vervolgens naar haar buik.

'Shit zeg, wat ben je dik. Geweldig! Ik ben verdomme blij voor jullie.'

Cecilia houdt haar handen om haar buik.

'Dank je wel. Wij zijn er ook heel blij mee.'

Calle knikt goedkeurend.

'Kinna moet wel heel blij zijn. Ik weet dat ze er al heel lang naar verlangt.'

Cecilia slikt stilletjes, plotseling getroffen door de oprechte blijdschap van haar collega over hun aanstaande gezinsgeluk. Het is niets voor Calle om zo positief te zijn. Het voelt onwennig en fijn.

'Ja, ze is natuurlijk heel blij.'

Haar stem trilt. Cecilia weet niet goed waarom. Het moment duurt een paar seconden, al snel voelen ze de ernst terugkeren.

'Maar nu gaan jij en Lajka aan het werk?'

Cecilia knikt.

'Nu gaan we aan de slag. Eigenlijk heb ik zwangerschapsverlof, maar in een situatie als deze moet ik gewoon wel helpen.'

Calle kijkt haar ernstig aan.

'Idun is hier bij mij, ze praat met de commandant.'

Hij knikt naar de groep politieagenten die zich buiten de kinderopvang heeft verzameld. Cecilia vangt tussen de collega's een glimp van Idun op.

'We gaan het plan voor de zoektocht aanhoren en rijden daarna terug naar de stad om met de ouders van het meisje te praten. Heb je Lajka in de auto?'

Hij kijkt zoekend naar Cecilia's auto.

'Yep. Maar ze zal daar moeten wachten terwijl ik hoor wat de commandant te zeggen heeft. Zo is het rustiger.'

'Peppe heeft de leiding.'

Patrik Pettersson. Cecilia kent hem van de opleiding tot hondengeleider. Hij gaf de meeste cursussen over samenwerking tussen de patrouillerende politie en hondengeleiders. Ze herinnert zich hem zich als hard, streng en eerlijk. Een combinatie die haar erg aanspreekt.

'Peppe, zeg je. Dat is een goed begin van deze middag.'

Samen lopen ze naar hun collega's die zich buiten voor de kinderopvang hebben verzameld.

*

'Luister goed allemaal!' Peppe spreekt met luide stem. Ook al schreeuwt hij niet, zijn woorden donderen door de warme nazomerlucht. De kring rond de commandant bestaat uit meer dan veertig politieagenten, allemaal van de buitendienst. De enige van de binnendienst ter plekke is Siv. Ze staat aan de rand van de groep en observeert Peppe door haar omlaaggeschoven bril. Iets voor haar staat Idun, meer centraal in de kring. Ze kijkt geconcentreerd.

Cecilia Daniels is de enige hondengeleider ter plaatse. Van haar chef heeft ze te horen gekregen dat er nog drie onderweg zijn. Een van hen komt vanuit Umeå, de twee anderen vanuit Kiruna. De laatsten hebben deelgenomen aan een grote bergoefening samen met het leger, maar verlaten die nu om deel te nemen aan de zoektocht naar de vijfjarige Ellen. Ze worden pas over een paar uur verwacht. Kiruna ligt ruim driehonderd kilometer verderop. De geleider uit Umeå zou er rond dezelfde tijd moeten zijn.

Peppe kijkt uit over de groep.

'We zijn dus op zoek naar Ellen Bohm. Ze is vijf jaar en is ongeveer veertig minuten geleden van de kinderopvang verdwenen. Er zijn al veel politieagenten aan het zoeken en over een paar minuten voegen wij ons bij hen. Het uitgangspunt is dat Ellen tegen haar wil is ontvoerd. Tijdens de verdwijning is een man gezien, hij heeft een van de pedagogisch medewerkers mishandeld.'

De stemming in de groep is bedrukt. Iedereen is gefocust op wat de teamleider zegt.

'Er zijn speciale redenen waarom Ellen onmiddellijk moet worden gevonden. Ze heeft namelijk diabetes.'

Niemand zegt iets. De stilte is oorverdovend.

'Toen ze verdween, had Ellen een roze broek en een paarse trui aan. De trui heeft op haar buik een print in de vorm van een roze hart. Ze heeft lang blond haar dat ze op het moment van haar verdwijning in een staartje droeg.'

Tanja Larsson van de politie Boden steekt haar hand op. Peppe geeft haar met een knikje het woord.

'Begrijp me niet verkeerd. De speciale redenen, gaan die om haar diabetes? Of zijn er nog andere omstandigheden die de situatie zo mogelijk nog acuter maken?'

Tanja heeft een zware stem die bijna als een mannenstem klinkt. Als Peppe haar antwoordt, heeft hij zijn eigen stem een halve octaaf verlaagd. Cecilia kan het niet laten zich af te vragen of hij dat bewust deed.

'Ellens ziekte heeft ongetwijfeld invloed op de situatie, maar wat we weten, is dat ze een zogenaamde insulinepomp heeft. We wachten op bericht van de diabetesverpleegkundige in Sunderbyn die het dossier van het meisje doorneemt om te zien wat voor pomp ze heeft. Daarnaast moeten we onderzoeken wanneer de pomp is bijgevuld en hoeveel insuline erin zit. Dit is een opdracht die ik bij Siv heb neergelegd, ze verwacht elk moment antwoord.'

Peppe werpt een snelle blik op Siv waarna hij verdergaat: 'Als we weten voor hoe lang de insuline naar verwachting nog voldoende is, hebben we ook een tijdsbestek waar we rekening mee kunnen houden. Het heeft echter geen enkele invloed op de hoeveelheid middelen die we inzetten. De zaak heeft de hoogste prioriteit en alle beschikbare eenheden zijn betrokken bij de zoektocht. We halen versterking uit naburige districten, er is een bus politiemensen uit Västerbotten op weg hiernaartoe en er is communicatie met andere districten. Er zijn twee helikopters onderweg en we verwachten er meer. Zowel het leger als de burgermilitie zal aan de zoekactie meedoen, evenals vrijwilligers van de Missing People-organisatie. De kinderopvang is afgezet voor het technische onderzoek, dus we zetten een commandocentrum op in de naburige school. Ik sta in direct contact met de politieorganisatie voor de zoekactie. Jullie wenden je in eerste instantie tot mij, ik op mijn beurt rapporteer aan Idun Lindt en Calle Brandt. Zware misdaad is hoofdverantwoordelijk voor het onderzoek van de verdwijning.'

Hij valt stil, lijkt na te denken.

'En om Tanja's vraag te beantwoorden: de ontvoerder is duidelijk gewelddadig. Hij viel de pedagogisch medewerker aan die Ellen probeerde te bevrijden. Dat hoeft niets anders te betekenen dan dat hij zich op dat moment onder druk gezet voelde en zich daarom wilde verdedigen. We weten niet of hij in de war was en puur impulsief handelde of dat de ontvoering gepland was. Dat zal het onderzoek moeten uitwijzen. Maar we gaan er uiteraard van uit dat hij Ellen of verplaatst of meegenomen heeft, of haar ergens onderweg heeft achtergelaten. En we gaan ervan uit dat we het meisje levend terugvinden.'

Cecilia steekt haar hand op.

'Daniels?'

Peppe kijkt naar haar buik waarna hij zijn blik op haar gezicht richt.

'Hoe groot is het afgezette gebied?'

Peppes telefoon zoemt. Hij pakt hem en leest een sms voordat hij Cecilia antwoord geeft.

'We hebben een relatief groot gebied afgezet omdat we niet weten of de man te voet of met een auto is verdwenen. Niets duidt erop dat hij een vervoermiddel bij zich had. Maar dat kunnen we niet met zekerheid zeggen.'

Cecilia luistert gespannen.

'De binnenste afzetting strekt zich uit van Heden tot Byddbyn en verder tot Erikslund en uiteindelijk naar Häggan. Het is waarschijnlijk overdreven, maar zo ziet het er nu in elk geval uit. Verder hebben we twee wegafzettingen richting Luleå en één bij Bodforse. Een wegpatrouille is gestationeerd bij Aldersjön. Daar zijn veel boswegen die geschikt zouden kunnen zijn als vluchtweg.'

Cecilia rekt zich uit. Het trekt in haar liezen.

'Ik ga met Lajka richting Sävast, neem ik aan?'

Peppe hoest.

'Dat is de bedoeling. Voor dit moment. Zoals gezegd verwachten we meer hondengeleiders en in eerste instantie willen we de honden in de directe omgeving hebben. We moeten sporen veiligstellen en er hopelijk achter komen in welke richting de dader is verdwenen.'

'Hebben we een signalement van de dader?'

Idun stelt de vraag hardop, ook al weet ze het antwoord al. Peppe schraapt zijn keel. Hij begrijpt dat ze het vraagt voor de anderen in de groep.

'Hij is omschreven als een meter negentig, gespierd en met een onecht gezicht en donker haar van stof.'

Hoewel niemand iets zegt, is de verwarring voelbaar.

'Ik hoor wat jullie denken. Wij begrijpen dat ook niet. De medewerker die de omschrijving gaf, wordt behandeld voor een zware shock. Ze heeft een harde klap op haar slaap gekregen. Zodra ze we haar weer kunnen verhoren, laten we jullie weten welke informatie we van haar krijgen.'

Er gaan een paar seconden voorbij waarna de teamleider zijn briefing afrondt.

'Dat was alles. Jullie weten wat je te doen staat.'

Cecilia draait zich om en loopt naar haar auto om Lajka te halen. De twee zijn al vier jaar collega's en kunnen uitstekend samenwerken. Cecilia en het teefje lijken woordloos met elkaar te kunnen communiceren. Vaak heeft Cecilia net een volgende stap in een zoekactie bedacht maar Lajka nog geen bevel gegeven, waarna de hond op de een of andere manier toch snapt wat er moet gebeuren. Het lijkt alsof Lajka Cecilia's gedachten kan lezen.

Ze komt bij de auto aan. Op het moment dat ze de achterklep opent, slaat de automatische airco af. Lajka komt overeind in haar bench. Ze kwispelt met haar staart en kijkt gefocust naar Cecilia terwijl die de bench opent. De hond wacht op het commando om uit de auto te springen en wanneer Cecilia dat geeft, springt het teefje eruit en gaat naast de voeten van haar geleider zitten.

Cecilia maakt de lijn vast en gaat een beetje onhandig op haar hurken zitten. Ze kijkt in de zwarte, vochtige ogen. De donkere neus snuffelt in de lucht.

'Nou, maatje. Nu gaan we Ellen zoeken, of niet?'

De hond stopt met snuffelen. In plaats daarvan staart ze Cecilia aan, die op haar beurt weet dat de aandacht van het dier vanaf nu volledig op haar geleider is gericht. Hun samenwerking staat boven alles. Als iemand een ontvoerde vijfjarige kan vinden, zijn het Cecilia en Lajka.

Weer trekt het in haar liezen als Cecilia overeind komt. Haar buik lijkt ineens zwaar, maar verder voelt haar lichaam stabiel.

'Kom, maatje.'

Samen beginnen ze de weg af te lopen. Van een afstand ziet Cecilia dat Idun Lind en Calle Brandt in een auto stappen. Ze scheuren weg en draaien de Sävastleden in de richting van Boden op. Cecilia slikt moeizaam. Als ze Ellen maar vinden.

Bredåker 1994

Tommy balanceert op een van de stoelen in de kerkzaal. Net als zoveel andere veertienjarigen is hij slungelig en heeft hij niet veel controle over zijn armen en benen. De tros ballonnen gaat alle kanten op terwijl hij op zijn tenen staand bij de haak aan het plafond probeert te komen. Geïrriteerd spant hij zijn kaken terwijl hij zich zo ver mogelijk uitstrekt. Met één vinger voelt hij de plafondhaak, probeert er met de lus van het touwtje bij te komen, maar het lukt steeds niet. Zijn schouder doet pijn van de inspanning, hij wil bijna opgeven als hij er uiteindelijk in slaagt om met zijn uitgestrekte wijsvinger het lusje vast te maken.

'Zo ja!'

Hij schrikt van het onverwachte geluid. Naast zijn stoel staat Vivianne met haar dochter Sara van vier. Vivianne glimlacht naar Tommy.

'Wat wordt het mooi!'

Ze steekt haar hand uit om hem naar beneden te helpen. Zwijgend negeert hij die en springt van de stoel. Zonder iets te zeggen, trekt Vivianne haar uitgestoken hand terug.

'Het wordt een leuk verjaardagsfeestje voor je moeder. En denk je eens in dat jullie al vier jaar bij ons wonen. Is het niet geweldig?'

Ze houdt haar handen achter haar rug. Tommy plukt een los draadje van zijn shirt. Geduldig wacht Vivianne op enige vorm van reactie. Wanneer die uitblijft, komt ze een stap dichterbij.

'God heeft jullie bij ons gebracht. Je zou hem daar wat dankbaarder voor moeten zijn.'

Tommy staart naar de vloer en is zich ervan bewust dat de gemeente het niet op prijs stelt dat hij God nog steeds niet gevonden heeft. Bijna vier jaar lang heeft hij elke dienst bijgewoond, hij heeft elk gebed aan tafel meegebeden en is helemaal gestopt met vloeken. Maar hij heeft zich niet laten dopen, ondanks herhaald aandringen van Mattias.

Nu staat Tommy daar zwijgend. De ballonnen dansen boven zijn hoofd.

Maar Vivianne neemt geen genoegen met stilte als antwoord.

'Je zou het eens zoals je zus moeten doen. Zij is echt op de goede weg. Elf jaar en al zo dicht bij onze Heer. Elf jaar en al lid van Gods familie. Jij die weet wat kwaad is, zou toch zo verstandig moeten zijn om voor de liefde te kiezen?'

Hij vraagt zich af welk soort kwaad Vivianne bedoelt, maar zegt niets. Zwijgend staat hij naast de stoel, wetend dat Vivianne nergens zo'n hekel aan heeft als aan stilte als antwoord.

Het duurt maar heel even voordat ze nog een stap dichter bij hem komt. Sara kruipt achter haar aan terwijl ze de lange rok van haar moeder stevig vasthoudt. Viviannes gezicht is vlak bij dat van Tommy.

'Misschien moet je maar eens een les leren.'

En dan het dreigende vervolg.

'Een gevoelige.'

Dan draait ze zich om en loopt weg. Tommy volgt haar met zijn blik, de lange jurk zwiert om haar benen, Sara moet rennen om haar bij te houden.

Tommy schrikt op als Ingrid vlak achter hem begint te praten, hij had niet gemerkt dat ze er was.

'Je zou God tegemoet moeten komen, Tommy. Het kwaad gaat niet weg als je God niet tegemoetkomt.'

Lange tijd kijkt hij zwijgend naar de persoon van wie hij het meest houdt. Zijn keel brandt van bezorgdheid, Ingrid is elf jaar en veranderd. Haar ogen hebben een constante vreemde blik. Die is er al sinds ze terugkwam van haar twee zogenaamde doopdagen.

Eerst dacht Tommy dat ze ziek zou worden, maar naarmate de dagen verstreken en haar normale blik niet terugkwam, begreep hij dat er iets moest zijn gebeurd. In de daaropvolgende weken probeerde hij haar zover te krijgen hem te vertellen wat ze had meegemaakt. Maar Ingrid weigerde iets te zeggen. Pas nadat de doopprocedure was afgesloten met de ceremonie in de kerkzaal waar Mattias water over Ingrids hoofd sprenkelde, leek ze eindelijk te ontspannen. Dit manifesteerde zich in het feit dat ze gedurende vijf dagen geen enkel woord zei. Diep verzonken in haar eigen gedachten, lag ze stil in bed in hun gemeenschappelijke slaapkamer. 's Nachts, toen ze dacht dat iedereen sliep, zag Tommy dat ze op haar duim zoog, iets wat ze sinds haar kindertijd niet meer had gedaan. De laatste keer was vlak voordat hun vader haar helemaal in elkaar sloeg, omdat ze moest ophouden met wat hij 'obscene kinderachtigheid' noemde. Ingrid en Tommy wisten beiden niet wat 'obsceen' betekende, maar uit Ingrids blauwe oog en haar nog maandenlang onbruikbare elleboog maakten ze op dat het in elk geval niets positiefs kon zijn. En papa's straf had effect. Ingrid stopte met duimzuigen.

Nu staat ze naast Tommy. Hij wil niets liever dan haar hand pakken zoals hij vroeger altijd deed, maar dat kan niet langer. Het leven op de Paradijshof draait om het zoeken van troost bij God, niet bij elkaar. Tommy weet niet of zijn zusje God echt heeft gevonden of dat ze alleen doet alsof. Misschien moeten ze alleen proberen te overleven in de wereld waarin ze zich nu bevinden. Zelf voelt hij Gods aanwezigheid duidelijk en hoe die hem alleen maar verstikt. Als hij die verlossing van de Heer zou krijgen waar iedereen het over heeft, zou hij vast vergaan. Een belofte aan God en zijn leven zou voorbij zijn.

Tommy kijkt om zich heen. Iedereen in de zaal is druk bezig met de voorbereidingen voor de viering van Viola's verjaardag. Wanneer hij heel zeker weet dat niemand hun kant op kijkt, steekt hij zijn hand uit om Ingrids vingers aan te raken. Hij zegt niets. Ingrid zegt ook niets, maar Tommy ziet nog net de nauwelijks zichtbare reactie over haar gezicht trekken.

Kijk nou.

Hij kan zijn kleine zusje nog steeds zijn bezorgdheid laten voelen.

Als Ingrid er niet was geweest, had Tommy de Paradijshof al lang geleden verlaten. Geen minuut langer zou hij in deze godvergeten hel zijn gebleven.

Maar Ingrid achterlaten is geen optie.

Hij gaat nog liever dood.

De warme septemberzon is snel ondergegaan. Het goudgele licht vindt zijn weg naar binnen door het raam van de verhoorkamer. Idun knijpt haar ogen dicht, maar laat de jaloezieen opgetrokken. De lucht is zwaar van berusting. Een diepe duisternis zou niets helpen.

Calle zit naast haar. Hij kijkt verbeten. Idun denkt een traan in zijn ooghoek te hebben gezien, maar weet dat niet zeker. Zijn onverstoorbare uiterlijk lijkt versteend. Het moet moeilijk zijn dat vol te houden.

Tegenover hen zitten Magnus en Anna Bohm. Ellens ouders zijn helemaal kapot. Magnus' gezicht is grauw, zijn ogen zijn net zo glazig als die van Jenny Ek, een paar uur geleden. Anna huilt onafgebroken, soms harder, soms zachter. Maar onafgebroken.

Aan de korte kant van de tafel zit Anders Eriksson. Ook de chef Zware misdaad kijkt verbeten. Zijn kaken malen, zijn voorhoofd vertoont diepe groeven.

Het is Idun die begint.

'Ik begrijp dat dit onvoorstelbaar moeilijk voor jullie is.'

Anna droogt haar wangen met de zakdoek die Siv haar heeft gegeven. Er komen steeds nieuwe tranen.

'Ik kan jullie verzekeren dat we alles doen wat we kunnen om Ellen te vinden. We zullen niet opgeven. We stoppen niet met zoeken naar jullie dochter.'

Anna knikt, maar het is niet duidelijk of ze echt begrijpt wat Idun zegt. Magnus staart Idun aan. Het is alsof hij elk afzonderlijk woord dat ze zegt in zich op probeert te nemen.

'Hebben jullie enig idee wie dit kan hebben gedaan?'

Idun kijkt naar het panische ouderpaar. Twee lijkbleke, doodsbange mensen. Magnus schudt zijn hoofd, maar moet even tot zichzelf komen voordat hij antwoord kan geven.

'We hebben geen flauw idee. Wie zou Ellen willen meenemen? Ik begrijp het niet.'

Zijn gezicht verkrampt. Calle noteert iets in zijn schrijfblokje. Anders' kaken malen nog steeds.

'Ik snap dat onze vragen lastig te beantwoorden kunnen zijn. Maar we moeten ze toch stellen.'

Ellens ouders geven geen van beiden antwoord.

'Hebben jullie vijanden?'

Anna plukt aan haar zakdoek terwijl ze voorzichtig haar hoofd schudt.

'We hebben geen vijanden. Hooguit een buurvrouw die een beetje geïrriteerd is als Ellen haar erf oversteekt. Maar ze is al over de tachtig en ze zou Ellen nooit kwaad doen.'

'Zijn er conflicten binnen jullie familie? Staan jullie op het punt te scheiden?'

Anna beeft zo hevig dat je zou denken dat Idun haar geslagen had.

'Absoluut niet, we hebben geen conflicten en denken niet aan scheiden. Toch, Magnus?'

Ze spreekt snel en iets te hard. Ze kijkt haar man angstig aan. Magnus perst zijn lippen op elkaar en schudt grimmig zijn hoofd. Er wellen nieuwe tranen op in Anna's ogen. Haar zakdoek is nu zo nat dat hij nutteloos is. Toch blijft ze haar tranen ermee afvegen.

'Wie heeft Ellen vanmorgen naar de kinderopvang gebracht?'

'Mijn moeder, Ellens oma.'

'Hoe kwam dat zo?'

Magnus kijkt Idun verward aan. Anna huilt in haar zakdoek, maar raapt zichzelf bij elkaar als Idun verdergaat.

'Waarom heeft je moeder Ellen gebracht? Doet zij dat vaker?'

Nu pas lijkt Magnus de vraag te begrijpen. Als hij antwoord geeft, is zijn stem breekbaar.

'Ze doet het af en toe. Mijn moeder helpt ons best vaak met Ellen.'

Calle noteert weer iets. Vanuit haar ooghoek ziet Idun dat hij zijn telefoon pakt en een sms tikt. Ze begrijpt dat het aan Siv is.

'Ellen heeft diabetes.'

Magnus' stem is een fluistering. Ook al weten ze al van Ellens ziekte, er gaat van alles door Iduns hoofd. Voor het eerst sinds het begin van het verhoor houdt Anders zijn kaken stil.

Magnus ademt zwaar. Het lijkt alsof hij maar moeilijk zuurstof binnenkrijgt.

'Ze heeft het nu ruim een jaar. Sommige nachten zijn heel zwaar, ook al heeft ze een insulinepomp. Vannacht hebben we slecht geslapen en vanochtend heel vroeg heb ik mijn moeder gebeld en die kwam ons aflossen. Zo konden we nog wat slapen voor we aan het werk moesten.'

Idun knikt begrijpend.

'En toen heeft zij Ellen naar de kinderopvang gebracht?'

'Ja.'

Calle tikt nog een sms. Een paar seconden later wordt er op de deur geklopt. Siv komt binnen. Ze reikt Calle een briefje aan en verlaat de kamer weer zonder iets te zeggen.

'Krijgt Ellen injecties?'

Magnus schudt het hoofd.

'Niet meer. De pomp geeft een vooraf ingestelde dosis af en dan geef je haar handmatig een extra dosis naar behoefte.'

'Met een spuit?'

Ellens vader schudt weer zijn hoofd.

'Nee, via een knop op de pomp.'

'Voor hoe lang heeft ze nu nog insuline? Bij benadering?'

Magnus ademt met open mond.

'Voor twee, drie dagen misschien. Het hangt ervan af wat ze eet en hoeveel ze beweegt.'

Idun laat een kort moment van stilte voorbijgaan.

'We moeten met je moeder praten.'

Magnus' reactie komt verrassend snel.

'Mijn moeder heeft niets met Ellens verdwijning te maken. Dat kan ik jullie verzekeren.'

Idun steekt voorzichtig haar hand op.

'Dat denken we ook niet. Maar we moeten hoe dan ook met haar praten.'

Magnus geeft daar geen antwoord op. In plaats daarvan slaat hij zijn arm om Anna heen en trekt haar naar zich toe. Hij kust haar haar en streelt haar arm. Haar stem trilt hevig als ze praat.

'Als Ellen doodgaat, Magnus, dan ga ik ook dood.'

Magnus ademt in het haar van zijn vrouw en legt dan zijn hand op haar schouder. Hij houdt haar wat steviger vast dan Idun denkt dat zijn bedoeling is.

'Ellen gaat niet dood. Deze agenten zullen haar vinden, toch?'

Dat laatste is tot Idun gericht. Rustig kijkt ze hem aan, zich ervan bewust dat het haar taak is om in deze situatie stabiliteit en betrouwbaarheid te bieden. Maar ze zegt niets. Ze denkt in stilte aan datgene waarvan ze weet dat Calle daar ook bang voor is.

Niemand weet waar Ellen is en de tijd is nu hun allergrootste vijand.

Het gelijkvloerse huis van Eivor Bohm is centraal gelegen op een hoekperceel in de binnenstad. Het is een huis van bruine baksteen met witte houten details en een groen dak. De tuin heeft helemaal geen bloembedden maar veel struiken en verschillende fruitbomen.

De voordeur heeft geen bel. In plaats daarvan is er een gietijzeren leeuwenkop op ooghoogte gemonteerd. Het geluid dat klinkt wanneer Calle met de ring van de leeuwenneus tegen de metalen plaat bonkt, is doordringend. Idun onderdrukt de neiging om haar handen tegen haar oren te houden.

De vrouw die opendoet, ziet er treurig uit. Haar ogen zijn rood behuild, haar lippen gebarsten. In haar ene hand houdt ze krampachtig een telefoon vast, de andere heeft ze tegen haar borst gelegd, alsof ze haar onafgebroken paniekaanval tot bedaren probeert te brengen. Idun ziet dat ze een lelijk litteken in haar hals heeft. Het is al lang geleden genezen, maar het is slecht gehecht met golvende randen en gerimpelde overtollige huid. Het is ook lang, zeker ruim een decimeter.

'Ja?'

Haar stem is vol verdriet en heel hees.

'Mijn naam is Idun Lind en dit is mijn collega Calle Brandt. Wij zijn van de politie.'

De oude vrouw begint te huilen. Ze jammert hardop en klopt zich op haar borst. Idun moet zich inhouden om niet de hal in te stappen en haar te omhelzen. In plaats daarvan wachten zij en Calle zwijgend. Het duurt lang voordat Eivors huilbui wegebt.

‘Mogen we binnenkomen?’

Calles stem klinkt zacht. Idun ziet nog net dat zijn hand trilt voordat hij hem samenknijpt en in de zak van zijn spijkerbroek steekt. Eivor doet zwijgend een stap opzij en laat hen de hal binnen.

Idun kijkt om zich heen. Aan de wanden hangen veel ingelijste foto’s, op de meesten staan Magnus en Ellen. Op een ervan is ook een glimp van Anna zichtbaar. Het zijn mooie foto’s, genomen tijdens feestelijke gelegenheden. Kerstavonden en verjaardagen, uitstapjes naar Aldersjön en wetenschapsmuseum Teknikens hus in Luleå. Een van de foto’s is gemaakt op een zomerfeestje op Ellens kinderopvang. Idun herkent het rode gebouw met de schommels op de achtergrond.

Eivor zegt niets. Als de twee politiemensen hun schoenen hebben uitgedaan, loopt ze stil voor hen uit naar de keuken. Idun en Calle volgen haar. Zonder een woord te zeggen gaat Ellens oma op een van de stoelen aan tafel zitten. Idun neemt tegenover haar plaats terwijl Calle op een krukje aan het korte eind van de tafel gaat zitten. Het kraakt onheilspellend onder het gewicht van zijn lichaam.

‘Ten eerste wil ik zeggen dat we beiden uw moeilijke situatie betreuren. We begrijpen dat dit een nachtmerrie is. Zowel ikzelf als Calle en onze collega’s zullen alles doen wat we kunnen om Ellen te vinden.’

Eivor kijkt Idun met een gejaagde blik aan. Ellen is nog geen drie uur geleden verdwenen, maar voor Ellens oma moet het een eeuwigheid zijn. De lucht in de keuken is warm en vochtig, bijna drukkend. Toch trekt Eivor haar vest dichter om haar smalle bovenlijf.

‘Waarom zijn jullie hier?’

De sceptische ondertoon was niet te missen.

‘Waarom zijn jullie niet naar Ellen aan het zoeken?’

Zowel Idun als Calle is op die vraag voorbereid.

‘Veel politieagenten zijn op pad om te zoeken. Bijna het hele korps. Als er een kind wordt vermist, gaan alle beschikbare manschappen op zoek. Het punt is dat iedereen behalve Calle en ik nu naar Ellen aan het zoeken zijn.'

'Maar waarom zoeken jullie nu ook niet?'

Idun kiest haar woorden zorgvuldig.

'Een belangrijk onderdeel van de zoektocht is praten met familieleden, en dat is wat Calle en ik doen. Wat jullie ons vertellen, kan ervoor zorgen dat we weten waar we nu moeten zoeken. En dat kan er weer toe leiden dat we Ellen veel sneller vinden dan wanneer we niet met u hadden gepraat.'

Eivor lijkt even na te denken. Ze knippert vreemd langzaam met haar ogen.

'Hebt u enig idee wie Ellen kan hebben meegenomen?'

De vraag doet Eivor kreunen. Haar handen schieten naar haar hals, met trillende vingers strijkt ze over het litteken waarna ze de zijkanten van haar hals masseert. Het lijkt alsof ze probeert te voorkomen dat ze door een onzichtbaar touw wordt gewurgd.

'Het is de angst,' zegt Calle zachtjes.

Zijn stem is neutraal. Eivor kijkt hem met een bijna hysterische blik aan.

'Het is de angst die u het gevoel geeft dat u stikt. Dat is naar, maar niet gevaarlijk.'

Idun leunt wat naar voren over de tafel.

'U hebt Ellen vanochtend naar de opvang gebracht?'

Eivor ademt oppervlakkig.

'Anna en Magnus hadden slaap nodig. Ze hadden een zware nacht gehad met Ellens bloedsuiker.'

Ze begint opnieuw te huilen. Idun en Calle wachten geduldig. Als de tranenvloed wat minder wordt, gaat Eivor verder, haar stem schor van het huilen.

'Het arme kleine ding heeft die ziekte gekregen. Het is echt moeilijk voor ons allemaal, veel om aan te denken met bloedsuikermetingen en het toedienen van insuline. Magnus en Anna hebben instructie gekregen in het ziekenhuis. En daarna hebben ze het mij geleerd.'

Haar schorre stem valt soms weg waardoor ze af en toe slecht verstaanbaar is.

'Weet u wanneer de pomp voor het laatst is gevuld?'

'Natuurlijk weet ik dat. Dat heb ik vanochtend zelf gedaan.'

Calle pakt zijn telefoon en sms't Siv.

'Wat gebeurt er als de insuline in de pomp op is?'

Eivor ontmoet Iduns blik. Haar ogen zijn roodomrand. Stilletjes stelt Idun vast dat Ellens oma verrassend jeugdige ogen heeft.

'Als de insuline op is, geeft de pomp een signaal. De tekst op het display laat zien dat de insuline op is. Als Ellen dan iets eet, wordt haar bloedsuiker te hoog.'

Calle slikt geluidloos. Toch hoort Idun het.

'Maar het gevaarlijkste van alles is als iemand op de knop voor insulinetoediening drukt zonder dat ze iets heeft gegeten. Dan krijgt ze te veel insuline in verhouding tot de hoeveelheid koolhydraten die ze binnenkrijgt.'

Idun durft niet met haar ogen te knipperen. De lucht is dik en stroperig.

'Maar waarom zou iemand op de knop willen drukken zonder dat Ellen heeft gegeten?'

De oude vrouw zit roerloos. Met haar blik strak op Idun gericht, antwoordt ze met schorre stem.

'Dat weet ik niet. Maar iemand wil haar duidelijk kwaad doen.'

Idun aarzelt.

'Wat gebeurt er puur fysiek als Ellen te veel insuline krijgt? Op wat voor manier is dat gevaarlijker dan te weinig?'

Eivors handen beginnen te trillen tegen het tafelblad. Haar blik is verwilderd. Plotseling bijt ze zo hard op haar onderlip dat er een wondje ontstaat. Een dun straaltje bloed loopt langs haar kin. Idun onderdrukt de impuls om op te staan en een stuk keukenpapier van het aanrecht te pakken.

Als Eivor weer praat, klinkt haar stem anders.

'Als het insulineniveau in haar lichaam te hoog wordt... gaat onze Ellen dood.'

Langzaam buigt Eivor zich over het tafelblad. Ze legt haar voorhoofd tussen haar nu helemaal uitgestrekte armen. Haar hoofd rust zwaar op de tafel. Dan ademt ze diep in en brult het uit.

Bredåker 1995

Achteraf kan Tommy niet uitleggen wat hij heeft meegemaakt. Het begon allemaal als een gewone kerkdienst. Eerder had hij alleen maar horen praten over de voortzettingen in de stal, maar nooit echt geweten of dat fabels of waarheden waren. Niemand had ze ooit tot in detail beschreven, maar zachte stemmen en schichtige blikken hadden getuigd over reiniging van de allergrootste zondaars.

De dienst van die dag bevatte ongewoon veel gezangen. Staand in rijen zongen de gemeenteleden hun kelen schor. De lofprijzingen weergalmden tegen de wanden en uiteindelijk tegen het plafond. Mattias predikte monotoon dat de hemel hen allemaal hoort, omdat lofliederen de weg naar God zijn.

Achter in de zaal stonden kannen met vruchtensap. Af en toe gingen gemeenteleden erheen om te drinken. Tijdens een van die drinkpauzes zakte Mattias stuiptrekkend voor het altaar in elkaar. Het werd ogenblikkelijk stil. Alle energie ging over in onmiddellijke ongerustheid over wat de geestelijk leider had getroffen. Was Mattias ziek? Zou hij sterven? Goede God, gezegende Heer, help hem!

Mattias schokte hevig terwijl hij op het altaarkleed lag. Het wit van zijn ogen was te zien waardoor hij er bijna spookachtig uitzag. Ellenor haastte zich naar voren om haar man te helpen, maar werd op het laatste moment tegengehouden door twee mannelijke gemeenteleden. Geen enkele vrouw mag het altaar betreden, dat weet iedereen, ook Ellenor. Dus stond ze in het midden van het gangpad met haar handen voor haar mond en een blik waaruit bleek hoe bezorgd ze was over de toestand van haar man. De twee mannen die haar net hadden tegengehouden, haastten zich naar hun leider. Ze hielden zijn hoofd voorzichtig vast terwijl de stuiptrekkingen langzaam afnamen.

Het duurde een paar minuten voordat Mattias overeind kwam. Verward keek hij om zich heen. Zijn ogen stonden dof, zijn lichaam was zwaar en slap. Toen hij op wankele benen uiteindelijk opstond, ging er een geroezemoes door de gemeente. Langzaam hief hij zijn armen en sloeg zijn blik op naar het plafond. Toen hij uiteindelijk sprak, was de verzamelde gemeente volledig stil.

'Mijn Heer. O, ons aller Heer! Ik dank u voor mijn openbaring. Dank u dat u tot mij bent gekomen. Dank u dat u tot mij hebt gesproken! Dank u dat u ons allen op de goede weg leidt!'

Er ging een trilling door de gemeente. De aanwezigen gingen staan en staken hun handen in de lucht. Luidkeels uitten ze hun blijdschap over Gods nieuwe verschijning aan Mattias. De blijdschap was onmiskenbaar, hij was hoorbaar en voelbaar nu hij naar het hoge plafond echode. Dank, God! Dank, Heer! Dank, Mattias!

Toen Mattias zijn handen liet zakken, deden de gemeenteleden hetzelfde. Met een nauwelijks zichtbaar teken gaf hij aan dat ze weer moesten gaan zitten. Gelijktijdig nam iedereen weer in de banken plaats.

'Waarde gemeente. Ik heb een boodschap ontvangen.'

Iedereen zat stil.

'God heeft iets aan mij geopenbaard.'

Iedereen hapte naar adem.

'De Heer heeft me verteld over een zonde.'

Het gesis weerkaatste als een echo door de muren. Tommy ging rechtop zitten om het beter te kunnen zien vanaf waar hij zat, tussen mama en Ingrid op een rij verder naar achteren in de grote zaal.

'Lena. Mijn geliefde lam. Wees zo vriendelijk en sta op.'

Vanuit de zaal steeg een onrustig geroezemoes op. Op de bijna achterste rij stond de zeventienjarige Lena langzaam op. Ze zag er doodsbang uit. Tommy, die in de rij schuin voor haar zat, gluurde haar over zijn schouder aan. In zichzelf dacht hij dat je er zo uit moest zien vlak voordat je doodgaat.

Maar Lena ging niet dood. Bevend stond ze daar en ze zei niets.

Toen Mattias verderging, trilde zijn stem van woede:

'Lena. De Heer zegt me dat je zwanger bent.'

De schok kwam als een zweepslag. Iedereen wist dat Lena ongehuwd was. Wat Mattias beweerde, was volkomen onbegrijpelijk.

Lena's ene arm begon oncontroleerbaar te schokken. Ze deed haar mond een paar keer open en dicht, maar kon geen woord uitbrengen. Mattias vatte haar zwijgen op als een bekentenis.

'Zo dan. God heeft me gezegd dat een in zonde verwekt kind niet zal worden geboren. Het kind dat in de buitenechtelijke schoot is verwekt, moet uit het Paradijs worden verstoten.'

Tommy probeerde koortsachtig te begrijpen wat Mattias bedoelde. Zou Lena uit Gods paradijs worden weggestuurd? Of bedoelde Mattias van de Paradijshof?

*

Achteraf zal Tommy zich die middag herinneren als de dag waarop alles uiteindelijk instortte. De dag waarop Mattias Lena in de stal op de grond dwong en de paarden onrustig hinnikten om de stemming die op dat moment hun woonplek belegerde. Tommy zou nooit kunnen vergeten hoe de drie mannen die Lena met geweld tegen de harde betonvloer gedrukt hielden, haar systematisch om de beurt verkrachtten terwijl Lena het uitschreeuwde van de pijn. Hij zal nooit vergeten hoe hij plotseling iets hoorde ritselen vanaf de hooizolder en dat hij, toen hij snel omhoogkeek, een glimp van Ingrid opving die vlak onder de nok verscholen zat. Verstopt achter een hooibaal zat ze daar, stil huilend maar met een vreemd afwezige blik.

Tommy zal nooit over de verlammende schrik heen komen die hij voelde toen Mattias een ijzeren pin uit de opslagruimte van de stal haalde. Twee mannen hielden Lena's benen vast. De derde stond op haar armen en drukte haar hoofd tegen de smerige stalvloer. Lena bloedde al uit haar onderlijf toen Mattias met de ijzeren pin haar buik opmat en toen de pin met geweld keer op keer in Lena stootte, tot hij het door God gewenste resultaat had bereikt. Nooit zou Tommy de geluiden die Lena voortbracht vergeten. Haar geschreeuw, gehuil en gegil ging door merg en been. Uiteindelijk hield dat op en in plaats daarvan kreeg ze een reeks hevige krampen. Het resultaat daarvan was tenslotte dat er een bloederige, vormeloze massa uit Lena's onderlichaam stroomde.

Daar, op de harde betonnen stalvloer, vastgehouden en verkracht, bracht Lena haar bastaardkind ter wereld. Een doodgeboren foetus als een bloederige massa.

De lucht stond stil. Lena lag stil. Er was geen enkel geluid meer te horen.

Mattias zelf stond een paar meter van Lena vandaan en keek haar aan met een blik vol liefde en bezorgdheid. Tot slot glimlachte hij zachtjes waarna hij een voet optilde en met zijn grote, zwarte laars zo hard op de bebloede vrucht stampte dat die op slag in een roodbruine massa veranderde. Daarna schraapte hij met zijn laars over het beton en boog zich voorover om de nu bewusteloze Lena over het haar te strelen.

En toen ging Mattias. De andere mannen volgden hem de stal uit. Ze sloten de grote houten deur achter zich.

Tommy stond nog tussen de onrustige paarden. De schok was verlammend, en op hetzelfde moment wist hij dat het leven zoals hij dat tot nu toe had gekend absoluut voorbij was. Lena bloedde hevig. Tommy dacht dat ze waarschijnlijk dood was. Misschien was dat maar beter ook. Lena, die zich van God had afgekeerd en nu voor haar zonde was gestraft. Of gereinigd. Misschien bevrijd. Tommy wist niets meer, zijn hersenen werkten niet meer. Zijn gedachten vloeiden als een taaie brij door zijn hoofd. Zijn hele lijf voelde als een soort deeg. De contouren van de buitenwereld leken vervaagd.

Hij draaide zich om en keek omhoog naar de hooizolder, maar Ingrid was nergens meer te zien. Hij had haar de stal niet zien verlaten, dus ze moest hier nog ergens zijn. Maar toch was ze verdwenen, net als Lena's onschuld en Tommy's laatste kans op een veilige jeugd.

Het is halftien 's avonds. Idun, Calle en Anders zitten in de vergaderkamer. Voor hen staan vier lege pizzadozen. De drie collega's zijn uitgeteld, maar kunnen niet naar huis. Voor politiemensen zijn er veel soorten misdaad waarbij je rustig pauze kunt nemen. Dat geldt niet voor een ontvoerd kind.

Siv komt de kamer binnen. Ze draagt een dienblad met vier koppen koffie en een schaal met zelfgebakken jamkoekjes. Bakken is voor Siv net zoiets als wat hardlopen voor Idun is. Het dwingt hen om zich een uurtje op iets anders te richten dan op hun werk.

Siv deelt drie koppen koffie rond en neemt zelf de vierde. Anders leunt naar voren en neemt een koekje. Hij werkt het in zijn geheel naar binnen en kauwt met zijn mond open. Er vallen kruimels uit zijn mondhoeken en vervolgens op de tafel.

'Vertel wat we hebben.'

Sivs stem is gortdroog. Haar bril staat op het puntje van haar neus, in haar hand heeft ze een balpen en haar schrijfblok ligt klaar.

Als Anders antwoordt, klinkt zijn stem geforceerd. Een verdwenen vijfjarige heeft dat effect. Niemand blijft daar onberoerd onder, ook een zestigjarige politieman met bijna veertig jaar werkervaring niet.

'We hebben te maken met een moeilijke situatie. Een ontzettend moeilijke situatie.'

Siv vertrekt geen spier. Idun neemt het woord.

'Volgens Jenny Ek was de dader even lang als zij. Daarbij moeten we rekening houden met het feit dat hij onder het raam stond gedurende het korte tijdsbestek dat ze hem zag, dus dat betekent dat hij ongeveer een meter negentig is. Jenny zelf is een meter zestig en volgens Malmen is het hoogteverschil tussen de vloer van de kinderopvang en de plek waar hij buiten stond exact dertig centimeter.'

Siv maakt aantekeningen. Idun drinkt haar kop koffie in één teug leeg. Ze voelt direct dat ze behoefte heeft aan nog een kop.

Calle zit zwijgend naast haar, ogenschijnlijk ontspannen achterovergeleund met zijn handen gevouwen achter zijn hoofd. Het ziet er nonchalant uit, maar Idun weet dat hij gespannen als een veer is. Zijn relaxte manier van doen is een houding, om niet te dicht bij zijn eigen emoties te komen. Want zelfs Calle is een mens, ook al is dat soms lastig te geloven.

Ze gaat verder: 'Ellens diabetes maakt ons tijdpad veel smaller dan het had kunnen zijn. Volgens de diabetesverpleegkundige in Sunderby werkt de pomp zoals het hoort, zolang er insuline in zit. Dat klopt toch?'

De vraag is gericht aan Siv, die haar pen nu laat rusten.

'Dat klopt, een pomp werkt zoals het hoort zolang de aansluiting op zijn plaats zit en de houder insuline bevat. Het is moeilijk te zeggen hoe lang de insuline meegaat. Jullie vertelden dat Eivor hem vanmorgen heeft bijgevuld, wat natuurlijk positief is. De pomp is ingesteld op een basisdosis die overeenkomt met de behoeften van het lichaam wanneer er geen voeding wordt verstrekt. Als Ellen eet, stijgt haar bloedsuiker en moet de insuline handmatig worden gecorrigeerd. Dat gebeurt door op de knop van de pomp te drukken. Het probleem is dat je moet weten hoeveel insuline je moet toedienen, en dat is afhankelijk van de hoeveelheid bloedsuiker die in het lichaam wordt geproduceerd.'

'Hoe weet je dat?'

'Door de suiker te controleren en dan een bepaald aantal eenheden insuline te berekenen. Dat is relatief eenvoudig als je weet hoe het moet, maar het kost wat tijd om het te leren. De diabetesverpleegkundige vertelde dat ouders van jonge kinderen die ziek worden, meestal een vrij uitgebreide cursus moeten volgen om alles te leren wat ze moeten weten. Het is een lastige ziekte, vooral als je hem als kind krijgt.'

Het blijft stil in de kamer. Anders leunt naar voren en pakt nog een koekje. Deze keer bijt hij het half doormidden en terwijl hij kauwt, houdt hij de resterende helft voor zijn gezicht.

'Dus als Ellen een half jamkoekje eet, moet er handmatig een bepaalde hoeveelheid insuline worden toegediend. Klopt dat?'

Hij wuift met het koekje zodat het kruimels regent. Siv knikt.

'Juist. Een snelle bloedsuikertest wijst dan uit hoeveel insuline het lichaam nodig heeft om te voldoen aan de behoefte die ontstaat door het halve koekje.'

Anders stopt de andere helft van het koekje in zijn mond. Hij blijft doorpraten terwijl hij kauwt, waardoor er weer kruimels uit zijn mondhoeken vallen.

'En als ze een heel koekje eet, heeft ze dan meer insuline nodig?'

Siv schudt haar hoofd.

'Mmm. Ik weet niet of het zo nauw luistert dat voor een heel koekje meer insuline nodig is dan voor een half. Ze zijn tenslotte niet zo groot.'

Ze knikt naar de schaal.

'Maar in principe heb je natuurlijk gelijk. Voor een hogere voedselinname is meer insuline nodig dan voor een lagere.'

Anders slikt en hoest. Hij neemt een slok van zijn koffie, terwijl Siv verdergaat.

'Het grote probleem, volgens de verpleegkundige, is als iemand op de knop drukt voor meer insuline als Ellen níéts heeft gegeten. Een lage bloedsuikerspiegel is zeker gevaarlijk. Maar een te hoog insulinegehalte is veel gevaarlijker.'

Hun baas pakt een derde koekje, terwijl Idun Siv antwoordt.

'Volgens Jenny Eks collega Lennart waren de dagen voordat Ellen verdween net als anders. De enige uitzondering was blijkbaar dat de kinderopvang bezoek kreeg van de technische dienst. Er was iets met een borrelend riool in het schoolgebouw ernaast en een aardige man genaamd Mats die de zaak kwam controleren. Die Lennart, Jenny's collega, zegt dat ze voor de rest een heel gewone week hebben gehad op de afdeling.'

Siv staat op.

'Ik zal het nagaan. Als we geluk hebben, heeft die Mats iets belangrijks gezien.'

Even later is ze weg. Idun kijkt naar Anders.

'Ligt Jenny Ek nog in het ziekenhuis?'

Hij knikt.

'Opgenomen met een hersenschudding en een zware shock.'

Hij pakt een vierde koekje en houdt Idun de schaal vragend voor. Ze schudt haar hoofd. Anders zet de schaal neer op hetzelfde moment dat Calle zijn handen achter zijn hoofd vandaan haalt, zich naar voren buigt en zijn brede handpalmen op het tafelblad legt. De tatoeages op zijn onderarmen vormen het enige kleurige accent in de voor de rest zo grauwe ruimte.

'Jenny zei dat de man een raar gezicht had.'

Anders kijkt vragend.

'Raar?'

Calle knikt.

'Ze zei dat hij ogen, een neus en een mond had, maar dat die op de verkeerde plek zaten. Dat ze schuin en scheef zaten en dat zijn haar plat en zonder losse haren was.'

'Zonder losse haren?'

Anders kijkt verbaasd. Calle trommelt met zijn vingers op de rand van het tafelblad.

'Zonder losse haren. Zo omschreef ze het. Ik weet niet wat dat betekent. Maar zo zei ze het in elk geval.'

Anders krabt door zijn haar. Zijn haar dat altijd vol roos zit.

'Kan hij geschminkt zijn geweest?'

'Geschminkt?'

'Ja. Kan hij zich hebben geschminkt om er anders uit te zien? Als een soort vermomming?'

Het kwartje valt bij Idun.

'Of het was een panty.'

Calle kijkt haar met half dichtgeknepen ogen aan. Anders stopt abrupt met krabben.

'Een pantykousje! Ja!'

Idun trekt haar benen bij om op te staan als Siv de kamer weer in komt. Ze ziet er duidelijk verhit uit.

'Goed dat je er weer bent,' zegt Anders, die overduidelijk niets heeft gemerkt van de nieuwe spanning in de kamer.

'Idun denkt dat de dader een pantykousje over zijn hoofd had.'

Als Siv hem geen antwoord geeft, herhaalt hij de informatie nog een keer, maar ook nu geeft ze geen antwoord.

'Wat is er?' vraagt Idun.

Siv staat met wijd opengesperde ogen.

'Ik heb zojuist de chef van de technische dienst gesproken.' Calles stoel kraakt als hij zijn rug strekt.

'Hij zei dat ze niemand voor controle naar de kinderopvang in Blåbäcken hebben gestuurd. Sterker nog, ze hebben afgelopen week überhaupt niemand naar Sävast gestuurd.'

Idun krijgt het welbekende onderbuikgevoel. Vanuit haar ooghoek ziet ze Calles onderarmen trillen van spanning.

'En weet je wat hij nog meer zei?'

Siv schuift haar bril omhoog.

'Blijkbaar werkt er sowieso geen Mats bij de technische dienst.'

Donderdag 3 september

Als Sara Selberg wakker wordt, weet ze niet waar ze is. Het laatste wat ze zich herinnert, is dat ze op een bankje in het park bij het wandelpad zat met een cola naast zich. Een man bleef staan en ging op het bankje zitten, maar op gepaste afstand en zonder iets te zeggen. Sara las een boek en nipte van haar frisdrank. De man leek een tijdje naar de vogels op het meer te kijken waarna hij opstond en wegliep. Hoe hard Sara ook haar best doet, ze herinnert zich daarna niets meer.

Haar hoofd doet pijn. Haar mond is droog. Ze wordt een beetje misselijk als ze rechtop probeert te gaan zitten op iets wat een smal bed lijkt te zijn. Ze knijpt haar ogen halfdicht en ziet dat ze zich in een ruimte met houten wanden bevindt. Aan het plafond hangt een lamp die een fel licht werpt over de kleine ruimte. Afgezien van het bed is de kamer ongemeubileerd.

Meer kan ze niet vaststellen en dan hoort ze voetstappen, vermoedelijk vanaf een trap. Het krakende geluid komt dichterbij. De angst overvalt haar, ze slaat haar benen zonder geluid te maken over de rand van het bed om op te staan. Maar ze kunnen haar niet dragen. Langzaam zakt ze op de vloer, haar lange rok vouwt zich als een accordeon onder haar. De vloer is koud tegen haar dijen, ze krijgt kippenvel.

De voetstappen stoppen voor de deur. Sara merkt dat er een houten luik op een vreemde plaats in het midden van de deur zit. Het luik is dicht. Ze is volledig gefocust op degene die buiten voor de deur staat, zich ervan bewust dat ze opgesloten moet zitten.

Een moment van stilte gaat voorbij. De tijd lijkt opvallend

lang te duren. Ze hoort haar eigen hartslag, hij bonst vanuit haar borstkas omhoog naar haar keel.

Dan wordt het luik in de deur geopend. Sara ziet het opzijschuiven en daarna wordt in de opening een rood flanellen shirt zichtbaar. Dat beweegt naar beneden. Er is een hals te zien, en direct daarna de kin, mond, neus en uiteindelijk de ogen.

Ineens houdt het geluid van haar hartslag op.

Het wordt stil in haar, de paniek doet pijn aan haar lichaam.

Sara denkt dat ze doodgaat.

De man kijkt haar met een onderzoekende blik aan. Hij is het, de man van het bankje in het park. Sara weet niet zeker of ze nog ademt. Het zweet begint over haar rug te lopen.

De man zegt niets. Sara zegt ook niets. Want wat valt er te zeggen als je niet in staat bent om te begrijpen wat je doormaakt?

Dan gaat hij rechtop staan, zijn gezicht verdwijnt en het flanellen overhemd verschijnt weer. Het houten luik wordt dichtgeschoven en Sara hoort een metaalachtig, klikkend geluid. Opeens heeft ze erge dorst. Haar keel is droog, haar tong voelt opgezwollen. Ze wil slikken maar kan het niet. Er is geen speeksel om door te slikken.

De deur wordt opengedaan.

Sara wordt zo bang dat ze bijna in haar broek plast.

De kamer deint, het licht verandert en de muren worden golvend.

Ze begrijpt dat ze hyperventileert. Ze doet haar mond dicht en probeert door haar neus te ademen, dwingt zichzelf minder snel adem te halen. Ze mag nu niet flauwvallen, ze moet erbij blijven. Als ze flauwvalt, kan ze zich niet verdedigen.

De man komt de ruimte binnen. Ze denkt dat hij langzaam loopt, maar weet het niet zeker. Het lijkt alsof hij iets in zijn armen houdt, maar Sara kan niet zien wat het is. Ze vermoedt iets wazigs, iets vormeloos met golvende randen in zijn handen.

De hele ruimte is mistig, alle kleuren lopen in elkaar over en er zijn geen rechte lijnen meer. Sara wil overeind komen maar kan dat niet. Haar lichaam gehoorzaamt niet. Ze wil het liefst gillen, maar ook dat lukt haar niet. Haar keel voelt aan als schuurpapier. Als ze maar water had, als ze hier maar weg kon, als ze gewoon maar kon overleven. Ze zou eeuwig door blijven rennen. Nooit stilstaan. Nooit achteromkijken.

In haar hoofd beweegt alles op en neer. Ze realiseert zich dat ze op het punt staat flauw te vallen. Er kermt iemand, ze denkt dat zij het zelf doet, maar weet het niet zeker. Ze heeft een metalige smaak in haar mond. Er komt iets dichter bij haar. Haar gezichtsveld is erg vernauwd, de zijkanten komen steeds dichter naar elkaar toe. Ze heeft een branderig gevoel in haar lippen, haar armen slapen. Haar vingers tintelen.

Iets scherps raakt haar lippen. Sara huivert als het rond haar mond ritselt, het lijkt een papieren zak. Ze voelt een stevige hand achter haar nek. Gaat hij haar nu vermoorden? Zal haar leven hier eindigen op de koude vloer met een papieren zak om haar mond?

Dan vloeit haar angst weg. Ze kan zich niet langer verzetten.

Mama.

Ik hou van je.

Seconden verstrijken. Ze veranderen in minuten en de wereld stopt langzaam met draaien. De randen zijn nog steeds wazig, maar haar gezichtsveld wordt langzaam helderder. De tunnel wordt breder, de zwarte velden krimpen.

Sara ademt in de papieren zak. De tintelingen in haar vingers trekken langzaam weg. Ze sluit haar ogen en probeert rustig te ademen en als dat uiteindelijk lukt, voelt ze haar lichaam ontspannen. Ze gaat niet dood. Niet nu in elk geval.

Ze knippert langzaam met haar ogen. Het hart klopt haar nog steeds in de keel van angst. Maar ze leeft, nu leeft ze. En wie geeft er nu een papieren zak om in te ademen aan degene die je van plan bent te vermoorden?

Ze kijkt op en ontmoet zijn blik. Hij heeft grijze ogen. Vriendelijke, maar met iets scherps erin.

Sara probeert te slikken, maar haar keel is rauw. Ze hoest, alsof ze moet overgeven.

Hij reikt haar een fles water aan. Zonder te aarzelen trekt ze die uit zijn hand, rukt de dop eraf en drinkt gulzig. Het is koud en lekker, ze neemt grote slokken, het water loopt haar hals in. Haar dunne blouseje wordt nat, ze doet haar ogen dicht en drinkt zo veel mogelijk.

Als ze niet meer kan, laat ze de fles op de grond zakken. Met open mond haalt ze diep adem. Haar gedachten zijn verward, niet te ordenen.

Hij laat haar de fles houden. Vanuit haar ooghoeken ziet ze hem achteruit naar de deur teruglopen. Hij gaat naar buiten en doet de deur achter zich dicht. Het slot klikt als hij de sleutel omdraait. Het luik wordt weer dichtgeschoven.

Ze zit naar de vloer te staren, ademt door haar neus en houdt de waterfles stevig vast. Hij gaf haar water. Je geeft geen water aan iemand die je wilt vermoorden. Dat doe je toch niet? Vandaag leeft ze tenminste nog. Ze zal vandaag leven, toch?

Na wat een eeuwigheid lijkt, slaat ze haar ogen op. Ze weet dat de deur op slot zit, ze hoorde hem de grendel dichtschuiven. Toch zet ze de waterfles naast zich op de grond en staat moeizaam op. Haar benen trillen. Het doet pijn in haar dijen als ze zich langzaam naar de deur sleept. Ze legt haar hand op de klink en duwt hem naar beneden.

Natuurlijk is de deur op slot.

De tranen schieten haar in de ogen. Haar angst verandert in woede. Hij laait op als een brand waar je een blik benzine overheen giet. Ze is woedend, gooit zich tegen de deur en brult zo hard ze kan. Bonkt en schopt en huilt en schreeuwt.

'Laat me eruit, klootzak! Laat me eruit!'

De deur kraakt grimmig, maar geeft niet mee. Trillend van woede veegt ze haar tranen af. Wie is hij? Waarom doet hij dit met haar?

Uitgeput draait ze zich om zodat ze met haar rug tegen de deur kan leunen. Langzaam laat ze zich op de grond zakken.

Ze schaaft haar huid als haar schouderblad over het luikje gaat.

Ze ademt zwaar. Na een poosje gaat ze op de grond liggen. Die voelt hard en koud aan haar lichaam.

Bij de ene muur staan twee waterflessen en een zak bananen. De flessen zijn beslagen. Van tijd tot tijd verliezen druppels condens hun houvast en lopen naar beneden. In het beslagen oppervlak vormen zich smalle strepen.

Pas nu ziet ze het.

Haar blik valt op het bed. Daar ligt iets wat er eerst niet lag. Ze ziet wat paars naast de deken. Sara knippert verward met haar ogen. Wat heeft hij daar neergelegd? Een kussen?

Ze trekt haar benen op en probeert op te staan. Haar hele lijf trilt, haar ene hand doet pijn. Ze ziet dat ze wonden op haar knokkels heeft. Het bloed dat over de rug van haar hand is gelopen, heeft vlekken op de mouw van haar blouseje gemaakt.

Haar benen willen niet gehoorzamen maar ze dwingt ze toch, houdt haar hand tegen de dichte deur om niet te vallen en wilde dat er een tafel of een stoel was om op te steunen. Ze leunt tegen de deur en probeert haar blik scherp te stellen. Drukt haar vingers tegen haar ogen, duwt hard op haar oogleden. Dat doet pijn en voelt tegelijkertijd ook prettig. Er dansen lichtvlekjes in haar blikveld. In haar hoofd suist het af en toe.

Dan kijkt ze weer naar het bed. Het paarse kussen beweegt. Het is een bijna onmerkbare beweging maar Sara ziet het toch. Haar hoofd schreeuwt als haar hersenen uiteindelijk begrijpen wat haar ogen zien. De man heeft water, fruit en een paars kussen achtergelaten. Een paars kussen met krullend haar en kleine ronde handen.

Op de plek bij de deur waar Sara staat, lijkt alle zuurstof weg te trekken. Voor het eerst sinds ze in de vreemde ruimte wakker werd, heeft ze meer medelijden met iemand anders dan met zichzelf.

Idun heeft net de hoorn neergelegd na een gesprek met pedagogisch medewerker Lennart. Het signalement van de man die zei dat hij Mats heette en dat hij namens de gemeente kwam, was heel alledaags en geeft haar vrijwel niets waar ze mee verder kan. Lang, gespierd en lichtgekleurde ogen. Jenny leek opgetogen. We missen haar op het werk, maar begrijpen dat het nog wel even zal duren voordat ze terugkomt.

Er wordt op de deur van het kantoor geklopt. Idun werpt een blik op haar polshorloge, het is kwart over tien 's avonds. Calle klopt nooit, dus wie is er verder nog zo laat aan het werk?

Ze klapt haar laptop dicht en roept dat het goed is om binnen te komen. De deur gaat open en Eivor Bohm kijkt voorzichtig naar binnen.

'Hallo, Idun.'

Idun is verbaasd.

'Eivor? Het is zowat midden in de nacht. Hoe bent u het politiebureau binnengekomen?'

De oude vrouw ziet er ongelukkig uit.

'Ik kon niet slapen. Ik heb geprobeerd je te bellen, maar er werd niet opgenomen, dus toen heb ik Calle gebeld. Hij heeft me beneden bij de ingang opgevangen, hij moest blijkbaar eerst naar de wc, maar hij komt zo. Hij zei dat ik alvast naar jou kon gaan. Ik hoop dat dat goed is?'

Idun staat op en loopt naar Eivor. Ze geven elkaar een hand en gaan ieder op een stoel zitten, Idun achter haar bureau en Eivor op een van de bezoekersstoelen.

'Ik ben hierheen gekomen omdat ik gek aan het worden ben.

Ik weet niet hoe ik hiermee om moet gaan... ik weet niet wat ik moet doen als jullie haar niet vinden...'

Ellens oma begint te huilen. Idun wacht geduldig terwijl ze zich bij elkaar raapt. Na een tijdje leunt Eivor naar voren en gaat met haar blik over Iduns bureau. Plotseling verstijft ze.

'Wat is dat?'

Idun kijkt op haar bureau en ziet de fotokopie van de brief die Åke had ontvangen naast haar laptop liggen.

'Dat hoort bij een onderzoek waar we mee bezig zijn. Kent u de tekst?'

Eivor lijkt na te denken. Langzaam schudt ze haar hoofd.

'Nee. Of ja. Ik weet het niet. Ik denk het wel.'

Ze schrikken allebei op als Iduns telefoon gaat. Ze ziet dat het een onbekend nummer is en maakt een verontschuldigend gebaar naar Eivor voordat ze opneemt.

'Idun Lind, Zware misdaad.'

Het kraakt in de telefoon. Dan is er een fluisterende stem te horen.

'Idun Lind? Met Caroline Hofverts. De buurvrouw van Eva en Vidar.'

Idun zucht onhoorbaar, ze weet natuurlijk wie Caroline is. Voordat ze iets heeft kunnen zeggen, gaat Caroline fluisterend verder: 'Je zei dat ik moest bellen als er iets bijzonders was.'

Op hetzelfde moment gaat de deur open en stapt Calle binnen. Hij knikt naar Eivor en dan naar Idun, die iets vaags naar hem gebaart.

'Ja, Caroline. Wat is er gebeurd?'

Ze ziet dat Calle zijn oren spitst.

'Er is iemand in het huis van Vendel. Het licht is uit, maar ik zie hem toch.'

Idun komt half overeind uit haar stoel.

'Is er iemand in Vendels huis?'

Ze kijkt Calle aan.

'Ja, dat zeg ik toch?'

Carolines gefluister klinkt geagiteerd.

'Zou het iemand van ons kunnen zijn? Iemand van de politie die iets onderzoekt?'

Er klinkt weer gepraat in de telefoon. Idun ademt zonder geluid te maken, ziet dat Eivor de Bijbeltekst met grote belangstelling leest.

'Ik weet dat het een insluiper is. Hij is helemaal in het zwart gekleed, heeft een zwarte bivakmuts op en is net via het balkon naar boven geklommen.'

Idun werpt een gejaagde blik op Calle. Hij is midden in de kamer blijven staan.

'Nu zie ik hem weer! Hij loopt rond met een zaklantaarn, ik zie het licht hiervandaan!'

'Caroline. Bedankt voor het bellen. We sturen direct een patrouille.'

Idun drukt het gesprek weg voordat Caroline nog iets kan zeggen. Calle pakt Eivor onder de arm en hijst haar zo ongeveer uit haar stoel terwijl hij gespannen zegt dat ze moet vertrekken.

Ondertussen heeft Idun haar kogelwerende vest en pistool uit de afgesloten kast achter haar bureau gehaald. Eivor kijkt Calle angstig aan als hij haar de gang uit duwt.

Sara is wanhopig. Met een moeder die de gemeente met ijzeren hand leidt, zijn er onmiskenbaar momenten geweest waarop ze wenste dat ze iemand anders was. Of in elk geval dat ze ergens anders was. Nu weet ze dat niets wat ze in het verleden heeft meegemaakt hier ooit mee te vergelijken zal zijn. Dit is het allerergste.

Het meisje is nog maar een paar minuten wakker. Na een zekere verwarring kregen haar ogen een andere scherpte en toen sloeg de angst toe. Met wijd opengesperde ogen ging ze rechtop in bed zitten, haar blik dwaalde door de ruimte en daarna naar Sara. Al snel biggelden de tranen over de kleine ronde kinderwangen.

Sara weet niet wat ze moet doen. Ze heeft elke dag kinderen om haar heen, maar om tegen haar zin opgesloten te zitten met een onbekend meisje is een compleet absurde situatie.

Voorzichtig hurkt ze naast het bed. Het meisje zit als versteend en kijkt haar met bange ogen aan. Haar onderlip trilt. Haar kleine handen houdt ze krampachtig om haar mollige onderarmen geklemd.

'Hallo. Ik heet Sara.'

Ze zegt het zo zacht als ze kan. Het meisje zit doodstil.

'Hoe heet jij?'

Ze krijgt kramp in haar dijen. Langzaam laat Sara zich op de grond zakken zodat ze met haar benen languit kan zitten.

'Ik weet niet waarom jij en ik in deze kamer zijn. Ik wil hier graag weg, maar dat kan niet omdat de deur op slot zit. Weet jij wie jou hiernaartoe heeft meegenomen?'

Ze moet haar best doen rustig te blijven. Het meisje knippert een paar keer met haar ogen. Sara denkt dat ze luistert.

Ze antwoordt snikkend.

'Ik sliep.'

Sara probeert langzaam te knikken, maar haar lichaam trilt zo erg dat het meer op een soort stuiptrekking lijkt. Het meisje zegt niets meer.

'Wil je me vertellen hoe je heet?'

Ze probeert rustig te praten om haar niet bang te maken.

'Mijn oma zegt dat ik niet met vjeemde mensen mag pjaten.'

Sara zucht opgelucht. Het meisje lijkt op haar hoede te zijn. Dat was hoe dan ook een goed teken.

'Zo te horen heb je een verstandige oma. Is ze ook lief?'

Het meisje knikt. Met haar kleine handen droogt ze haar wangen. Haar lijfje schokt na van het snikken zoals kinderen doen als ze hebben gehuild.

Sara slikt haar eigen huilbui weg. Hoe moet ze dit aanpakken? Wat is de man met de grijze ogen met hen van plan?

Het meisje rekt zich uit om over haar schouder naar Sara te kijken, haar blik nu bijna nieuwsgierig.

'We kunnen dooj de deuj naar buiten?'

Sara hoort dat dit als vraag is bedoeld. Langzaam schudt ze haar hoofd.

'Nee, dat kan niet, die zit op slot en ik heb geen sleutel.'

'Ben je hem kwijt?'

Het meisje kijkt haar met een vragend gezichtje aan. Er is iets van medelijden en herkenning op te zien. Sara heeft het gevoel dat haar keel wordt dichtgeknepen. Denk je eens in wat kinderen allemaal begrijpen en meevoelen.

Weer schudt ze het hoofd.

'Nee. Ik ben de sleutel niet kwijt. De deur is van buitenaf op slot gedaan en ik kan hem niet openmaken. Ik zou willen dat ik het kon. Maar ik kan het niet.'

Het meisje zegt niets meer. Sara weet ook niet wat ze verder nog moet zeggen en blijft stil op de koude grond zitten. Het meisje peutert aan de boord van haar mouw. Sara ziet dat haar nagels lichtroze zijn gelakt. De kleur is egaal aangebracht.

'Mag ik vragen hoe je heet?'

Ze zegt dit zonder haar ogen van haar nagels af te halen en hoopt dat het meisje de vraag als terloops gesteld opvat.

'Ellen,' antwoordt het meisje terwijl ze de boord van haar mouw loslaat.

'Je hebt prachtige nagels, Ellen.'

Ellen knikt, maar zegt niets.

'Hoe oud ben je? Ben je vier?'

Ellen schudt nu haar hoofd. Ze steekt haar kleine handje op, spreidt vijf vingers.

'Je bent vijf jaar.'

Ellen knikt opnieuw.

Sara vindt het moeilijk om zich te concentreren. Hoe lang zullen ze hier nog zitten? Hoeveel tijd is er verstreken sinds ze zelf in de ruimte is gezet? Hoe laat is het? Is het dag of is het nacht?

'Mijn mama heeft ze gelakt. Mama Anna.'

Ellens onderlip trilt hevig.

'Ik wil naaj mama.'

En dan rollen de tranen weer. Sara kan zich ook niet inhouden, ook zij begint te huilen terwijl ze naast het bed op de grond zit.

Voorzichtig steekt ze haar hand uit en streelt over Ellens been. Ze wil zeggen dat ze haar begrijpt, dat ze ook wilde dat mama Anna hier was. Maar door de brok in haar keel kan ze geen woord uitbrengen, ze kan zich niet genoeg bij elkaar rapen om haar te kunnen troosten.

Samen zitten ze te huilen in de afgesloten ruimte. Niemand weet waarom ze daar zijn. Ze verlangen allebei naar een mama die Anna heet.

De auto slingert hevig als Calle met hoge snelheid de bocht neemt. Idun zet haar hand tegen het dak terwijl ze zich met haar voeten schrap zet tegen de bodem. Ze houdt haar adem in door de inspanning. Pas als haar longen bijna op knappen staan, ademt ze weer uit.

Ze draaien rijksweg 97 in de richting van Boden op. Op het moment dat de auto weer rechtuit rijdt, trapt Calle het gaspedaal tot op de bodem in. Idun zet het blauwe zwaailicht en de sirene aan. De snelheidsmeter wijst bijna tweehonderd kilometer per uur aan, het blauwe licht werpt glinsterende schaduwen over het donkere asfalt.

De radio kraakt. Even later is Sivs ernstige stem te horen.

'Vidar is bij Nadja. Hij nam op toen ik belde. Nadja heeft bevestigd dat hij daar is. Er is een patrouille onderweg naar haar appartement.'

Een paar seconden stilte.

'Volgens de gps zijn jullie met de snelheid waarop jullie nu rijden over ongeveer zes minuten op jullie bestemming.'

Noch Calle noch Idun zegt iets. Ze weten allebei dat dit eenrichtingsverkeer is, Siv constateert alleen iets, ze vraagt niets.

'Jullie zouden op versterking moeten wachten. Dat wil ik absoluut benadrukken. Maar die is nog mínímaal vijftien minuten onderweg.'

Ook nu geven ze haar geen antwoord.

De afrit naar Sävast komt in zicht en Idun voelt de spanning in haar lichaam. Calle houdt het stuur stevig vast. De radio kraakt weer.

'Nou, zoals ik al zei, er komt versterking aan. Ik heb alle eenheden gewaarschuwd, maar jullie zijn ontegenzeglijk het dichtst in de buurt.'

Er klinkt nog wat gekraak en dan is Siv weg.

Ze naderen de afrit. Calle leunt opzij vlak voordat hij met vrijwel onverminderde snelheid de bocht naar links neemt. Idun kan nog net haar hand tegen het dak zetten en weet zo te voorkomen dat ze met haar hoofd tegen de zijruit slaat. Als de weg weer recht is, zet ze de sirene uit. Ze willen de indringer niet waarschuwen voor hun komst.

Nauwelijks honderd meter voor de gele villa van Vendel remt Calle af. Hij parkeert langs de stoeprand. Ze stappen snel uit de auto en rennen gehurkt naar de villa terwijl ze de gazons die ze passeren afzoeken. Wanneer ze nog minder dan twintig meter te gaan hebben, steken ze allebei hun handen achter hun rug en trekken hun dienstwapen. Het knettert in Iduns oortje. Ze luistert ingespannen, maar er is geen stem te horen. Misschien dat Siv de knop vanaf haar bureau heeft aangeraakt? Idun weet dat Siv via het gps-communicatiesysteem heeft gezien dat ze hun eindbestemming hebben bereikt. Ze kent haar collega goed. Siv zit op dit moment geconcentreerd aan haar bureau. Als een spin in het web volgt ze hen in zowel gevaarlijke als ongevaarlijke situaties, altijd gereed om de communicatie tussen de operationele eenheden te coördineren.

Wanneer ze bij het grasveld van Vendel aankomen, merkt Idun dat het licht in de villa uit is. Het feit dat het huis helemaal in het donker ligt, maakt het voor Calle en haar moeilijk om naar binnen te kijken, iets wat een bewuste zet van de insluiper kan zijn. Dat de tuinverlichting ook uit is, werkt in hun voordeel, maar door het schijnsel van de straatverlichting zijn ze vanuit het huis nog steeds zichtbaar.

Ze bewegen zich over de oprit terwijl ze allebei hun wapen gereedmaken om het te laden. Ze zijn zich er allebei van bewust dat Siv gelijk heeft. Ze zouden op versterking moeten wachten. Ze realiseren zich echter ook dat ze geen andere keus hebben.

Tijdens de laatste meters lopen ze op hun tenen om zo weinig mogelijk geluid te maken. Idun werpt een blik op het huis van de familie Hofverts. Achter het keukengordijn is vaag een gestalte te zien, vermoedelijk Caroline, die hun inspanningen met gemengde gevoelens gadeslaat vanaf haar veilige plek achter het raam.

Calle loopt om de leuning van de veranda heen en holt naar de achtergevel van het huis. Met een speurende blik zoekt hij de achtertuin af en binnen een paar seconden is hij weer terug bij de voordeur. Idun houdt ondertussen de voorkant in de gaten, ook vanuit een gebukte positie om niet gezien te kunnen worden door de grote voorramen. Haar beenspieren trekken van de inspanning als ze zonder overeind te komen de laatste stappen naar de voordeur doet.

Idun en Calle blijven aan weerszijden van de deur staan, hun wapen getrokken met twee handen op schouderhoogte voor zich. Idun ademt in door haar neus en uit door haar mond om zo veel mogelijk zuurstof op te kunnen nemen. Ze houdt haar blik op de voorkant gevestigd, in het volste vertrouwen dat Calle op de achterkant focust. Door hun jarenlange samenwerking begrijpen ze elkaar. In situaties als deze hoeven ze niets te zeggen.

Met een snelle beweging strekt Calle zijn rug en kijkt naar binnen door het raam van de voordeur. De beweging is in een oogwenk voorbij. Hij herhaalt hem nog twee keer en dan raakt zijn voet die van Idun. Terwijl ze naar het gazon aan de voorkant blijft kijken, laat ze haar pistool met één hand los en houdt haar nu vrije hand achter haar rug. Zonder geluid te maken drukt ze de deurklink naar beneden. De deur glijdt open, Idun kijkt achterom en ziet dat Calle zich al naar het huis heeft gedraaid. Hij steunt op zijn knie met zijn pistool recht voor zich uit gericht.

Hij heeft maar een paar seconden nodig om vast te stellen

dat er niemand in de hal is. Snel komt hij overeind, maar houdt ondertussen zijn pistool en zijn blik op de donkere hal gericht. Hij kijkt niet naar Idun. Toch weet ze wat hij hierna van plan is.

Direct daarna doet Calle twee stappen de hal in. Idun volgt hem.

Zachtjes sluit ze de deur achter zich.

Net als de vorige keer dat Idun hier was, is de gang donker. Het plafondlicht is uit, de ruimte ruikt naar warm stof.

Calle gaat voorop. Met zijn wapen voor zich uit doorzoekt hij de hal. Idun volgt hem op de voet, haar wapen in dezelfde greep als Calle, maar met de loop schuin op de vloer gericht. Wanneer Calle zich naar links draait, reageert ze geluidloos door zich naar rechts te keren. Samen vormen ze een eenheid die ieder een helft van de kamer constant in de gaten houdt. Veiliger dan dit kan het niet zijn. Tenminste niet tot de versterking er is.

Ze begeven zich door de hal die zich in drie richtingen vertakt. Calle gaat linksaf naar de woonkamer. Vanuit haar ooghoeken ziet Idun dat hij zich op een knie laat zakken waarna hij om de hoek kijkt. Zelf blijft ze staan en wacht zijn volgende beweging af. Op het moment dat hij gaat staan, laat zij zich op een knie zakken en kijkt in een bliksemsnelle beweging de keuken in. Er is niemand te zien. Ze herhaalt haar beweging en komt dan overeind.

Het op deze manier afzoeken van de omgeving is een bewuste strategie om het minste risico te lopen om te worden neergeschoten. De meeste mensen die genoodzaakt zijn zichzelf te verdedigen, staan rechtop, met gespreide benen. Als ze bovendien een vuurwapen hebben, is dat bijna altijd op borsthoogte gericht omdat daar mogelijk een aanvaller is te verwachten. Hoe groter het zichtbare oppervlak, des te groter de kans om te worden geraakt. Idun en Calle weten dat een lage positie niet wordt verwacht en dat betekent een paar waardevolle seconden winst om te kunnen handelen. Een kort moment, maar dat kan wel het grote verschil maken.

Idun sluipt de keuken in. Ze voelt meer dat Calle zich in een halve cirkel door de woonkamer beweegt dan dat ze hem ziet, waarna hij ten slotte achter de wand verdwijnt.

Ze beweegt zich zijwaarts. De keuken is groot en opgeruimd. Er staat een gigantische mahoniehouten keukentafel. De werkbladen zijn van lichtgekleurd marmer. Het schijnsel van de straatverlichting dat in het glanzende oppervlak wordt weerspiegeld, geeft de ruimte een spookachtige gloed.

Ze verplaatst zich om de keukentafel, langzaam door haar open mond ademend om haar hartslag omlaag te krijgen. De ramen hebben geen gordijnen, dus niemand kan zich daarachter verstoppen. Onder de keukentafel ligt een groot sisaltapijt met gevlochten franjes.

Ze loopt om de verste hoek van de tafel. Langs de ene muur staan vier aan de wand bevestigde kasten. Idun houdt het pistool in één hand, met haar elleboog tegen de kast kan ze haar hand met het pistool ondersteunen. Haar vrije hand legt ze over de handgreep van de kast waarna ze met snelle gebaren stuk voor stuk de kastdeuren opentrekt. Erachter bevinden zich twee voorraadkasten, een bezemkast en een barkast. Nog steeds geen spoor van een dader.

Ze verlaat de keuken en sluipt terug de hal in. Haar hart slaat een slag over als ze Calle ziet. Hij komt net uit waarvan Idun aanneemt dat een studeerkamer is en schudt grimmig zijn hoofd. Ook hij heeft niets belangrijks gevonden.

Schouder aan schouder staan ze voor de laatste kamer op de begane grond. Idun ziet nog net het bordje 'Badkamer' als Calle zich bliksemsnel op zijn knie laat zakken. Zelf stelt ze zich schuin achter de deur op, met haar pistool in dezelfde elleboogsteunpositie als daarnet, en trekt de deur open. Aan Calles gezichtsuitdrukking ziet ze dat er niemand in de badkamer is.

Hij knikt met zijn hoofd naar de bovenverdieping. Idun

knikt terug en wil hem net naar boven volgen als ze ineens stokstijf blijft staan.

Ze reageert intuïtief op iets in het huis. Vergeleken met de laatste keer dat ze hier was, is er iets veranderd. Geïrriteerd voelt ze het tussen haar vingers door glippen. Is dat iets precies hier waar ze nu staat? Of is ze er al voorbij? Langzaam draait ze zich honderdtachtig graden. Haar hersenen hebben iets afwijkends geconstateerd maar nu kan ze er tot haar frustratie niet de vinger op leggen.

Ze gaat achteruit de badkamer in en kijkt in de douchecabine. Daar staan alleen dure flessen shampoo. Geërgerd fronst ze het voorhoofd.

Ineens schiet het haar te binnen. Met een snelle beweging draait ze zich om en gaat terug naar de hal. En inderdaad. Aan de haak waar Eva hing, hangt nu een plafondlamp in neutrale kleuren. Die hing er niet toen Idun hier de vorige keer was.

Ze begrijpt niet hoe die daar heeft kunnen komen. Sinds Eva is gevonden, was het huis afgesloten door de forensische technici. Zelfs Vidar heeft geen toegang gekregen tot zijn eigen huis. Dus wie kan de lamp daar hebben opgehangen?

Vanaf de bovenverdieping klinkt een sissend geluid. Het klinkt als een hevige windvlaag gevolgd door een harde dreun. Idun draait zich om naar de trap. Calle is nergens meer te zien.

In een paar stappen is ze bij de trap, neemt drie treden tegelijk en is in een oogwenk boven.

Ze bevindt zich in het midden van een gang en is zich er direct van bewust dat ze niet in een kwetsbaardere positie terecht had kunnen komen. Aan alle kanten zijn openstaande deuren te zien. Haar hart bonkt pijnlijk in haar borstkas.

Ze hoort het geluid van een balkondeur die wordt geopend. Hij piept luid als hij opengaat. Een windvlaag slaat tegen haar benen. De warme buitenlucht waait langs haar en de trap achter haar. Ze handelt zonder aarzelen, rent gebukt in de richting van de luchtstroom met het pistool voor zich gericht. Als ze de verste deur van de gang bereikt, zakt ze op een knie. Haar hartslag bonst in haar hoofd als ze zich vooroverbuigt om een eerste blik in de kamer te kunnen werpen. De beweging is in een seconde voorbij, maar ze heeft kunnen zien dat daar een grote slaapkamer is. Dat moet die van Vidar en Eva zijn.

Rechts binnen de deur is een grote kledingkast. Dan volgt het bed en een open balkondeur. Idun merkt op dat hij wijd openstaat. Een dun gordijn wappert in de wind.

Ze haalt diep adem, staat op en stapt de kamer in. Er is niemand. Ze loopt naar de open balkondeur. De wind van buiten voelt warm en plakkerig aan.

Pas dan ziet ze hem. De welbekende laars die uitsteekt naast de zijkant van het bed. Idun stopt met ademhalen, dwingt zichzelf onmiddellijk om niet meer naar de schoen te kijken, probeert door de balkondeur naar buiten te kijken maar ziet niet of daarbuiten iemand is. Het balkon ligt in het donker.

Ze slikt hard in een poging de paniek te onderdrukken maar slaagt daar niet in. Ze beseft dat ze het erop moet wagen. Een seconde later stort ze zich tegen de open balkondeur. Op het laatste moment trekt ze haar ene been op zodat ze op haar knieën terechtkomt en het laatste stukje doorglijdt. Het schrijnt over haar knieschijven als de stof van haar broek haar op de vloer afremt.

Ze werpt zich voorover en belandt op haar buik met haar hoofd net buiten de balkondeur. In een flits rolt ze op haar rug en heft het pistool boven haar hoofd.

Het balkon is leeg. Er klinkt geritsel op de grond beneden. Idun rolt weer terug op haar buik en maakt oogcontact met een persoon die recht onder haar staat. Zijn harde blik glinstert wanneer die Iduns blik kruist tussen de spijlen door.

Ze springt op en snelt naar de balustrade, richt haar pistool en ziet nog net dat de persoon om de hoek van het huis naar de achterkant rent. Idun probeert te richten, maar hij verdwijnt uit beeld. Ze overweegt zich over het balkonhek te storten, maar realiseert zich woedend dat dat te hoog is.

'Verdomme!'

Ze haalt haar telefoon tevoorschijn en slaat alarm bij Siv. Hakkelt het beperkte signalement dat ze heeft en wat ze weet over de richting waarin de vermoedelijke dader is verdwenen. Dan drukt ze het gesprek weg.

Het grasveld beneden is verlaten, zwak verlicht door de straatverlichting, maar nu verder helemaal stil.

Idun stopt haar telefoon in de zak van haar spijkerbroek en rent terug naar de slaapkamer. Op het moment dat ze om het gordijn loopt, ziet ze hem. Hij ligt op zijn rug met één been in een onnatuurlijke hoek onder zich. Op nog geen meter afstand van hem ligt zijn pistool. Zijn rode haar is kleverig van het bloed en op de vloer rond zijn hoofd verspreidt zich een steeds groter wordende donkerrode bloedplas.

Het schot is door zijn rechterwang naar binnen gegaan. Vlak boven zijn kaakbeen gaapt nu een roodzwart gat dat als een krater met onregelmatige, zwarte randen geluidloos de kamer in schreeuwt. Hij bloedt ook hevig uit zijn slaap. Zijn hals en borst zitten onder het bloed.

Idun probeert zichzelf te dwingen adem te halen. Ze heeft het gevoel dat ze flauwvalt. Ze grijpt haar telefoon om de hulpdiensten te alarmeren.

Verdomme, Calle!

Je mag nu niet doodgaan!

Boden 1996

Al in maart smelt de sneeuw weg en eind april lopen de berkenbomen uit. Dat is vroeg voor het noorden van Zweden, eigenlijk zo vroeg dat de lokale nieuwsdiensten het als breaking news brengen. Douglas Roos, biologieleraar aan de middelbare school van Boden, beweert dat de natuur op die manier reageert op alle uitstoot die schadelijk is voor het milieu. De klas luistert aandachtig, maar grinnikt achter de rug van hun leraar als hij het niet hoort. Zouden de berkenbomen eerder uitlopen omdat de auto's een beetje uitlaatgas hebben uitgestoten? Wat een lulkoek!

Ze zijn net klaar met de laatste les van de dag. De leerlingen zijn op weg naar buiten wanneer meneer Roos Tommy bij zich roept. Het is niet gebruikelijk dat een leraar hem vraagt om na te blijven, hij is een consciëntieuze leerling die het liefst op zichzelf is. Misschien een beetje een eenling, om het zo maar eens uit te drukken. Maar hij doet goed zijn best en haalt hoge cijfers.

Instinctief begrijpt Tommy dat Roos niet van plan is om hem uit te kafferen. Hij weet dat omdat hij simpelweg niets verkeerds heeft gedaan. Toch is hij op zijn hoede. Als hij ergens een hekel aan heeft, is het onverwachte aandacht.

'Kom en ga even zitten, Tommy. Ik wil graag met je praten.'

Hij aarzelt. Weegt de boeken in zijn handen en overweegt het klaslokaal uit te lopen en meteen naar de bus te gaan. Maar ondanks alles is hij toch een beetje nieuwsgierig geworden en na een korte bedenktijd besluit hij er gehoor aan te geven. Hij bedenkt dat hij nog heel even kan blijven om te luisteren naar wat de leraar te zeggen heeft. De bus gaat toch pas over twintig minuten.

Roos gebaart met zijn hand naar de stoel tegenover die van hem. Tommy gaat zitten met de stapel boeken op zijn schoot. Roos lacht zijn gebruikelijke glimlach zodat zijn baard opensplijt.

'Je bent goed in biologie. Heel goed. Misschien soms een beetje stil, maar als je een vraag krijgt, heb je altijd het antwoord. Je hebt ook een tien voor de laatste toets. Net als voor de toets daarvoor, als ik het me goed herinner.'

Beduusd kijkt Tommy zijn leraar aan. Heeft Roos hem gevraagd te blijven om te vertellen over de toetsuitslagen die hij al heeft gekregen?

De leraar schraapt zijn keel.

'Ik ben tevreden over je studieresultaten. Heel tevreden. Eigenlijk wil ik de jongeman over iets heel anders spreken.'

Hij krabt bedachtzaam in zijn baard, lijkt te twijfelen over wat hij van plan is te zeggen.

'Ik vraag me gewoon af hoe het met je gaat?'

Ineens voelt Tommy zich verward.

'Voor de rest dus. Buiten schooltijd, zeg maar.'

Zijn verwarring gaat over in achterdocht.

'Hoe bedoelt u, Roos?'

Tommy klinkt geïrriteerder dan hij bedoelde. De leraar schenkt hem een scheef glimlachje.

'Zeg maar Douglas. Roos klinkt zo oud.'

Tommy knikt maar vindt dan een manier om zijn geïrriteerde toon glad te strijken. Als puntje bij paaltje komt, vindt hij de leraar toch wel aardig.

'Met alle respect, Douglas. Maar u bént ook oud.'

Dat komt precies zo binnen als hij had gehoopt. Even kijkt de leraar verbaasd, maar dan begint hij te lachen. Het is een bulderende lach die uit zijn baard tevoorschijn springt. Als hij is uitgelachen, wordt hij weer serieus.

'Zeker, maar het gaat erom dat ik me zorgen maak over je. Jij bent een van mijn beste leerlingen en ik waardeer hoe jij mijn lessen in je opneemt. Maar er is iets in je manier van doen wat bij mij een waarschuwingslampje doet branden.'

Roos draait wat op zijn stoel. Zelf verroert Tommy geen vin.

'Ik denk dat je met iets lastigs te maken hebt. Iets moeilijks. Misschien speelt er nu niets, misschien is het voorgoed voorbij. Dat weet ik niet. Maar je stilte en je blijkbaar zelfgekozen isolement baren me zorgen.'

Zijn woorden komen er hortend en stotend uit. Het is te merken dat de leraar zich ongemakkelijk voelt. Tommy zit als versteend op zijn stoel. Hij vertrekt geen spier, houdt misschien zelfs zijn adem in. Het gevoel dat een andere volwassene dan zijn moeder zich om hem bekommert, is onwennig. Uiterst onwennig.

Onmiddellijk voelt hij de tranen in zijn keel branden. Ze duwen zich omhoog als lava in een vulkaan. Tommy slikt hevig om ze terug te dringen, het zou onverdraaglijk zijn om in het bijzijn van de leraar te huilen.

Hij moet aan Ingrid denken. Tommy vraagt zich af of zij ooit zoiets bijzonders heeft meegemaakt. Dat een andere volwassene dan mama aandacht voor haar heeft.

Hij weet zijn tranen niet langer tegen te houden. Meneer Roos zegt niets. Zwijgend blijft hij Tommy met dezelfde warme blik aankijken.

Tommy hoest en staat op. Hij laat bijna de stapel boeken vallen, maar weet dat op het laatste moment te voorkomen.

'Het gaat goed met me,' zegt hij snuffend.

En dan keert hij zijn leraar de rug toe. Hij knalt de deur open, stormt de gang op naar zijn kluisje. Opgelucht stelt hij vast dat er geen levende ziel te bekennen is. Hij wil per se niet huilen in aanwezigheid van een leraar, maar huilen waar zijn klasgenoten bij zijn, zou pas echt dodelijk zijn.

Hij rukt het kluisje open, gooit zijn boeken erin en knalt het deurtje weer dicht. Met ruwe bewegingen veegt hij zijn ogen en wangen droog.

Hij blijft een tijdje zwijgend staan. Als hij voldoende is gekalmeerd, opent hij het kluisje weer. Hij legt zijn boeken netjes op de plank. Dan pakt hij zijn jas en loopt met gebogen hoofd naar de bus.

Als hij langs het klaslokaal loopt, is de deur nog dicht.

De leraar is nergens meer te zien.

Het is harder gaan regenen. Het komt met bakken uit de lucht.

Siv houdt de paraplu stevig vast om zichzelf en Idun te beschermen. Om hen heen bewegen zich meerdere politiemensen en verpleegkundigen. Met zachte stemmen communiceren ze door de regen heen. Siv voelt de terneergeslagen stemming. De stemming die er altijd heerst als er iemand gewond is, maar die extra merkbaar is als het om een getroffen collega gaat.

Ze merkt bezorgd op dat Idun zich niet bewust lijkt te zijn van haar omgeving. Zittend in de deuropening van de ambulance lijkt ze volledig afwezig. In zichzelf gekeerd, apathisch bijna. Siv weet zelfs niet of Idun zich er wel van bewust is dat Siv naast haar staat. Ze moet denken aan de pop op batterijen die ze als kind had. Die kon haar ogen open- en dichtdoen, af en toe produceerde ze een metalig 'mama' maar wanneer de batterij leeg was, deed ze niets meer. Idun zit nu precies zo stil voor haar.

Toen Siv Iduns telefoontje binnenkreeg, had ze onmiddellijk de overige hulpdiensten gealarmeerd en was toen naar haar auto gerend, die in de garage van het politiebureau stond geparkeerd. Aangezien ze burgerpersoneel is en bovendien in haar privéauto reed, heeft ze waarschijnlijk alle mogelijke verkeersovertredingen begaan. Toen ze ter plaatse aankwam, had het ambulancepersoneel Idun al uit het huis geholpen en haar neergezet op de plek waar ze nu zit. Idun had geweigerd in de auto te klimmen. De verpleegkundigen probeerden haar over te halen om op zijn minst op de brancard te gaan liggen, maar uiteindelijk gaven ze het op en zuchtten zonder geluid te maken. Daarna verzekerden ze Siv dat haar collega weliswaar in shock was, maar in elk geval niet lichamelijk gewond. Het was goed dat ze bleef zitten waar ze zat, even tenminste. Kwaad bedacht Siv dat ze dat 'even' in hun reet konden steken. Idun mag net zo lang blijven zitten als ze wil.

Anders komt ook aan en gaat naast hen staan. Hij kijkt ongerust terwijl hij neerhurkt en een hand op Iduns knie legt. Ze lijkt hem niet op te merken.

'Idun?'

Zijn stem klinkt zacht door de regen.

'Anders hier.'

Geen reactie.

Hij kijkt omhoog naar Siv. Ze kijkt hem bezorgd aan waarna hij zich weer tot Idun wendt.

'Calle is met de ambulance onderweg naar het Sunderby ziekenhuis. Toen ze wegreden, had hij een polsslag en ik dacht dat hij zelfstandig ademhaalde. De artsen helpen hem nu. Meer kun jij nu niet doen. Je hebt er goed aan gedaan om hulp in te roepen.'

Alleen de regen was nog te horen. Anders laat Iduns knie los en komt overeind.

'Het ambulancepersoneel wil haar meenemen naar het ziekenhuis. Ze moet ter observatie blijven tot de shock afneemt. Ga jij met haar mee? Ik moet hier blijven.'

Dit laatste zegt hij met een blik op het nu volledig verlichte huis van Vendel. Binnen zijn Malmen en de forensisch technici volop bezig met het veiligstellen van eventuele sporen.

'Niets kan me ervan weerhouden om met haar mee te gaan.'

Sivs stem trilt, wat hoogst ongebruikelijk is.

Twee ambulanceverpleegkundigen helpen Idun in de ambulance. Deze keer verzet ze zich niet. Siv stapt in en gaat op de stoel naast haar zitten. Wanneer de auto de wijk uit rijdt, pakt ze Iduns hand en houdt die stevig vast. Idun sluit haar ogen. Dat is het eerste teken dat ze überhaupt merkt dat Siv bij haar is.

Idun ligt op haar rug in het ziekenhuisbed. Hoewel Siv het personeel dubbele dekens heeft afgedwongen, heeft Idun het zo koud dat ze klappertandt. Siv zelf zit op een stoel zo dicht mogelijk bij het bed, zodat Idun haar aanwezigheid zowel kan zien als voelen.

De klok aan de muur geeft iets na middernacht aan. Toen ze op de spoedeisende hulp aankwamen, was Idun als verlamd. Een gestreste blik was alles wat de arts van haar kreeg toen hij haar een paar korte vragen stelde. Toen hij geen antwoord kreeg, stelde hij vast dat de patiënt in ernstige shock verkeerde en ter observatie moest worden opgenomen. Daarna haastte hij zich naar de volgende patiënt. Grimmig constateerde Siv dat de situatie op de spoedeisende hulp hier precies zo onder druk staat als in de rest van het land.

Het duurt bijna een uur voordat Idun zover is opgewarmd dat het klappertanden stopt. Uiteindelijk kan Siv zich niet inhouden haar hand uit te steken en Idun voorzichtig over haar voorhoofd te aaien. Idun protesteert niet. Siv voelt de tranen achter haar oogleden prikken. Ze knippert een paar keer om ze te onderdrukken.

'Calle.'

Idun fluistert.

Siv schudt voorzichtig haar hoofd.

'Ik weet alleen dat hij nog steeds wordt geopereerd. De artsen hebben beloofd ons te informeren zodra zijn toestand zich wijzigt.'

Idun knijpt haar ogen dicht.

'Zijn gezicht...'

Ze maakt haar zin niet af. Haar gezicht vertrekt. Omdat Siv ook geen woord kan uitbrengen, streelt ze Idun weer zachtjes over haar voorhoofd.

'Zoals ik al zei, de artsen hebben beloofd ons te informeren als zijn toestand verandert. Tot die tijd kunnen we alleen maar hopen.'

Idun huivert.

'Hij gaat dood.'

Siv gaat rechtop in haar stoel zitten.

'Dat weten we nu nog niet.'

En dan zeggen ze niets meer tegen elkaar.

Vrijdag 4 september

Sara wordt wakker door het gepiep. Verward komt ze overeind in bed en kijkt slaapdronken om zich heen. Het duurt even voordat ze weer weet waar ze is.

Met haar hand beschermt ze haar ogen tegen het felle licht van de plafondlamp, die dag en nacht brandt. Ze probeert te begrijpen waar het geluid vandaan komt en merkt dan dat haar keel kurkdroog is. Stijf leunt ze opzij en tast met haar hand langs de bedrand, vindt de waterfles en pakt hem. Het gepiep houdt niet op, ongerust draait ze de dop van de fles en drinkt een paar slokken.

Eerst wordt ze bang. De beweging onder de deken veroorzaakt ze niet zelf. Ze verslikt zich en hoest hard.

Ze zet de fles terug op de grond en tilt de deken op. Het is Ellen die piept. Sara doet de katoenen trui van het meisje omhoog en ziet een vierkant plaatje dat aan haar broekband is vastgemaakt. Het plaatje heeft een rond bevestigingspunt dat is vastgemaakt aan een brede band die iemand klaarblijkelijk aan de stof van haar broek heeft vastgenaaid. Het lijkt een soort technisch apparaatje met een blauw display met knipperende cijfers. Instinctief snapt Sara dat de cijfers een bepaalde waarde aangeven. Ze draait het plaatje om te kunnen zien wat er aan de achterkant staat als Ellen wakker wordt. Geschrokken laat Sara het apparaatje los.

'Hoi Ellen. Ik ben het, Sara. Ken je me nog?'

Het meisje wrijft in haar ogen en knijpt haar ogen halfdicht.

'Ik voel me niet lekkej.'

Sara rekt zich uit.

‘Voel je je niet lekker? Hoe bedoel je?’

Sara kijkt om zich heen, bang dat het meisje in bed gaat overgeven. Bij de muur ziet ze de twee flessen water en een lege plastic zak. Naast de zak liggen twee bananenschillen. Sara begrijpt dat Ellen die moet hebben opgegeten toen zijzelf lag te slapen.

‘Heb je van de bananen gegeten? Voel je je daardoor niet lekker?’

Ellens gezicht betrekt maar ze begint niet te huilen.

‘Ik had hongej. Sojjy.’

Ineens krijgt Sara een warm gevoel. Vertederd aait ze Ellen over haar bol.

‘Heel goed dat je de bananen hebt opgegeten. Maar Ellen, heb je soms diabetes?’

Ellen knikt.

‘Hij piept. Je moet op de knop djukken.’

Ze wijst naar haar rug. Sara doet haar trui weer omhoog en ziet direct onder het display verschillende knoppen. Het is niet duidelijk op welke ze moet drukken.

‘Weet je op welke knop ik moet drukken?’

Ellen schudt hierop haar hoofd. Sara kijkt nog een keer. Alle knoppen zijn grijs, maar een ervan is een stuk groter dan de overige.

‘Hoe vaak moet ik drukken?’

‘Weet ik niet. Viej, misschien?’

Sara houdt haar adem in en drukt vier keer op de grotere knop. Het apparaat houdt op met piepen. De getallen op het schermpje stoppen met knipperen en in het vakje is nu een zwarte streep te zien.

‘Zullen we proberen nog wat te slapen?’

Ellen knikt. Sara gaat liggen en trekt de deken over hen heen. Ellen draait een van Sara’s haarlokken om haar vinger en stopt de duim van haar andere hand in haar mond. Al na een paar minuten slaapt ze weer. Sara ligt aanzienlijk langer wakker. Ze maakt zich zorgen over wat er nu verder gaat gebeuren. Hoe kan hij haar en een ziek kind hier samen zetten? Sara weet niets over diabetes. Alleen doordat ze een nieuwsbericht over baanbrekende medische apparatuur heeft gezien, had ze begrepen dat het apparaatje een insulinepomp is.

Na een hele poos slaapt ook zij, zich er niet van bewust hoeveel insuline ze Ellen zojuist heeft toegediend.

Mika is zo moe dat haar ogen er pijn van doen. Gespeeld energiek opent ze Iduns koelkast en pakt er boter en eieren uit. Ze breekt er vijf in een kom en klopt ze met een beetje zout en een flinke snuf zwarte peper. In een koekenpan verhit ze gelijke delen koolzaadolie en boter waarna ze het eiermengsel toevoegt. Als het roerei bijna gaar is, haalt ze de pan van het vuur en voegt nog wat meer zout toe.

Idun zit aan de keukentafel. Ze heeft haar ochtendjas aan. Haar haar zit in een slordig staartje en haar wangen zijn opgezet van het huilen. Toen de dokter vanochtend meedeelde dat ze naar huis mocht, op voorwaarde dat er iemand bij haar was, heeft Siv Mika gebeld. Iduns zusje is naar de spoedeisende hulp gegaan en daarna reden de twee naar Iduns appartement. Mika maakte op de bank een bed voor hen klaar en zei dat Idun onder de deken moest gaan liggen. Daar dommelden ze een paar uurtjes waarna Mika wakker werd door Iduns onrustige bewegingen.

'Wil je niet een beetje roerei?'

Mika kijkt bezorgd naar haar zus. Idun ziet er doodmoe uit als ze haar hoofd schudt.

'Ik heb geen honger.'

Mika houdt haar hoofd schuin.

'Dat begrijp ik wel. Maar als je niet eet, kun je niet naar je werk. Vandaag bepaal ik alles.'

Idun zucht verdrietig.

'Ik wil wel wat thee.'

Mika schenkt twee grote bekers in en schuift een ervan naar Idun.

‘En een beetje roerei.’

Idun krijgt de kans niet te protesteren voordat haar zus een portie op een bordje schept en dat naast Iduns beker neerzet.

‘Je bent van plan om vandaag naar je werk te gaan, toch?’

Idun knikt.

‘Nou dan. Als je je ei en je thee ophebt, ga je onder de douche en kleed je je aan. Ik breng je naar je werk en bel tussen de middag hoe het gaat. Als je naar huis wilt, haal ik je direct op. Anders sta ik om halfvijf op de parkeerplaats. Vanavond eet je bij ons. Ik maak die linzenstoofpot met knoflook en chili die je zo lekker vindt.’

Idun neemt een slok van haar thee. Ze kijkt met een schuin oog naar Mika en pakt dan haar vork. Ze prikt lusteloos in het roerei. Ze krijgt geen hap door haar keel. Ze slikt haar tranen weg.

Mika moedigt haar aan.

‘Zie je wel. Eet je ei voordat het koud wordt.’

Idun zucht diep, maar gehoorzaamt uiteindelijk.

Niemand in de vergaderkamer zegt iets. Alleen de regen die tegen de ruiten klettert, is te horen. Grote druppels raken het glas en vormen stroompjes over de vuile ruiten. Het licht dat naar binnen komt, is gestreept en grauw.

Aan de korte kant van de vergadertafel zit Anders. Hij ziet er zo mogelijk nog sjofeler uit dan normaal. Zijn overhemd is gekreukt en lijkt hetzelfde te zijn als die hij gisteren ook al aanhad.

Siv zit aan de andere korte kant. In tegenstelling tot haar chef is zij zeer verzorgd. Ze draagt een donkere blouse, een knielange rok en een lichtgrijze panty. Haar gezicht is discreet opgemaakt en in haar oren heeft ze kleine parels. Haar zwarte bril staat zoals altijd op het puntje van haar neus wat haar op een schooljuf doet lijken. Mensen die haar niet kennen, zouden misschien denken dat de situatie haar onberoerd laat. Maar de collega's rond de tafel weten wel beter. Haar gereserveerde uiterlijk en de samengeknepen lippen verraden de chaos die ook bij haar vanbinnen woedt. Het is alleen niets voor haar om dat aan de buitenwereld te tonen.

Idun zit aan het uiteinde van de tafel, voorovergebogen met haar handen in haar schoot. Haar ogen zijn gefixeerd op het tafelblad, haar blik leeg en haar wangen bleek.

Siv tikt nadenkend met haar pen tegen haar wang. Het maakt een dof geluid als de punt haar gespannen huid raakt. Ze stopt abrupt als er op de deur wordt geklopt. Er gaan een paar seconden voorbij. Zonder dat iemand moeite doet om te zien wie het is, wordt de deur van buitenaf geopend. Een man met de dichtste baardgroei die Siv ooit heeft gezien, stapt de vergaderkamer binnen. Hij heeft gitzwart haar en een even gitzwarte baard. Een heel dichte baard. Zijn jukbeenderen zijn grof, zijn ogen donker en zijn huid is bruingetint, maar niet door de zonnebank. Hij is gespierd, gekleed in een zwarte chino en een wit overhemd. De mouwen tot de ellebogen omgeslagen, de bovenste twee knoopjes los. Hij heeft een grove ketting om zijn hals en draagt hoge schoenen. Siv ziet dat ze vochtig zijn van de regen.

De man blijft vlak voor de deur stilstaan en laat hem achter zich dicht gaan. Hij ontmoet Sivs blik. Hoewel hij een serieuze uitdrukking op zijn gezicht heeft, zijn om zijn donkere ogen duidelijk lachrimpeltjes te zien. Hij ziet er vriendelijk uit. In andere omstandigheden zou Siv hem onbewust een van haar mooiste glimlachjes hebben geschonken. Nu weet ze echter alleen een nauwelijks zichtbaar knikje te produceren.

De man blijft in de deuropening staan terwijl hij zijn blik over het drietal rond de tafel laat gaan. Uiteindelijk laat hij zijn donkere ogen op Anders rusten. Het hoofd Zware misdaad kijkt verward en wekt eerst de indruk dat hij geen flauwe notie heeft wie de bezoeker is. Zo gaan er een paar vreemde seconden voorbij. Als Idun zich langzaam omdraait om te zien wie er is binnengekomen, is het alsof Anders wakker wordt.

'O ja!'

Hij staat op terwijl hij een verwelkomend armgebaar naar de man maakt. Hij doet hoorbaar moeite om zijn stem vrolijk te laten klinken.

'Welkom. Kom binnen.'

Anders doet een stap naar voren en steekt zijn hand ter begroeting uit. De man met de baard neemt Anders' uitgestoken hand tussen zijn beide handen aan. Zijn handen zijn grof en omvatten Anders' hele uitgestoken vuist. Om zijn linkerringvinger schittert een brede gouden ring.

'Dank je.'

Zijn stem is zwaar.

'Ik betuig jullie mijn deelneming. Het moet heel moeilijk

voor jullie allemaal zijn, wat jullie collega Carl is overgekomen.'

Zijn donkere ogen kijken snel heen en weer tussen Anders, Idun en Siv. Zijn blik is verdrietig. Idun knippert met haar ogen en kijkt op. Ze lijkt weer bij de les te zijn, maar is duidelijk op haar hoede.

'Bedankt. Het is natuurlijk moeilijk voor ons allemaal.'

Dat zegt Anders met een blik op Idun. De man met de donkere ogen draait zich langzaam, eerbiedig bijna, naar de grote vergadertafel en legt zijn hand op zijn borst.

'Tareq Shaheen.'

Idun lijkt niet te weten waar ze is.

Het is Siv die antwoord geeft.

'Mijn naam is Siv Liv. Aangenaam kennis te maken.'

Tareq Shaheen steekt zijn hand op ter begroeting. Idun blijft nog steeds stil zitten. Tareq kijkt haar lang aan.

'Idun Lind, nietwaar?'

Nu lijkt ze uit haar toestand te ontwaken. Langzaam slaat ze haar ogen op en kijkt de man aan die zich heeft voorgesteld als Tareq. Het duurt even voordat ze de enige vraag stelt die in haar opkomt.

'Kom jij Calle vervangen?'

Tareq kijkt bedroefd.

'Niet vervangen. Maar jullie ondersteunen in jullie lopende onderzoeken naar het verdwenen kind en de vermoorde vrouw.'

Idun geeft geen antwoord. Afgemeten werpt ze hem een lange blik toe, waarna ze haar hoofd weer laat zakken om weer naar het tafelblad te staren.

Het regent nog altijd.

Het gonst in haar hoofd. Het onwerkelijke gevoel gaat maar niet over. Haar lijf lijkt van suikergoed, de lucht arm aan zuurstof.

Idun hoort haar collega's met elkaar praten. De man met de baard en de donkere ogen staat naast Anders. Idun hoort hun gedempte stemmen. Ze kan zich moeilijk concentreren en voelt zich beroerd. Ze zou het liefst willen slapen. Gewoon haar ogen dichtdoen en de buitenwereld in het donker laten verdwijnen.

Het is allemaal haar schuld. Als zij niet in de badkamer was blijven treuzelen met haar verdomde onderbuikgevoel, was dit nooit gebeurd. Dan was ze achter Calle aan de trap op gegaan, had ze naast hem gestaan op de bovenverdieping en uiteindelijk de insluiper hebben neergeschoten. Na afloop zouden Calle en zij een gezamenlijk rapport hebben geschreven en tien kilometer hebben hardgelopen dan wel wat gewichten getild in de sportzaal. Ze kan het niet verklaren, maar is ervan overtuigd dat Eva's moordenaar en Ellens ontvoerder een en dezelfde persoon zijn. Ze heeft er geen bewijs voor, alleen haar knagende onderbuikgevoel. Maar dat heeft ongetwijfeld al eerder gelijk gehad. Als zou blijken dat ze ook nu gelijk heeft, zouden zij en Calle nog iets te vieren hebben gehad.

Pas als Siv haar een papieren zakdoekje aanreikt, beseft ze dat ze huilt. Ze schudt boos haar hoofd naar haar zorgzame collega, terwijl ze snel met haar handen over haar wangen veegt. Ze kijkt op naar haar collega's om de tafel. De man met de baard die zich als Tareq heeft voorgesteld, houdt zijn donkere ogen op haar gericht.

Idun slikt moeizaam en steekt haar hand uit. Direct buigt hij zich naar haar toe en pakt hem met beide handen vast.

'Fijn om jullie te ontmoeten, ook al zijn de omstandigheden natuurlijk pijnlijk.'

Er is niets onnatuurlijks in zijn stem, niets gekunstelds of automatisch. Hij lijkt oprecht te zijn geraakt door de situatie waarin ze zich bevinden.

Anders haalt zijn vingers door zijn haar.

'Oké, dan hebben we ons allemaal aan elkaar voorgesteld. Tareq, Siv en Idun. Tareq is groepschef Zware misdaad in Stockholm. Eerder heeft hij voor de speciale eenheid in Göteborg gewerkt en hij is nu overgevlogen om ons bij te staan in deze op zijn zachtst gezegd moeilijke omstandigheden.'

Idun en Siv verroeren geen vin.

'We hebben versterking nodig. We hebben een vermoorde vrouw en een verdwenen kind van vijf, van wie we geen idee hebben waar ze zich bevindt. Calle is neergeschoten, vermoedelijk door Eva's moordenaar. Volgens de artsen zal hij het overleven en hoogstwaarschijnlijk volledig herstellen. Maar zijn revalidatie gaat tijd kosten en we hebben te maken met een moordenaar die hetzij dapper hetzij roekeloos is en met een ontvoerder die nog geen eisen heeft gesteld. En als we ons even op het eerste concentreren, kunnen we ons afvragen hoe hij het naderhand heeft aangedurfd om het huis van de familie Vendel binnen te dringen? Of hij spoort niet of hij weet precies wat hij doet. Ik weet eigenlijk niet wat erger is.'

Dat laatste doet Idun moeizaam slikken. Zeg wat je wilt over Anders, maar hier heeft hij gelijk in. De situatie staat onder druk. Bovendien hangen de aanwijzingen als los zand aan elkaar zonder op het oog duidelijke verbanden.

Hun chef vervolgt: 'Mijn inschatting is dat we hulp nodig hebben vanwege een tekort aan menskracht. Ellens verdwijning heeft de hoogste prioriteit, maar het feit dat Calle nu gewond is, door zoals we vermoeden onze enige dader, vraagt nog meer van ons als politiemensen. En van ons als persoon. Daarom hebben we Tareq nodig. Hij is niet persoonlijk betrokken en kan er daardoor met een andere blik naar kijken. Als jullie begrijpen wat ik bedoel.'

Siv knikt. Hun chef laat een heel andere kant van zichzelf zien dan die ze gewend zijn. Hij lijkt de situatie goed te hebben geanalyseerd en daarnaar te hebben gehandeld. Want ze hebben hulp nodig, ook al ziet Siv aan Idun dat die het daar niet echt mee eens is.

'Waarom ben je bij de speciale eenheid in Göteborg weggegaan? De afdeling Zware misdaad in Stockholm is vast geen grote stap in je carrière geweest.'

Idun klinkt venijniger dan misschien haar bedoeling was. Siv kijkt haar vragend aan. Idun negeert dat volledig.

'Ik wilde verder naar het noorden, naar Stockholm.'

Zijn antwoord is kort maar niet onprettig. Tareq lijkt niet van plan te zijn zich te verdedigen maar ook geen verklaring te willen geven. Idun besluit het voor dit moment te laten voor wat het is. Ze wil geen energie steken in een politieman uit het zuiden van Zweden die denkt dat hij helemaal naar Luleå kan komen om in no time hun rotzooi op te ruimen. Ze is teleurgesteld in Anders. Was er nu echt niemand uit hun eigen regio beschikbaar?

Tareq onderbreekt haar gedachten.

'Jullie collega Carl. Zijn lot raakt jullie allemaal. Ik ben hier niet om hem te vervangen. Maar ik kan hopelijk wel helpen bij jullie onderzoeken. Ik ben verschillende keren betrokken geweest bij het zoeken naar verdwenen kinderen. In het zuiden gebeurt dat overigens meer dan hier in het noorden, dat kinderen verdwijnen dus. En ik hoop dat jullie je niet beledigd voelen door mijn aanwezigheid.'

Idun kookt inwendig. Dat hij verdomme zo aardig en respectvol moet zijn. Ze mist Calles onbehouwen manier van doen.

Siv kijkt Tareq over haar brillenglazen aan. Het lijkt alsof ze van plan is om iets te zeggen. Maar Idun is haar voor.

'Die kinderen naar wie jullie hebben gezocht. Hebben jullie die levend teruggevonden?'

Ze klink kwaad. Tareq kijkt haar trouwhartig aan. Zijn ogen zijn echt gitzwart, net als zijn baard.

'De meesten hebben we levend teruggevonden. De meesten.'

Boden 1996

Ze zitten ieder in een leunstoel. De werkkamer van de vertrouwenspersoon is netjes opgeruimd, de boeken op de boekenplank staan op kleur gesorteerd. De bureaulamp brandt en verspreidt een geel licht over het lege tafelblad. De kamer ademt orde en duidelijkheid. Maar binnen in Tommy woedt de chaos.

Het is alsof de vertrouwenspersoon zijn gedachten kan lezen. 'Ik wil dat je weet dat alles wat je hier zegt onder mijn beroepsgeheim valt, niets wat je me vertelt mag ik verder vertellen. Dit is een veilige plek om te praten.'

De vertrouwenspersoon kijkt Tommy aan door zijn ronde brillenglazen. Tommy hoopt dat de bril van zijn neus valt. Hij zou er dan bliksemsnel bij zijn en hem stuktrappen, het glas onder zijn sneakers laten kraken en tot piepkleine splinters vermalen. Dan kon de vertrouwenspersoon daar met zijn wazige blik zitten staren. Dat zou wat zijn.

Maar de bril valt er niet af. In plaats daarvan balanceert hij braaf op het puntje van de neus en geeft hij de vertrouwenspersoon een intelligente uitdrukking. Tommy voelt aan dat dat niet klopt en hoe meer hij daaraan denkt, des te meer weerzin hij voelt.

'Uw beroepsgeheim kan me geen reet schelen. Ik heb u niets te zeggen.'

De vertrouwenspersoon kijkt geïnteresseerd. Hij ziet er zo onnozel uit, zoals hij daar door zijn lelijke bril kijkt die kapotgetrapt op de grond zou moeten liggen. Zijn neus is trouwens vet. Vet en lelijk.

'Ik wil je graag helpen, Tommy. Ik wil je helpen met je boosheid en verdriet.'

Tommy trekt een wenkbrauw op, doet geen moeite zijn verbazing te verbergen.

'Verdriet?'

De neus van de vertrouwenspersoon glimt in het tl-licht.

'Ik geloof dat je boosheid in feite te maken heeft met verdriet. Dat je boosheid eigenlijk verdriet is. Wat denk je als ik dit zo zeg?'

Tommy moet zijn best doen om meer meelijwekkend dan kwaad te klinken.

'Help me dan. Neem mijn verdriet weg, maak me weer heel.'

Hij spreidt zijn armen in een ironisch gebaar terwijl hij de vertrouwenspersoon strak aankijkt.

Maar in zijn borst gaat zijn hart tekeer.

De vertrouwenspersoon bladert door zijn schrijfblok.

'Een paar weken geleden ben jij tijdens de sportles uitgebarsten. Kun je daar iets over vertellen?'

Tommy zwijgt.

'Je kreeg ruzie met een klasgenoot. En je zei...'

De vertrouwenspersoon leest voor.

'... dat je hem zou neuken en een ijzeren pin in hem zou steken. Klopt het dat je dat hebt gezegd?'

Tommy knijpt zijn ogen tot spleetjes.

'Hij liegt.'

De vertrouwenspersoon leunt achterover in zijn stoel.

'Je klasgenoot liegt?'

'Ja.'

Het wordt stil in de kamer. De vertrouwenspersoon krabt op zijn buik.

'Heb je een of andere horrorfilm gezien of een griezelverhaal gehoord, of ben je misschien wel getuige van een misdaad geweest, Tommy?'

De vraag komt volkomen onverwacht. Een klap in zijn gezicht had hem minder verbaasd. Zijn hoofd tolt.

'Wat?'

De vertrouwenspersoon stopt met krabben.

'Dit soort bedreigingen door een jong iemand kan wijzen op onverwerkt trauma. Ik vraag me daarom af of je misschien iets dergelijks hebt meegemaakt of er getuige van bent geweest. Misschien een aanranding. Die er vervolgens toe leidde dat je een klasgenoot bedreigde...'

Hij kijkt weer omlaag naar zijn papieren.

'... terwijl je blijkbaar helemaal niet werd geprovoceerd.'

Tommy zit zwijgend op zijn stoel. Hij wil niet praten over het incident dat tijdens de sportles heeft plaatsgevonden. Niet geprovoceerd? Rot op, ouwe zak. Zijn klasgenoot beweerde dat Ingrid wel pap lust van neuken. Is dat dan geen provoceren?

Hij ontmoet de blik van de vertrouwenspersoon. Diens irissen zijn twee groene korrels achter de brillenglazen. Tommy vraagt zich af waar de vertrouwenspersoon het meestal over heeft in de lerarenkamer. Zwelgt hij in de verhalen van de sneue scholieren met wie hij een gesprek heeft gehad? Misschien imiteert hij zijn bange leerlingen wel, als ze snotteren over hun rijke ouders die hun voor Kerstmis een gloednieuwe brommer hebben geweigerd. Wat naar, als je zulke ellendelingen als ouders hebt.

Tommy besluit eerlijk te zijn. In elk geval kan het interessant zijn de reactie van de vertrouwenspersoon te zien.

'Ik ben getuige geweest van een verkrachting.'

De vertrouwenspersoon zit stil.

'Ik zag meerdere mannen een vrouw verkrachten. Ze gingen lang door en namen toen een ijzeren pin en staken die in haar zodat haar baby eruit viel. Hij viel op de grond, gewoon *splash*.'

Hij zwijgt.

De vertrouwenspersoon schraapt zijn keel.

'Waar heeft die verkrachting plaatsgevonden?'

Tommy lijkt even na te denken.

'In de stal van de Paradijshof.'

De vertrouwenspersoon knikt terwijl hij aantekeningen maakt in zijn schrijfblok.

'En wie waren het die deze verkrachting hebben uitgevoerd? Kun je hen beschrijven?'

Tommy knikt.

'Beschrijven of bij naam noemen?'

De vertrouwenspersoon aarzelt.

'Het liefst bij naam noemen. Als je dat kunt en wilt.'

Tommy knikt opstandig.

'Het waren Jezus zelf en vier van zijn discipelen.'

Het is stil in de kamer, op de ventilator na die zacht zoemt. De vertrouwenspersoon kijkt Tommy lang aan. Dan wordt zijn gelaatskleur donkerder. Die verloopt van beige naar roze om dan, in wat een fractie van een seconde lijkt te zijn, te veranderen in dezelfde rode kleur als een overrijpe kerstappel. De man lijkt op springen te staan.

Als hij spreekt, klinkt zijn stem donker.

'Tommy, je kunt terugkomen als je weet hoe je je tot de realiteit moet beperken. Je kunt je fantasieën op andere plaatsen uitleven. Mijn werkkamer is er om echte problemen te bespreken, problemen die je hebt meegemaakt en waar je over moet praten.'

Het lijkt alsof hij kookt van woede. Zijn neus glimt zo mogelijk nog erger dan eerst, Tommy snapt niet hoe de bril op het gladde puntje kan blijven staan.

Hij staat langzaam op en loopt naar de deur, helemaal niet verbaasd dat die verdomde vertrouwenspersoon hem niet gelooft. Geen enkele volwassene heeft hem ooit geloofd. Dus waarom zou een stomme schoolvertrouwenspersoon dat nu wel doen?

Op weg naar buiten spuwt hij naar de prullenbak die bij de deur staat. Hij mist op een paar centimeter en een witte, schuimende klodder komt op de gele linoleum vloer terecht.

Ze weten allebei dat het expres was.

Het is niets voor Vivianne om zich ongerust te maken, maar nu is ze dat echt wel. Ze denkt dat ze overal heeft gezocht. In alle kamers van het huis, ook in de kelder en op zolder. Buiten in de stal, in de schuur en in de garage. Ze is de buurt rondgegaan, heeft op de deuren in de gemeente geklopt, rondgevraagd, geïnformeerd en gespeurd. Ze heeft het kerkgebouw doorzocht, zowel de grote zaal als alle aangrenzende kleine ruimtes. De enige plek waar ze niet heeft gezocht is Mattias' sacristie. Daar mag ze niet komen, maar aan de andere kant geldt dat voor iedereen behalve voor Mattias zelf, en iedereen in de gemeente weet dat. Zodoende is Vivianne er zeker van dat Sara daar niet is.

Ze is zelfs langs de bosrand achter de boerderij gewandeld en daarna door het bos helemaal tot aan het meer. Maar Sara was nergens te zien. Alsof ze van de aardbodem is verdwenen.

Haar irritatie neemt hand over hand toe. Vivianne is gewend om haar eigen gezin en dat van anderen onder controle te houden en nu lijkt Sara haar van die autoriteit te hebben beroofd. Vivianne heeft haar verschillende keren tevergeefs gebeld. Haar telefoon staat uit. Als ze niet beter wist, zou ze bijna geloven dat Sara niet gevonden wíl worden.

Uitgeput gaat ze op een van de rotsen bij het water zitten. Het wateroppervlak is spiegelglad en stil. Ze ademt langzaam, meditatief bijna. Ze gunt zich een minuutje rust voordat ze verdergaat met zoeken.

Ze schrikt op door het geluid van een knappende tak. Vivianne staat op. Geconcentreerd speurt ze de bosrand af. Er is geen levende ziel te bekennen. Het geluid lijkt van boven haar te komen, precies waar het pad naar het meer afloopt. Ze knijpt haar ogen halfdicht en buigt zich voorover om beter te kunnen zien.

Ondanks het feit dat Vivianne hier is opgegroeid en de omgeving dus goed kent, duurt het even voordat ze de vrouw ziet. Ze staat in het bos, half verscholen achter de grote dennenboom. Vivianne rekt zich uit, ziet dat de vrouw tenger en blond is. Als ze niet kan onderscheiden wie het is, steekt Vivianne ter begroeting haar hand op. De vrouw reageert niet. Vivianne doet voorzichtig een stap in de richting van de vrouw. Het is een aardig stukje lopen naar waar ze staat, schijnbaar verborgen achter de dennenboom.

Plotseling weet Vivianne niet zeker of zij daarheen moet gaan of dat de vrouw van plan is naar haar toe te komen. De hele situatie voelt vreemd. Sara is verdwenen, Vivianne is al een paar uur naar haar op zoek en als ze uiteindelijk gaat zitten om uit te rusten bij het meer, komt er een jonge vrouw door het bos aangelopen en waarvoor? Om naar Vivianne te kijken? Hoogstwaarschijnlijk hoort ze niet bij de gemeente, in dat geval had ze natuurlijk gegroet en was ze naar beneden gekomen. Iedereen groet Vivianne. Niemand ontwijkt haar. Maar deze vrouw staat gewoon zwijgend en stil in het bos.

'Kom tevoorschijn!'

Vivianne zwaait nog een keer. Een nijdige wenk. Als er ook nu geen reactie volgt, begint ze het pad af te lopen. Het zandduin aan de oever van het meer gaat over in het bos. Het terrein wordt ontoegankelijker, ze loopt langzaam, stapt over oude boomwortels en boomstronken. Het pad wordt steeds smaller.

Ze kijkt op naar de vrouw. Een deel van haar gezicht is zichtbaar. Haar haar is blond en heel lang en valt in zachte lokken over haar schouders. De vrouw draagt een zwarte broek en een donker truitje. Vivianne haalt haar neus op. De ongepaste kleding verraadt dat de vrouw beslist niet bij hun gemeente hoort.

Hier dragen de vrouwen jurken of rokken. Dus wat doet die vrouw in hemelsnaam op hun privéterrein?

Door haar boze gedachten let Vivianne niet goed op. Ze struikelt over een uitstekende boomwortel en valt voorover. Ze slaat tegen de grond, stoot haar schouder tegen een steen en komt met haar slaap tegen een boomstronk.

Ze blijft even liggen. Probeert te voelen of ze iets heeft gebroken maar denkt van niet. Als ze rechtop gaat zitten, wordt ze draaierig. Er stroomt iets warms over haar oog, ze gaat met haar hand naar haar wenkbrauw en met haar vingertoppen voelt ze dat ze daar een wond heeft. Wanneer ze naar haar vingers kijkt, ziet ze dat die onder het bloed zitten.

Ze kreunt als ze overeind komt. Haar schouder en voorhoofd doen pijn, haar ene been wil niet goed. Door het bloed dat over haar oog loopt, kan ze niet scherp zien. Ze trekt de mouw van haar shirt over haar hand en drukt de dunne stof tegen de wond.

Langzaam loopt ze verder over het pad. Als ze nog maar een paar meter te gaan heeft, stopt ze om de blonde vrouw aan te kijken. Verbaasd merkt ze dat die er niet meer staat.

Vivianne speurt het bos zo goed als ze kan af ondanks het bloed dat over haar oog is uitgelopen. Ze kijkt uit over het meer, zoekt met haar blik de zandduinen af, maar de vrouw is nergens meer te bekennen.

Vivianne sleept zich naar de grote dennenboom, leunt ertegen en laat zich in het kreupelhout zakken. Ze weet niet waarom, maar achteraf denkt ze dat de vrouw haar bekend voorkwam. Ze komt zelden vrouwen in een broek tegen, eigenlijk alleen als ze met gezondheidszorg in aanraking komt, maar het is al jaren geleden dat ze naar een zorgcentrum of een ziekenhuis moest. Toch herkende ze haar. Hoe meer ze erover nadenkt, des te zekerder ze het weet. Iets in haar houding of met haar haren kwam haar bekend voor. Koortsachtig doorzoekt ze haar geheugen, maar het wil haar niet te binnen schieten.

Er loopt weer bloed over haar oog. Ze drukt de mouw van

haar shirt weer tegen de wond. Ze hoopt dat die niet gehecht hoeft te worden, ze wil hem het liefst alleen schoonmaken en er een pleister op plakken om daarna goed naar Sara te zoeken. Vivianne moet haar dochter echt nodig spreken.

Een halfuur na de ochtendvergadering klopt Anders op Iduns deur. Zonder antwoord af te wachten gaat hij naar binnen. Ze zit achter haar bureau. Anders gaat in een van de bezoekersstoelen tegenover haar zitten, maar zegt niets.

Het lijkt of Idun elk moment kan instorten. Anders weet echter wel beter, weet dat ze niet is uitgeschakeld. Ze is een echte vechter en verdomd eigenwijs, soms op het ongezonde af. Eigenlijk weet hij ook heel goed dat hij niet moet proberen haar te sturen, maar op dit moment heeft hij geen andere keus. Siv heeft hem gewaarschuwd het niet eens te proberen. Het punt is alleen dat als het gaat om Idun en de situatie waarin ze zich bevinden, het zo ongeveer een ambtsmisdrijf zou zijn als hij het niet op zijn minst een kans zou geven. Ondanks alles is hij uiteindelijk verantwoordelijk voor de twee onderzoeken die ze leidt.

Hij schraapt zijn keel.

'Ik maak me zorgen om je.'

Idun kijkt hem lang aan waarna ze haar armen over elkaar slaat en achteroverleunt op haar stoel. Precies wat hij had verwacht. Direct dwars.

'Het is mijn verantwoordelijkheid om te proberen je te helpen.'

Ze zit stil en vertrekt geen spier. Anders zucht.

'We zijn allemaal onder de indruk van wat er met Calle is gebeurd. Sterker nog, het heeft ons allen geraakt, maar alleen een idioot zou denken dat wij net zo zijn getroffen als jij. We hebben het over jouw naaste collega. En hoe bot en zelfverzekerd Calle ook is, ik weet dat jullie elkaar als vrienden beschouwen. Al was jullie relatie als collega's al voldoende geweest om een crisis bij je te veroorzaken.'

Ze zit nog steeds roerloos maar Anders ziet haar wangen kleuren. Hij voelt zich tekortschieten, dat effect heeft ze op hem. Hij weet dat het komt omdat ze zijn absolute favoriet is. Haar koppigheid en directheid geven hem rust in zijn rol als chef. Rust, omdat hij haar voor tweehonderd procent vertrouwt. Hij kan en wil haar niet zijn wil opleggen. Dat heeft hij maar één keer gedaan, toen hij haar dwong met Calle samen te werken. Twee sterke persoonlijkheden, de een met een uitzonderlijk analytisch vermogen en de ander met een meedogenloosheid die probleemloos alle lastige vragen stelt. Calle schoffelt de grond waarop hij loopt los, Idun analyseert die als geen ander. Die twee samenbrengen is het beste wat Anders ooit heeft gedaan, ook al had het in eerste instantie voor een verstoord contact met Idun gezorgd.

Nu zit ze voor hem met een blik die woordloos schreeuwt dat hij en iedereen bij de politie linea recta naar de hel kunnen lopen. Hij slikt het onbehaaglijke gevoel weg, vastbesloten om een reactie proberen uit te lokken. Ondanks Sivs waarschuwingen.

'In eerste instantie betwijfelde ik of je überhaupt wel zou kunnen werken.'

Hij zegt het langzaam. Idun verstijft, ze vertrekt haar mond tot een dunne streep.

'Eigenlijk zou je je ziek moeten melden. Dat was mijn eerste gedachte.'

Hij wacht even.

'Maar nu denk ik dat een gesprek met de psycholoog toch misschien het beste is.'

Haar reactie is zoals verwacht. Onmiddellijk.

'Wat zeg je daar?'

Een duidelijk geïrriteerde toon.

Anders zucht gemaakt, hoort zelf dat het onecht klinkt.

'Ik zeg dat ik geloof dat jij naar een psycholoog moet.'

Idun stuift op van haar stoel en haalt wild uit met haar armen. Hij voelt de luchtverplaatsing door haar hand. Op een paar centimeter na had ze zijn gezicht geraakt.

'Klootzak!'

Daar was hij. De oerkracht.

'Je weet dat dat nergens op slaat. Fuck you!'

Anders kan nog net bedenken dat ze meer als Calle klinkt dan als zichzelf.

'Waar moet ik het verdomme met de psycholoog over hebben? Dat Calle door mijn schuld zwaargewond is geraakt? Moet ik daarover gaan zitten praten? Terwijl Ellen nog steeds vermist is en misschien wel dood is of verkracht of wat dan ook? Is dat wat je denkt? Nou?!'

Ze schreeuwt zo hard dat Anders' oren er pijn van doen. Hij voelt zich ontspannen, in zijn achterhoofd komt een lichte hoofdpijn op. Haar woede is de weg terug uit de shock, de weg terug naar haar analytisch vermogen. Nog niet eerder heeft hij haar zo nodig gehad.

Met geveinsde kalmte kijkt hij haar aan.

'Ik hoor wat je zegt. Maar weet je, Idun. Wat jij hebt meegemaakt kun je niet verwerken zonder dat je werkgever maatregelen neemt. Je móét naar de psycholoog. Of je ziek melden. Dat beslis ik, en niet jij.'

Ze staart hem woedend aan. Hij houdt haar blik gevangen met die van hem, moet moeite doen om niet te glimlachen.

Idun. Daar ben je weer.

'Jij en je verrekte psycholoog kunnen de pest krijgen! Ik ben niet van plan me ziek te melden, hoor je wat ik zeg!'

Ze is zo razend dat de druppels spuug hem in het gezicht sproeien. In één beweging trekt hij zijn mouw over zijn vuist en veegt zijn wangen af. Ze zegt er niets van, merkt het misschien niet eens.

Ze rukt haar jas van de stoel en loopt naar de deur. In het voorbijgaan grist ze haar rugzak van de haak aan de wand.

Wanneer ze de deurkruk vastpakt, verheft Anders voor de eerste keer tijdens het gesprek zijn stem.

'Idun Lind, we zijn hier nog niet klaar!'

Ze trekt de deur open terwijl ze zich naar hem omdraait, blijft in de deuropening staan terwijl ze hem strak aankijkt. Als hij niet beter wist, zou hij denken dat ze hem wilde neerslaan. Misschien wil ze dat ook wel. Hij voelt de opluchting in zijn buik fladderen.

'We zijn zeker klaar met elkaar, ik ga nu weg. Ik neem liever ontslag dan nog langer naar dit geouwehoer te luisteren.'

Hij rolt met zijn ogen. De opluchting duizelt hem.

'En waar ben je van plan heen te gaan, als ik vragen mag?'

Ze staart hem aan alsof ze nog nooit zo'n stomme vraag heeft gehoord.

'Ellen vinden. Wat dacht je dan, verdomme?'

Ze slaat de deur achter zich dicht, de wanden dreunen ervan.

Haar opgeluchte chef zit nog bij haar bureau. Dit gesprek verliep precies zoals gepland.

Eivor staat naakt in de badkamer. De spiegel is beslagen. Kleine condensdruppels maken kronkelige streepjes in het spiegelbeeld. De lucht is vochtig en zwaar, omhult Eivors van angst vervulde lijf. Normaal gesproken veegt ze altijd met haar hand over de spiegel om een baan vrij te maken op het beslagen oppervlak. Ze heeft de gewoonte haar naakte lichaam daarin te inspecteren, zich er goed van bewust dat vrouwen in het algemeen, en op haar leeftijd al helemaal, ontevreden over hun eigen lichaam zijn. Haar leven lang heeft ze hun blikken in kleedkamers en doucheruimtes gezien. De misprijzende ogen die elk plekje van een vrouwenlichaam kritisch bekijken. Die benadering heeft ze nooit begrepen. Zelf is ze trots op haar lichaam. Het is lang, sterk en pezig. Natuurlijk is het een en ander wat gaan hangen, maar Eivor kan dat nauwelijks als iets negatiefs zien. Het menselijk lichaam is wat het is. Veranderlijk en hoe dan ook wonderbaarlijk.

Maar vandaag laat ze de spiegel beslagen. Alles lijkt zinloos sinds Ellen is verdwenen. Het meisje moet gewoon terugkomen. Eivor kan zich geen leven zonder Ellen voorstellen.

De lucht wordt moeilijk in te ademen. Ze rommelt met de deurkruk, krijgt de deur open en struikelt de hal in. Stoot haar knie tegen de ladekast, wrijft met haar hand tegen de pijnlijke plek waarna ze teruggaat naar de badkamer om haar kamerjas te pakken. De zachte badstof plakt aan haar vochtige huid als ze de ceintuur om haar middel vastknoopt.

Als ze in de keuken komt, pakt ze de theeketel. Met vermoeide handen vult ze hem met water en zet hem op het fornuis. Ze is van plan een slaaptablet in te nemen in de hoop een paar uur rust te krijgen. De kamillethee is gewoon een simpele aanvulling.

Op het lage kastje bij de balkondeur ligt de post van vandaag. Ze kijkt er met afkeer naar, heeft de energie niet hem door te nemen. Maar ze moet wachten tot het theewater kookt, dus legt ze een aarzelende hand op de stapel brieven. Verstrooid bladert ze door de enveloppen. Tussen de enveloppen zitten twee rekeningen, een uitnodiging voor de jaarlijkse bijeenkomst van de wijnproeforganisatie Munskänkarna, een andere uitnodiging voor een of ander liefdadigheidsevenement en een kleine witte envelop met haar naam en adres op een zelfklevend etiket. Er zit geen postzegel op. Iemand moet hem direct in haar brievenbus hebben gedaan, want de postbode bezorgt toch geen ongefrankeerde brieven?

Ze pakt een mes uit de keukenla en snijdt de envelop open. Er zit een dubbelgevouwen wit vel papier in. Eivor vouwt het open zodat ze kan lezen wat er staat.

In een flits herinnert ze het zich.

Ze laat het papier los, laat het op de grond vallen en rent naar de hal. De ceintuur van haar kamerjas gaat los, iedereen op straat kan door het raam haar blote lichaam zien maar daar kon Eivor zich niet druk om maken.

Ze zoekt in haar handtas naar haar mobiele telefoon, grabbelt tussen haar lippenstift, haarborstel, portemonnee en make-upspiegel voordat ze hem vindt. Met trillende handen zoekt ze het nummer in de contactenlijst. Lind, dat was het ja. Idun Lind.

Ze toetst het nummer in en houdt de telefoon dicht tegen haar oor. Door het suizen van haar paniek heen hoort ze de eerste beltoon overgaan.

Tareq Shaheen staat bij het raam. Idun slaat hem door de halfopen kantoordeur gade. Ze moet even bijkomen, ze is zo razend op Anders. Ze is ook kwaad op Calle. Hij had beter moeten weten dan zich in zo'n onbeschermde situatie te begeven, alleen. Hoe had hij zichzelf daaraan kunnen blootstellen?

Maar ze is vooral boos op zichzelf. Omdat ze niet sneller dacht, niet sneller achter hem aan is gegaan, niet sneller heeft bewogen. Calle heeft haar altijd beschermd en zij hem. Een enkele fout en hij ligt in het ziekenhuis. Voor het leven getekend, in zijn gezicht geschoten. Idun weet dat ze het zichzelf nooit zal kunnen vergeven.

'Hoi, Idun.'

Hoewel hij het zachtjes zegt, schrikt ze met een schok op. Ze voelt zich betrapt en schaamt zich een beetje.

Tareq kijkt haar aan en doet een paar stappen bij het raam vandaan.

'Kom binnen. Ik had al gehoopt met je te kunnen praten.'

Zonder te weten waarom aarzelt ze. Ze herkent zichzelf niet. Maar dan stapt ze naar binnen en trekt de deur achter zich dicht. Aarzelend gaat ze in de bezoekersstoel zitten. Ze komt op het puntje van de stoel terecht en spant haar dijen om er niet af te glijden. Ze wil niet achteroverleunen om prettiger te zitten. Dan komt ze nooit meer overeind. Bovendien voelt het alsof ze Calle in de steek laat als ze zich ontspant. Op haar gemak in Tareqs kamer zitten is Calle teleurstellen.

Tareq gaat ook zitten. Hij legt zijn handen op het bureau, zit er ontspannen bij. Zijn schouders laag, een vriendelijke blik. Zijn neus is grof en enigszins spits, hoge jukbeenderen. Hij ziet er aardig uit, maar Idun voelt alleen verachting. Het is net alsof zijn aanwezigheid bevestigt dat Calle nog een hele tijd afwezig zal zijn. Misschien wel voor altijd.

De zitting van de stoel schuurt tegen haar dijen. Ze moet zich schrap zetten om haar evenwicht te bewaren.

Tareq wacht geduldig.

Uiteindelijk realiseert Idun zich dat als puntje bij paaltje komt, zij hém heeft opgezocht.

'Dus jij en ik moeten gaan samenwerken?'

Hij geeft haar geen antwoord, begrijpt dat ze meer te zeggen heeft.

'Calle en ik...'

Ze bijt op haar lip om haar tranen te bedwingen. Dat verrekte gejank ook.

'Calle en ik weten niet wie er in het huis was en ook niet waarom Calle werd neergeschoten.'

Haar woorden zijn traag, haar tong voelt dik aan. Ze had graag een glas water gedronken. De vermoeidheid is verlammend.

Tareq kijkt haar ernstig aan.

'Ik wil ook weten door wie Calle is neergeschoten. En wie Eva heeft vermoord.'

Idun knikt.

'De dader was om de een of andere reden in het huis. Hoogstwaarschijnlijk om iets te zoeken wat hij had vergeten of gemist toen Eva werd vermoord. Het kan ook gaan om het uitwissen van sporen. De forensische technici zijn ermee bezig.'

Haar dijen trillen nu van inspanning. Ze vecht niet langer tegen zichzelf, geeft het op en schuift iets naar achteren op de stoel zodat ze een groter oppervlak onder zich heeft. De ontspanning komt meteen. Ze wordt er bijna duizelig van.

'Ik wil graag meehelpen. Zowel met het vinden van Eva's

moordenaar als van degene die Calle heeft neergeschoten. Maar ook Ellen. Is er aanleiding om aan te nemen dat die zaken verband met elkaar houden?'

Idun is er totaal niet op voorbereid om die gedachte door iemand te horen uitspreken. Zonder te weten waarom voelt ze haar hoofd wat helderder worden. Haar stem is broos.

'Ik weet het niet. Niemand heeft enig verband gevonden, maar ik denk dat we ook niet actief naar gemeenschappelijke factoren hebben gezocht. Tot nu toe zijn er geen aanwijzingen geweest dat de zaken met elkaar te maken hebben, maar ook ik heb gedacht dat dat het geval kan zijn. Denk je dat het de moeite waard kan zijn dat te onderzoeken?'

Tareq strijkt over zijn baard. Hij heeft een lang litteken vanaf de rug van zijn hand over zijn onderarm. Het verdwijnt onder zijn opgestroopte hemdsmouw.

'Ja, ik denk het wel.'

Idun slikt zwijgend.

'Ik respecteer volledig dat dit niet goed voelt. Ik weet dat Calle en jij hechte collega's waren.'

Idun staat haastig op, ze wordt weer duizelig van de snelle beweging. Ze houdt haar hand tegen de rand van het bureau tot het tollen van de kamer afneemt.

'Calle is mijn collega, partner en vriend. Jij en ik werken samen tot hij terug is. Oké?'

Zonder op antwoord te wachten loopt ze naar de deur maar bedenkt zich dan en draait zich om. Met haar blik op de linoleumvloer gevestigd gaat ze verder.

'We zien elkaar over vijf minuten beneden in de garage. Ik ga plassen en mijn wandelschoenen aantrekken.'

Tareqs stem klinkt alert.

'Waar gaan we heen?'

Ze kijkt op en ontmoet zijn donkere blik.

'We gaan Ellen zoeken. En degene die Eva heeft vermoord en Calle heeft neergeschoten.'

'Oké. Ik ben over vijf minuten in de garage.'

Ze draait zich om naar de deur, zegt het laatste met haar rug naar hem toe.

'Maak er drie minuten van.'

Met vastberaden stappen verlaat ze Tareqs tijdelijke kantoor en verdwijnt door de gang.

Idun opent haar locker. Terwijl ze zich bukt om haar wandelschoenen eruit te halen, voelt ze dat ze niet meer alleen is in de ruimte. Ze kijkt op en ziet Siv in de deuropening staan. Haar collega kijkt ernstig. Idun gaat op de grond zitten en trekt haar sneakers uit.

'Ik heb nu geen tijd voor een briefing. En ik wil niet praten over hoe het met me gaat. Tareq en ik gaan Ellen zoeken.'

Ze trekt haar ene schoen aan en begint de veters te strikken. Siv kijkt haar met een grimmige gezichtsuitdrukking aan.

'Ik was niet van plan om te vragen hoe het met je gaat. Ik weet dat je toch geen eerlijk antwoord zou geven. Bovendien ken ik je goed genoeg om te weten hoe je je voelt, dus dat hoef ik niet te vragen.'

De veters van de andere schoen hebben een dubbele knoop. Idun frunnikt er een tijdje aan waarna ze hem eindelijk los heeft en ze de schoen kan aantrekken.

'Zet geen externe gesprekken door naar mijn mobiel. Dat geldt voor de rest van de dag, behalve als het over Calle gaat.'

Siv slaat haar armen over elkaar en leunt tegen de deurpost.

'Je gaat dit bureau niet willen verlaten. In elk geval niet het komende uur.'

Idun staakt abrupt haar beweging, de schoenveter hangt tussen haar vingers.

'Wat bedoel je?'

'Eivor Bohm heeft geprobeerd je te bellen, maar werd direct met mij doorverbonden. Je moet je telefoon aanzetten. Hoe dan ook, ze heeft een brief gekregen die precies lijkt op de brief die Åke heeft ontvangen. Met een Bijbeltekst over bevrijding.'

Idun houdt haar adem in, bedenkt dat ze steeds heeft geweten dat Eva's dood en Ellens verdwijning verband met elkaar houden.

Ze laat de veter los en staat op.

'Tareq is onderweg naar de garage.'

Siv glimlacht schuin.

'Trek je wandelschoenen uit of strik je veters als een grote meid. Dan kun je Eivor bij de receptie opvangen, ze kan hier elk moment zijn. Ik bel Tareq en vraag of hij weer naar boven komt.'

Siv doet een stap naar achteren de gang op, maar blijft dan staan. Ze kijkt naar Idun, die haar sneakers weer aantrekt voordat ze opkijkt en Sivs blik ontmoet. Haar collega met het wilde kapsel kijkt haar ernstig aan.

'Als je aan het werk gaat, en dat doe je natuurlijk, moet je afstand nemen van Calles situatie. Je mag je denkvermogen niet laten vertroebelen door zijn toestand. En je moet Tareq verdorie de kans geven om je te helpen. Anders laat je Calle in de steek.'

Iduns ogen worden kleiner.

'Ik ben van plan aan het werk te gaan. Niemand kan me tegenhouden, ook jij niet, Siv.'

Idun draait zich om om haar jas van het haakje te halen en ziet daardoor niet dat Siv lacht voordat ze antwoordt.

'Ook goed. Dan weet ik dat.'

Eivors ogen zijn bloeddoorlopen, haar haar is nog vochtig, haar gezicht is vlekkerig. Het is onduidelijk of dat komt door haar emotionele toestand of door het effect van de hete douche.

In haar hand houdt ze een geopende envelop. Ze trilt als een rietje als ze hem aan Idun overhandigt, die hem met plastic handschoenen aan haar handen aanpakt. Eivor kijkt met een bezorgde blik afwisselend naar Idun en Tareq. Ze doet haar mond herhaaldelijk open en dicht, maar zegt niets.

'Dit is Tareq Shaheen, hij is ook van de politie en werkt mee aan het onderzoek naar Ellens verdwijning.'

Eivor knikt, maar is niet in staat om te reageren.

Malmen komt de kamer binnen. Idun reikt hem de envelop aan, hij vangt hem op in een plastic zak die hij vervolgens verzegelt. Een envelop om een envelop dus. Zonder iets te zeggen verlaat hij de kamer.

'En dat was Mikael Malm. Hij werkt bij de forensische dienst en gaat nu op zoek naar vingerafdrukken, DNA en andere sporen aan de binnen- en buitenkant van de envelop.'

Eivor kijkt verward.

'Forensische wat?'

Ze klinkt oneindig vermoeid. Dat vormt een vreemde combinatie met het feit dat ze eruitziet als een doodsbang dier.

'Mikaels medewerkers doen technische analyses bij misdaden. Dat kan gaan om de analyse van vingerafdrukken, haren, speeksel en huidschilfers, maar ook om andere zaken die ons naar een mogelijke dader kunnen leiden.'

Eivors onderlip trilt.

'Zoals haren van Ellen?'
'Ja. Bijvoorbeeld.'
Idun heeft medelijden met Ellens oma.
'We hopen dat er sporen op het briefpapier of in de envelop voorkomen die ons in de juiste richting wijzen. Zodat we Ellen kunnen vinden.'
Eivor staart Idun aan. Ze doet zichtbaar haar best om te begrijpen wat er wordt gezegd.
De deur gaat open en Siv komt binnen. Ze reikt Idun een wit A4'tje aan en gaat dan weer. Idun legt de fotokopie op tafel. Zowel zij en Tareq als Eivor buigt zich erover om te lezen wat er staat.

Alleen bij God vind mijn ziel haar rust, van Hem komt mijn bevrijding.

Idun pakt haar telefoon, maakt een foto van de kopie en stuurt hem naar Mika. Meteen erachteraan schrijft ze een berichtje waarin ze haar zus geheimhouding oplegt op straffe van de dood en ook de vraag wat het citaat betekent.
Als ze haar blik weer opslaat, doet ze haar best om neutraal te kijken. Ze wil Eivor niet beïnvloeden door haar eigen gemoedstoestand.
'Zegt de tekst u iets?'
Eivors blik beantwoordt de vraag al.
'Ja, dat doet hij zeker.'
Idun knikt.
'Het was goed dat u ons meteen hebt gebeld, u hebt geen tijd verknoeid en het best mogelijke gedaan.'
Eivor begint te huilen. Ze snikt hevig, Tareq legt zijn hand op haar onderarm.
'Waar hebt u deze tekst eerder gezien, Eivor?'
Eivor slikt in een poging haar tranen terug te dringen. Ze trekt een grimas en hoest.
'In de jaren negentig was er een familie met een gezinstehuis.

We hebben daar in een paar gevallen kinderen geplaatst.'

Ze fluistert meer dan dat ze praat, maar Idun en Tareq verstaan beiden wat ze zegt.

'Daar kinderen geplaatst? Hoe bedoelt u?'

Eivor haalt diep adem in een poging te kalmeren.

'Ik werkte bij de gemeentelijke sociale dienst. Dat was kort nadat ik aan kanker was geopereerd en met succes was bestraald.'

Ze gaat met haar vingers over het litteken in haar hals.

'Ik volgde iets meer dan een jaar een stage bij de sociale dienst, ik hield me onder andere bezig met het onderbrengen van uit huis geplaatste kinderen in gezinshuizen. Aan het eind van dat jaar kreeg ik een vast dienstverband.'

Idun leest de tekstregel nogmaals. Ze snapt niet wat Eivor probeert te zeggen.

'En deze tekst, herkent u die via een van de uit huis geplaatste kinderen?'

Eivor schudt haar hoofd.

'Nee, niet van de kinderen zelf. Van een van de gezinstehuizen. Hij stond op de voordeur van een van die huizen. Het was een donkere deur met een goudkleurige brievenbus, zo'n ouderwetse brievenbus die je bij appartementen hebt. Deze was alleen wat hoger, zo'n beetje midden op de deur.'

Idun en Tareq luisteren gespannen, ervoor wakend haar niet te onderbreken terwijl ze haar herinneringen herbeleeft.

'Op die brievenbus stond deze tekst. Exact deze tekst. Ik weet het nog omdat ik dacht dat een religieus tehuis waarschijnlijk veel liefde en aandacht zou betekenen. Er woonde een hele gemeente op de boerderij, er stond een groot aantal huizen, het terrein besloeg meerdere hectares.'

'Waar was dat gezinstehuis?'

Eivor kijkt naar het papier.

'Eivor?'

De oude vrouw schrikt op alsof ze uit een dagdroom wakker wordt.

Idun herhaalt haar vraag.
'Dat gezinstehuis met de goudkleurige brievenbus. Weet u nog waar dat was?'
Nu knikt Eivor.
'Jazeker weet ik dat nog. Het lag in Bredåker. Een grote boerderij met bijbehorende woonhuizen.'
Idun maakt een notitie in haar schrijfblok.
'Kent u iemand die Eva Stenberg heet?'
Eivor lijkt in haar geheugen te graven en schudt dan langzaam haar hoofd.
'Ene Åke Stenberg toevallig?'
Eivor verstijft in haar stoel. Ze kijkt Idun geschrokken aan.
'Waarom vraag je naar Åke?'
Het bekende onderbuikgevoel is er weer. Idun onderdrukt de impuls om op te staan.
'Hoe kent u Åke Stenberg?'
Eivor kijkt angstig.
'Åke was familierechter. We hadden vaak met elkaar te maken in verband met uithuisplaatsingen.'
Nu maakt ook Tareq aantekeningen. Idun gaat verder.
'Die familie met de Bijbeltekst op de brievenbus. Weet u of Åke Stenberg beslissingen heeft genomen over gezinnen die uit huis geplaatst moesten worden en die u daarna in precies dat tehuis hebt ondergebracht?'
Eivor kijkt verwilderd als ze antwoordt.
'Waarom denk je dat? Toen ik daar een gezin plaatste, werd dat door de familierechtbank besloten. Åke was rechter tijdens het proces, hij bepaalde dat het gezin in kwestie moest worden geplaatst. Maar ik was degene die uitgerekend dat gezinstehuis in Bredåker koos.'
Idun hoort haar eigen hartslag in haar oren suizen.
'En daar bent u heel zeker van? Dat u zich die procedure goed herinnert?'
Eivor knikt.
'Heel zeker. Ik weet het nog omdat het mijn allereerste

rechtszaak was toen ik na mijn operatie met mijn stage begon. Ik stelde het tehuis voor en Åke heeft het goedgekeurd.'

Iduns telefoon zoemt. Ze pakt hem en ziet dat ze een berichtje van Mika heeft.

Uit Psalmen. Ook ditmaal fout.
'Alleen bij God vindt mijn ziel haar rust, van Hem komt mijn redding' moet het zijn. Dat over bevrijding is weer fout. Het lijkt erop dat je een bevrijder bij de kraag hebt gevat.
Bel me later. Ik maak me zorgen. Kus.

Idun stopt haar telefoon in haar jaszak en ziet vanuit haar ooghoeken dat Tareq op dat moment zijn mobiel tevoorschijn haalt. Hij tikt een sms. Idun begrijpt dat het aan Siv is.

'Weet u hoe de boerderij heette?'

Eivor knikt.

'Ja, ook dat weet ik nog. Hij heette de Paradijshof.'

Bredåker 1997

Ellenors laatste gezonde dag is een vrijdag. Rond etenstijd staat ze in de keuken aardappels te schillen. Vivianne staat naast haar en fileert zalm. Sara zit aan tafel en tekent met vrolijk gekleurde krijtjes op een groot vel papier.

Ellenor en Vivianne gaan zalmpudding met witte saus en doperwten maken. Mattias heeft twee gezinnen uit de gemeente te eten gevraagd. Als de aardappels geschild zijn, brengt Ellenor een pan met room en melk aan de kook. Met ritmische bewegingen klopt ze er zout, citroensap, een handvol dille en een snufje witte peper door. Vivianne snuift de geur op en glimlacht verrukt.

'Het ruikt heerlijk!'

Ellenor knikt instemmend terwijl ze een blik op het brood in de oven werpt. Een tikje nerveus pakt ze de keukendoek.

'Ik had gedacht dat we misschien een fles wijn konden openmaken. Of is dat overdreven?'

Ze kijkt haar dochter verlegen aan.

'Maar mam, hou op. Het is juist heel gezellig om een wijntje aan te bieden, het is immers vrijdag.'

Ellenor zet de oven lager en droogt haar handen aan de keukendoek, wat helemaal niet nodig is want ze zijn al droog.

'Ja, dat is zo. En het wordt meestal gezellig als mevrouw Andersson wat wijn binnenkrijgt. Dan ontspant ze zich en wordt wat socialer. Ik zeg niet dat er iets mis is met verlegen zijn, absoluut niet. Maar als ze alleen maar in een hoekje zit zonder iets te zeggen, wordt het voor mij en mevrouw Levander ook lastig. Als je begrijpt wat ik bedoel?'

Vivianne klopt de roomsaus. Aan het oppervlak wervelt de dille rond.

'Ik snap het helemaal. Margot Andersson is een goede echtgenote en een timide vrouw. Maar een ontspannen praatje is nooit verkeerd. En je weet wel wat er wordt gezegd over wijn en praatjes?'

Ellenor kijkt haar volwassen dochter vragend aan.

'Waar de wijn erin gaat, komen de praatjes eruit.'

Vivianne lacht hardop om haar eigen grap. Ellenor duwt haar zachtjes opzij en mompelt zacht:

'Maar Vivianne. Wat zeg je nou, gekkie.'

Het etentje is geslaagd. De drie gezinnen delen twee flessen wijn. Terwijl de vrouwen in de keuken afwassen, drinken de mannen koffie in de eetkamer. Margot giechelt verrukt als ze aan de keukentafel het zilverwerk zit af te drogen. Twee glazen wijn hebben haar zeker goedgedaan.

'Dank je wel, lieve Ellenor en Vivianne, voor het heerlijke eten. Moge jullie gezegend zijn. En gezegend zij je dochtertje, Vivianne. Sara is een schatje.'

Ellenor droogt de grote braadpan af en zet hem in de hoekkast. Margot heeft gelijk, het etentje was geslaagd. Als ze tijdens het dessert niet zo'n vreemde hoofdpijn had gekregen, had Ellenor niets te klagen gehad.

Met vaste hand pakt ze het zilveren dienblad met wijnglazen en loopt naar de grote vitrinekast. Daarna gaat alles heel snel.

Ellenor houdt halverwege stil, blijft met een afwezige blik op het kleed staan. Eerst beginnen haar handen te trillen. De glazen op het dienblad rinkelen onheilspellend.

Binnen enkele ogenblikken ruikt Vivianne onraad en ze staat op van de keukentafel waar ze met Sara op schoot had gezeten. Ze zet haar dochter op de grond, doet twee stappen naar haar moeder maar is net te laat bij haar wanneer Ellenor in elkaar zakt. Het geluid waarmee haar achterhoofd de rand van het werkblad en vervolgens de grond raakt, klinkt als een zware steen die tegen het asfalt wordt gegooid. Het dienblad glijdt uit haar handen, de glazen spatten in honderden scherven uiteen op de keukenvloer. Vivianne voelt niet dat ze in haar voeten snijden als ze op haar moeder afstormt. Ellenor ligt languit op de grond, tussen de glassplinters. Haar lichaam schokt, er komt bloed uit haar linkeroor en in haar mondhoeken verschijnt wit schuim. Viviannes gekrijs klinkt als dat van een gewond dier. Door het tumult reageren de mannen in de eetkamer, ze komen de keuken in gerend en algauw is de paniek compleet. Vivianne blijft tegen haar moeder roepen terwijl Mattias zijn vrouw probeert wakker te maken. Sara huilt luidkeels, Margot doet wat ze kan om haar te troosten. Judiths echtgenoot toetst het nummer van de alarmcentrale in. Zijn handen zijn klam, pas na twee pogingen slaagt hij erin het vijfcijferige nummer in te voeren.

Het duurt nog geen acht minuten voor de ambulance arriveert, maar voor de mensen in de keuken van de Paradijshof lijkt het een eeuwigheid te duren. Wanneer de sirene voerende auto uiteindelijk bij het huis aankomt, begint het zachtjes te regenen.

Idun is zo opgewonden dat ze niet stil kan zitten. Diep in gedachten verzonken ijsbeert ze door de kamer. Siv en Tareq volgen haar vanaf hun stoel met hun blik terwijl ze van de ene kant van de kamer naar de andere loopt, weer omdraait en terugloopt. Wanneer ze dat vijf keer heeft gedaan, kan Siv zich niet meer inhouden.

'Alsjeblieft, mens! Zeg hardop wat je denkt!'

Idun staat abrupt stil. Siv schuift haar bril in haar haar en trommelt met een pen op het notitieblok op haar schoot.

'Zeg het hardop zodat wij je gedachten ook kunnen horen. Je weet als geen ander dat we samen beter nadenken.'

Idun begint weer te lopen. Er volgen nog vier rondjes voordat ze weer stilstaat.

'Er is een verband tussen de moord op Eva en Ellens verdwijning. De brieven met de Bijbelcitaten wijzen daarop.'

Siv en Tareq zeggen niets.

'En beide teksten zijn ook nog eens verkeerd geciteerd, wat onmogelijk toeval kan zijn.'

Nu kijken Siv en Tareq allebei vol onbegrip.

'Verkeerd geciteerd?'

'De woorden over bevrijding. Die zijn verkeerd. Er moet "behoud" en "redding" staan. Maar de woorden zijn vervangen door "bevrijder" en "bevrijding".'

Siv fronst haar voorhoofd.

'En wat wil dat zeggen? Dat onze dader zijn Bijbel niet kent? Of dat de citaten bewust verkeerd zijn?'

Ze bijt op haar pen. Idun knikt langzaam.

'Ik ben er absoluut van overtuigd dat de citaten met opzet foutief zijn, het is een boodschap. De moord op Eva heeft te maken met bevrijding, net als Ellens verdwijning. De vraag is alleen wat de context is. Bevrijding voor wie? Van wie? En waarom?'

'Misschien wilde de dader Eva en Ellen van iets bevrijden. Of van iemand.'

Idun knikt bedachtzaam.

Tareq focust op iets anders.

'De Paradijshof. Wat is dat voor plek?'

Siv gaat rechtop zitten, wetend dat de vraag aan haar is gericht. Ze pakt haar bril uit haar haar en plaatst hem op het puntje van haar neus waarna ze terugbladert in haar schrijfblok.

'De Paradijshof ligt in Bredåker, net ten noordwesten van Boden. Het is niet echt een boerderij, maar een landgoed van iets meer dan tien hectare. De eigenaar is Mattias Selberg. Hij is vierentachtig en staat al meer dan zestig jaar op dat adres ingeschreven.'

Ze gaat verzitten.

'Mattias was vroeger voorganger van een vrije religieuze gemeente daar. De Paradijshof is eigenlijk de naam van het kerkgebouw. Of de gemeente, zou je kunnen zeggen. Er staan ongeveer twintig huizen op het terrein en Mattias bezit ze allemaal. Het geheel is een grote gemeente. Er staat bijna niets over op internet, behalve een paar artikelen uit onze lokale kranten over hoe de gemeente begin jaren zestig protesteerde tegen de aanleg van de spoorlijn.'

Idun fluit zacht.

'Dus we hebben een gemeente waarvan de verkeerd geciteerde Bijbeltekst voorkomt in de brief aan Ellens oma. Dat weten we omdat Eivor beweert dat het ene citaat op de brievenbus van het woonhuis van de gemeente stond, en ook daar stond het onjuist. Hoe de brief aan Åke en de Bijbeltekst verband met elkaar houden weten we nog niet, maar het is zeker dat er een relatie bestaat.'

Siv knikt. Tareq is in gedachten verzonken. Idun kijkt hem met half dichtgeknepen ogen aan.

'Wat denk jij?'

Hij haalt zijn hand langzaam door zijn dichte baard.

'Ik denk dat het een boodschap is. Iemand wil iets doorgeven, waarschijnlijk aan de ontvangers van de brieven.'

Idun verplaatst haar gewicht van haar ene voet op de andere.

'Dat zijn Åke en Eivor.'

'Precies. En tegelijkertijd kan het de afzender niet schelen dat het verband tussen de beide misdaden en de Paradijshof zichtbaar wordt. Dat wordt extra duidelijk omdat de tekst op de deur van het hoofdgebouw van de Paradijshof is gebruikt. Die tekst is in de loop van de tijd vast door veel bezoekers gezien en dat maakt het heel waarschijnlijk dat het verband zou worden opgemerkt. Weet de dader daarnaast ook dat Eivor juist in dat tehuis kinderen plaatste, dan is de kans nog groter. Net als dat onze dader weet dat Åke over ten minste één van deze plaatsingen heeft beslist.'

Idun zuigt lucht tussen haar tanden door.

'Daar heb je helemaal gelijk in. Wie hier ook achter zit, hij wil dat wij het verband leggen met de boerderij en de gemeente. We moeten naar de Paradijshof. Siv, jij zei dat Mattias vroeger de voorganger was. Wie is nu de voorganger?' Siv bladert door haar papieren.

'Zijn dochter, Vivianne. Zij heeft het pastoraat in 1999 overgenomen.'

Tareq kijkt haar verbaasd aan.

'En dit is allemaal te lezen in de politiedossiers?'

Siv schudt driftig van nee.

'Zeker niet. Maar ik heb zo mijn handigheidjes.'

Ze grijnst en staat op.

'Ik regel een huiszoekingsbevel bij Sandberg.'

Idun en Tareq knikken tegelijkertijd als Iduns telefoon overgaat. Het blijkt Svetlana Moritz te zijn.

'Idun, vriendin. Heb je even?'

Idun gebaart naar Tareq dat hij even moet wachten.

'Niet echt. Maar even kort kan wel.'

Er klinkt gepraat op de achtergrond, Idun hoort dat Svetlana ergens anders heen loopt.

'Sorry, er kwamen mensen binnen. Ik ben nu op mijn kamer en ik zal het kort houden.'

Haar Russische accent is sterk.

'Eva bleek toch een slaapmiddel in haar lichaam te hebben. Zolpidem, wat verklaart waarom het in de eerste monsters niet is aangetroffen.'

Idun staat volkomen stil. Tareq observeert haar zwijgend.

'Solpi-wat?'

'Zolpidem. Het is een verslavend slaapmiddel en het bestaat in tabletvorm en in vloeibare vorm. De vloeibare vorm wordt in de darmen afgebroken en heeft een langdurigere werking dan de tabletten. De moleculen ervan worden gebonden aan enzymen die van nature in bloed voorkomen, wat betekent dat je sporenelementen moet toevoegen om het actieve ingrediënt vrij te laten komen. Dat hebben we volgens protocol pas bij de tweede analyse gedaan en daardoor is het nu net ontdekt. Ik hoop dat we jullie daardoor niet in de problemen hebben gebracht.'

De Russische stem zwijgt.

'Weet je of Eva Vendel het in de vaste of vloeibare vorm heeft gekregen?'

'De vloeibare.'

'Dat weet je heel zeker?'

'Honderd procent. De tabletten lossen langzaam op en dat gebeurt pas in de darmen. Als Eva tabletten had ingenomen, hadden we die in haar maag of zeker in haar ontlasting gevonden.'

'Denk je dat ze het slaapmiddel vrijwillig heeft ingenomen? Had ze het op recept?'

'Nee. Zo'n hoeveelheid neemt niemand vrijwillig in. De dosis op zich kan de lever ernstig beschadigen, wat alle normale artsen de patiënt vertellen wanneer ze het middel voorschrijven. En nee. Ik heb Eva's medicatielijst van de afgelopen vijftien jaar gecontroleerd. Ze heeft überhaupt nooit een slaapmiddel voorgeschreven gekregen.'

'Dus iemand moet het haar hebben toegediend?'

'Da.'

Ze beëindigen hun gesprek. Idun loopt naar de deur. Tareq kijkt haar vragend aan.

'Ik leg het je in de auto wel uit.'

Dan gaat ze op een drafje de gang op, met Tareq vlak achter zich aan.

Ze worden door een bejaarde man ontvangen. Met zijn wandelstok in de hand observeert hij hen vanaf de veranda wanneer ze het erf op draaien. Mattias Selberg draagt een lichtgekleurde broek en een gebreide trui. Zijn dunne witte haar wappert in de zwakke wind. Zijn gerimpelde gezicht vertoont geen spoor van verbazing over het onaangekondigde bezoek van twee politiemensen.

Idun en Tareq stappen uit de auto en slaan de deuren bijna tegelijk dicht. Even later gaat de voordeur achter Mattias open en een vrouw stapt de veranda op. Ze is jonger dan hij, lijkt achter in de vijftig en heeft een strenge uitstraling. Ze is gekleed in een ouderwetse lange rok en een hemd met lange mouwen. Ze is ook mooi, met haar haar in een lage, strakke knot. Het enige wat haar onderscheidt van de fotomodellen in de tijdschriften is de hoeveelheid make-up, op het gezicht van de vrouw is er geen spoortje van te zien.

De oude man kijkt Idun en Tareq vriendelijk aan. De vrouw is gereserveerder. Hoewel ze achter Mattias staat, ervaart Idun haar in de huidige situatie bijna als een bewaker. Het voelt vreemd dat een op het oog stabiele en rustige oude man verdediging nodig zou hebben.

'Hallo. Ik ben Idun Lind en dit is mijn collega Tareq Shaheen. We zijn van de politie en willen u een paar vragen stellen.'

Iduns vermoedens over de bestaande hiërarchie worden meteen bevestigd.

'Met wie wilt u praten? En waarover?'

De vrouw spreekt duidelijk, met een autoritaire stem. Idun kijkt haar in de ogen en ziet een dominante uitdrukking.

'Wij zijn op zoek naar Mattias Selberg.'

De vrouw steekt haar kin in de lucht en opent haar mond om te antwoorden, maar de oude man is haar net voor.

'Ik ben Mattias. Neem het mijn dochter niet kwalijk. Als het om vreemden gaat, is ze nogal sceptisch.'

De vrouw achter Mattias kijkt Idun vol afkeer aan. Idun negeert haar volledig.

'Kunnen we binnen praten?'

De vraag is gesteld aan Mattias, die antwoordt met een uitnodigend gebaar naar de deur achter hem.

'Kom binnen, van harte welkom. Mag Vivianne erbij komen zitten?'

Idun kijkt hem met een vragende blik aan.

'Juffertje Achterdocht hier achter me dus.'

Hij lacht hartelijk en luidruchtig. Idun loopt de trap van de veranda op en blijft tegenover hem staan.

'Dat gaat helaas niet. Mijn collega Tareq wil Vivianne graag apart spreken terwijl ik met u praat.'

Mattias lijkt na te denken. Idun voelt de klok tikken.

'Als dat prettiger voor u is, kunnen we de gesprekken ook op het politiebureau voeren. Voor ons maakt dat niet uit.'

Haar stem klinkt vriendelijk, maar Mattias lijkt zich bewust van de dreigende ondertoon. Hij zucht geamuseerd.

'Dat is niet nodig. Zoals ik al zei, jullie zijn van harte welkom. Ik kan met u in de woonkamer gaan zitten en Vivianne en uw collega in de keuken. Als dat voor jullie een goede oplossing is?'

De nederigheid in zijn stem klinkt natuurlijk. Idun weet niet hoe ze die moet opvatten. Is hij altijd zo welwillend of is hij gewoon sluw?

Ze gaan het huis binnen. In het voorbijgaan werpt Idun een blik op de buitenkant van de deur. De deur is versierd met een goudkleurige brievenbus met een tekst in krullerige letters erop. De inhoud ervan is identiek aan de brief die Eivor heeft ontvangen.

Iduns onderbuikgevoel zegt haar dat ze dichterbij komen, ze voelt het in elke vezel van haar lijf.

Wanneer ze in de donkere gang van het huis staan, raakt Tareqs hand lichtjes haar heup. Idun weet niet of dat met opzet is. Zonder te weten waarom slikt ze moeizaam als de voordeur achter hen dichtgaat.

Mattias Selberg omschrijft de Paradijshof als een ware weerspiegeling van zijn naam: een stralend paradijs. Hij vertelt over een gemeente waar je natuurlijk geheel vrijwillig je intrede kunt doen, maar die je ook weer kunt verlaten. Er is geen sprake van dwang, alles berust op vrije wil en wederzijds respect en begrip. Verder vertelt hij dat hij de eigenaar is van de grond en alle huizen die zich daar bevinden. De kleinere woningen verhuurt hij aan de gemeenteleden. De kleine winst die hij maakt, wordt gebruikt om hun gemeenschappelijke ruimtes te ontwikkelen, zoals het gemeenschapshuis, de kapel en de moestuin die de gemeenteleden een groot deel van het jaar bijna zelfvoorzienend maakt op het gebied van groenten en knolgewassen.

Na deze kleurrijke introductie neemt Idun het woord. Ze komt meteen ter zake.

'Kent u een vrouw die Eivor Bohm heet?'

Ze observeert Mattias aandachtig. Hij lijkt na te denken.

'Nee,' zegt hij uiteindelijk. 'Ik moet zeggen dat ik haar niet ken. Is dat iemand met connecties hier in de Paradijshof?'

Idun houdt haar blik op hem gevestigd.

'Eivor Bohm werkte bij de sociale dienst, zo'n vijfendertig jaar geleden.'

Mattias kijkt haar vragend aan.

'Werkte bij de sociale dienst? En wat zou de connectie met mij zijn?'

Idun blijft hem strak aankijken.

'Eivor Bohm werkte als ambtenaar bij de sociale dienst en bezocht u tijdens haar werk.'

Mattias schudt langzaam zijn hoofd.

'We waren een gezinstehuis voor veel gezinnen, mijn lieve Ellenor en ik. Ik herinner me geen speciale ambtenaar, in al die jaren zijn er hier zoveel geweest.'

'Dus u herinnert zich geen Eivor Bohm?'

'Helaas niet. Het spijt me dat ik je niet kan helpen.'

Hij legt zijn handen op zijn bovenbenen en staat moeizaam op. Staand kijkt hij op Idun neer met dezelfde ontspannen blik als eerst. Hij vindt duidelijk dat het gesprek voorbij is.

Idun blijft in de stoel zitten.

'Hoe vaak had u een gezin in huis?'

Met tegenzin gaat Mattias weer zitten.

'Dat weet ik niet meer.'

'Doet u eens een poging.'

Hij denkt na.

'Vier keer, misschien?'

'En u herinnert zich ambtenaar Eivor Bohm niet, die ten minste één van de plaatsingen hier heeft geregeld?'

Hij glimlacht.

'Ik ben een oude man, mijn geheugen is niet meer wat het geweest is. Beginnende alzheimer, volgens de dokters.'

'Dat spijt me.'

Hij haalt zijn schouders op. Het ziet er triest uit.

'Gods wegen zijn ondoorgrondelijk. Klagen of spijt hebben helpt niet. Het leven is wat het is.'

Daar reageert Idun niet op.

'Maar helaas. Ik herinner me geen Eivor Bohm, hoe graag ik dat ook zou willen.'

Idun weerstaat de aandrang om haar ene been over haar andere te slaan. Een open lichaamstaal verdient de voorkeur in dit soort gesprekken.

'U hebt een citaat uit de Bijbel op uw deur, op de brievenbus om precies te zijn. Weet u dat het citaat niet klopt?'

Mattias lacht hier hardop om. Dezelfde luidruchtige lach als eerder.

'Natuurlijk weet ik dat. Onze kerk is gebaseerd op bevrijding. Dat is ons gemeenschappelijk streven.'

'Bevrijding?'

'Van onze zonden. God wil ons daarvan reinigen. Hij wil ons bevrijden en het citaat is daar een herinnering aan. De Heer neemt het ons niet kwalijk dat we het verkeerd hebben geciteerd. Hij houdt van ons in ons streven.'

Nu is het Iduns beurt om te knikken.

'Ik begrijp het.'

Eigenlijk begrijpt ze het helemaal niet.

'We zullen hier binnenkort op terugkomen. Op dit moment heb ik verder geen vragen meer.'

Ze staat op, geeft Mattias een hand en loopt de gang op voordat hij de gelegenheid heeft om op te staan. Op weg naar buiten botst ze bijna tegen Tareq op, die de keuken uit komt lopen, veronderstelt Idun. Zwijgend trekken ze hun schoenen aan waarna ze de voordeur uitgaan en die achter zich dichttrekken. Ze stappen in de auto. Idun rijdt het erf van de Paradijshof af.

'Wat zei Mattias?'

Idun kijkt naar rechts en draait dan de kruising op.

'Dat hij zich Eivor niet meer herinnert. Leeftijd en het begin van alzheimer is blijkbaar de reden. Maar ik geloof hem niet, hij wuifde mijn vragen veel te snel weg.'

Ze geeft gas en stuurt ontspannen met één hand terwijl ze haar andere hand tegen de rand van de autodeur laat leunen.

'Vivianne herinnert zich Eivor tenminste nog. Ze plaatste twee kinderen en hun moeder bij Mattias en Ellenor, Mattias' overleden vrouw en Viviannes moeder.'

Idun schrikt op.

'Twee kinderen en hun moeder, zeg je? Vivianne weet dat dus nog?'

Tareq knikt.

'Ik heb de informatie al naar Siv gestuurd. Waarschijnlijk is ze nu bezig om die te checken.'

Idun denkt dat Siv dat vermoedelijk al heeft gedaan. Ze kan nog net haar telefoon uit haar zak vissen voordat hij overgaat. En inderdaad, Sivs nummer verschijnt op het schermpje.

'Ja?'

Het bereik is slecht en Siv moet het een paar keer herhalen. Na een paar minuten weet Idun wat ze moet weten over de plaatsing van de moeder en twee kinderen op de Paradijshof, na een gerechtelijk besluit door Åke Stenberg en ten uitvoer gebracht door ambtenaar van de sociale dienst Eivor Bohm.

Ze klikt het gesprek weg en werpt een blik in de achteruitkijkspiegel.

'We moeten naar het politiebureau. Siv heeft de moeder te pakken gekregen die door Eivor bij Mattias en Ellenor is geplaatst. Ene Viola, zei Siv, als ik het wel heb. De ontvangst was beroerd, maar van wat ik heb begrepen is die Viola in elk geval bereid ons te ontmoeten. Ze is op dit moment onderweg naar het bureau.'

Tareq grijnst.

'Ze is wel efficiënt, die Siv.'

Idun kan een instemmend lachje niet onderdrukken.

Mattias zit buiten zichzelf van woede op de bank met Vivianne tegenover zich, die zich in dezelfde leunstoel heeft laten zakken als waar de vrouwelijke politieagent zonet nog zat.

'Wat dacht je nou? Nu gaan ze graven in onze tijd als gezinstehuis, in wat ik deed in mijn tijd als geestelijk leider en misschien zelfs in de toestanden rond Lena!'

Hij stoot zijn woorden uit in boze uitademingen. Vivianne kan met moeite verstaan wat haar vader zegt, maar toch zit ze rustig in de leunstoel en kijkt hem met een vermoeide blik aan.

'Ze zouden de plaatsingen toch wel hebben ontdekt. Alles is bewaard in dossiers van de sociale dienst. En ze zullen niets te weten komen over je tijd als geestelijk leider. Het mag dan al jaren geleden zijn, maar iedereen weet dat het consequenties heeft als ze iets zeggen. Voor iedereen. Zelfs voor degenen die hier niet meer wonen. Viola riskeert gevangenisstraf, omdat ze niets deed om haar kinderen te helpen. En haar kinderen vormen nauwelijks een bedreiging voor ons. Haar dochter is van de aardbodem verdwenen en Tommy, wat zou hij durven te vertellen? Hij weet dat wij hem in onze val zouden meeslepen, dat we zullen getuigen dat hij bij Lena's redding aanwezig was en heeft meegedaan aan haar zuivering van haar ontucht en zonde.'

Met een gejaagde blik kijkt Mattias zijn volwassen dochter aan.

'Maar dat weet je toch niet! Het is jaren geleden dat wij hem onder controle hadden!'

Vivianne haalt diep adem waarna ze zich over de tafel buigt. Haar wangen worden rood.

'Weet je, papa. Ik kan geen verantwoordelijkheid nemen voor Lena's redding waar jij opdracht toe hebt gegeven. Ik kan je ook niet helpen met het feit dat de politie uiteindelijk de documentatie van die schorre teef van de sociale dienst over die plaatsing boven water krijgt. Maar ik beloof je dat er niets belangrijks aan het licht komt. De mensen zwijgen er nu al zo lang over. Het beste is om nu te doen alsof er niets aan de hand is, alleen te vertellen waar de politie toch achter komt en ons dan gedeisd houden. Dan wordt er niemand achterdochtig.'

Mattias kijkt zijn dochter aan alsof ze hem net heeft neergeschoten. Er parelen zweetdruppeltjes op zijn voorhoofd.

'Wat bedoel je? Wat zeg je me nou?'

Zonder antwoord te geven, staat Vivianne langzaam op. Staand kijkt ze op haar vader neer.

'Je zult verantwoording moeten afleggen voor je daden als ze aan het licht komen, wat vast en zeker niet gaat gebeuren. Maar hoe dan ook, je bent er zelf verantwoordelijk voor.'

En dan draait ze zich om en loopt weg. Mattias volgt haar met zijn blik, ziet hoe de stof van haar rok zich om haar benen wikkelt. Ze doet hem aan Ellenor denken. Als zijn vrouw niet zo mank had gelopen, hadden zij en haar dochter zich op dezelfde manier bewogen. Innerlijk verschillen ze meer van elkaar, Vivianne heeft niet de zachtere karaktertrekken van haar moeder geërfd.

Voor het eerst sinds Ellenors dood voelt Mattias dat de controle hem letterlijk uit handen glipt.

Door de paniek ontstaat er opnieuw een zwarte tunnel in haar gezichtsveld. Sara schreeuwt en huilt terwijl ze het levenloze kinderlichaam door elkaar schudt.

Het begon een paar uur geleden. Door het luik in de deur kregen ze yoghurt en boterhammen die ze zittend in bed opaten. Ellen gedroeg zich vreemd. Ze praatte onduidelijk en toen ze overeind probeerde te komen, had ze moeite om haar evenwicht te bewaren. Toen de insulinepomp piepte, drukte Sara op de grijze knop, eerst één keer en toen nog een keer. Toen hij koppig bleef piepen, drukte ze er een derde keer op en toen brak de hel los. Ellen braakte, brabbelde onverstaanbaar alsof ze onder invloed was en viel twee keer zomaar neer. Natuurlijk realiseerde Sara zich dat er iets mis was. Was de insuline misschien op? Of was haar bloedsuiker op hol geslagen? Voor de zekerheid drukte ze nogmaals op de grijze knop en na een paar minuten raakte Ellen buiten bewustzijn.

Eerst dacht Sara dat ze dood was. Huilend probeerde ze het meisje te reanimeren terwijl ze zich afwisselend tegen de deur gooide en zo hard ze kon om hulp schreeuwde. Haar stem brak, ze huilde en plaste in haar broek zonder het te merken. Ellen mocht niet doodgaan. Een vijfjarig meisje dat door haar ouders heel zeker werd gemist, mocht niet doodgaan! Sara weet niet hoe lang het duurde, maar uiteindelijk keek hij door het luik naar binnen. Daarna ging alles heel snel.

Hij opende de deur, Sara stortte zich krijsend op hem, probeerde hem in het gezicht te krabben, hem op zijn nek te slaan en hem tegen zijn benen te schoppen. Lenig ontweek hij haar, stootte hard met zijn elleboog tegen haar borstkas en keek vol afkeer naar haar toen ze naar adem happend op de grond viel. Tussen haar tranen door zag ze hoe hij de levenloze Ellen optilde en naar de deur liep. Sara dacht een glimp van nog iemand op te vangen, maar wist het niet zeker. Haar hoofd zat vol watten en haar longen schreeuwden om zuurstof, maar ze kon niet meer ademen. Haar lichaam verkrampte van paniek.

Hij nam Ellen mee en deed de deur op slot. Door het geruis in haar oren heen hoorde Sara het welbekende geluid van het omdraaien van de sleutel. Ze was weer alleen en Ellen was weg. Voor de eerste keer in haar leven was Sara van plan het op te geven. Gewoon op de grond te blijven liggen en voor altijd inslapen. Misschien dat God haar nu naar huis zou halen? Of anders de duivel?

Hoe dan ook, het kon haar niets meer schelen.

De vrouw, die in de zestig lijkt te zijn, is klein en tenger. Er vormt zich een fijn netwerk van rimpels op haar gezicht wanneer ze onrustig om zich heen kijkt als ze tegenover Idun en Tareq zit.

'Bedankt dat u met ons wilde praten.'

Viola haalt haar schouders op en wringt zenuwachtig haar handen.

'We hebben begrepen dat u en uw twee kinderen in een pleeggezin in Bredåker zijn geplaatst, bij Mattias en Ellenor Selberg, op de Paradijshof.'

Viola knippert met haar ogen. Ze hoest even voor ze antwoord geeft.

'Dat klopt. Maar ik begrijp niet waarom ik hier ben?'

Ze spreekt vreemd, met lange pauzes tussen haar woorden.

'We willen graag weten hoe de plaatsing in zijn werk is gegaan. Was ene Eivor Bohm uw contactpersoon bij de sociale dienst?'

Viola kijkt ontzet.

'Ja, Eivor was haar naam, ze bezocht ons in het ziekenhuis toen Tommy daar lag en regelde dat we bij Mattias en Ellenor konden komen. De rechtbank besloot dat we zo'n plaatsing nodig hadden.'

Idun wacht af.

'Maar waarom vragen jullie daarnaar? Het is al zoveel jaar geleden.'

'Hadden jullie het naar jullie zin op de Paradijshof?'

Viola zuigt haar wangen naar binnen en ontspant ze weer.

'We hadden het goed. We kregen eten en onderdak, dat was goed.'

De leugen geeft haar een vieze smaak in de mond. Idun kan het duidelijk horen. Tareq zit zwijgend naast haar.

'Was er iets wat minder goed was? Misschien iets wat je kinderen minder fijn vonden?'

Viola lijkt de vraag niet te begrijpen, wat ze ook bevestigt.

'Wat bedoel je?'

Idun houdt haar hoofd een beetje schuin.

'Misschien dat het ver van de stad was. Of dat de omgeving daar diepreligieus was?'

Ze hoort zelf dat de nuance van haar vragen te snel verandert.

Viola kijkt verward.

'Nee, het was niet te ver buiten de stad. En het feit dat de gemeente hun kerkdiensten had, had geen invloed op ons. Niet dat ik me kan herinneren, in elk geval.'

Ze lijkt elk moment in huilen te kunnen uitbarsten. Idun besluit van de gelegenheid gebruik te maken.

'Ik zie aan je dat er iets was waar jij en de kinderen niet blij mee waren. En waarschijnlijk terecht. Ik weet ook dat je hier vrijwillig bent gekomen om met ons te praten omdat onze collega Siv je heeft laten weten dat het belangrijk was. Maar ik zal niet aarzelen om je te arresteren voor medeplichtigheid aan moord als je mijn vragen niet uitvoerig beantwoordt.'

Viola hapt naar adem.

'Moord! Hoe bedoel je?'

Idun kijkt naar Tareq en dan weer naar Viola.

'De vijfjarige kleindochter van Eivor Bohm is ontvoerd. Er zijn sporen die ons naar Eivors werkzame leven bij de sociale dienst leiden. Ze leiden ook naar de plaatsing door Eivor op de Paradijshof. Die van jou en je kinderen dus.'

Viola kijkt doodsbang.

'Bedoel je... dat... dat er een klein meisje... is ontvoerd... en dat mijn kinderen en ik... verdachten zijn?'

Haar gezicht is krijtwit. Idun zuigt haar onderlip naar binnen. Bewust wacht ze opnieuw zwijgend.

'De ontvoerder van het meisje heeft connecties met de Paradijshof. We vermoeden dat er sprake is van een soort wraakactie tegen Eivor. Dus ik ben van plan je hier te houden tot je de waarheid vertelt.'

Viola kijkt gespannen door het raam. Buiten schijnt de zon, maar aan het zachtere licht is te zien dat de herfst in aantocht is.

'Ik weet niets van een ontvoering. Ik begrijp niet wat jullie willen dat ik zeg.'

'Hoe was het om op de boerderij van een religieuze gemeenschap te wonen?'

'Dat was goed.'

'Eva Stenberg. Zegt die naam je iets?'

Viola schudt afwezig haar hoofd.

'Nee, dat geloof ik niet. Eva zei je? Ik herinner me geen Eva.'

'Åke Stenberg dan?'

Ze antwoordt te snel.

'Nee, ik herinner me ook geen Åke. Is dat de man van die Eva?'

'Eva is Åkes dochter.'

Idun zegt het in de tegenwoordige tijd om niet te onthullen dat Eva dood is. Viola knippert een paar keer met haar ogen en fluistert dan zacht: 'Ik wil nu graag naar huis.'

Idun weet dat ze haar moeten laten gaan. Er is geen juridische grond om haar vast te houden. Dus waagt ze het erop.

'Voordat je gaat, wil ik weten waar je de voorlaatste vrijdag van augustus was, de eenentwintigste om precies te zijn.'

Viola kijkt nadenkend. Haar handen trillen op haar schoot.

'Op 21 augustus? O ja! Het klinkt vast gek dat ik daar zo direct antwoord op kan geven, maar ik was in het Sunderbyziekenhuis opgenomen. Ik werd voor de derde keer aan mijn pols geopereerd. Jaren geleden heb ik die gebroken, een dom verhaal, van de trap gevallen.'

Ze lacht hol. Idun herkent de klank, van de vele mishandelde vrouwen die ze in de loop der jaren is tegengekomen. Van de trap vallen schijnt vaak te gebeuren.

'Dat moeten we controleren.'

Viola knikt.

'Dat snap ik. Ik ben op woensdag geopereerd en vrijdag aan het eind van de avond uit het ziekenhuis ontslagen.'

Idun laat zich van haar empathische kant zien.

'Is de operatie goed verlopen?'

Viola schudt verdrietig haar hoofd.

'De arts dacht van niet. Maar nu is er niets meer aan te doen. Ik moet gewoon met de pijn leren leven.'

Bredåker 1997

Als 1997 nog maar een paar uur te gaan heeft voordat 1998 zijn intrede doet, zitten Tommy, Ingrid en Viola naast elkaar op een van de harde banken van de kerkzaal. Mattias staat vooraan bij het altaar. Hij is gekleed in een gewaad tot op de grond met een zilverkleurig lint over zijn schouders. Hij heeft een kaars in zijn ene hand en zijn andere hand houdt hij opgeheven. Hoewel er geen enkele vrije zitplaats in de rijen banken is, is het doodstil. Iedereen in de zaal is op Mattias gericht, bijna gehypnotiseerd. Sommige gemeenteleden zijn al in trance.

Mattias praat over de eeuwigheid. Over de liefde van God en ieders verantwoordelijkheid om de Heer te loven. Hij spreekt over schuld en schaamte, over de vergeving van zonden en de fysieke biecht die duizendmaal meer vergeving geeft dan de biecht die in woorden wordt uitgesproken. Hij spreekt over Gods bevrijding, de bevrijding die door lichamelijk lijden aan de mens kan worden geschonken. Een verwond lichaam geeft een genezen ziel zegt hij, terwijl hij daar in zijn witte gewaad staat met de kaars in zijn hand.

De gemeente staat op. De organist begint te spelen en iedereen zingt het achtste gezang van de dienst mee. Tommy's voeten doen pijn, zijn rug voelt stijf aan terwijl hij afwezig op de maat van de muziek wiegt. De mensen om hem heen heffen hun handen op naar de hemel, Tommy doet daar ook een halfslachtige poging toe. Zijn schouders zijn stram, hij is moe en slaperig. Het enige wat hij wil is dat de dienst voorbij is.

Als het gezang eindelijk is afgelopen, laten de mensen zich op de harde houten banken zakken. Tommy doet hetzelfde en probeert een acceptabele zitpositie te vinden, ook al weet hij dat dat onmogelijk is. Maar schande over degenen die opgeven, zoals Ellenor altijd zei toen ze nog gezond was.

Met een half oor luistert hij naar de rest van Mattias' preek. Wanneer het einde in zicht is, voelt Tommy zijn maag knorren. Wat zal het nieuwjaarsdiner nu smaken.

Mattias spreekt het laatste gebed van de dienst uit, doet dan het zilverkleurige lint af en legt het over de rand van het altaar. Een verbaasd gemompel gaat door de gemeente. Tommy rekt zich uit om beter te kunnen zien wat er zich afspeelt. Het is duidelijk dat er iets sensationeels staat te gebeuren, het lint wordt nooit voor de ogen van de leden afgedaan. Dat gebeurt altijd in Mattias' consistorie, die verborgen is achter een deur naast het altaar.

'Het is tijd voor ons om een van jullie in het hemelse familielicht te verwelkomen.'

Mattias' stem is vervuld van vreugde. De gemeenteleden kijken hem verwachtingsvol aan.

'God heeft namelijk aan ons geopenbaard dat hij wil dat onze familie zich uitbreidt. Mijn persoonlijke familie, om precies te zijn.'

Iedereen is stil, niet in staat te begrijpen wat hij bedoelt. Is Ellenor zwanger? Dat zal toch niet?

Mattias lacht terwijl hij voor het altaar staat, duidelijk geamuseerd door alle verbaasde gezichten.

'Ik zie wat jullie denken. Maar nee, we krijgen niet nog een kind, ik en mijn lief Ellenor. Daarvoor is het net te laat.'

Het gelach weerkaatst tussen de rijen banken. De zevenenvijftigjarige Ellenor zit afwezig kijkend op de voorste rij banken. Er loopt een beetje speeksel over haar kin, Vivianne veegt haar moeders mond af met een zakdoek. Sara zit met gebogen hoofd aan de andere kant naast haar oma.

'Ik heb het niet over een nieuw kind. God, onze Heer, heeft een andere wens uitgesproken. In het begin vond ik het moeilijk te accepteren, en ik moet eerlijk, zij het met tegenzin, toegeven dat ik in eerste instantie heb overwogen om niet te gehoorzamen aan de wil van de Heer.'

Het geroezemoes in de zaal is bijna voelbaar. Veel mensen draaien ongemakkelijk op de kerkbanken. Gods wil niet gehoorzamen? Is Mattias helemaal gek geworden?

Hun leider heft zijn handen in een poging hen tot stilte te manen. Onrustig kijken de mensen om zich heen voordat hij er uiteindelijk in slaagt hen zo te kalmeren dat hij verder kan gaan.

'We weten allen dat Gods wegen ondoorgrondelijk zijn. God doet niet altijd wat we verwachten, en hij wil ook niet altijd wat wij denken dat hij wil. Maar Hij wil áltijd het beste voor ons. Dat is het enige waar we in deze wereld met zekerheid op kunnen vertrouwen. Dat de Here God het beste met ons voorheeft.'

Plotseling wordt de sfeer meer ontspannen. Ze weten allemaal dat God goed is. Maar in Tommy's hoofd gaat een alarmbel af. Als uit een wolk die zwaar is van de regen druppelt dat gevoel binnen. Waar gaat dit eigenlijk over?

Mattias gaat met autoritaire stem verder.

'We mogen niet oordelen over God. En we mogen ook niet over elkaar oordelen.'

De gemeenteleden mompelen nu instemmend, sommigen heffen hun handen ten hemel.

'God wil...'

Korte stiltes zijn ongewoon voor Mattias.

'... dat ik een tweede vrouw neem.'

Dit laatste roept hij de zaal in. Alsof hij een geschenk komt brengen.

Het wordt doodstil. Veel mensen zitten met open mond. Ook Tommy.

Je had een speld kunnen horen vallen in het gangpad.

Als Mattias verdergaat, kijkt hij Ellenor aan.

'In het begin vond ik het zoals gezegd moeilijk te accepteren. En geloof me als ik zeg dat het me veel tijd heeft gekost om me met Gods wens te verzoenen. Er zijn vele gebeden en lofliederen in eenzame afzondering voor nodig geweest, en vele lange gesprekken met mijn vrouw. Mijn innig geliefde Ellenor.'

Hij kijkt zijn vrouw liefdevol aan. Afwezig kijkt ze naar het plafond.

'Maar door ons geloof weten we dat Gods woord wet is. We mogen niet ongehoorzaam zijn aan onze Heer. Dus na een lange periode van reflectie hebben we ingezien dat we aan zijn wil moeten gehoorzamen.'

De stilte is oorverdovend.

'Natuurlijk neem ik een tweede vrouw. Ze wordt mijn tweede geliefde echtgenote, maar ook een zuster voor Ellenor. Dit is iets wat we samen doen. Gezamenlijk.'

Mattias steekt zijn hand naar Ellenor uit. Met zachte hand duwt Vivianne haar moeder uit de bank. Ellenor staat wankel op en loopt onvast naar haar echtgenoot. Hij pakt haar hand stevig vast en in één beweging reiken ze hand in hand naar het plafond. Tommy vindt het op een zegevierend gebaar lijken. Er hangt een sliertje speeksel aan Ellenors kin.

Het geluid dat ontstaat lijkt van boven te komen. Een aanzwellend gejuich. De gemeenteleden staan op, mama en Ingrid staan ook op, verrukt in hun handen klappend. Pas als iedereen gaat zitten, merkt Tommy dat hijzelf helemaal niet is opgestaan. Hij geneert zich een beetje, een gevoel dat al snel zal verdwijnen.

Standvastig als een den staat Mattias bij het altaar met Ellenor aan zijn zijde. Hij steekt zijn vrije hand op. Opnieuw wordt het stil in de zaal.

'Dank jullie voor het delen in onze vreugde.'

Het blijft stil.

Niemand zegt iets.

Niemand behalve Mattias.

'Het is God die mijn tweede vrouw heeft gekozen. Ik eerbiedig zijn keuze.'

Teder kijkt hij Ellenor weer aan. Nietsziend kijkt ze uit over de gemeente. Tommy vraagt zich af of ze zich bewust is van wat er aan de hand is. Dat is zijn laatste gedachte voordat de paniek hem overvalt.

'Geliefde gemeente.'

Mattias zegt het zonder met zijn ogen te knipperen.

'Mijn toekomstige vrouw is Ingrid.'

De gemeente barst in een luid gejuich uit, het weergalmt tussen de wanden, het dak gaat er bijna af. Maar Tommy hoort het niet. Mama zit naast hem te trillen, Tommy weet niet of dat is van blijdschap of van schrik, het maakt hem niet uit. Hij kan niet helder denken. Wat gebeurt hier? Hoe kan hij een eind maken aan deze waanzin?

Dan voelt hij Ingrids beweging. Die is in een flits voorbij, de schok die door haar lichaam gaat alsof haar bloed tot ijs bevriest en haar hart tot stilstand brengt.

Tommy kent zijn zusje. Hij weet waar de secondelange stilte door komt. Hij leest haar lichaamstaal alsof hij haar gedachten kan lezen.

Ze wil niet met Mattias trouwen. Het laatste wat ze wil is met Mattias trouwen.

Ze gaat nog liever dood.

Idun en Tareq hebben net aan Anders verslag uitgebracht over hun gesprek met de breekbare Viola als er op de deur van de vergaderruimte wordt geklopt.

Siv steekt haar blonde hoofd om de hoek van de deur. Haar bril staat hoog op haar voorhoofd en, ongewoon, ze ziet er moe uit.

'Er is een vrouw die met de politie wil praten. Haar volwassen dochter wordt vermist.'

Idun kijkt haar verbaasd aan. Anders schudt geïrriteerd zijn hoofd.

'Dat moet naar een andere afdeling. Zware misdaad gaat niet bij het eerste vermoeden van vermissing onderzoeken, er moet reden voor verdenking van een misdrijf zijn voordat het bij ons terechtkomt. Maar dat zou je toch moeten weten, Siv?'

Dat laatste komt er met een zekere chagrijnigheid uit. Met reden, denkt Idun, en ze kijkt Siv verbaasd aan.

Haar blonde collega snuift.

'Dat weet ik toch ook. Maar de vrouw in kwestie is niemand minder dan Vivianne Selberg. En ze heeft een brief ontvangen.'

Plotseling staat de lucht stil. Idun recht haar rug en kijkt Siv met half dichtgeknepen ogen aan.

'Een brief die volgens jou in ons onderzoek past?'

'Precies dat, ja. Hij bevat bevrijdende componenten, zeg maar. Ik dacht dat jullie dat misschien interessant zouden vinden.'

Ze trekt haar hoofd terug en doet zacht de deur dicht voordat iemand in de kamer nog iets kan zeggen.

*

Vivianne is gekleed in een lange jurk, haar haar is opgestoken in hetzelfde lage knotje als toen ze haar de vorige keer zagen. Ze heeft een pleister op haar voorhoofd en in haar hand houdt ze een witte envelop. Het lijkt op het soort envelop dat in doosjes voorbedrukte kerstkaarten zit.

Idun stelt de vragen. Tareq, Anders en Siv staan aan de andere kant van de glazen ruit die er vanuit de verhoorkamer uitziet als een gewone spiegel.

'Mijn collega vertelde me dat je dochter eventueel wordt vermist. Hoe oud is ze?'

Vivianne kijkt Idun met een uitdrukkingsloze blik aan.

'Niet eventueel.'

'Pardon?'

'Sara wordt niet "eventueel" vermist. Ze wordt "zeker" vermist. En ze mag dan wel volwassen zijn, ze is toch mijn dochter.'

Idun wacht af. Vivianne doet hetzelfde.

'Wanneer heb je Sara voor het laatst gezien?'

'Afgelopen woensdag. Ze kwam langs om eieren te halen, om iets te bakken. Daarna heb ik haar niet meer gezien.'

'Verdwijnt ze vaker zonder aan te kondigen waar ze naartoe gaat?'

'Ze kondigt dat nooit aan, omdat ze nooit verdwijnt. We hebben een hechte band. Ik weet altijd waar ze is.'

'Behalve nu dan.'

Viviannes blik is donker. Maar ze zegt niets.

'Wonen jullie dicht bij elkaar?'

'Sara woont ook op het terrein van de Paradijshof.'

'En ze is al twee etmalen weg?'

'Ja.'

'Hoe komt het zo dat je haar niet eerder als vermist hebt opgegeven? Ik denk dat omdat we elkaar pas bij jou thuis hebben ontmoet.'

Vivianne steekt haar kin in de lucht.

'Ik geloofde dat ze terug zou komen. En ik denk dat de politie wel iets anders te doen heeft dan naar vermiste volwassenen te zoeken.'

Idun knikt instemmend. Het komt vaker voor dat mensen terughoudend zijn om contact op te nemen met de politie, ook al zou het publiek moeten weten dat het de taak van de politie is om onder andere vermisten op te sporen en verdwijningen te onderzoeken. Maar als er sinds de verdwijning twee volle dagen zijn verstreken, hebben de familieleden meestal wel contact met de politie opgenomen.

'Ik begrijp het, het was goed dat je nu in elk geval contact hebt opgenomen.'

Vivianne zwijgt.

'Mijn collega vertelde dat je een brief hebt ontvangen in verband met de verdwijning van je dochter?'

'Dat klopt, ik heb hem gisteren ontvangen.'

Vivianne legt de witte envelop op tafel. Ze vouwt haar handen alsof ze bidt en legt ze op het tafelblad. Dan knikt ze naar de envelop.

'Ik heb hem geopend en gelezen.'

Uit haar broekzak haalt Idun een paar dunne plastic handschoenen die ze aantrekt voordat ze de envelop oppakt. Ze opent hem voorzichtig en haalt er een dubbelgevouwen stuk papier uit. Een paar seconden nadat ze het heeft opengevouwen, werpt ze een blik in de spiegel. Ze hoopt dat Tareq het signaal oppikt dat ze zojuist de derde brief van Eva's moordenaar, ook Ellens ontvoerder, hebben ontvangen.

De geest van de Heer rust op Mij, want Hij heeft Mij gezalfd. Om aan armen het goede nieuws te brengen heeft Hij Mij gezonden, om aan gevangenen hun vrijlating bekend te maken en aan blinden het herstel van hun zicht, om onderdrukten hun vrijheid te geven.

Ze leest de brief nog twee keer door en kijkt dan naar Vivianne.

'Herken je de tekst?'

'Natuurlijk, het is een Bijbelcitaat.'

Dat beseft Idun natuurlijk ook. Ze wacht geduldig op het vervolg, maar Vivianne lijkt zo iemand te zijn die alleen antwoord geeft op wat je vraagt.

'Kun je iets over de inhoud van het citaat zeggen? Kun je het interpreteren?'

Vivianne gaat rechtop zitten. Ze antwoordt met een autoritaire klank in haar stem.

'In onze gemeente doen we niet aan interpretatie. We lezen Gods woord zoals het er staat. Tot op de letter.'

Idun knikt begrijpend, ook al begrijpt ze het helemaal niet. Weet Vivianne niet dat haar vader een verkeerd citaat uit de Bijbel in zijn eigen brievenbus heeft gegraveerd?

'Dus wat zegt dit specifieke citaat?'

Vivianne leest de tekst opnieuw, waarschijnlijk geheel onnodig.

'Er staat dat de Heer de onderdrukten zal bevrijden. Dat alle mensen vrijheid zal worden geboden. De blinden zullen weer kunnen zien.'

Idun denkt na.

'Wat wordt er bedoeld met de blinden? Iedereen van wie de ogen het niet doen?'

Vivianne kijkt bijna geamuseerd.

'De blinden zijn degenen die God nog niet hebben gevonden. Zij zullen nu hun goddelijk zicht terugkrijgen.'

Een interpretatie dus, denkt Idun. Maar dat zegt ze niet hardop.

Er moet een verband bestaan tussen de drie gevallen. De brieven zijn daar het ondubbelzinnige bewijs van. Als Sara tegen haar wil is ontvoerd, kan het zijn dat ze zich op dezelfde plek bevindt als Ellen. In dat geval betekent het dat Ellen tenminste samen met een volwassene is. Hoe verschrikkelijk het ook voor

Sara moet zijn, Idun voelt toch iets van troost omdat het vijfjarige meisje ondanks alles misschien niet helemaal alleen is.

Eén moord, twee ontvoeringen en drie Bijbelteksten. Idun kijkt weer naar de spiegel en hoopt dat Tareq hetzelfde verband heeft gelegd. Daarachter heerst waarschijnlijk een koortsachtige activiteit, vermoedelijk is Siv daar ook en noteert ze alles wat ze moet uitzoeken. De drie zaken leiden alle naar de Paradijshof. De vraag is wat dat betekent. Is de moordenaar iemand uit de gemeente? Zo ja, wie dan? En waarom?

'Heeft Sara vijanden?'

Vivianne schudt haar hoofd.

'Mijn dochter leeft haar leven in de gemeente en is bij iedereen geliefd.'

'Dus ze heeft geen relaties buiten de gemeente? Geen oude schoolvrienden van de middelbare school of iets dergelijks?'

'In onze gemeente ga je niet naar de middelbare school.'

Idun ademt geluidloos om te verbergen wat ze daarvan vindt.

'Maar ik neem aan dat iedereen naar de basisschool gaat?'

'Natuurlijk. Maar uit die periode heeft Sara geen contacten meer. Die zijn gestopt na het laatste schooljaar.'

Idun leunt achterover in haar stoel.

'Dus je bedoelt te zeggen dat je dochter hoogstwaarschijnlijk niemand van buiten de gemeente kent?'

'Niet hoogstwaarschijnlijk. Dat weet ik zeker.'

'En nu is ze verdwenen en heb je deze brief ontvangen?'

Vivianne knikt.

Nu is het Iduns beurt om geïrriteerd te raken. Het zou heel waardevol zijn geweest als dit onder hun aandacht was gekomen op de dag dat Vivianne de brief ontving, of in elk geval toen ze haar en Mattias op de Paradijshof bezochten. Nu is er op zijn zachtst gezegd waardevolle tijd verloren gegaan.

Het is of Vivianne haar gedachten kan lezen.

'Wij geven er de voorkeur aan om zaken binnen de gemeente op te lossen. Maar daar is ze niet, dat weet ik absoluut zeker. Dus nu heb ik jullie hulp nodig.'

'Sara's vader. Waar kunnen we hem vinden?'

'Dat kunnen jullie niet.'

'Waarom niet?'

'Omdat hij al jaren dood is.'

Idun slaat haar armen over elkaar. De pot op met die open lichaamstaal.

'Ik moet weten wie hij was.'

Nu bloost Vivianne.

'Nee, dat moet je niet. Maar omdat je het vraagt, kan ik je vertellen dat zijn naam Jakob Broo was. Hij was lid van onze gemeente, overleed een paar weken voordat ik me realiseerde dat ik zwanger was. Zijn ouders stierven enkele jaren voor hem en hij was enig kind. Dus alle banden met hem eindigden toen hij overleed. Hij had alleen mij. En Sara. Ons toen nog ongeboren kind.'

Idun maakt een notitie om Siv de informatie te laten controleren. Maar Vivianne lijkt in dit geval onmiskenbaar de waarheid te vertellen.

'Toen ik met je vader sprak, herkende hij de naam Eivor Bohm niet. Volgens mijn collega gold dat niet voor jou.'

'Ik begrijp niet waarom je in Eivor geïnteresseerd bent.'

Idun buigt zich naar voren, ze is het voortdurende verzet van de vrouw tegenover haar ineens zat.

'Eivor Bohms kleindochter is verdwenen. Ontvoerd, om het zo maar te zeggen.'

Vivianne spert haar ogen open.

'We geloven dat Ellens ontvoerder dezelfde persoon is die Eva Stenberg heeft vermoord, en ik denk, om redenen die ik je nu niet kan vertellen, dat het ook dezelfde persoon is die Sara heeft meegenomen.'

Nu trekt alle kleur uit Viviannes gezicht weg. Ze hapt naar lucht. Idun gaat helemaal los, zich er goed van bewust dat Anders vast niet blij is met wat hij vanaf de andere kant van het glas te horen krijgt. Maar de gedachte aan Calle flitst voorbij en iets in Idun lijkt te breken.

'Viola, Tommy en Ingrid waren in het gezinstehuis van jouw ouders geplaatst. Ik geloof dat dat met deze hele reeks gebeurtenissen verband houdt. Kan één van hen reden hebben om wrok te koesteren tegen jouw familie?'

Vivianne knijpt haar ogen weer half dicht.

'Ze mochten bij ons wonen. We namen verantwoordelijkheid voor hen, gaven hun eten en onderdak. Waarom zouden ze wrok tegen ons koesteren? Ze zouden ons juist dankbaar moeten zijn.'

Haar stem is beslist, haar blik spijkerhard.

Idun kan nog net de deur naar Anders' werkkamer dichttrekken voordat Siv met haar briefing begint.

'Wat Vivianne over Jakob Broo zegt, lijkt te kloppen. Hij was lid van de gemeente, stierf acht maanden voordat Sara werd geboren aan leukemie, had geen broers of zussen en zijn ouders zijn enkele jaren voor hem overleden.'

Idun vloekt stilletjes in zichzelf, ook al had ze al zo'n vermoeden gehad dat Vivianne de waarheid had verteld.

Siv gaat verder.

'Åke Stenberg was in het begin van de jaren tachtig rechter bij een arrondissementsrechtbank. Na een beslissing van de rechtbank kreeg Eivor Bohm de taak om Viola en haar twee kinderen in een gezinstehuis te plaatsen. Het vonnis resulteerde in een plaatsing bij Mattias en Ellenor Selberg in de Paradijshof. Er is dus een verband tussen Åke Stenberg, Eivor Bohm en Vivianne Selberg. Maar dat weten jullie allemaal al.'

Idun neemt het over.

'Viviannes brief bevat vergelijkbare Bijbelteksten als de brieven die Åke en Eivor hebben ontvangen, ook met passages over bevrijding. Het verband zit hem nu vooral in de brieven en dat die naar de ouders van twee van de gevallen zijn gestuurd, naar Åke en Vivianne dus.'

Anders kan het niet laten iets toe te voegen.

'Maar we hebben ook de brief van Eivor, Ellens oma. Waarom kreeg zij en niet een van Ellens ouders de brief?'

Idun kijkt haar baas in de ogen.

'Omdat Ellens ouders geen connectie met de Paradijshof hebben. Eivor wel.'

Anders fluit zachtjes. Idun vervolgt: 'Ik denk dat we een bezoek aan Viola's zoon Tommy moeten brengen. Volgens zijn moeder woont hij in het zomerhuisje dat Viola en haar zus ooit hebben geërfd.'

Siv gaat rechtop zitten.

'Dat klopt, ja. Hij staat daar zelfs ingeschreven. Alleen, hij is niet getrouwd en heeft ook geen kinderen.'

Anders krabt door zijn haar.

'En Tommy's zusje?'

Siv schudt bezorgd haar hoofd.

'Het is heel vreemd, maar ze lijkt compleet te zijn verdwenen. Staat op geen enkel adres ingeschreven, lijkt niet naar de middelbare school te zijn gegaan, staat bij geen enkel gezondheidscentrum ingeschreven en is niet actief op social media. Alsof ze van de aardbodem is verdwenen. Het kan ook zijn dat ze dood is, maar ook in dat geval is dat bij geen enkele instantie geregistreerd.'

Ze leunt achterover en slaat haar schrijfblok dicht.

'Tareq en ik gaan naar het huisje.'

Idun zegt dit terwijl ze van haar stoel opstaat. Anders knikt heftig.

'Ik roep versterking op.'

Het huisje ligt net ten noorden van het wintersportplaatsje Pagla. Idun en Tareq passeren het nog zomergroene skigebied en rijden door over de hobbelige bosweg.

Na een halfuurtje bereiken ze hun eindbestemming. De omgeving is idyllisch. Het rode huisje ligt verscholen tussen sparrenbos en bosbessenstruiken. De voordeur heeft gedetailleerd houtsnijwerk, achter de ramen zijn vaag kanten gordijntjes en plastic geraniums te zien.

Ze parkeren langs de weg, verscholen achter een paar lage sparrenbomen. Beiden dragen kogelwerende vesten als ze met getrokken wapens naar het huisje rennen. Twee politieagenten in uniform volgen hen op de voet. Iets verderop langs de weg wachten een paar politieagenten nog in hun auto, klaar om op bewegingen in de omgeving te controleren. Via de communicatieradio heeft Siv aangekondigd dat er een helikopter onderweg is.

Ze komen voor het huisje aan. Tareq klopt hard op de voordeur.

'Politie! Doe open!'

Tareq voelt aan de deurklink, de deur is niet op slot en hij duwt hem wijd open.

Met getrokken wapen stappen ze het halletje in. Tareq doet hetzelfde als Idun en richt de loop schuin op de vloer. In een flits ziet ze Calle voor zich en het beeld snoert Iduns keel dicht. Ze ziet voor zich hoe de eigenwijze duivel zijn wapen altijd recht voor zich uit hield en hoe ze achteraf altijd discussie hadden over hoe riskant dat was als een dader zich in een lage positie, vlak bij de grond, zou bevinden.

Boos schudt ze de herinnering van zich af. Ze moet nu niet aan Calle denken. Ze moet zich op het nu concentreren.

Ze lopen verder het huisje in. De keuken is klein en baadt in het zonlicht. Er staan een tafel, een keukenbank en een paar kastjes. Het keukentje is netjes opgeruimd en schoongemaakt en op de schoorsteenmantel hangt een theedoek te drogen. Tareq loopt erheen en voelt eraan. Een enkele blik op Idun is voldoende, ze begrijpt dat de doek nog vochtig is. Er is hier net nog iemand geweest.

Ze lopen achterwaarts de keuken uit. Een trap leidt naar de bovenverdieping en onder de trap is een lage deur. Idun voelt aan de klink. Hij zit op slot. Ze gebaart naar de twee geüniformeerde politieagenten om de bovenverdieping te doorzoeken. Ze lopen zachtjes de trap op.

Idun blijft voor de bruine deur staan. Waarom doe je een binnendeur op slot in een niet afgesloten zomerhuisje?

Met haar hand tast ze langs de bovenkant van het deurkozijn. Ze vindt de sleutel direct. Ze steekt hem in het slot en draait hem om, de deur gaat open en daarachter is een trap te zien die naar beneden leidt. Er moet een kelder onder het huisje zijn.

Idun kijkt naar Tareq, die kort knikt, waarna ze zich omdraait en een eerste stap naar beneden zet. De trap kraakt hard, Idun vloekt in zichzelf. Mocht er iemand beneden zijn, dan is diegene nu gegarandeerd gewaarschuwd voor hun komst.

Ze bereiken de kelderverdieping. Het plafond is laag, ze moeten zich allebei bukken. Er is geen mens te zien. Voor hen is er nog een deur. Het is duidelijk te zien dat zowel de deur als de muren eromheen nieuw zijn. In het midden van de deur zit een houten luik. Dat is bevestigd met twee scharnieren en er zit een metalen slot op waarmee de deur van buitenaf is af te sluiten.

Idun krijgt kippenvel over haar hele lichaam. Ze luisteren aandachtig, maar horen geen geluid. Als de agenten die naar de bovenverdieping zijn gegaan maar in veiligheid zijn.

Idun ademt met haar mond open terwijl ze haar hand op het slot legt en de vergrendeling openschuift. Tareq staat vlak achter haar met zijn pistool op het luik gericht terwijl zij het langzaam opent. Aarzelend buigt ze zich voorover om naar binnen te kunnen kijken, steeds met de angstige gedachte dat de dader met geladen wapen achter hen kan staan.

Bliksemsnel kijkt ze door het luik naar binnen. Het kost haar twee seconden om een totaaloverzicht te krijgen. Verschrikt recht ze haar rug weer. Tareq kijkt haar aan.

'Dat moet Sara zijn daarbinnen! Ze ligt op de grond, ik kan zien dat ze ademt.'

Tareq pakt zijn telefoon en roept de hulpdiensten op. Hij vraagt om meer politiemensen en twee ambulances ter plaatse. Siv krijgt de kans niet om te zeggen dat er al hulp onderweg is voordat hij het gesprek wegdrukt.

'En Ellen, heb je haar ook gezien?'

Idun schudt haar hoofd.

'Alleen Sara.'

Houtsplinters van het deurkozijn vliegen in het rond wanneer Tareq de nieuw geplaatste deur zo hard hij kan opentrapt.

Met loeiende sirene rijdt de ambulance weg over de bosweg. Sara ademde, maar was niet bij bewustzijn. Het eerste oordeel van de verpleegkundigen was dat ze niet uitgedroogd en ook niet ondervoed was, maar wel in zware shock verkeerde en waarschijnlijk was gedrogeerd. Tareq droeg haar de trap op en legde haar op de brancard. Nadat ze een infuus met vocht en pijnstillers in haar arm hadden aangebracht, plaatsten de verpleegkundigen haar in de ambulance en reden naar het ziekenhuis.

Als de ambulance uit het zicht is, krijgt Idun hem in de gaten.

Bijna onzichtbaar staat hij achter een boom, een eindje het bos in. Gekleed in een bruine broek en een donkergroene trui valt hij niet op in de donkere kleuren van de omgeving. Zijn ogen verraden hem. Als het zonlicht erin wordt gereflecteerd, valt Iduns blik daarop. Ze maken oogcontact. Idun legt haar hand op haar pistool in het holster en doet een stap naar voren.

'Hé, jij daar!'

Instinctief weet ze al dat het Tommy is.

Op hetzelfde moment begint hij te rennen.

Idun zet de achtervolging in. Haar lichte wandelschoenen roffelen op het grind als ze de weg schuin oversteekt. Ze springt over de sloot en ziet vanuit haar ooghoeken dat Tareq over het grasveld bij het huisje komt aanstormen.

Tommy verdwijnt tussen de bomen. Idun buigt af naar het bos, springt over een steen en nadert de bosrand. Het pad begint waar het open terrein ophoudt, het is platgetreden maar mul en haar voeten zakken weg in de ondergrond.

Ze ziet hem een paar honderd meter voor haar uit afbuigen. Bijna helemaal verborgen tussen de boomtakken rent hij verder het struikgewas in. Hij is lang en slank maar heeft geen bijzonder goede loopstijl. Idun schat in dat ze sneller is dan hij.

Ze volgt het pad en ziet hem tussen de lage begroeiing verdwijnen. Haar holster bonkt tegen haar ribben, de riemen trekken in haar oksels. Ze rent om een grote spar heen en besluit om ook het pad te verlaten. Als ze dan schuin naar beneden en naar links rent, moet ze hem kunnen inhalen, als hij tenminste niet van richting verandert. Ze weet niet of Tareq achter haar aan komt, maar ze wil geen snelheid verliezen door achterom te kijken.

De bosbessenstruikjes ritselen tegen haar broekspijpen. Haar enkels voelen sterk, haar benen stabiel. Ze beseft dat ze haar pistool zou moeten pakken om te checken of er een kogel in de loop zit, maar wil haar blik niet op iets anders richten.

Ze gaat nog harder lopen en verbeeldt zich dat ze Tommy plotseling een stukje verderop achter een groep bomen ziet verdwijnen. Ze vermindert haar snelheid iets en trekt haar pistool, houdt het stevig vast terwijl ze nog even verder rent.

Dan staat ze stil en luistert naar het bos.

Haar hart bonst.

Ze draait zich om zodat ze kan zien of Tareq achter haar aan komt. Als ze hem niet meer ziet, doet ze een stap naar voren en draait ze zich tegelijkertijd om om weer verder te kunnen rennen.

De dikke tak treft haar midden in haar gezicht. De pijn is er onmiddellijk, ze schreeuwt en valt achterover, verliest haar pistool. Het brandt in haar onderrug als ze op de grond valt. Ze houdt onmiddellijk haar armen als bescherming om haar hoofd, ze ziet dat hij recht boven haar staat.

Hij houdt een dikke tak in zijn hand.

Zijn ogen bliksemen van woede.

Haar rug doet pijn. Idun slikt en rolt op haar buik. Het kriebelt in haar longen, ze komt op handen en voeten overeind en hoest in de lage beplanting. Er spettert bloed uit haar mond. Ze veegt hem af met de rug van haar hand, realiseert zich dat ze niet weet waar haar pistool is.

'Ga op de grond liggen.'

Zijn stem is kalm. Idun denkt die te herkennen. Ze doet wat hij zegt. Er rent een mier over haar hand. Haar wang zit vol zand, één oog klopt pijnlijk. Ergens in de verte stijgt een zwerm vogels op. Idun kan moeilijk zien in welke richting ze vliegen. Ze ligt stil op de grond, probeert op adem te komen. Haar hoofd voelt warm en zacht. Het is moeilijk om haar gedachten op een rijtje te krijgen.

'We hebben Sara bevrijd. Het is nu voorbij.'

Ze herkent haar eigen stem niet.

Hij lacht zachtjes ten antwoord.

'Het zal nooit voorbij zijn.'

Hij klinkt niet boos, hij stelt gewoon iets vast. Idun probeert haar hoofd te draaien maar voelt de tak tegen haar wang.

'Lig stil. Beweeg je niet.'

Zijn toon is nu scherper. Hij klinkt geïrriteerd.

Ze doet haar mond dicht, probeert door haar neus te ademen. Ze weet dat ze dan meer zuurstof binnenkrijgt.

'Waar is Ellen?'

Ze krijgt zand in haar mond. Als hij geen antwoord geeft, probeert ze het nogmaals:

'Zeg waar Ellen is. Er is veel politie onderweg hiernaartoe.

Ook helikopters en hondengeleiders. Je komt hier niet mee weg, Tommy.'

Hij zwijgt. Ze voelt zijn aanwezigheid maar ziet hem niet. Durft haar nek niet te draaien.

'Het ging slecht met Ellen.'

'Hoezo slecht? Was het haar bloedsuiker? Alsjeblieft Tommy, Ellen is vijf jaar en ziek, ze heeft medische zorg nodig. Zeg gewoon waar ze is.'

Ze praat zo snel mogelijk zonder wanhopig over te komen, wetend dat ze niet nu al zou moeten smeken.

'Het is Sara's schuld dat het slecht gaat met het meisje.'

Idun probeert zijn redenering te volgen.

'Is het Sara's schuld dat het niet goed gaat met Ellen?'

Ze hoort dat hij diep inademt, waarschijnlijk om haar te antwoorden.

Dan klinkt er een schot.

Schreeuwend valt Tommy op de grond, op nog geen meter afstand van Idun. Ze rolt zich op haar buik, gaat rechtop zitten en tast in de bosjes naar haar pistool.

Dan ziet ze Tareq en verroert zich niet meer. Wijdbeens staat hij zo'n tien meter bij haar vandaan, houdt Tommy, die in het lage struikgewas ligt, in de gaten.

Weer stijgt er een zwerm vogels op uit het bos. Het klinkt alsof ze vlak boven hen vliegen.

In de verte horen ze een helikopter naderen.

Idun komt overeind. Ze loopt een stukje naar achteren en stoot tegen een den. Met trillende benen leunt ze ertegenaan. Tareq staat schuin achter haar. Tommy ligt op de grond. Hij jammert van de pijn en houdt zijn schouder vast.

Idun pakt haar telefoon en roept hulp op. Siv antwoordt dat er twee ambulances en een flink aantal politieauto's onderweg zijn. De bomen ruisen in de wind. Idun doet een stap naar voren. Ze voelt meer dan ze ziet dat Tareq hetzelfde doet en dan realiseert ze zich ineens waar ze Tommy eerder heeft gezien.

'Samuel, van de Jehova's getuigen.'

Zijn gezicht vertrekt van de pijn in zijn schouder.

'Ben je daar echt in getrapt?'

Idun doet nog een stap dichterbij. Haar rug voelt stijf aan.

'Zeg waar Ellen is,' zegt ze met scherpe stem.

Tommy sust haar en kijkt haar schuin aan.

'Je hoeft niet te schreeuwen. De doden slapen al.'

'Ik vraag het je nog een laatste keer. Waar is Ellen?'

Hij kijkt haar medelijdend aan. Maar als hij antwoordt, is zijn stem ironisch.

'Ellen is ergens in het bos bij Sävast. Ergens op de berg waar het wandelpad ophoudt. Daar is ze, in elk geval fysiek. Hoe het met haar zieltje is, durf ik niet te zeggen.'

Hij hoest hard en laat zijn schouder even los. Er stroomt bloed uit de schotwond. Idun realiseert zich dat de ambulance snel moet komen.

Ze hoort Tareq een telefoongesprek voeren. Hij informeert Siv kort en bondig. Idun doet een stap dichter naar Tommy toe en probeert haar stem niet te laten trillen.

'Leeft Ellen?'

Tommy kijkt haar brutaal aan.

'Geef godverdomme antwoord! Leeft Ellen nog?'

Tommy tuurt naar de hemel.

'Toen ik haar daar in het bos neerlegde nog wel.'

Na de ongewoon hete zomer werd er met smart naar de regen uitgekeken.

Maar voor de grote groep politieagenten die naar Ellen zoekt, komt hij hoogst ongewenst. De stromende regen belemmert het zicht in het bos en de kansen van de honden om het meisje op te sporen aanzienlijk.

Idun vloekt terwijl ze uitglijdt op een nat rotsblok. Haar dunne wandelschoenen hebben geen grip op het gladde oppervlak.

Ze loopt de berg op. Ver achter zich ziet ze een glimp van de woonwijk vanwaaruit Ellen verdween. Als Idun zich omdraait en haar ogen een beetje dichtknijpt, kan ze de kinderopvang van Blåbäcken zien. Vanaf deze afstand lijkt hij een smalle rode streep in het kletsnatte landschap. Tareq loopt vlak achter haar.

'Wandel je veel in de natuur?'

Idun kijkt achterom. Tareq let goed op waar hij zijn voeten neerzet.

'Wandelen niet. Maar ik loop vaak hard.'

'In het bos?'

Ze zucht.

'Op asfalt, maar ook in het bos.'

Ze zoeken de grond voor hen af, langzaam lopend om niets te missen.

'Ik hou ook van hardlopen. Ik moet bekennen dat ik liever naar de sportschool ga, maar lopen is een mooie aanvulling op krachttraining.'

Hij heeft een zeldzaam warme klank in zijn stem.

Idun geeft hem geen antwoord, heeft niets meer te zeggen.

Het is lang stil. Idun gaat met haar hand over haar vochtige haar, ze is erg nat maar heeft het niet koud. Het gaat harder regenen.

'Misschien kunnen we bij gelegenheid een keer samen gaan hardlopen. Als dit allemaal voorbij is, als gezamenlijke training met een collega.'

Tareq zegt het op een vriendelijke, vragende toon. Toch breekt Idun het zweet uit. Dat trainen deden Calle en zij altijd samen. Vaak hardlopen, af en toe krachttraining. Als Idun in een slecht humeur was, boksen. Calle weet haar zo te tergen dat ze er nog een schepje bovenop doet. Ooit deden ze yoga. Calle zag er zo ontzettend dom uit toen hij zo stijf als een blok beton wanhopig probeerde met zijn handen de grond te raken.

'Dat kunnen we misschien wel een keer doen.'

Ze lopen verder de berg op. Ze krijgen kramp in hun benen, Idun staat stil en strekt haar rug. Tareq doet hetzelfde. Hij laat de rugzak van zijn schouders glijden en pakt de waterfles die aan de zijkant hangt. Hij drinkt rustig een paar grote slokken en veegt dan zijn mond af met de rug van zijn hand. Niet het wandelen op zich is zwaar, het zoeken naar Ellen is de grootste inspanning. Mentaal is het een uitdaging om er steeds op voorbereid te zijn het ergst denkbare te vinden.

Een eindje verderop ziet Idun Cecilia Daniels, samen met Lajka. Cecilia's buik is dik, Idun denkt dat het niet eenvoudig moet zijn om hoogzwanger in open terrein te zoeken.

Overal om hen heen bewegen zich politieagenten, in kleine groepjes of in paren. De enige uitzondering daarop zijn de hondengeleiders, zij zoeken altijd zelfstandig, met hun hond als enige partner. In het ergste geval kan Ellen zijn begraven en daarom kijken ze ook uit naar grond waarin recent is gegraven. Idun denkt niet dat dat het geval is. Momenteel wijst niets erop dat ze is vermoord. Tommy had veel moeite gedaan om haar levend vanaf de kinderopvang mee te nemen. Als hij haar had willen vermoorden, had hij dat daar al kunnen doen en haar lichaam daar hebben kunnen achterlaten. Dan had hij én gemakkelijker én met minder risico kunnen vluchten.

Daarom realiseert Idun zich dat het een bepaalde betekenis moet hebben gehad om Ellen levend mee te nemen. Ze begrijpt alleen niet welke. Niemand uit Ellens omgeving heeft, op de korte brief met de Bijbeltekst die Eivor kreeg na, ook maar enig bericht ontvangen. Tommy had geen losgeld geëist en verder ook geen voorwaarden gesteld, hij nam Ellen gewoon mee en vertelde toen vrij luchtig waar hij haar had achtergelaten. Of in elk geval waar hij beweert haar te hebben achtergelaten. Zowel Idun als Tareq weet namelijk dat hij hen opzettelijk op een dwaalspoor kan hebben gebracht. Als dat het geval is, tikt de klok zo mogelijk nog onverbiddelijker door.

Cecilia Daniels houdt Lajka's riem stevig vast. Geconcentreerd zoekt de hond de grond af. Ze snuift gruis en stof op, af en toe niest het teefje door de prikkeling van haar slijmvliezen.

In de loop van de middag hebben meer hondengeleiders zich bij de zoektocht aangesloten en de commandant heeft ieder van hen een zoekgebied toegewezen. Via haar polshorloge met ingebouwd gps volgt Cecilia hun route. Als ze van de haar toebedeelde route zouden afwijken, geeft het horloge een signaal, iets wat vast niet gaat gebeuren. Daarvoor is Cecilia's oriëntatievermogen veel te goed.

Ineens blijft Lajka staan. Ze blaft dof. Cecilia's nekharen gaan overeind staan als de hond harder begint te blaffen. Het galmt door het bos, Lajka begint aan haar riem te rukken en trekken terwijl ze afwisselend naar Cecilia en in de richting van de steile helling voor hen kijkt.

Cecilia prijst de opgewonden hond en doet een paar stappen in de richting van de helling. Lajka trekt aan de riem, Cecilia moet snelheid houden om haar niet te laten schieten. Eigenlijk willen ze allebei naar de rand rennen, maar door Cecilia's dikke buik kunnen ze zich niet zo snel voortbewegen als normaal gesproken.

Hijgend verhoogt Cecilia haar snelheid zoveel als ze kan. Lajka haalt piepend adem wanneer haar halsband haar bijna wurgt door het harde trekken.

Ze bereiken de rand. Het terrein is dichtbegroeid, bosbessenplanten en laag struikgewas door elkaar. Er liggen grote rotsblokken langs de rand van de helling. Cecilia moet over een omgevallen dennenboom klimmen voordat ze de rand uiteindelijk bereikt en eroverheen kan kijken.

Daarbeneden liggen grote stapels boomstammen. Het lijkt een opslagplaats voor illegale houtkap te zijn. Hele sparrenstammen liggen op een hoop, de takken zijn eraf, er hangt een sterke harslucht. Ze kunnen niet veel langer dan een paar dagen geleden zijn gekapt.

Lajka blaft onophoudelijk. Haar geblaf klinkt dof en komt vanuit haar tenen. Cecilia weet dat het om óf een mogelijke dreiging óf om een vermoedelijke vondst gaat. Het zou kunnen zijn dat ze de geur van een beer heeft opgevangen, maar Cecilia beseft dat dat onwaarschijnlijk is. De haren van de hond staan niet overeind, haar vacht ligt glanzend en vlak tegen haar rug.

Cecilia buigt zich naar voren en legt haar hand tegen een grote steen waarna ze haar ene voet voorzichtig iets van de rand laat glijden. De bodem is vochtig en glad. Ze laat haar laars over de ondergrond glijden, houdt zich aan de steen vast om niet te vallen. Lajka trekt aan de riem, Cecilia struikelt en stoot haar knie tegen een uitstekende boomwortel. Ze snauwt naar de hond, die direct gaat zitten. De riem staat nog steeds strak, maar de hond trekt niet meer.

Cecilia zit half op haar hurken terwijl ze de helling af glijdt, probeert zich aan de rotsen of aan een van de gekapte boomstammen vast te houden. Ze negeert de pijn in haar rug en heupen. In stilte belooft ze zichzelf plechtig dat ze met verlof gaat zodra ze Ellen hebben gevonden. Na dit alles kan ze niet meer werken.

Het laatste stukje glijdt ze wat sneller. Haar onderlijf doet erg pijn. Ze stoot haar stuitje, door de pijn staat ze op, haar voeten glijden weg en ze valt achterover in het struikgewas. Het is nat en zacht, ze bezeert zich niet maar wordt erg smerig. Geërgerd komt ze overeind. Lajka kijkt haar onrustig aan. Het gaat nog harder regenen. Het blaffen gaat over in zacht grommen, Cecilia weet wat dat betekent: ze komen nu dichtbij.

Op hetzelfde moment dat Cecilia van Lajka wegkijkt, ziet ze

het meisje. Ze ligt beneden, in de lage begroeiing. Alles om haar heen wordt stil. Cecilia hoort het geblaf van Lajka en de regen die op de grond valt niet.

Het meisje ligt op haar rug, vlak naast het modderige pad dat van de helling af slingert. Om haar heen groeit het dichte kreupelhout, maar toch is ze goed zichtbaar. Cecilia vindt het vreemd dat ze haar niet zag toen ze bovenaan de rand stond. Lag ze er echt de hele tijd al, of is ze hier net neergelegd?

Het kleine lichaam ligt stil. Cecilia versnelt haar pas in de richting van het pad. Halverwege een stap trekt haar buik in zo'n sterke kramp samen dat het haar bijna zwart voor de ogen wordt. Cecilia staat stil en houdt haar handen om haar buik. Met open mond haalt ze hijgend adem, wil om hulp roepen maar haar lijf gehoorzaamt niet.

Na een tijdje wordt de kramp minder. Cecilia negeert haar onrust, dwingt zichzelf vooruit. Net voordat ze bij het meisje is, komt de volgende pijnscheut. Haar buik trekt zo krachtig samen dat haar benen knikken. Cecilia valt op haar knieën en kreunt hardop van pijn. Lajka jankt onrustig naast haar.

De pijn is binnen een minuut voorbij. Onhandig staat Cecilia op en voelt het vruchtwater lopen. Haar broek wordt vanbinnen en vanbuiten nat, in haar onderrug komt een doffe pijn opzetten.

Strompelend verplaatst ze zich het laatste stukje. Als ze er is, valt ze weer op haar knieën. Lajka gaat dicht naast haar zitten.

Ellens blonde krullen liggen als een stralenkrans rond haar hoofdje. Haar paarse trui met het roze hart op de buik is vies van de regen en de modder. Haar mond staat een beetje open. Het ziet eruit alsof Ellen iets gaat zeggen, maar er is geen geluid te horen. Alles rustig en stil.

De wangen van het vijfjarige meisje zijn bleek, het lijkt alsof ze van porselein zijn. De blauwe kinderogen staren wijd open en nietsziend naar de grijze hemel. Vlak voordat de volgende wee zich aandient, bedenkt Cecilia nog dat ze het glasachtige erin herkent. Dat glanzende vliesje dat bij alle mensen direct na het intreden van de dood is te zien.

Bredåker 1998

Op de laatste dag van januari, een maand nadat Mattias heeft verteld dat hij het voornemen heeft met Ingrid te trouwen, overlijdt Ellenor. De dokter legt uit dat haar hart het niet meer volhield. Ellenors eerdere beroerte veroorzaakte zoveel schade aan haar hersenen dat de rest van haar lichaam simpelweg niet meer in staat was nog langer te vechten.

Mattias is buiten zichzelf van verdriet en kondigt drie dagen van collectieve rouw in de gemeente aan. De dagen bestaan uit gebeden in de kerkzaal. 's Avonds eten de gemeenteleden gezamenlijk in het dorpshuis en 's nachts hoort Tommy, als hij wakker ligt, Mattias in de keuken heen en weer lopen. Hij huilt en praat zacht in zichzelf. Bij een paar gelegenheden komt hij de slaapkamer van Tommy, Ingrid en moeder Viola achter de trap binnen. Tommy doet alsof hij slaapt en gluurt zo voorzichtig mogelijk tussen zijn oogleden door. Mattias staat in de deuropening en kijkt hitsig naar Ingrid. Op dat moment beseft Tommy dat hij zijn zusje daar koste wat het kost weg moet krijgen.

De koudste maand van het jaar gaat voorbij en Ellenor wordt de eerste vrijdag in maart begraven. Mattias staat met zwarte kringen onder zijn ogen bij het graf als de kist wordt neergelaten. Vivianne huilt verbeten. Sara lijkt wanhopig wanneer ze voorgoed afscheid van haar grootmoeder neemt.

Twee dagen later kondigt Mattias aan dat hij zijn functie als geestelijk leider neerlegt. In eerste instantie zijn de protesten hevig. Onrust alom. Sommige mannen beginnen te ruziën over wie het stokje van Mattias moet overnemen. Hun verbaasde blikken zijn onmiskenbaar als hij aankondigt dat Vivianne de rol van geestelijk leider van de gemeente zal overnemen. Een vrouw. Nota bene een vrouw die moeder is van een buitenechtelijk kind.

De schok is compleet, maar iedereen kijkt wel uit om tegen Mattias in opstand te komen. Niemand zei iets toen Vivianne als ongehuwde een kind kreeg en niemand zegt nu iets. Zo zijn de regels. Mattias' woord weegt bijna even zwaar als dat van de Here God.

Drie weken later wordt er ter ere van Vivianne een ceremonie gehouden. Dezelfde avond deelt Mattias aan Viola mee dat het tijd wordt dat zij en Tommy van de Paradijshof vertrekken. Ze mogen natuurlijk nog weleens langskomen maar ze kunnen niet bij de gemeente blijven wonen.

Mama durft niet te protesteren. Tommy zwijgt ook, verbeten. Ze pakken hun spullen in ieder hun eigen rugzak. Mama lijkt apathisch, heeft het erover dat er niets is om naartoe te verhuizen, maar dat ze nog een huisje weet waar zij en Tommy wel heen kunnen. Ingrid kan langskomen wanneer ze maar wil. Dat Ingrid wordt geacht met een verkrachter te trouwen, lijkt mama niets te kunnen schelen.

Eigenlijk verbaast dat Tommy niet. De afgelopen jaren is hij zich steeds meer gaan realiseren dat mama in feite een radertje is in het grote verraad. Ze is onderdeel van het gebrek aan hulpverlening van de buitenwereld en onderdeel van waar hij en Ingrid nu voor staan. Voor Ingrid gaat het om een gedwongen huwelijk en voor Tommy over het verliezen van het enige mooie in het leven. Zijn kleine zusje.

Hij weet dat ze moeten maken dat ze wegkomen. Weg uit die hel in deze uithoek van de wereld.

Hij begrijpt ook dat ze mama moeten achterlaten. Tot zijn grote verbazing beseft hij dat hij zich daarom nog het minst zorgen maakt.

Tommy zit schijnbaar volledig ontspannen. Hoewel zijn handen zijn vastgeketend aan een veiligheidsbeugel die op zijn beurt weer aan de tafel is vastgeschroefd, lijkt hij redelijk op zijn gemak te zitten. Zijn advocaat, die naast hem zit, kijkt Idun vol afkeer aan.

'Is het niet overdreven dat mijn cliënt geboeid is tijdens zijn verhoor?'

Idun schenkt hem zo'n lange blik dat hij uiteindelijk zijn blik afwendt en in plaats daarvan naar Tommy kijkt.

'Zit je goed?'

'Ja.'

De advocaat lijkt genoegen te nemen met dat antwoord.

Idun leest in haar schrijfblok. Tareq zit naast haar, licht voorovergebogen, met zijn onderarmen op tafel en zijn handen ontspannen gevouwen voor zich. Als Idun klaar is met lezen, kijkt ze naar Tommy op.

'Toen we elkaar tegenkwamen voor Vendels huis, de dag na de moord op Eva. Wat deed je daar eigenlijk?'

Tommy luistert aandachtig naar de vraag.

'Bedoel je wat ik in de omgeving deed?'

Idun zwijgt, wacht.

'Ik hield jullie in de gaten. Ik wilde een eerste indruk krijgen van jouw speurwerk en dat van je chagrijnige collega.'

'Hoe lang ben je al een Jehova's getuige?'

Tommy spert zijn ogen open.

'Dus je bent erin getuind?'

Idun snapt het.

'Je bent geen Jehova's getuige. Dat was een smoes. Dus als ik de Koninkrijkszaal bel, hebben ze daar vast nog nooit van je gehoord, of wel?'

Hij kijkt haar aan met een flauw glimlachje om zijn mond. Idun noteert iets in haar schrijfblok. Ze wil hem laten geloven dat ze zich niets van zijn leugen aantrekt. Dan richt ze zich ergens anders op.

'We hebben je moeder gesproken. Weet jij waar we Ingrid te pakken kunnen krijgen?'

Tommy zwijgt.

'Waar is ze?'

Geen antwoord.

'Heeft je advocaat je ervan op de hoogte gesteld dat je nu ook wordt verdacht van zware mishandeling van Carl Brandt, de politieman die je in Vendels huis hebt neergeschoten, een paar nachten nadat je Eva hebt vermoord?'

Ook daarop geeft Tommy geen antwoord. Idun werpt een blik op de advocaat, die zijn keel schraapt.

'Daarvan is mijn cliënt op de hoogte, ja. En ik zou het op prijs stellen als u niet praat alsof hij de strafbare feiten waarvan hij wordt beschuldigd ook heeft gepleegd. Dat moet een eventueel proces uitwijzen.'

Door zijn geboeide handen is Tommy's beweging nauwelijks merkbaar, het zwakke gebaar met twee vingers met de bedoeling de advocaat tot zwijgen te brengen.

'Het is in orde. Ik ben schuldig aan waarvan ze me verdenken.'

De advocaat wil juist antwoorden als Tommy hem met zijn blik tot zwijgen maant.

'Ik heb Eva vermoord. En ik heb Ellen ontvoerd. Maar het was niet mijn bedoeling het meisje te doden. Sara moet haar een overdosis insuline hebben gegeven.'

Idun kijkt hem met half dichtgeknepen ogen aan. Inwendig kookt ze van woede.

'Dus je bent van plan om Sara de schuld van Ellens dood te

geven? Had je dit als verdediging voor ogen?' Een bijna verontschuldigend glimlachje trekt over Tommy's lippen.

'Natuurlijk niet. Maar het was niet mijn bedoeling haar te doden. Ze is aan een overdosis insuline overleden, dat weet ik zeker, en jullie vast ook als er sectie is verricht.'

Idun bijt op haar onderlip. Ze is er ineens van overtuigd dat Tommy én de waarheid spreekt én dat hij ook gelijk heeft.

'Waarom heb je Sara ontvoerd?'

Hij ontmoet haar blik.

'Wat denk je zelf, commissaris?'

Nu ontspant Tareq zijn gevouwen handen en leunt langzaam achterover in zijn stoel. Idun laat hem zijn beweging afmaken voordat ze Tommy antwoord geeft.

'Ik denk dat je slecht bent behandeld tijdens je jaren op de Paradijshof. En ik geloof dat je daarom wraak wilde nemen. Eivor Bohm was de ambtenaar van de sociale dienst die jou daar heeft geplaatst na een beslissing van rechter Åke Stenberg. Je hebt op allebei wraakgenomen door Åkes dochter en Eivors kleinkind te doden.'

Tommy kijkt haar doordringend aan.

'Oké. Je hebt Ellen niet vermoord. Je hebt haar ontvoerd. Maar dat was als wraak op Eivor.'

Zijn uitdagende blik wordt weer net zo vriendelijk als eerst.

'Bravo.'

Idun vervolgt: 'Je hebt Eva van haar werk opgehaald?'

'Dat klopt.'

'Hoe heb je haar zover gekregen dat ze bij je is ingestapt?'

Nu zucht Tommy geamuseerd.

'We kenden elkaar al. Mezelf Jehova's getuige Samuel noemen, bleek een gouden greep.'

Hij glimlacht. Idun wacht op het vervolg.

'Eva was geïnteresseerder in de Jehova's getuigen dan je zou denken. We hebben verschillende keren met elkaar gesproken voordat haar man een punt achter onze gesprekken zette. Dat was heel simpel voor me. Ik ben tenslotte opgegroeid in een sekte, ik weet precies wat ik moet doen om interesse en betrokkenheid te wekken. Toen ik haar een lift naar huis aanbood, voelde ze zich duidelijk veilig. Die jaloerse Vidar was aan het werk, dus hij zou er niet achter komen.'

'Was Vidar jaloers?'

Tommy haalt zijn schouders op.

'Als je Jehova's getuige bent en met mensen in contact komt, krijg je meer te horen dan je misschien nodig hebt.'

Idun maakt een aantekening in haar schrijfblok en schuift het naar Tareq door. Met een neutrale gezichtsuitdrukking leest hij wat ze heeft opgeschreven.

'Dus Eva en jij hebben tijdens je bezoek als nep-Jehova's getuige gepraat? Over veel meer dan waarvan Vidar op de hoogte is?'

Tommy knikt zwijgend ten antwoord.

'Heb je haar een slaapmiddel gegeven?'

'Ik heb haar koffie aangeboden. Ik had al twee papieren bekers van de supermarkt bij me. Ze dronk die van haar leeg, de rest is geschiedenis.'

'De spijkers door haar handen. Wat had dat te betekenen?'

Nu lacht Tommy zachtjes, het klinkt bijna kinderlijk.

'De spijkers, ja. Die kunnen we wel een Bijbels element noemen. God veroordeelt niemand. Maar Eva's vader, Åke, aarzelde geen seconde om te oordelen. Dus veroordeelde ik hem, via zijn dochter. Het oude gezegde, je weet wel. Oog om oog, tand om tand.'

Idun knijpt haar ogen halfdicht, begrijpt niet goed waar hij heen wil. Tommy heft zijn handen in een gelaten gebaar.

'Dat kwam ineens bij me op. Ik had de spijkers in de auto liggen na een recente verbouwing en op dat moment voelde het gewoon zo goed. Haar vast te spijkeren als Jezus aan het kruis. Ter dood veroordeeld. Voor iets wat iemand anders had gedaan. Je zou kunnen zeggen dat ze stierf voor haar vaders zonden.'

Stilletjes denkt Idun dat ze hem ergens misschien nog wel

begrijpt. De kleine jongen die van zijn jeugd was beroofd en van wie de wonden nooit waren geheeld. Maar ze realiseert zich ook dat hij ziek moet zijn. Heel ziek.

'Je hebt alles heel goed schoongemaakt.'

Tommy ontmoet haar blik. Ineens ziet hij er verdrietig uit.

'Nadat ik haar had gewurgd, heb ik haar aan het plafond opgehangen waarna ik haar handen aan elkaar spijkerde. Ze bloedde nogal, intussen heb ik mijn koffie opgedronken. Daarna heb ik uren schoongemaakt en ben ik uit het huis weggegaan, vlak voordat Vidar thuiskwam.'

'Hoe wist je wanneer Vidar thuis zou komen?'

Hij lacht weer.

'Als je zo lang in een bepaalde wijk hebt geëvangeliseerd, heb je een goed beeld gekregen van de tijden en gewoontes van alle buurtbewoners.'

'En de schoonmaak? Was dat ook een dagelijkse gewoonte? Ik moet zeggen dat je in dat geval wel erg geroutineerd bent.'

Het sarcasme in haar stem lijkt Tommy te ontgaan.

'Als je als ongewenst kind opgroeit, leer je wel onzichtbaar te worden. Het zit in mijn aard om mijn sporen uit te wissen. Letterlijk en figuurlijk.'

'Ik moet weten waar Ingrid is. We moeten ook met haar praten.'

'Ik heb geen contact met Ingrid, al jaren niet meer. Dat gezegd hebbende, ik wil het verder niet over haar hebben.'

'Waren jullie close met elkaar, tijdens jullie jeugd?'

Geen antwoord.

'Wanneer zijn jullie elkaar uit het oog verloren?'

Nog steeds stilte.

De advocaat ziet er nu tevredener uit. Idun gluurt naar Tareq. Haar bebaarde collega zit stil, observeert Tommy. Idun besluit om opnieuw een andere draai aan het gesprek te geven.

'En dan hebben we Carl Brandt nog. De politieman die je op de bovenverdieping van Vendels huis hebt neergeschoten.'

Zijn blik lijkt oprecht medelijdend als hij antwoord geeft.

'Ja.'

Ze aarzelt even, niet wetend of ze zijn antwoord aan kan horen.

'Waarom heb je hem neergeschoten?'

Weer die vriendelijke blik.

'Ik dacht dat hij mij zou neerschieten.'

Ze ademt langzaam.

'Dus je beweert dat je hem uit zelfverdediging hebt neergeschoten?'

Zijn ogen flikkeren. Dat is voor het eerst.

Ze heeft geen tijd om de volgende vraag te stellen voor er op de deur wordt geklopt. Siv steekt haar blonde hoofd om de hoek van de deur, haar ogen glanzen van ingehouden woede. Idun begrijpt dat ze het verhoor vanachter de spiegelwand heeft gevolgd.

'Idun, Tareq. Kunnen jullie even komen?'

Idun weet waarom Siv hen nu stoort. Eigenlijk heeft ze niets te zeggen, wil hen alleen even laten bijkomen van het over Calle praten en tegelijkertijd aan Tommy en zijn advocaat aangeven dat het verhoor nog een stap in de richting van de rechercheurs heeft genomen.

'Een moment. Ik heb nog een paar vragen.'

Siv knikt. Haar blonde hoofd verdwijnt weer naar buiten.

'De lamp in de hal. Waarom heb je die weer opgehangen?'

Tommy knippert met zijn ogen.

'De lamp?'

'Ja. Die heb je aan dezelfde haak opgehangen als Eva. Waarom heb je daar tijd aan besteed? Je nam onmiskenbaar een risico, gezien het feit dat het huis was afgezet en werd bewaakt.'

Dat laatste loog ze. Carolines nieuwsgierige blikken vanachter haar gordijnen waren vanzelfsprekend niet goedgekeurd door de politie.

Voor het eerst tijdens het verhoor kijkt Tommy zijn advocaat vragend aan.

'Ik wilde hem nog ophangen. Geloof ik. Ik weet het niet goed meer. Is het hier niet een beetje warm? Misschien kunnen we toch even pauzeren?'

Idun kan hem wel slaan.

'We onderbreken het verhoor en gaan over dertig minuten verder.'

De advocaat knikt instemmend.

Idun bedenkt dat het haar geen moer kan schelen of hij ermee instemt of niet.

Bredåker 1999

Tommy ziet zijn kans schoon als Vivianne de keuken binnenkomt. Mattias, Sara en Ingrid zijn nergens te bekennen. Vivianne en Tommy zijn helemaal alleen.

Ze pakt een appel uit de schaal op het aanrecht. Haar vingers zien eruit als klauwen, Tommy vindt haar de duivel in eigen persoon. Als hij haar blik ontmoet, zegt hij het botweg, zonder te aarzelen.

'Jouw vader is een monster.'

Vivianne kijkt hem onbewogen aan.

'Wat zei je?'

Hij steekt zijn kin uitdagend in de lucht.

'Ik zei dat jouw vader een monster is. Hij is Satan zelf die met Ingrid wil trouwen. Dat gaat niet gebeuren, zoveel kan ik je beloven.'

Vivianne geeft geen antwoord. Ze neemt een hap van de appel, draait zich om en loopt de keuken uit. Tommy blijft alleen achter, zich niet bewust van de bal die hij net aan het rollen heeft gebracht.

Zaterdag 5 september

Haar woede over het feit dat ze Ellen niet hebben kunnen redden, brandt in haar keel. Idun sprenkelt olijfolie over de salade en slikt moeizaam. Mika laat een handvol verse tuinkruiden in de schaal vallen.

'Hij lijkt me aardig.'

Ze zegt het met een verdrietige stem. Idun strooit wat zoutvlokken over de salade.

'Dat is hij ook.'

Mika giet water in een karaf.

'Maar?'

Idun krabt aan haar hals.

'Hij is Calle niet.'

Ze gaan de woonkamer binnen. Tareq en Per zitten al aan tafel, papa met een glas wijn voor zich, Tareq met ijswater.

'Ik voel me een beetje dom dat ik zomaar aannam dat je ook wijn wilde.'

Per kijkt gegeneerd. Tareq speelt met zijn waterglas.

'Niet nodig, hoor. Ik maak er nooit een punt van als ik alcohol krijg aangeboden.'

Mika gaat naast papa zitten, Idun naast Tareq.

'Drink je geen alcohol?'

Tareq kijkt Mika aan en haalt zijn schouders lichtjes op.

'Bijna nooit. Ik ben moslim, dus mijn moeder heeft het liever niet.'

Hij knipoogt naar haar. Ze antwoordt met een aarzelend glimlachje en reikt naar de wijnfles.

'Ik neem in elk geval wel een glas. En papa en ik zullen snel dooreten en dan gaan we. We weten dat jullie het heel druk hebben, we wilden er alleen voor zorgen dat jullie wat eten in je maag krijgen. Jullie werken zo hard.'

Ze probeert vrolijker te lijken dan ze is. Idun geeft Tareq de salade aan en schept zelf wat van de zalm op.

'We hebben wel wat te doen.'

Per kijkt haar bezorgd aan.

'Je moet altijd tijd maken om te eten. Zelfs jij, Idun.'

In zijn blik is medelijden te zien. Hij gaat met zachte stem verder.

'We hoorden dat jullie het meisje dood hebben gevonden. Dat is in alle opzichten heel verdrietig.'

Idun en Tareq kijken allebei op. Idun probeert de brok in haar keel weg te slikken.

'Hoe weten jullie dat?'

'Boden is maar klein. De mensen praten. Het doet me echt verdriet dat het op deze manier is afgelopen. Wat een nachtmerrie voor de ouders.'

Hoe gehard je ook bent als politieagent, je zult er nooit aan wennen dat ook kinderen worden vermoord. Idun wil huilen maar neemt in plaats daarvan een hapje zalm. Die smaakt lekker naar dille en citroen, maar ze heeft geen trek.

'Het is een nachtmerrie. Voor alle betrokkenen.'

Mika reikt naar de salade.

'Kunnen jullie iets over de aangehouden persoon vertellen?'

Idun kijkt Tareq kort aan. Het lijkt alsof hij op het eten is gefocust. Ze hoest zachtjes om zijn aandacht te trekken.

'Papa is psycholoog en Mika is universitair docent. Ze hebben daarom beroepsgeheim, dus ik kan met hen over mijn werk van gedachten wisselen. Als je je ongemakkelijk voelt, praten we ergens anders over tot ze weg zijn.'

Tareq kauwt op een hap zalm en slikt hem door met een slok ijswater.

'Sparren met een psycholoog en een docent lijkt me juist een prima idee.'

Hij proost met zijn waterglas in de lucht. Niemand aan tafel beantwoordt het gebaar.

Idun denkt hardop: 'In eerste instantie lijkt het om een wraakmoord te gaan. Een jongen die in een waardeloos pleeggezin terecht is gekomen, neemt nu wraak op degenen die hem daar hebben geplaatst. Een vrouw van de sociale dienst en de rechter die de beslissing tot plaatsing nam.'

Mika spert haar ogen open.

'Een wraakmoord dus?'

Idun fronst bezorgd het voorhoofd.

'Dat is niet ongewoon bij wraakgerelateerde misdaden in de lagere kringen. Zware criminelen nemen altijd wraak op elkaar. Maar bij normale mensen is dat niet zo gebruikelijk, om het zo maar eens te zeggen. Wraak is op zich een uiterst ongewoon motief bij zwaardere misdrijven. Dus ik vind het wat lastig om aan te nemen dat dat hier aan de orde is.'

Tareq dept zijn mond met zijn servet.

'Dat ben ik met je eens. Het voelt niet goed.'

Per neemt nog een stukje zalm. Hij strooit er zorgvuldig zout op.

'Mag ik je wat vragen over dat gezinstehuis. Was dat hier in Boden?'

Idun aarzelt. Per maakt met zijn vinger voor zijn mond een gebaar van 'mondje dicht'.

'Het beroepsgeheim is, zoals altijd, volledig.'

Idun werpt een schuinse blik op Tareq. Hij lijkt zich weer op het eten te concentreren.

'Kennen jullie de Paradijshof?'

Mika reageert onmiddellijk. Daardoor krijgt Idun de onzekere uitdrukking op het gezicht van haar vader niet mee.

'Dat is een sekte die woont en werkt op een boerderij buiten Bredåker. Hij wordt zelfs genoemd in een dubieus onderzoeksartikel van de faculteit.'

Mika's stem klinkt energiek. Idun en Tareq houden hun vork halverwege hun mond stil.

'Een echte sekte?'

'Yep. Ze beweren dicht bij bepaalde gemeenschappen te staan, maar dat klopt helemaal niet. In feite heeft de gemeente vrijwel niets met het christendom te maken. Integendeel, veel christenen vinden dat de activiteiten van de Paradijshof het christelijk geloof te schande maken.'

Idun legt haar vork op haar bord neer.

'Een sekte. Wat houdt die term precies in?'

Mika veegt haar mond af met een papieren servet.

'Het belangrijkste is dat de groep een totalitaire leider heeft die niet mag worden tegengesproken. Ze hebben misschien bijeenkomsten en vergaderingen, maar het woord van de leider is altijd wet. De hele organisatie draait om controle en is vaak gebaseerd op schuld en schaamte. De gemeenteleden voelen meer schuld tegenover God dan dat ze zijn liefde ervaren. Religie gebaseerd op angst, simpelweg.'

Idun luistert aandachtig. Ook Per is opgehouden met eten en luistert nu gefascineerd naar zijn jongste dochter.

'Het draait om controle en macht. Om het leven van anderen en hun relatie met God zo ongeveer te beheersen. De leider kan de gemeenteleden reinigen, genezen en bevrijden van zonde. Natuurlijk wil iedereen deelnemen aan die reiniging, maar die is bijna onmogelijk te bereiken. Het wordt een levenslange strijd om een onbereikbaar doel. Op deze manier kan de leider de groep tot in alle eeuwigheid blijven leiden.'

Mika zwijgt.

'Dat met die bevrijding. Waar gaat dat om?' vraagt Idun.

Mika prikt in het eten op haar bord, maar legt haar vork dan weer neer.

'Om de leden te bevrijden van hun zonden. De leider kan dat als enige en daarom is de groep afhankelijk van hem. Ik zeg "hem", want het is bijna altijd een man.'

Idun neemt het laatste slokje uit haar waterglas.

'Jullie moeten ons verontschuldigen, maar we moeten weer aan het werk.'

Per en Mika knikken tegelijk.

'Ga maar gauw. Wij doen de afwas en sluiten af als we weggaan.'

Tareq bedankt vriendelijk voor het eten. Hij geeft Per en Mika een hand waarna ze naar de hal lopen. Idun omhelst haar twee familieleden en rent op een holletje achter Tareq aan. Ze trekken hun schoenen aan en gaan naar beneden, naar de parkeerplaats aan de achterkant van het gebouw. Tareq gaat voorop naar de dienstauto, maar Idun loopt iets verder door.

'Rij jij maar naar het bureau. Ik neem mijn eigen auto. Je weet nooit hoe laat het wordt en wanneer je naar huis kunt.'

Tareq knikt bevestigend.

'Zie je op het bureau. Bedankt voor het lekkere eten.'

Idun stapt in haar auto en ziet Tareq wegrijden. Er is nog iets meer in deze zaak, dat voelt ze instinctief. Het feit dat Tommy zo zorgvuldig heeft schoongemaakt, knaagt aan haar. Was dat echt uit gewoonte geweest? Een gevolg van zijn nare jeugd? Vaak proberen daders van geweld hun sporen uit te wissen, omdat ze al in de politiedatabase staan en dus zullen worden verraden door hun achtergelaten sporen. Tommy komt echter in geen enkele database voor. Wat dan overblijft is dat je schoonmaakt om te voorkomen dat je bij geplande toekomstige misdaden wordt ontmaskerd. Dan is het de vraag welke misdaden Tommy de komende tijd van plan is te plegen? Staan er nog meer mensen op zijn lijstje om te worden bevrijd? Nu zit hij inderdaad in hechtenis zonder de mogelijkheid nog meer misdaden te plegen. Toch heeft Idun een onderbuikgevoel. Er klopt iets niet in dit hele verhaal. Het ergert haar dat ze er niet de vinger op kan leggen wat dat dan kan zijn.

Ze wil net de auto starten als haar te binnen schiet wat ze is vergeten. Verdomme nog aan toe! Ze zou vanavond met Maria naar de film gaan.

Idun zucht en stapt uit. Ze moet snel naar haar buurvrouw

om af te zeggen. Mika zou haar ermee plagen, haar jongere zus die altijd zeurt dat Idun toch in elk geval een soort sociaal leven moet zien te krijgen. Idun doet de autodeur op slot en loopt terug naar de ingang van het gebouw.

Bredåker 1999

De kring bestaat uit Tommy en dertien vrouwen. Ze staan allen met gebogen hoofd en hun blik op de grond gericht. Er hangt een bijna tastbare spanning in de lucht.

Vivianne komt als laatste binnen. Ze draagt een gitzwarte jurk met lange mouwen. Haar ogen zijn donker van woede, haar mond is tot een streep vertrokken. Ze heeft haar zwarte tas in haar hand. Ze loopt langzaam, de combinatie van kwaadheid en flegma geeft haar binnenkomst een macabere indruk. Dit is een almachtige vrouw.

Als ze bij de kring komt, opent die zich. Ingrid en Sara gaan opzij zodat Vivianne kan passeren. Een laatste stap en hun geestelijk leider staat op haar plaats in het midden van de kring.

Alleen het geluid van de zwakke wind door de boomtoppen is hoorbaar.

Tommy's hart bonkt in zijn borstkas, hij proeft de smaak van bloed in zijn mond. Ingrid staat naast hem, haar blik gespannen op de grond gericht. Haar zwarte jurk wappert in de wind, haar dikke haarvlecht hangt zwaar op haar rug. Een krullende haarlok is losgeraakt.

Vivianne laat haar tas op het gras zakken. Ze buigt zich langzaam voorover en maakt hem open. Ze steekt haar hand naar beneden, stopt halverwege haar beweging en wacht. Ze rekt het proces bewust. Als ze haar rug recht, houdt ze een zweep in haar hand. Uit de zwarte schacht komen leren stroken, die zich op hun beurt vertakken. Aan het uiteinde van elke strook is een zilverkleurige metalen bolletje bevestigd.

Vivianne klakt met haar tong. De snelle klikgeluiden maken dat de vrouwen in de kring gelijktijdig opkijken. Angstig kijken ze naar hun leider.

Langzaam draait Vivianne rond in het midden van de kring. Zo langzaam, dat ze de vrouwen een voor een in de ogen kan kijken. Omdat ze bij Ingrid begint, kijkt ze Tommy als laatste aan. Vivianne ziet zijn angst. Schrik vermengd met paniek.

Ze spreekt hem met een dreigende stem toe.

'Tegen Gods wil ingaan is de ergste van alle zonden. En dan ook nog kwaadspreken over een van de goddelijke leiders van de gemeente maakt het tot verraad van de ergste soort.

Tommy weet wat hem te wachten staat, Ingrid is er eerder bij geweest. Die keer dwong hij haar te vertellen wat er was gebeurd, maar dacht dat ze loog. Dat doet hij niet langer.

'Wil je worden bevrijd?'

Een retorische vraag.

'Nou, wil je dat?'

Tommy weet dat hij niet moet antwoorden. Nog niet.

'Wil je worden bevrijd?'

De derde keer is de laatste. De drie-eenheid en zo. Hij stapt voorzichtig de kring in. Zijn antwoord komt als een plotselinge schreeuw die de vogels beneden op het strand verschrikt doet opvliegen.

'Ik wil worden bevrijd!'

Hij barst in huilen uit. In een enkele beweging rukt hij zijn overhemd open, de knoopjes gaan los, vliegen in het rond en vallen als kleine steentjes in het gras.

Dan heft hij zijn handen ten hemel en werpt zich op de grond, blijft met zijn naakte rug naar boven liggen. Viviannes ogen zijn inktzwart. De vrouwen in de kring happen naar adem, zich bewust van wat er staat te gebeuren.

Als Vivianne de zweep omhoogsteekt, pakken de vrouwen elkaars handen vast, verenigd in de kring om Tommy en Vivianne. Met naakt bovenlijf ligt Tommy op zijn buik, zijn gezicht in het gras. Hij schokt van angst en verdriet.

Met krachtige bewegingen dient Vivianne slag na slag toe. De zweep raakt Tommy's rug hard, het zwiepende geluid suist door de lucht. Steeds als de zilveren bolletjes zijn lichaam treffen, is een vochtig geluid van loslatende huid hoorbaar.

Tommy verzet zich alleen door te schreeuwen. Het klinkt afschuwelijk. Stroompjes bloed lopen langs zijn zijden en worden opgezogen door de aarde. Uit stof zijt gij geboren, tot stof zult gij wederkeren.

Wanneer Tommy bewusteloos is en geen geluid meer maakt, gaat Vivianne wijdbeens boven hem staan. Ze legt de zweep op de grond en trekt haar jurk tot haar middel op. Ze heeft geen onderbroek aan. Met haar ogen dicht en haar gezicht naar de hemel gericht, laat ze haar urine over Tommy's bloederige rug lopen.

Marie doet de deur open en kijkt haar vol verwachting aan. Ze draagt een tuinbroek en een geruit overhemd. Haar blonde haar heeft ze in een rommelig knotje midden op haar hoofd, losse plukken haar steken alle kanten op.

'Hoi, Idun!'

Marie lacht verwelkomend. Idun schaamt zich omdat ze haar moet teleurstellen.

'Hoi, Marie. Ik kom met vervelend nieuws.'

Haar buurvrouw glimlacht vragend.

'O ja? En ik heb nog wel *gino* gemaakt, je weet wel, gegratineerd fruit met witte chocolade.'

Ze knipoogt gul.

'Is je werk de schuldige?'

Idun moet wel lachen om de slechte woordgrap.

'Dat kun je wel zeggen, ja.'

Marie trekt een huilgezicht.

'Ik snap het. Denk maar niet aan mij. Ik kan ook alleen naar de film.'

Idun wiebelt van haar ene voet op de andere.

'Ik maak het goed met je als dit onderzoek is afgerond. Een etentje zonder paarden erin, goed?'

Marie wuift met haar handen.

'Maak je geen zorgen. Maar kom binnen en neem wat gino mee. Ze zitten in folievormpjes dus je kunt gemakkelijk een paar stukken mee naar je werk nemen. En waag het niet om nee te zeggen. Ik ga hier niet in mijn eentje thuis zitten en vol zelfmedelijden een lading gino naar binnen werken.'

Idun aarzelt en realiseert zich dat ze haar nieuwe buurvrouw nog niet heeft kunnen vertellen dat ze niet zo gek is op zoetigheid.

'Een beetje gino zou niet verkeerd zijn.'

Na haar leugentje om bestwil denkt ze bij zichzelf dat Siv en Tareq ze mogen opeten. Siv is dol op koffie met wat lekkers.

Ze lopen de hal in. Marie doet de voordeur dicht, Idun trekt haar schoenen uit en volgt haar buurvrouw het appartement in. Dit is de eerste keer dat Idun hier is.

'Wat heb je het hier leuk.'

De muren zijn nieuw behangen en licht, de vloer pas gelegd en donker. Het hele appartement is ingericht in donkere tinten groen, bruin en koper. Aan de keukenmuren hangen abstracte schilderijen. Zware kleuren lopen in elkaar over en vormen een soort natuurlijk motief zonder feitelijk echt iets voor te stellen.

Idun wil net vragen waar Marie de schilderijen heeft gekocht als ze een glas ondoorzichtige vloeistof in haar hand krijgt gedrukt. Het is koud en ruikt naar fruit.

Marie lacht om Iduns vragende blik.

'Ik had een aperitief voor mezelf klaargemaakt. Maar om het goed te praten: er zit geen alcohol in, alleen puur fruit. Ananas, limoen, een beetje verse gember en veel ijs.'

Idun bekijkt het ijskoude glas. De vloeistof is lichtgeel en ziet er ontegenzeggelijk lekker uit.

'Weet je zeker dat het alcoholvrij is? Ik moet nog rijden, naar mijn werk.'

Marie knikt overdreven.

'Absoluut. We willen niet dat de agent wordt betrapt op rijden onder invloed.'

Ze port Idun zacht in haar zij zodat het drankje bijna over de rand van het glas klotst.

Ze proosten en nemen ieder een flinke slok. Het is erg lekker, helemaal niet zoet, en Idun neemt nog een paar slokjes. Ineens krijgt ze haast om weg te komen. Tareq wacht op het bureau op haar.

Marie draait zich om naar het aanrecht.

'Ik zal jouw gino even inpakken. Ik doe wat extra, dan kun je je collega's ook wat geven.'

Idun wil haar net antwoord geven als de ruimte begint te draaien. Ze zet haar hand tegen de wand maar voelt verbaasd hoe die onder haar wegzakt. Het lijkt alsof hij van gelei is, haar hand zakt weg in het zachte materiaal op hetzelfde moment dat Marie en het aanrecht opzij lijken te bewegen. De ruimte golft.

Zonder dat Idun het merkt, glijdt het glas uit haar hand. Het valt in stukken op de vloer, de gele vloeistof spat over haar broekspijpen.

Het doet geen pijn als ze op de grond valt. De dreun lijkt een slepend geluid dat niet op lijkt te houden. Het laatste wat Idun ziet voordat haar ogen dichtvallen, is Marie die zich over haar heen buigt. Ze ziet er vrolijk uit, met haar drankje in de hand en een glimlach om haar lippen.

Wanneer de diepe duisternis haar overvalt, voelt Idun haar lichaam voor het eerst in weken echt ontspannen.

Even later is de buitenwereld weg.

Op het politiebureau is het donker en stil. De meeste collega's zijn inmiddels naar huis. Tareq en Siv zijn alleen op hun verdieping. Ze zitten nadenkend in de personeelskamer, ieder met een kop koffie in hun hand. Tareq heeft Idun driemaal gebeld zonder antwoord te krijgen.

'Er klopt iets niet.'

Sivs stem haalt hem uit zijn gedachten.

'Als je die koffie bedoelt die jullie noorderlingen drinken, dan kan ik het wel met je eens zijn.'

Daar moet Siv hartelijk om lachen.

Tareq gaat verder: 'Alle gekheid op een stokje, je bedoelt dat met Idun, hè?'

Nu kijkt Siv verrast.

'Idun? Nee, ik dacht aan Tommy. Wat klopt er niet met Idun?'

Tareq wrijft over zijn wangen. Zijn baard raspt als het geluid van voetstappen over gedroogd gras.

'Ik ben een uurtje geleden bij Iduns appartement weggereden. Ze zou met haar eigen auto komen. Hoe lang doe je daar over?'

Siv haalt haar schouders op.

'Misschien zit ze in de garage wel te bellen over het onderzoek? Er is altijd te weinig tijd en altijd mensen die aan je trekken. Je zult zien dat ze zo wel komt opdagen.'

Tareq beseft dat hij moet proberen te ontspannen, misschien wat minder koffie drinken.

'Ik dacht meer aan Tommy en al dat Jehova-gedoe.'

Siv klinkt bezorgd.

‘Jehova-gedoe?’

‘Dat hij evangeliseert om dichter bij de mensen te komen. Zo dichtbij dat hij levens in kaart kan brengen en hen zijn auto in kan lokken. Bij wie heeft hij nog meer geëvangeliseerd? Kunnen er nog meer dodelijke slachtoffers zijn waar wij niets van weten?’

Siv krijgt rode vlekken in haar hals.

‘Een vrouw vermoorden, een andere ontvoeren plus een klein kind dat uiteindelijk door zijn toedoen doodgaat, ook al is het indirect. Religieuze teksten sturen waarin woorden zijn vervangen door “bevrijding”. Wie denkt hij eigenlijk bevrijd te hebben?’

Tareq krijgt niet de gelegenheid te antwoorden voordat ze verdergaat: ‘Als hij zich nu slecht behandeld voelde door Åke en Eivor vanwege hun keuze voor het gezinstehuis waar hij werd geplaatst, heeft hij Eva en Ellen misschien van hén bevrijd? En wilde hij Sara dan van Vivianne bevrijden?’

Tareq knikt.

‘Daar kun je weleens gelijk in hebben. Maar ik begrijp niet waarom hij in dat geval Eivors kind niet heeft vermoord? En waarom heeft hij Eva niet ontvoerd? Haar heeft hij immers meteen vermoord. Van Ellen weten we toch ook niet of hij eigenlijk van plan was haar te doden. Hij geeft Sara de schuld, die vanzelfsprekend niet als schuldig kan worden beschouwd, niet in juridische zin maar ook niet in moreel opzicht. Maar waarom heeft hij Sara en Ellen niet direct gedood, zoals hij met Eva deed?’

Siv schudt haar hoofd.

‘Ik weet het niet. En nu ga ik naar huis. Jullie hebben heel wat om over na te denken vannacht, Idun en jij. Probeer wat te slapen, voor zover we weten is er op dit moment niemand in levensgevaar. Anders heeft het verplegend personeel gesproken en Sara slaapt. Ze is in shock en moe, maar heeft geen fysieke schade opgelopen. Jullie kunnen haar vermoedelijk morgen verhoren. En Tommy zit waar hij zit, in de cel. Ook hem kunnen jullie morgen verhoren, ik heb voor tien uur een verhoorkamer gereserveerd.'

Ze komt overeind en loopt naar het keukenblokje, waar ze haar kopje bij de vuile vaat neerzet. Haar eigen boze briefje, over dat alle kopjes direct in de vaatwasser moeten worden gezet, negeert ze volkomen.

'Tot morgen. Doe Idun de groeten.'

En dan is ze weg.

Tareq gaat op de bank liggen en trekt een van de kussens onder zijn hoofd. Hij haalt zijn telefoon tevoorschijn en tikt een sms aan Idun, dat ze zo gauw ze tijd heeft naar de personeelskamer moet komen. Als de sms is verzonden, legt hij zijn telefoon op de ronde tafel naast hem. Binnen een paar minuten is hij diep in slaap, ondanks het feit dat hij net nog koffie heeft gedronken.

Bredåker 1999

Na de dienst loopt Sara alleen de tuin achter de kerkzaal in. Ze trekt haar gebreide sjaal dichter om haar schouders en leunt zwaar tegen een boom. Ze knijpt haar ogen even stijf dicht en ademt de koele septemberlucht in.

Als ze haar ogen opendoet, ziet ze iemand naast zich staan. Geschrokken trekt ze zich terug.

'Je laat me schrikken!'

Ze houdt haar handen tegen haar borst en lacht gegeneerd. Onder de stugge stof voelt ze haar hart tekeergaan door de adrenalinestoot.

'Sorry. Dat was niet mijn bedoeling.'

Ingrid kijkt naar Sara, die uitademt.

'Het geeft niet. Ik was gewoon in gedachten verzonken, ik dacht dat ik hier alleen was, buiten.'

Ingrid observeert haar.

'Je werd echt bang. Dat was niet mijn bedoeling. Sorry.'

Ze legt een hand op Sara's schouder, houdt hem even vast waarna ze hem weer terugtrekt.

'Tommy heeft veel pijn na je moeders gewelddadige gedrag.'

Haar stem klinkt volkomen neutraal. Het lijkt of Ingrid haar vooral wil informeren. Sara voelt zich akelig, maar weet niet wat ze moet antwoorden en zegt dus maar niets.

Ingrid gaat verder: 'Wat jouw moeder met de mensen op de Paradijshof doet, is goddeloos.'

Het woord klinkt als een pistoolschot.

'Hou op! Zoiets kun je niet zeggen!'

Haar stem klinkt schel, de woorden lijken tussen de bomen te weergalmen.

Het lijkt een eeuwigheid te duren voordat het besef inslaat als een bliksemslag bij heldere hemel. Ineens ziet Sara in dat tegenstand zinloos is. Omdat Ingrid gelijk heeft. Hoe pijnlijk ook, Ingrid heeft gelijk. Wat Vivianne doet, is goddeloos.

Die waarheid maakt haar misselijk.

'Je hoort wat ik zeg. Wat jouw moeder doet, heeft niets met boetedoening en genezing te maken. God doet zulke dingen niet. Mensen op die manier mishandelen is niets anders dan een misdaad tegen Gods wil.'

Dat laatste doet Sara's knieën knikken, maar vlak voordat ze in elkaar zakt, pakt Ingrid haar arm beet en trekt haar overeind. Sara is duizelig, ze weet geen woorden te vinden, haar keel is droog en dichtgesnoerd, ze kan niet praten en niet ademen. De heldere herfstlucht lijkt weggeblazen, het voelt of alle zuurstof is opgezogen en er niets meer voor haar is overgebleven.

Ingrid knijpt hard in Sara's arm. Haar stem is niets meer dan een fluistering. Een uitademing die er eigenlijk niet zou mogen zijn, een zin die hun bestaan op zijn kop zet en die God haar nooit zou kunnen vergeven als hij hem hoorde. Toch fluistert Ingrid hem.

'Jouw moeder is Satan in eigen persoon.'

En dan is ze weg.

Sara blijft eenzaam achter, koud en zwaar tegen een boom leunend, haar lichaam vol onrust. Er spoken nog maar twee gedachten door haar hoofd.

Ingrid heeft gelijk.

En God hoort alles.

De hoofdpijn is verlammend. Haar voorhoofd klopt van de pijn, de druk tegen haar slapen laat haar ogen tranen. Idun weet niet waar ze is en wat er is gebeurd. Ze weet alleen dat haar hoofd bijna uit elkaar barst.

Voorzichtig wrijft ze over haar nek. De beweging veroorzaakt een pijnscheut tussen haar ogen. Ze voelt dat ze bijna moet overgeven, knijpt haar ogen stevig dicht en probeert de misselijkheid te onderdrukken. Ze ademt door haar neus in een poging wat rustiger te worden. Langzaam ademhalen, in en uit. Focussen op haar buik en de zuurstof daar toch heen krijgen.

Dat helpt een beetje en na wat een eeuwigheid lijkt te duren, kan ze zich weer concentreren op de rest van haar lichaam. Ze voelt dat ze op een stoel zit. Het lijkt een gewone, houten keukenstoel. Haar handen zijn vastgebonden achter haar rug, haar voeten zitten vast aan de stoelpoten, denkt ze. Het lukt haar niet haar ogen open te doen om te kijken, de hoofdpijn bonkt te erg. Dus ze houdt haar ogen dicht en richt zich op haar ademhaling.

Als ze haar ogen wel opent, schrikt ze. Marie zit op een stoel tegenover haar. Haar gezichtsveld is wazig, maar toch ziet Idun haar. Ze zit vlakbij, nog geen meter van Idun vandaan. Als ze weer beter kan zien en de ruimte niet meer draait, ziet Idun dat Marie haar aandachtig opneemt.

'De misselijkheid gaat over. Dat is een bijwerking van het medicijn. Maar het gaat over.'

Idun slikt. Ze heeft dorst, haar keel voelt droog.

'Zolpidem?'

Haar stem is schor, zoals wanneer je pas wakker bent.

Marie knikt instemmend.

'Kijk eens aan. Je hebt Eva's testuitslagen gekregen, begrijp ik.'

Idun kan bijna niet denken. Hoe kan Marie op de hoogte zijn van Eva's testuitslagen? Wat gebeurt er?

Ze heeft het gevoel dat haar tong in haar mond opzwelt.

'Mag ik een beetje water?'

Zonder te antwoorden staat Marie op en loopt de slaapkamer uit. Idun kijkt om zich heen. Het doet pijn achter haar ogen.

De kamer ziet eruit als elke willekeurige slaapkamer, op de op maat gemaakte houten kast van plafondhoogte in de ene hoek na. Het is alsof iemand in die hoek een kamertje heeft gebouwd, amper twee vierkante meter groot. De deur, die bijna de hele zijkant van de kast in beslag neemt, heeft in het midden een houten luik met een grendel. Dat doet denken aan de ruimte in het huisje waar ze Sara opgesloten vonden.

Idun snapt het niet. Hoe kan Marie een verband met Tommy's huisje hebben? Achter zich hoort ze in de keuken een kraan lopen en direct daarna is Marie terug. Ze heeft een glas water in haar hand. Ze houdt het vast terwijl Idun kleine slokjes drinkt.

'Dank je.'

Ondanks haar hoofdpijn en de complete verwarring begrijpt Idun dat er iets helemaal mis is. Ze beseft dat ze zich het beste rustig kan houden. Op de politieopleiding heeft ze geleerd dat ze veel te winnen heeft door zich als de underdog te gedragen. Wat ze goedbeschouwd ook is.

'Marie. Wat is dit? Waarom doe je zo?'

Haar buurvrouw gaat weer op de stoel zitten en slaat haar benen over elkaar.

'Ik bevrijd je.'

Er klikt iets in Idun, het bloed lijkt uit haar hoofd weg te trekken.

'Me bevrijden? Hoezo?'

Marie houdt haar hoofd schuin. Idun bespeurt iets in haar blik wat het beste kan worden omschreven als verachting.

'Beste Idun. Ik weet dat jij weet wat ik bedoel.'

Idun graaft koortsachtig in haar geheugen naar iets wat hout snijdt. Hoe kan Marie van de bevrijdersbrieven weten? Hoe is ze aan beide onderzoeken gerelateerd? Kent ze Tommy? Of Eva? Of Eivor? Wie is ze eigenlijk?

Idun schudt haar hoofd.

'Ik begrijp er niets van. Me bevrijden? Waar heb je het over?'

Haar stem slaat over. Hoe ze ook haar best doet, het lukt haar niet om helder te denken. Marie glimlacht weer. Ze ziet er vreemd uit, zoals ze daar tegenover haar zit.

'Van je vader natuurlijk. Ik zal je van Per bevrijden.'

De misselijkheid steekt de kop weer op. Vader? Wat bedoelt Marie? Waar is haar vader? En Mika, waar is Mika?

'Alsjeblieft, Marie...'

Idun dwingt zichzelf rustig te blijven, probeert zich Calle voor de geest te halen, wijdbeens staand met zijn gespierde armen in zijn zij. Hij kijkt haar kwaad aan, veracht haar omdat ze zich niet bij elkaar raapt en vanuit de bestaande situatie werkt. Hier blijven zitten en de controle verliezen? Vooruit, verdomme!

'Marie. Wat bedoel je met dat je mij van mijn vader zult bevrijden?'

Wanneer er geen antwoord komt, stelt ze de vraag nogmaals.

'Wat heeft mijn vader gedaan dat ik moet worden bevrijd?'

'Hetzelfde als Ellens oma en Eva's vader.'

Idun slikt moeizaam. Het helpt niet. Het misselijke gevoel brandt in haar keel. De paniek krijgt de overhand. Wat is dit? Waarom is ze hier? Wat wil Marie van haar?

In zichzelf hoort ze Calles stem weer. Hij merkt droogjes op dat er tegenover Idun een totaal gestoord persoon zit. Idun begint ongecontroleerd te rillen als ze beseft dat hij natuurlijk gelijk heeft.

Tareq wordt met een schok wakker. Eerst weet hij niet waar hij is. Hij gaat rechtop zitten en wrijft in zijn ogen. Zijn ene schouder is pijnlijk, hij moet erop hebben gelegen. Merkwaardig dat hij na die korte tijd pijn kan doen.

Als hij een blik op de klok boven het keukenblok werpt, is hij stomverbaasd. Hij heeft bijna twee uur geslapen. Gegeneerd wrijft hij over zijn neus en reikt naar zijn telefoon, ziet de koffiekop op tafel niet en stoot er met zijn hand tegen. Hij ziet de kop nog net van de tafelrand vallen, hij valt met een klap op de grond. De scherven springen alle kanten op.

Tareq zucht diep en staat op om papier te halen, als zijn telefoon een signaal geeft. Een sms van zijn jeugdvriend Fares, getypt in het Arabisch, en verder niet dringend of belangrijk. Fares vraagt alleen hoe het met Tareq is, of hij het weer in Zweden nog niet zat is en of Isa de mail over goedkope vluchten naar de zonnige kust heeft laten zien. Tareq klikt het bericht weg, Fares moet wachten. Teleurgesteld constateert hij in plaats daarvan dat hij geen gemiste oproepen van Idun heeft.

Hij laat de gebroken koffiekop op de grond liggen. Het is nog vroeg, hij heeft nog tijd genoeg om op te ruimen voordat zijn collega's binnen komen druppelen.

Hij loopt de personeelskamer uit en gaat de lange gang op. De plafondverlichting gaat aan als de detectoren zijn bewegingen registreren. Als hij bij Iduns kamer aankomt, doet hij geen moeite om aan te kloppen, gooit de deur open en kijkt om zich heen. In de kamer is het donker, maar de gevelverlichting buiten verspreidt genoeg licht om te kunnen zien dat er niemand is binnen.

Ongerust doet hij de deur dicht en blijft in de gang staan. Hij belt Idun weer, de oproeptoon klinkt maar na zeven keer krijgt hij de voicemail. Met ernstige stem spreekt hij een kort bericht in, dat ze hem meteen moet bellen als ze dit hoort.

Even staat hij twijfelend in de lege gang. Dan besluit hij dat zijn ongerustheid gegrond is. Ze kan toch ziek zijn geworden of een ongeluk hebben gekregen. Dat ze niets van zich laat horen en niet op zijn oproepen en sms'jes reageert, is niet normaal.

Tareq zoekt online het nummer van Per Lind. Iduns vader neemt pas na vier keer overgaan slaapdronken op.

Voorzichtig probeert Idun haar armen te draaien om de druk van het touw te verlichten. Het helpt niet erg, het is strak tegen haar huid gebonden.

Marie volgt Iduns bewegingen vanaf haar plaats tegenover haar.

'Jeukt het?'

Idun probeert de verlammende angst te onderdrukken.

Het is belangrijk om niet over de situatie te klagen. Ze moet zo goed en zo kwaad als het gaat en zo snel mogelijk een veilige relatie met de dader opbouwen. De beste manier om tijd te winnen is het spel meespelen. Haar doel is dat Marie zich zo zeker gaat voelen dat ze niet meer op haar hoede is. Want mensen die durven te ontspannen gaan fouten maken. Dat weet Idun zeker.

'Kende je Eva?'

Zo te zien verbaast de vraag Marie.

'Nee. Ik kende haar niet.'

Idun praat langzaam om niet te dwingend te lijken en om tijd te winnen.

'En toch heb je haar vermoord?'

Marie knippert met haar ogen.

'Waarom denk je dat ik Eva heb vermoord?'

Idun aarzelt.

'Ik heb het zo opgevat dat jij de verantwoordelijkheid voor Eva's dood op je nam. Ik moet je verkeerd hebben begrepen. Sorry.'

Marie lacht geamuseerd.

'Tommy heeft Eva vermoord. Je gelooft toch zeker niet dat ik het ook nog voor elkaar kreeg om haar aan het plafond te hangen?'

Ze lacht weer. Idun weet niet wat ze moet antwoorden, dus zegt ze niets.

'Maar ik heb wel je collega neergeschoten. Die met het rode haar.'

De woorden komen binnen als een stomp in haar maag. Idun houdt haar adem in, haar longen protesteren. Inwendig schreeuwt ze het uit.

Uiteindelijk kan ze zich niet meer inhouden.

'Waarom moest je Calle neerschieten?'

Ze fluistert haar vraag vol haat.

Marie haalt haar schouders op.

'Anders had hij mij neergeschoten. Ik stond achter de kledingkast toen hij de slaapkamer binnenkwam. Hij versperde dus mijn vluchtroute naar het balkon. Ik moest hem gewoon wel neerschieten, je kunt zeggen dat het zelfverdediging was.'

Achter haar rug balt Idun haar vuisten. Daardoor snijdt het touw nog dieper in haar huid.

'Waar had je het wapen vandaan?'

Door de vraag klinkt ze meer als politieagent dan als slachtoffer. Het is geen goede tactiek maar ze kan zich niet inhouden.

Marie knijpt haar ogen dicht.

'Als politieagent moet jij toch weten hoe gemakkelijk je aan een wapen kunt komen. Ik heb het online besteld. Supersimpel.'

Idun kan niet beoordelen of ze de waarheid spreekt of niet.

'Wie heeft jou leren schieten?'

Marie leunt achterover in haar stoel. In haar ogen is een zekere verachting te zien.

'Ik kan niet schieten. Hij overviel me zo dat ik de gok moest nemen. Hij kwam zo dichtbij, hij stond nog geen twee meter bij me vandaan.'

Idun slikt.
'Dus je hebt hem van dichtbij neergeschoten.'
Marie knikt traag.
'Mijn beurt om een vraag te stellen. Vertel eens, waarom ben je niet met hem mee naar boven gegaan?'
De beschuldiging is duidelijk hoorbaar, ook al is hij als een vraag geformuleerd. Ze weet dat omdat ze dat zichzelf al talloze keren heeft afgevraagd.
'Iets op de benedenverdieping trok mijn aandacht. Dom van me, maar zo was het.'
Marie houdt haar hoofd schuin.
'Het was de lamp, hè?'
Idun werpt haar een lange blik toe.
'Ik wist wel dat het de lamp was!'
Marie klinkt verwachtingsvol, zoals kinderen op kerstavond doen als ze vragen of de Kerstman gauw komt. Idun denkt dat ze psychotisch is.
'Ja. Het was de lamp.'
Marie slaat zichzelf op de knieën.
'Ik wist het!'
Ze lacht hard. Dezelfde schallende lach die een paar dagen geleden door het trappenhuis galmde. Idun zou willen dat ze haar eigen gehoor kon uitschakelen.
'Was jij het die hem terug heeft gehangen?'
Marie glimlacht breed en knikt.
'Maar waarom heb je hem teruggehangen?'
Nu beweegt Marie haar hoofd heen en weer.
'Eigenlijk was ik niet van plan je dat te vertellen. Maar je ziet die kast die ik heb gemaakt. Die heb ik speciaal voor jou getimmerd.'
Ze gebaart in de richting van de kast in de hoek. Idun kijkt naar het bijzondere bouwsel.
'Wat heeft dat met Vendels plafondlamp te maken?'
Marie kijkt bijna verontschuldigend.
'Ik ben bang in het donker. Al sinds ik een kind was, na een

gebeurtenis in een afgesloten kelder. Het voelde verkeerd om hem niet terug te hangen, ik kon er niet tegen dat Tommy ook Vendels toegang tot licht zou afsnijden. Je kunt het als een Bijbelse daad zien, als je wilt. God bevrijdt, maar hij schenkt ook troost in de vorm van licht.'

Idun probeert haar redenering te volgen.

'En de kast die je voor mij hebt gebouwd. Wat moet ik daarmee?'

Maries ogen lichten op als ze antwoordt.

'Daar ga je een etmaal in zitten. In het stikdonker. De kast is bijna luchtdicht dus de zuurstof raakt langzaam op. Langzaam maar zeker stik je. Maar ik beloof je dat je daar niets van merkt.'

Ze wappert druk met haar handen.

'Je wordt moe van het kooldioxide en krijgt het gevoel dat je slaapt. Daarna doe ik de kast open en maak een foto die je vader in een witte envelop krijgt, samen met een Bijbeltekst. Je zult zien dat het helemaal perfect wordt.'

Idun probeert na te denken. Het bouwstof in de brieven. Dat moest uit Maries appartement afkomstig zijn. Maar welk verband bestaat er tussen haar, Tommy en de slachtoffers? En met de Paradijshof?

Het moet mogelijk zijn om hier een uitweg uit te vinden. Wat zou Calle doen? Wat zou hij zeggen? Waar is Tareq? Hij zou haar onderhand toch moeten missen.

Idun moet heel nodig plassen en weet zeker dat ze vlak voordat ze naar Marie ging naar de wc is geweest. Ze moet hier dus al een paar uur zijn. Ze zouden nu toch wel naar haar op zoek zijn? Hoe lang is ze bewusteloos geweest? Hoe laat is het?

Marie onderbreekt haar onrustige gedachten.

'Waar denk je aan?'

Ze klinkt oprecht geïnteresseerd.

'Mijn vader zal me missen.'

Marie knikt.

'Ja, dat zal hij zeker.'

Tareq rijdt zo snel als hij maar durft. Hoe kon hij verdomme zo stom zijn om op de bank in slaap te vallen?

Per had na vier keer overgaan opgenomen. Tareq had hem, over zijn woorden struikelend, verteld waarvoor hij belde, dat Idun was verdwenen en dat hij bang was dat ze een ongeluk had gekregen. Per had gespannen geluisterd en hun gesprek beëindigd om Mika te bellen. Zij had op haar beurt contact opgenomen met het ziekenhuis in Sunderby om te informeren of daar vannacht ene Idun Lind was binnengekomen. Ondertussen reed Per naar Iduns appartement en ging met zijn sleutel naar binnen. Het zag er nog net zo uit zoals Mika en hij het na het eten hadden achtergelaten. Idun was nergens te zien.

Op weg naar huis belde Per vanuit de auto met Tareq, die weer achter Iduns bureau zat. Hij nam op na een halve keer overgaan. Per stak direct van wal.

'Ik vraag me af of er iets kan zijn gebeurd wat verband houdt met die zaak waar jullie mee bezig zijn.'

Tareq krabt nadenkend door zijn baard.

'Waar denk je aan?'

Per aarzelt.

'Aan wat jullie over de Paradijshof vertelden. Dat riep een aantal oude herinneringen bij me op.'

Tareq hoorde de bezorgdheid in de stem van Iduns vader.

'Wat bedoel je met oude herinneringen?'

Per gaf richting aan en sloeg bij een kruispunt rechts af. De opkomende zon gaf een gouden schittering in de motorkap.

'Aan het begin van mijn werkzame leven werkte ik als vertrouwenspersoon op een school. Ik had een gesprek met een jongen die in het gezinstehuis op de Paradijshof woonde. Nu herinner ik me niet echt alles en de gesprekken vielen onder mijn beroepsgeheim. Maar die jongen heeft dingen verteld die me na al die jaren zo nu en dan nog steeds dwarszitten.'

Nu was het Tareqs beurt om zwijgend te luisteren. Per hoorde zijn ademhaling door de telefoon.

'Dingen die nog meer aan me knagen nu ik hoor dat jullie moordzaak daar verband mee houdt.'

Tareq schraapt zacht zijn keel.

'Ik heb ook beroepsgeheim, dus ik reken erop dat wat ik je nu vertel tussen ons blijft?'

'Vanzelfsprekend. Als het jou en Idun kan helpen, luister en vertel ik meer dan graag.'

Tareq haalt onrustig een hand door zijn haar.

'We hebben een man aangehouden die gedeeltelijk op de Paradijshof is opgegroeid. Het aannemelijkst is dat hij Eva heeft vermoord en zowel Sara als Ellen heeft ontvoerd. Het lijkt erop dat hij ook Calle heeft neergeschoten, maar dat laatste weten we niet helemaal zeker. Idun voelde dat er iets niet klopte. Vergelding is zoals gezegd een zeldzaam motief. Misschien had de dader een medeplichtige? Of iemand die in bepaalde gevallen meedeed? Tijdens ons inleidende verhoor gaf de verdachte er namelijk blijk van niet precies op de hoogte te zijn van bepaalde gebeurtenissen. Dat kan natuurlijk gespeeld zijn, maar Idun gelooft van niet. Zij denkt dat er nog een dader is.'

Per luisterde aandachtig naar wat Tareq vertelde, terwijl hij terugzocht in zijn herinneringen van vijfentwintig jaar geleden. Toen hij zijn volgende vraag stelde, deed zijn keel pijn van ongerustheid.

'Ik moet het vragen, ook als je misschien geen antwoord kunt geven. Maar heet de man die jullie gepakt hebben misschien Tommy?'

Het donkere haar op Tareqs armen ging overeind staan.

'Hoe weet je dat?'

Per reed naar de kant van de weg en zette de auto stil. Voor de veiligheid zette hij de alarmlichten aan.

'Vermoordt Tommy mensen die iets met de Paradijshof te maken hebben?'

'Niet direct. Hij vermoordt hun verwanten.'

Per begreep niet meteen wat Tareq bedoelde.

'Hun verwanten?'

Tareq legde het snel uit. Per hijgde in de telefoon.

'Tareq. Luister nu naar me. Tommy heeft Idun te pakken!'

Zijn stem klonk panisch.

'Wat bedoel je? Tommy zit vast. Hij kan Idun onmogelijk hebben gepakt.' Pers angst was duidelijk hoorbaar door de telefoon.

'Dan heeft Tommy's medeplichtige haar! Ik weet dat dat zo is!'

Tareq probeert zijn redenering te volgen.

'Welke medeplichtige? Wie is dat dan? En waarom zou hij Idun pakken? Zij heeft toch geen relatie met de Paradijshof?'

Per hield zijn handen voor zijn ogen.

'Idun zou bij haar buurvrouw langsgaan. Die heet blijkbaar Marie.'

Tareq deed zijn best het te begrijpen. Iduns vader praatte ogenschijnlijk onsamenhangend.

'Per, waar heb je het over?'

'Mika vertelde dat Idun een nieuwe buurvrouw heeft. Idun spreekt niet met vrienden af, Mika plaagt Idun ermee dat ze sinds kort met haar buurvrouw omgaat. En die buurvrouw heet Marie!'

Dat laatste schreeuwde Per in de telefoon. Tareq deed zijn ogen dicht en probeerde het te begrijpen.

'Oké, een buurvrouw die Marie heet. Wat heeft dat met onze zaak te maken?'

'Tommy kwam tijdens zijn middelbareschooltijd bij me voor een gesprek, toen ik vertrouwenspersoon op die school was. Hij probeerde te vertellen wat er op de Paradijshof gebeurde, maar ik geloofde hem niet. Ik was pas afgestudeerd. Jong en waarschijnlijk heel stom. Ik dacht dat hij loog! Maar ik had het mis, Tareq! Ik had het mis!'

Zijn stem sloeg over.

'Per. Probeer rustig te blijven. Wat bedoel je, wat had je mis?'

'Tommy had een jonger zusje. Appelmeisje, ze waren erg close, misschien was ze de enige om wie Tommy zich ooit heeft bekommerd.'

'Appelmeisje? Waar heb je het over?'

Tareq was nu bijna kwaad.

Toen Per antwoordde, klonk zijn stem als die van een vreemde. Zwaar, grauw en schor van ongerustheid.

'Appelmeisje was een koosnaam. Haar moeder noemde haar zo, vanwege de officiële naam van het meisje.'

Tareq luisterde. Was Per dronken?

'Idun is bij haar buurvrouw. Ik weet het zeker, en de buurvrouw is Tommy's zusje en ook zijn medeplichtige.'

Tareq probeerde zich koortsachtig een samenhangend beeld te vormen van wat Per vertelde.

'Oké. En dat denk je omdat...'

Toen Per eindelijk antwoordde, kostte het Tareq nog geen twee seconden om te registreren wat hij zei, nog eens twintig seconden om beneden in de grote garage van het politiebureau te komen waar hij onmiddellijk zijn auto startte en naar buiten reed.

'Iduns buurvrouw moet Tommy's zusje zijn. Ze werd appelmeisje genoemd omdat ze een dubbele naam had. Ze heet net als dat Zweedse appelras. Je weet wel. Ingrid-Marie.'

Bredåker 1999

Tommy en Ingrid verlaten de Paradijshof op een vroege ochtend in maart. Ze zeggen tegen niemand iets, zelfs niet tegen hun moeder Viola. Omdat niemand hen bij de politie of de sociale dienst als vermist heeft opgegeven, is er ook niemand naar hen op zoek.

Viola raakt in een diepe depressie. Vivianne helpt haar haar tas in te pakken. Gods kinderen moeten Gods lammeren hoeden, anders is er geen plaats voor je in het paradijs. Viola begrijpt niet goed wat Vivianne bedoelt: Tommy en zij zijn al uitgewezen en moeten de Paradijshof binnen een week hebben verlaten. Maar ze vraagt niets en met een gepakte koffer en twee foto's van haar kinderen komt ze aan bij haar vaders oude vakantiehuisje. Het huisje dat zij en Rita hadden geërfd maar waar Rita niets van had willen weten.

Viola kan zich niet meer herinneren hoe Rita eruitzag, maar ze herinnert zich haar stem. De woorden die onder Viola's huid waren gekropen en haar tijdens haar opgroeien de weg hadden gewezen. Rita, de beste van de wereld, die er was toen papa sloeg en mama zweeg en je niet wist of er nog een nieuwe dag kwam om naar uit te kijken.

En toen verdween ze. Als een windvlaag vloog Rita weg om nooit meer terug te komen. Toen dook Lars op met al zijn liefde en al zijn haat, en plotseling was er een plek voor Viola die bijna als thuis voelde. Of tenminste als vertrouwd. Misschien is dat het enige wat ze kent. Warmte en kou in een voortdurend afwisselende combinatie.

Viola weet niet wat ze nog meer moet geloven. Ze weet alleen zeker dat Tommy meer dan van wat of wie ook van zijn zusje houdt. Dat is toch een zekere troost. Haar appelmeisje wordt voor altijd door haar grote broer beschermd. Zolang Tommy bij Ingrid is, kan haar niets overkomen.

Marie kiept de stoel achterover en trekt Idun naar de houten kast. Idun realiseert zich dat Marie hieraan had gewerkt tijdens die eerste dagen, en gedeeltelijk ook de nachten, toen Idun klaarwakker naar het gehamer had liggen luisteren. Stel je voor dat ze toen had geweten dat het geluid van haar eigen toekomstige dodencel afkomstig was. Bij die gedachte wordt het haar bijna zwart voor de ogen.

Ze zegt niets als Marie haar naar achteren sleept. De gedachten schieten door haar hoofd, het lukt haar niet om ze te ordenen. Fragmenten van logische verklaringen fladderen voorbij. Het bouwstof in de envelop aan Åke en Eivor komt hiervandaan. De brieven zijn hier geschreven. In het appartement naast dat van Idun. Maar Idun begrijpt niet waarom.

Vanbinnen voelt ze Calles dwarse stem eerder dan dat ze hem hoort, samen met Mika's zachte omhelzing en haar vaders eeuwige gezeur om een toetje. Idun voelt zich voor het eerst in haar werkzame leven onderworpen aan een ander mens. De enige persoon die ze uit haar gedachten weet te houden is haar moeder. Als Idun haar binnenlaat, zijn al haar overlevingskansen verkeken. Er is een grens aan de mate van sentimentaliteit die ze nu kan toelaten.

'Alsjeblieft, Marie.'

Ze hoort zichzelf smeken, ook al is ze zich ervan bewust dat het belangrijk is om dat niet te doen. Marie stopt midden in haar beweging. Met een klap zet ze de achterpoten van de stoel neer en draait zich half om. Ze komt zo dichtbij dat Idun haar adem tegen haar gezicht voelt. Hij is warm en reukloos.

'Ja?'

Idun probeert rustig adem te halen.

'Ik begrijp hoe dit gaat aflopen. Maar ik moet weten waarom.'

Marie lijkt na te denken, maar strekt dan haar rug. Ze haalt haar stoel uit de hoek en gaat weer tegenover Idun zitten.

'Het is eigenlijk heel simpel. Het heeft allemaal met de Paradijshof te maken.'

Idun luistert aandachtig, steeds op zoek naar iets om tijdens het gesprek op aan te haken. Ze moet nu proberen tijd te rekken.

'Eivor en Åke hebben ons in die hel geplaatst. Want dat is precies wat het was. Een hel.'

Óns.

Ineens is het plaatje glashelder.

'Jij bent Ingrid.'

Marie knippert met haar ogen. Het duurt even voor haar glimlach verschijnt.

'Kijk eens aan. De commissaris verstaat haar vak toch.'

Idun krijgt geen lucht.

Ze gaat dood in dit appartement dat grenst aan het hare.

'We waren beter af toen we bij onze vader woonden. Zijn klappen waren te prefereren, omdat er op de een of andere manier toch een beetje liefde in zat. Op de Paradijshof was er alleen opvoeding en minachting.'

Idun kan dit laatste tot op zekere hoogte begrijpen. Zo werkt dat bij mensen, ze hebben liever pijnlijke liefde dan helemaal geen liefde.

'Åke en Eivor hebben alles van ons afgepakt. Ze hebben ons aan Mattias en Ellenor weggegeven. En daarna was het Vivianne. Zij nam het laatste wat er nog van Tommy over was. Zijn menselijke waardigheid.'

Idun probeert te knikken.

'Dus je nam Sara mee om... Mattias te straffen?'

Te laat beseft ze dat haar vraag provocerend is.

Maries ogen bliksemen van woede.
'Nee!'
Iduns oren tuiten.
'Luister naar wat ik zeg! We hebben Sara meegenomen om haar van Mattias te bevrijden. We hadden net zo goed Vivianne kunnen nemen, maar voor haar was het te laat. Ze had haar ziel al aan de duivel verkocht, met dezelfde kijk op het geloof als haar vader. Bij Sara was er nog twijfel, een andere blik op de mensheid. Haar konden we nog steeds bevrijden.'
Idun probeert te knikken maar het blijft bij een zwakke beweging met haar kin.
'Ik denk dat ik het begrijp.'
Marie kijkt haar argwanend aan.
'Denk je?'
Idun knikt weer. Deze keer lukt het beter.
'Ja. En Eva hebben jullie van Åke bevrijd. Zodat ze aan haar onbetrouwbare vader kon ontsnappen zonder zich zorgen te hoeven maken om andere mensen.'
Langzaam verandert Maries gezichtsuitdrukking. Ze slaat haar handen voor haar gezicht, het lijkt bijna of ze huilt.
Idun maakt bliksemsnel gebruik van de situatie. Ze trekt haar handen zo hard mogelijk omhoog en naar achteren, de pijn van de touwen is onmiddellijk, haar polsen lijken in brand te staan. Meteen daarna voelt ze de knopen wat losser zitten.
Marie haalt haar handen voor haar gezicht weg en kijkt naar haar schoot. Idun zit stil.
'Vertel eens over Ellen. Haar hebben jullie van Eivor bevrijd?'
Marie knikt langzaam en slaat haar ogen weer op. Idun ziet dat ze helemaal niet heeft gehuild.
'Ik las over Eivor in een damesblad, nu een paar jaar geleden.'
Idun knikt zo meevoelend als ze kan.
'We waren toen al van plan om haar zoon, Magnus, te ontvoeren. Maar toen was daar dat interview over hoe ze haar ernstige kanker had overwonnen en haar leven had teruggekregen. Ze vertelde de verslaggever over het toetje van haar

leven, Ellen. Dat geweldige wezentje aan wie Eivor zo graag al haar tijd besteedde. Ze vertelde over Ellens diabetes en wat een ernstige ziekte het was en wat een voorrecht Eivor het vond om haar zieke kleinkind te kunnen helpen. In de jaren zeventig overleefde bijna niemand de soort kanker die zij had. Blijkbaar zat het in haar keel. Maar Eivor overleefde het met een lelijk litteken, beschadigde stembanden en enorm veel levensvreugde voor de toekomst. En omdat Ellen haar toekomst was, besloten we dat het beter was om haar kleinkind te bevrijden. Arme stakker, opgroeien met zo'n oma.'

Als Marie klaar is met haar verhaal, zit Idun zwijgend op de stoel. Het is dus Ingrid die voor haar zit. Zij was met Tommy in Vendels huis, toen hij Eva aan het plafond hing. Het was Ingrid die de brieven stuurde en de lamp in de hal weer had opgehangen. De broer en zus wilden niet wreken, ze wilden bevrijden. Mensen bevrijden van het grootste kwaad dat ze zelf hadden moeten ondergaan. Daar draait alles om. Ontkomen aan slechte volwassenen, die in een tijd waarin er geen beter vangnet bestond, hun uiterste best hadden gedaan. En het kleine vangnet dat er was, had de broer en zus van hun jeugd beroofd.

Dit is niet persoonlijk.

Dit is Bijbels.

Haar lijf doet pijn. Idun draait langzaam haar handen in een poging het touw nog losser te krijgen, voorzichtig om Marie niet te laten merken waar ze achter haar rug mee bezig is.

Idun wil net iets vragen als er wordt aangebeld. Marie staat bliksemsnel van haar stoel op en slaat Idun hard op haar mond. Door de klap valt Idun met stoel en al achterover, bonkt zo hard met haar achterhoofd op de vloer dat haar nek ervan kraakt. De omgeving wordt wazig en als in slow motion merkt ze dat iemand haar en de stoel een stuk over de vloer trekt. Marie kreunt hardop van inspanning en meteen daarna verandert het geluid, het wordt gedempt en vervormd. Ver weg hoort Idun de bel nog een keer. Hij klinkt dof en blikkerig.

De duisternis is compact, ze is tijdelijk blind. De lucht om haar heen ruikt naar vers geschaafd hout. Ze begrijpt dat Marie haar in de houten kast moet hebben getrokken.

Stilletjes denkt ze aan Calle, haar vader en Mika. En aan haar moeder. Idun staat zichzelf toe om aan haar moeder te denken. En dan komen de tranen.

Idun gelooft niet in God. Toch bidt ze als ze daar in het donker zit.

De deur wordt geopend door een tengere vrouw met blond haar dat ze in een knot op haar hoofd draagt.

Haar ogen staan vriendelijk. Ze leunt tegen de deurpost, zodat de helft van haar lichaam verdwijnt achter de muur waaraan de deurscharnieren zijn bevestigd.

'Hallo?'

Tareq probeert er ontspannen uit te zien en houdt zijn hand achter zijn rug verborgen. Het pistool voelt zwaar aan in zijn hand.

'Hallo. Mijn naam is Tareq en ik ben goed bevriend met Idun. Weet je toevallig waar ze is?'

De vrouw kijkt nog steeds vriendelijk als ze haar hoofd schudt. 'Idun? Is dat die politieagent die hiernaast woont?' Ze knikt in de richting van Iduns appartement.

'Ja, precies. Ben jij soms Marie?'

Er verschijnt een bezorgde frons op het voorhoofd van de vrouw.

'Marie? Ik heet Emelie. Ik weet niet of er een Marie in dit complex woont?'

Ze kijkt verbaasd om zich heen. Tareq krabt met zijn vrije hand door zijn baard.

'Stond er niet M. Eriksson op uw deur?'

Hij leunt opzij om het naambordje nog eens te lezen. Te laat beseft hij zijn fout. De vrouw in de deuropening doet een stap opzij terwijl ze haar hand met de honkbalknuppel heft, die met twee handen vastpakt en in een diagonale boog omhoog naar Tareqs hals zwaait.

De klap raakt hem recht op zijn voorhoofd. Het doet geen pijn. Wanneer hij door zijn knieën zakt, is hij al bewusteloos, voelt hij niets als hij tegen de grond gaat. Ook merkt hij niet dat de tengere vrouw zijn voeten optilt en hem met verbazingwekkend gemak haar hal in trekt.

Als de deur van het appartement weer dichtgaat, duurt het nog geen minuut tot de verlichting in het trappenhuis uitgaat. De etage ligt er weer uitgestorven bij.

Door de mist heen hoort Idun een gedempte mannenstem. De stem is zacht en klinkt als een soort gemompel, de woorden zijn niet te onderscheiden. De wanden van de ruimte moeten dun zijn, want door de hal, de slaapkamer en de kastwand heen hoort ze dat het Tareq is. Hij moet haar hebben gemist en is haar gaan zoeken. Nu staat hij voor de deur van Maries appartement.

In haar half verdoofde toestand kan Idun nog net bedenken dat ze zijn naam moet roepen als ze ineens een korte klap gevolgd door een bons hoort. Het lijkt alsof er iets breekt en daarna is alles stil.

Ze wacht even, beseft dat ze hier levend weg moet zien te komen. Ze wil niet sterven. Omwille van zichzelf, haar vader, Mika en Calle moet ze zich uit deze situatie zien te redden. Koste wat het kost.

Ze ademt diep in en denkt aan de ademhalingstechniek die Calle haar leerde tijdens een van hun eerste gezamenlijke sessies in de boksring. Ze denkt aan de kilometers hardlopen en het baantjes zwemmen in het trainingsbad. Ze denkt aan die keer dat zij en Calle naar yoga gingen, terwijl ze ademt zoals ze gewoonlijk doet als ze stretcht. Diep, naar haar onderlichaam en gefocust op het opnemen van zuurstof.

Na een poosje gaat de houten deur open en stroomt het licht naar binnen. Idun knippert met haar ogen, Marie staat in de deuropening en kijkt haar met een geïrriteerde uitdrukking op haar gezicht aan.

'Dat was je collega. Wat is dat met jou en mannen met baarden die ik moet vermoorden?'

Idun kijkt Marie gespeeld wantrouwig aan.
Ze is nu van plan om alles op één kaart zetten.
Buigen of barsten.
'Dat weet ik verdomme toch niet. Daar kun je zelf wel antwoord op geven, hè?'
Marie neemt haar met een sceptische blik op.
'Kijk eens aan. Een beetje ongezellig nu, hoor ik.'
Idun snuift luidruchtig.
'Rot toch op. Met mij kun je doen wat je wilt. Maar ik wil dat je weet dat Calle nog leeft. Hij ligt in het ziekenhuis, weliswaar in zijn wang geschoten maar zonder ernstige verwondingen. Hij zal lelijk worden, maar hij gaat het overleven, dat is zeker.'
Marie haalt haar schouders op.
'En? Wat heb ik daarmee te maken?'
Idun lacht zo onverschillig als ze kan. Het klinkt gemaakt, ze hoopt dat Marie dat niet hoort.
'Ik heb schijt aan jou. Maar Calle niet. Ik ken die klootzak. Hij zal je niet doodslaan, daar hoef je niet bang voor te zijn. Daar is hij te slim voor, hij zal zich richten op het treiteren van Tommy, zolang die in de gevangenis zit.'
Er trekt een schaduw over Maries gezicht.
'Waarom zou hij Tommy willen treiteren?'
Idun schudt heftig haar hoofd.
'Omdat hij jou pijn wil doen natuurlijk. Daarom gaat hij je geliefde Tommy kwellen, net zo lang tot die afschuwelijke broer van je zou willen dat hij dood was.'
Idun sist het zo giftig als ze kan.
Maries ogen vernauwen zich.
'Dat zeg je alleen maar om me te provoceren.'
Idun zucht.
'Waarom denk je dat Calle in zijn eentje de trap op is gegaan?'
Op Maries gezicht is verwarring te zien.
'Omdat hij helemaal gestoord is! Omdat hij schíjt heeft aan alle regels en voorschriften! Calle gaat ervoor zorgen dat Tom-

my in de hel wordt geplaatst, waarschijnlijk tussen verkrachters. Je broer wordt elke dag geneukt. Elke dag! Misschien dat een of andere schijtdominee hem zijn laatste zegen kan geven als zijn einde nabij is. Gods hand over zijn zielenrust, of hoe dat ook mag heten in jullie geliefde verdomde Paradijshofkerk!'

Ze schreeuwt zo hard dat haar keel er pijn van doet en kan haar zin nog net afmaken voordat Marie zich naar voren werpt.

Idun geeft een laatste ruk met haar armen zodat het touw nog iets losser komt te zitten. Op hetzelfde moment dat Marie zich op haar stort en de stoel achterovervalt, lukt het Idun om haar linkerhand los te trekken.

De twee vrouwen en de stoel vallen met een klap op de grond, maar ditmaal is Idun daarop voorbereid. Ze tilt haar hoofd precies op het goede moment op zodat haar rug en schouders de grond het eerst raken.

Marie gooit zich achteruit terwijl Idun op hetzelfde moment met haar vrije hand op Maries keel richt. De klap is raak en Marie hapt naar adem terwijl ze zich opzijgooit en met haar handen naar haar keel grijpt.

Idun zit nog steeds met haar beide voeten en een hand aan de stoel vastgebonden en beseft dat ze tijd moet zien te rekken. Ze slaat Marie tweemaal hard op haar oog, eerst met haar gebalde vuist en vervolgens met uitgestrekte vingers. Ze voelt Maries oogbol meegeven onder haar vingertoppen en dan volgt er een schreeuw van pijn.

Idun reikt met haar vrije hand omlaag en probeert vergeefs het touw om haar voeten los te maken. Marie blijft gillen en rolt Iduns kant op terwijl ze haar ene hand tegen haar oog gedrukt houdt. Haar andere hand klemt ze om Iduns hals terwijl ze op haar knieën overeind komt. Ze knijpt hard, Idun krijgt geen lucht. Marie zit schrijlings op haar, Idun vecht met haar vrije arm terwijl ze onder haar vandaan probeert te komen door van haar ene zij op haar andere te rollen. De stoel hindert haar erg en als ze zich realiseert dat ze niet kan ontsnappen, begint ze Marie hard in haar zij te slaan. Ze richt afwisselend op Maries ribben en hals zodat Marie haar klappen niet kan ontwijken. Marie schreeuwt en krabt Idun in het gezicht, maar die negeert de pijn. Het enige waar Idun aan kan denken, is los zien te komen.

Ze slaat Marie hard in haar nek waardoor ze achteruit vliegt. Met een plof belandt ze op de vloer buiten de houten kast. Uit haar ooghoek ziet Idun dat ze zich op haar buik draait en wegkruipt over de slaapkamervloer.

De paniek slaat toe als Idun weer naar haar voeten reikt. Ze probeert het touw om haar benen los te maken, haar vingers doen niet wat ze wil en haar hart bonst zo hard dat haar borstkas pijn doet.

Marie is nergens te zien. Idun dwingt zichzelf rustig adem te halen. Ze tast met haar hand over het touw en probeert tegelijkertijd de deuropening in de gaten te houden. Dat lukt niet en ze moet zich volledig op het touw om haar enkels concentreren. Haar blik is wazig als ze probeert te zien hoe de knopen zijn gelegd. Het voelt alsof er een eeuwigheid verstrijkt terwijl de tijd op hetzelfde moment stil lijkt te staan. Uiteindelijk slaagt ze erin om eerst de ene knoop en vervolgens de tweede los te peuteren. Onhandig staat ze op en ze staat op het punt het touw los te maken waarmee haar rechterhand aan de stoel is vastgebonden, als ze vanuit de slaapkamer een beweging waarneemt.

Als Idun opkijkt, ziet ze Marie staan. Ze heeft een groot keukenmes in haar hand.

Ineens is Idun niet bang meer. In een fractie van een seconde kalmeert haar ademhaling en daalt haar hartslag. Haar angst is spoorslags verdwenen.

Marie staart haar met een verhitte blik aan. Idun probeert zich op haar ogen te concentreren, maar tegelijkertijd ook in de gaten te houden wat ze met het mes doet. Marie houdt het stevig vast.

'Níémand gaat Tommy kwaad doen.'

Ze sist het met haar kaken op elkaar.

Idun antwoordt met besliste stem.

'Iedereen gaat Tommy kwaad doen. Echt iedereen.'

Er flitst iets in Maries ogen en dan heft ze het mes op. Met een schreeuw die uit haar tenen komt, stormt ze op Idun af. Het gebeurt razendsnel maar het lijkt slow motion.

Idun wacht zo lang als ze durft en precies als Marie bij haar is, doet ze een stap opzij terwijl ze de stoel naar voren smijt. Het mes schramt Iduns wang en als het achter haar nek langs gaat, buigt ze zich snel voorover, duwt de stoel met kracht tegen Marie, maakt op hetzelfde moment een draai van honderdtachtig graden en stapt naar voren. Door de druk van de stoel komt Marie op haar rug terecht op hetzelfde ogenblik dat Idun, terwijl ze zich omdraait, Marie het mes uit de hand wringt en uiteindelijk voorover over haar schreeuwende buurvrouw valt.

Naderhand weet Idun niet of het met opzet was, maar vlak voordat ze op de grond ploffen, heft ze haar hand met het mes op zo'n manier op dat het schuin boven Maries linkerlong naar binnen gaat. Wanneer de scherpe kant door het hart snijdt, stopt dat direct met kloppen.

Een paar seconden later is alles rustig en stil.

Epiloog

Anna en Magnus begraven hun Ellen op een vrijdag. Alle stoelen in de boskapel in het zuiden van Svartby zijn bezet. Meerdere begrafenisgasten moeten blijven staan, ze zijn met veel gekomen om afscheid te nemen van het vijfjarige meisje.

Jenny en Lennart van de kinderopvang zijn er, net als veel vriendjes van Ellen met hun ouders. De vrienden van Anna en Magnus zijn er ook. Langs de wanden staan hun collega's. Het medeleven in de zwaarste uren van hun leven is overweldigend. Maar het ontgaat Anna en Magnus.

Het enige wat ze zien is de kleine witte kist, voorin bij het altaar. Boven op het met houtsnijwerk versierde deksel ligt een bloemenkrans met roze rozen. Ervoor staat een ingelijste foto van Ellen. Op de foto is ze levend en vrolijk, haar ogen en mond lachen naar de camera. De foto die Magnus op haar vijfde verjaardag heeft gemaakt, de laatste verjaardag die ze heeft mogen vieren.

Anna en Magnus weten dat ze dit niet gaan redden. Ze kunnen niet leven zonder hun Ellen. Overleven misschien. Ademhalen, eten en misschien zelfs op een dag weer aan het werk gaan. Maar leven zullen ze nooit meer. Die mogelijkheid is met Ellen gestorven.

Schuin achter hen zit Eivor. Ze huilt alsof ze gaat breken. Sinds gisteravond voelt ze een sterke druk op haar borst. Eerst dacht ze dat het verdriet haar zeer deed, maar vannacht was ze wakker geworden omdat de pijn ook naar haar linkerarm uitstraalde. Ze heeft het nog aan niemand verteld en ze is ook niet van plan dat te doen. Niemand kan dat er nog bij hebben, Eivor moet sterk zijn voor hen allemaal.

Vanochtend heeft ze al de maximale dosis pijnstillers ingenomen. Nu hoopt ze dat ze het kan uithouden tijdens de begrafenis en de herdenkingsdienst. Daarna zal ze naar huis gaan en nog een dubbele dosis nemen. Hopelijk kan ze dan vannacht slapen. En hopelijk wordt ze morgen niet meer wakker. Want Eivor wil niets liever dan weer samen met Ellen zijn. Zonder Ellen is ze niets.

Als de organist de eerste psalm van de dienst speelt, ziet ze haar schoondochter zich vooroverbuigen en haar gezicht in haar handen begraven. Magnus streelt Anna over haar rug, die hevig schokt van het huilen. Ellens moeder jammert doordringend, het overstemt bijna het geluid van het orgel. Alle begrafenisgasten in de kapel delen in het hartverscheurende verdriet van het paar. Want ze zijn een ouderpaar zonder hun kind. En de vraag is: wat voor soort ouder ben je dan?

*

Op dezelfde dag dat Ellen wordt begraven, verlaat Sara de Paradijshof. Dat doet ze net na middernacht, als de duisternis op zijn diepst is en de meeste gemeenteleden slapen.

Ze heeft zich warm aangekleed en draagt een rugzak waarin ze alleen het hoognodige heeft gepakt. Via internet heeft ze in Zuid-Zweden een stichting gevonden die sekteverlaters helpt. Na een paar minuten lezen voelde ze al een sterk verlangen om daarheen te gaan. Dat ze zelf in een sekte woonde, had ze zich niet gerealiseerd totdat ze de checklist op de homepage las. Terwijl haar hart steeds harder bonkte, kon ze punt na punt afvinken. Toen ze bij het laatste kwam, voelde het alsof de grond onder haar wegzakte. *Een totalitaire en geen tegenspraak duldende leider*. Zo stond het er. De adem stokte Sara in de keel. Want de totalitaire en geen tegenspraak duldende leider is niemand minder dan haar eigen moeder: Vivianne.

Nu loopt Sara over de bosweg, weg van het huis waar ze is

opgegroeid. Het is een heel eind naar de stad, maar als het nodig is, loopt ze de hele nacht door. Ze heeft een nieuwe start nodig en er is nu geen weg meer terug, iets wat ze zich al in de kelder realiseerde toen Ellen nog bij haar was. In de afgesloten ruimte beloofde Sara zichzelf dat als ze daar ooit levend weg zou komen, ze een heel andere wending aan haar leven zou geven. Ze zou op God vertrouwen en al het negatieve achter zich laten. Ze wist toen niet dat al het negatieve eigenlijk haar eigen moeder zou blijken te zijn.

Dus nu, achteraf, beseft Sara dat de blonde vijfjarige met de angstige ogen haar deed inzien dat er daarbuiten een hele wereld is. Een wereld waar de gemeente haar eerst van had afgesneden. Die vreselijke man had haar vervolgens verder verhinderd om deel van die wereld uit te maken. Door een vreselijk verlies kun je soms tot dat inzicht komen. Toen ze vervolgens de website voor sekteverlaters las, besefte ze ook dat het leven te kort is om opgesloten te zitten, zowel lichamelijk als geestelijk. Er is zoveel meer hier op aarde dan gelovig, verlegen en bang zijn.

De dagen in het ziekenhuis nadat de twee politieagenten haar uit de kelder hadden gered, bleken er maar verrassend weinig te zijn. De artsen verbaasden zich over haar snelle herstel. Vocht en rust deden wonderen, maar pas tijdens haar gesprek met de vertrouwenspersoon voelde Sara het leven echt in zich terugkeren. Door bedachtzaam te vertellen over hoe het voelde om van haar vrijheid te zijn beroofd, besefte Sara dat ze dat eigenlijk haar hele leven was geweest. Maar er was een afgesloten ruimte en een vijfjarig meisje als medegevangene voor nodig om haar te laten inzien dat dat het geval was.

Bij het aanbreken van de dag bereikt ze de noordelijkste rotonde van Boden. Een halfuur later staat ze voor het busstation. Ze loopt de Pressbyrå-kiosk in, koopt een broodje kaas en een sapje en eet alleen aan een tafeltje. Ze let er voortdurend op de vragende blikken van de kassière te ontwijken.

Na een klein uurtje wachten arriveert de dubbeldeksbus die de route langs de kustweg rijdt. Sara koopt een enkele reis en gaat bijna achterin op een lege plaats zitten. Pas wanneer de bus de gemeentegrens passeert, durft ze zich te ontspannen.

Dankwoord

Ik kreeg het idee voor *Het appelmeisje* toen ik godsdienstwetenschappen studeerde aan de Universiteit van Midden-Zweden. Vooral het vak over sekten zette me aan het denken en ik raakte gefascineerd door de structuur die de leider van een sekte totalitaire macht geeft, hem die toestaat en in stand laat houden.

In die tijd werd ik ook herinnerd aan een diner met de directeur van de Sociale Dienst van een grotere Zweedse gemeente. Tijdens die avond vertelde ze me dat de Zweedse wetten geschreven zijn voor de voogden, níét voor de kinderen. Die woorden hebben me sindsdien niet losgelaten. Het verhaal van Tommy en Ingrid is gebaseerd op wat ik die avond te horen kreeg.

Het appelmeisje speelt zich voornamelijk in Boden en Luleå af. Voor mij was het belangrijk om trouw te blijven aan de locaties, maar toch heb ik, om verhaaltechnische redenen, ondanks alles een paar plaatsen gewijzigd. Ook heb ik bewust de naam van een enkel gebouw veranderd. Ik hecht eraan te benadrukken dat alle personages uit mijn verbeelding zijn voortgekomen.

Het schrijven van een roman is eenzaam werk, maar vereist wel de aanwezigheid van anderen. Ik wil Sofia Brattselius Thunfors en Jonas Axelsson van Uitgeverij Polaris heel hartelijk bedanken. Jullie scherpe blikken en aandachtige advies maken mij tot een betere schrijver.

Veel dank aan Viktoria Thuresson en Åsa Sundström. Dat

ik jullie mijn eerste aftastende hoofdstukken heb laten lezen was een gok mijnerzijds die gelukkig goed is uitgepakt. Ik vroeg om opbouwende kritiek en gaf jullie opdracht me vooral tegen de haren in te strijken. En ik kreeg precies wat ik wilde en wat ik nodig had. Jullie ongezouten en welgemeende opmerkingen creëerden nieuwe wegen in mijn verhaal en zorgden ervoor dat ik mijn schrijfstijl durfde aan te scherpen.

Dank aan iedereen die me met mijn onderzoek heeft geholpen. Het was een voorrecht om zoveel deskundige mensen om me heen te hebben. Een speciaal woord van dank aan Mats Figaro en Stefan Jansson die onvermoeibaar mijn vragen hebben beantwoord en me daarnaast ook hebben verteld over zaken waarvan ik niet wist dat ik ernaar moest vragen. Mijn speciale en oprechte dank aan Magdalena Olofsson en Markus Sammeli die me door het politieonderzoekswerk loodsten en die me onvoorwaardelijk steunden toen ik op mijn zwakke momenten betwijfelde of het wel zou gaan lukken.

Het is belangrijk te onthouden dat fictie altijd fictie is, wat de auteur grote vrijheden geeft. Alle eventuele feitelijke onjuistheden in *Het appelmeisje* komen uitsluitend en alleen voor mijn rekening.

Dank ook aan Rudi Urban Rasmussen en Sigrid Stavnem van het Politiken Literary Agency voor goede raad en duidelijk commentaar. En voor het feit dat jullie, in alle ernst, van mening zijn dat Idun Lind en Calle Brandt ook over de Zweedse grenzen een plaats verdienen.

Dank aan mijn familie, vrienden en collega's die lovend over *Het appelmeisje* spreken en mijn plezier in mijn schrijverschap met me delen. Ik ben gewoon een gelukkig mens met jullie in mijn leven.

Tot slot wil ik mijn Manuel bedanken. Zonder jou had ik dit project nooit kunnen voltooien. Bedankt dat je soms onze hele wereld op je schouders draagt, zodat ik de tijd krijg om te schrijven. Wat een geluk dat je zo sterk bent, vooral omdat ik nu aan het vervolg van *Het appelmeisje* ga werken. Want Idun Lind en Calle Brandt lijken niet van plan te zijn om weg te gaan. Ik prijs me enorm gelukkig dat dat ook voor jou geldt.